Gaea

GAEA

安傑 · 薩普科夫斯基 —— 著　葉祉君 —— 譯

ANDRZEJ SAPKOWSKI

獵魔士

Vol. 1

目次

耶拉伊內不拉什，法因諾爲得
得阿梅阿恩凱勒梅太得耶干
坤艾賽法恩也謝阿什
法因諾爲得，耶拉伊內不拉什！

——《小花兒》
精靈搖籃曲與廣爲傳唱的數數童謠

科維爾
卡爾默罕
溫萊赫河
布拉河
布宜那河
亞得克拉格
青
雷達尼亞
喀艾德
瀚
拿威格拉德
特雷托格
海
奧克森福特
彭達爾河
麗克賽拉河
亞丁
特馬利亞
奇達里士
奇達里士
維吉馬
艾蘭德
布蘭薩那谷
布
洛
奇
隆
馬
哈
喀
姆
維爾登
利里亞
斯
格
利
加
島
布魯格
下索登
亞魯加河
上索登
安
格
崙
亞梅兒山
琴特拉
納澤爾

我誠心告訴你們，劍與斧的時代、狼之暴雪的時代即將來臨。白冬與熾光的時代、瘋狂時代與蔑視時代，太得代以拉得，「終結的時刻」即將到來。世界將滅於寒冰之中，與新陽一同重生。世界將自恆伊凱爾、「上古之血」中重生，自播下的種子中重生，而這將是一顆不會發芽，卻會爆發出萬丈烈焰的種子。

艾思圖阿思艾賽！一切都將成眞！尋找徵兆吧！讓我告訴你們那是怎麼樣的徵兆吧！首先，阿因雪以，精靈之血將洗染大地。

《伊特莉娜・愛格利・阿波艾玟年的預言》

——阿恩伊特林思帕舍

第一章

城市陷入一片火海。

通往護城河及城堡露台的狹窄巷道吞吐著濃煙烈焰，火舌攀上密集成簇的茅屋，舔舐著城牆。西邊港口大門處傳來陣陣喊叫，激戰四起，巨大的攻城槌撞擊城牆，發出重重悶響。

居民手持長戟，與零星的士兵及公會弩弓手一起組成防線，卻完全抵擋不住敵軍突襲，被一舉拿下。敵軍的戰馬披著黑色袍甲，如鬼魅般衝破防禦工事；敵軍手上的刀子閃著冷冷白光，毫不留情地在逃竄的守軍之中散播死亡的種子。

奇莉感覺載著她的騎士猛地將馬拉住，聽到他大喊。「抓好！」他喊著。「抓好！」

其他騎士超越他們，一路與尼夫加爾德人奮戰，從他們的服裝顏色看得出那是琴特拉的騎士。短兵相接，戰馬嘶鳴，奇莉只來得及瞥見雙方的藍金色與黑色披風，交織成一片狂漩……

四周盡是喊叫。不對，不是喊叫，是尖叫！

「抓好！」

恐懼。她緊緊抓住韁繩，馬兒每次晃動、每次閃躲、每次跨躍都讓她的手心傳來陣陣刺痛。她的雙腳因爲痙攣而疼痛不堪，找不到支撐，兩眼也被烽煙燻出淚水。那環扣在她腰間的手是如此用力，勒得她幾乎喘不過氣，甚至連肋骨都隱隱作痛。到處都是尖叫聲，是她這輩子從沒聽過的叫法。到底要對一個人做什麼，才能讓他發出這種聲音？

恐懼。足以摧毀一個人的力量，讓人癱瘓、窒息的恐懼。

耳畔再度傳來鐵器交擊和馬匹嘶鳴的聲音。四周的房舍自眼前掠過，顛簸之中，她看到火舌從窗戶猛烈噴出。原本泥濘的巷道早已堆滿屍體，布滿逃亡者的物品。她身後的騎士突然重重地咳了起來，鮮血飛濺到他纏著韁繩的手上。一陣尖叫，箭聲嗖嗖地呼嘯而過。

奇莉墜馬了，擦撞鎧甲的地方傳來一陣痛楚。她被困在凌亂的馬群之中，一匹戰馬懸著破爛鞍帶越過她頭頂，迎面又是另一匹高舉鐵蹄的戰馬，接著是一件黑色馬衣。她聽見一聲悶哼，像是樵夫伐木時的聲音，可這不是樹，是兵刃相接的聲音。她聽見一陣非常低沉壓抑的叫喊，眼前那道巨大黑影摔進泥濘，血花四濺，鎧甲下的腳不住地顫抖搖晃，最後直直一伸，靴上的馬刺插進土裡。

拉扯！一股力量猛地將她拉上馬鞍。抓好！又是一陣天旋地轉的狂奔，奇莉在馬上慌亂地摸索，想找個支撐的地方。馬兒揚起前蹄。抓好！……沒有可以抓的地方，沒有……沒有……只有血。馬倒下了，她跳不開也逃不開，掙脫不了壓在身上那雙鐵甲硬臂，躲不過淋在頭上、肩上的鮮血。

撞擊！泥濘回濺，奇莉重重跌到地面。在那陣狂奔之後，這靜止的瞬間格外可怕。馬兒痛苦地喘息、嘶鳴，試著要站起來。一陣隆隆的馬蹄聲，她眼前不斷閃過馬腿和鐵蹄，還有黑色披風與馬衣。周遭盡是喊叫聲。

小巷內焰火肆虐，形成一道咆哮紅牆，馬上之人矗立於前，看起來如此巨大，好似碰觸得到燃燒的屋頂。披著黑色戰袍的馬兒踏地甩頭，高聲鳴叫。

馬上之人看著她。那人的頭盔上飾有一對凶猛鷲鳥的翅膀。奇莉從頭盔的縫隙中看見簇著火光的眼睛。他手持一把寬劍指著地面，上頭還映著熊熊火光。

馬上之人看著她。奇莉沒辦法移動，騎士那雙毫無生命的手依然緊緊環在她的腰間。腿上有個沉甸甸、血淋淋的東西一直把她壓在地上，讓她動彈不得。

恐懼也使她無法動彈。可怕至極、令五臟六腑不住翻騰的恐懼，讓奇莉再也聽不到傷馬嘶鳴、烈火咆哮、戰鼓隆隆，還有垂死之人最後的哀號。她唯一感覺得到的，只有一樣，那僅有的一樣，就是恐懼。恐懼化身成戴著飾有猛鷲羽翼的頭盔、立於狂野火牆之前的冷漠黑騎士。

騎士雙腿一夾，盔上那對鷲翼開始拍動，鳥兒準備起飛了，準備攻擊手無寸鐵、嚇得動彈不得的祭品。那隻鳥，或者該說是那個騎士，示威似地發出可怕又狂暴的吼叫。黑馬、黑鎧、隨風舞動的黑色披風，而在這一切後方的，是火，一片火海。

恐懼！

鳥兒鼓動翅膀發出尖銳的叫聲，用羽毛掌摑她的臉。恐懼！

救命！為什麼沒人來救我？我好孤單、好虛弱，沒有武器又動不了，痙攣的喉嚨甚至發不出聲音。為什麼沒人來救我？

我好怕！

綴有翅膀的巨大頭盔縫隙中，有一雙映著火光的眼睛。黑色披風遮住了一切……

「奇莉！」

她被自己的尖叫聲嚇醒，滿頭大汗、渾身發麻。那聲把她嚇醒的尖叫，一直在橋下深處迴盪、震動，在她乾啞的喉間燃燒。緊抓毯子的手陣陣發疼，背也吃痛著……

「奇莉，冷靜下來。」

黑夜籠罩四周，冷風颼颼颼過松樹間，擾得樹梢沙沙作響。惡火與叫喊早已消失，只剩那迴盪林間的搖籃曲。一旁的營火不斷傳出溫暖與光亮的脈動，地上擱著一副馬鞍，上頭靠了一把劍。焰火照亮了馬具釦環，也在那把劍的劍首與鑲片上映出了一抹紅光。沒有別的火光、別的鐵器。觸碰她臉龐的手上有著皮革與灰燼的味道，不是血的味道。

「傑洛特……」

「那只是個夢，一個惡夢。」

奇莉不住地顫抖，整個人縮成一團。

是夢，只是夢。

營火已盡，通紅的樺木塊碎裂成堆，噴出藍色火焰。男子將她圈在毯子及羊皮大衣裡，火光照亮了他的白髮及嚴肅臉龐。

「傑洛特，我……」

「我在這。睡吧，奇莉，妳需要休息。我們還有好長一段路要走。」

有樂聲，她突然這麼想。在這沙沙聲中……有音樂，是魯特琴的樂聲，還有人聲。琴特拉的公主……命運之子……繼承精靈之血、上古之血的孩子。利維亞的傑洛特，白狼，和他的宿命。不對，不對，這是傳說，是詩人的奇想。公主已經死了。在她試圖逃跑時，就已經死在市街上……

再見……再見了，公主……

「傑洛特？」

「怎麼了？奇莉。」

「他對我做了什麼？那時發生了什麼事？他對我……做了什麼？」

「誰？」

「騎士……戴著羽毛頭盔的黑騎士……我什麼都不記得了……他大吼……還盯著我看。我不記得發生什麼事了，只記得我好怕……眞的好怕……」

男人彎下身來，眼中映著營火。那是雙奇特的眼睛，非常奇特。奇莉以前很怕看到這雙眼睛，不喜歡直視它們。但那已經是很久以前的事了，很久、很久以前。

「我什麼都不記得了。」她悄聲說著，一邊找尋他厚實、寬大，像是原木般的手。「那個黑騎士……」

「那只是夢，安靜地睡吧！那個夢不會再回來了。」

奇莉聽過類似的承諾，很久以前就聽過了。這樣的承諾她聽過很多次；當她在夜裡被自己的叫聲驚醒時，總是聽見這樣的安撫。不過這次不一樣，這次她相信了，因爲承諾她的人是利維亞的傑洛特——白狼，是那個獵魔士、她的宿命——她所歸屬的宿命。獵魔士傑洛特，那個在戰爭、死亡與哭喊中找到她，將她帶在身邊，向她承諾不再分開的人。

她睡著了，卻還是緊緊抓著他的手。

□

吟遊詩人一曲唱畢，微微低頭拿起魯特琴，用比身旁學徒高八度的調子，輕輕地重複了歌謠的主旋律。

現場沒有人說話。除了漸漸淡去的樂聲外，只聽得見大橡樹的枝葉顫動。古老的大樹底下停了好幾輛拖車，其中一輛上頭的山羊突然咩咩叫了起來，就在此時，有個男人像是聽見暗號般，從圍成半圓的聽眾中起身，把滾金邊的鈷藍披風甩到肩上，挺直背脊，端正地鞠了個躬。

「謝了，亞斯克爾大師！」聲音雖然不大，但很清亮。「請容我這個奧克森福特的拉德克里夫——奧術魔法大師充當在座各位的發言人致上謝意，也為你的偉大藝術天分做個見證。」

巫師望了一下眾人。橡樹下圍成半圓的聽眾有上百人，有的站著，有的坐在車上。眾人點點頭，低聲交談，然後幾個人開始拍手，其他幾個則高舉雙臂為演唱者歡呼。女人們吸了吸鼻子，拿起手邊的東西擦眼淚。根據地位、職業與財力的不同，用以擦拭的物品亦不相同，村姑直接用手背或手臂抹掉淚水，商人之妻用的是亞麻手絹，而精靈和貴婦則是以精緻的棉絹拭淚。帶著隨從和獵鷹去打獵的威利貝爾特伯爵，也因為這位知名吟遊詩人的演出而逗留下來。他的三個女兒更是聽得一把鼻涕一把眼淚，而且不顧形象地大聲將鼻涕擤在高檔的黃綠色羊毛圍巾上。

「要是我說你給了我們一趟深度之旅，這可是一點都不誇張。你深深地撼動了我們的心，讓我們開始省思；請容我表達我們的感謝及敬意。」巫師道。

吟遊詩人站起身，拿著別有蒼鷺羽毛的時髦帽子劃了一圈到膝蓋，鞠了個躬。學徒見狀，停止奏樂，咧嘴一笑，也跟著鞠了個躬。亞斯克爾大師狠狠地瞪了他一眼，低聲啐了幾句；只見男孩垂下頭，又回去撥弄魯特琴。

眾人回過了神，氣氛又活絡起來。商隊低聲討論一番後，便把一個啤酒桶搬到大橡樹前；巫師拉德克里夫專注地和威利貝爾特伯爵低聲交談。伯爵的女兒們不再擤鼻涕，而是崇拜地望著亞斯克爾。詩人並沒有注意到她們，他正忙著對一群沉默的流浪精靈展現一口閃亮白牙，而且頻頻送著秋波；更正確地說，他是衝著其中一個黑髮大眼、戴著一頂白鼬小帽的美麗精靈笑。不過，對那位美麗精靈有興趣的不只亞斯克爾，聽眾中如騎士、學生和遊唱詩人【註】等，也深受那雙漂亮大眼睛和美麗帽子的主人吸引。顯然這位美貌精靈很享受眾人愛慕的眼神，扯著連身裙的蕾絲袖口，眨著長長睫毛；只可惜精靈們將她緊緊圍在中間，擺明了不讓追求者靠近。

大橡樹布羅黑利斯下的空地向來以包容與開放見稱，眾人經常在此聚會，這裡也是旅人的休息站、商人的會面點。負責看顧這棵巨樹的德魯伊把這個地方稱作「友誼之地」，並歡迎每個人到來。只是，

【註】此指中世紀時，四處流浪、專作拉丁諷刺詩的學者或神職人員。

即便如剛剛吟遊詩人演出的那樣特別時刻，旅人們還是各自待在自己的小圈子裡：精靈只和精靈一起。矮人工匠和他們聘來保護貨車、全副武裝的族人一道，他們身旁容得下的，最多就只有礦坑地精和半身人農夫。所有非人類都認爲對人類得有所保留，而人類對非人類也是相同看法。但即便是人與人之間也不見得能彼此包容。貴族瞧不起商販及挨家挨戶叫賣的行旅商人，軍人和地主離身穿臭羊皮的牧羊人遠遠的，巫師和他們的學徒極其傲慢地漠視眾人。眾人身後還密密麻麻地站了一票陰鬱又沉默的農夫，他們無視所有人與物，舉著耙子、乾草叉和連枷，看起來像是另一種森林。

只有孩子不受影響。表演還在進行時，他們得安安分分地待著，一旦表演結束，小傢伙們立刻獲得解放，邊吼邊叫地衝向森林，巴不得馬上玩遊戲。那些已揮別童年歡樂時光的人是不會懂他們在玩什麼的。人類的孩子、精靈、矮人、半身人、地精、半精靈、四分之一血統的精靈，以及不知屬於何族的孩子都還不了解什麼是種族與社會階級——至少目前還不了解。

「沒錯！」友誼之地上的某個騎士喊道。那騎士瘦得像竹竿，穿著紅黑相間的緊身上衣，上面還繡著三頭正在漫步的獅子。「巫師你說得好極了！這些歌謠眞的很美。我敬愛的亞斯克爾大人，如果您再回到光禿角、我主人的城堡附近，請不要猶豫，一定要馬上來找我們。我們會把您當成王子，我在說什麼，是當成維吉米爾國王一樣款待！我聽過很多吟遊詩人唱歌，但我以我的劍發誓，沒有任何人能和您相比。請讓我們這些天生就是要當騎士的人向您的才能致敬！」

吟遊詩人見時候到了，轉頭對徒弟交代了幾句，只見男孩放下了魯特琴，從地上拿起一個小盒子好「實實在在」地接受聽眾們的「致意」。男孩猶豫片刻，看了看群眾，決定把小盒子放回去，改拿起一旁的大桶子。看到徒弟這麼機伶，亞斯克爾大師很滿意地笑了。

「大師！」一個高大的女子叫道。她坐在一輛印有「薇拉・盧文豪普特母子」的車上，上頭還擺滿了柳條製的產品。不過她的兒子們並不在這裡，八成是忙著幫媽媽花積蓄吧！「亞斯克爾大師！怎麼這樣！怎麼這樣就結束了？你們不是還沒唱完嗎？接下來怎麼了呢？你們再繼續唱下去嘛！」

「歌曲和民謠是不會完結的。」吟遊詩人說道。「因爲詩是永垂不朽的，沒有所謂的開始，也沒有所謂的結束……」

「可是接下來到底怎麼了？」女販還想聽接下來的發展，毫不猶豫地把錢幣倒進面前小學徒捧的桶子裡。「你們如果不想唱了，至少用說的啊！雖然歌裡沒提到名字，可是我們都知道你們唱的那個獵魔士不是別人，就是那大名鼎鼎的利維亞的傑洛特，而那個獵魔士深愛的女巫就是葉妮芙。至於屬於獵魔士的驚奇之子，就是不幸的奇莉拉，被入侵者破城塌牆的琴特拉公主，是這樣沒錯吧？」

亞斯克爾沉著且神祕地微笑著。

「好心的恩人啊，我唱的都是些再平常不過的事。」他說。「這些事可能發生在任何人身上，沒有特別指誰。」

「最好是！」某個人懷疑地叫道。「大家都知道，這是有關獵魔士傑洛特的詩！」

「對啊！對啊！」威利貝爾特伯爵的三個女兒一面把沾滿淚水的圍巾擰乾，一面齊聲喊道。「亞斯克爾大師！再唱嘛！接下來怎麼了？獵魔士和女巫葉妮芙最後見面了嗎？他們在一起了嗎？他們幸福嗎？我們想知道啊！大師！大師！」

「你們到底在說什麼啊！」矮人首領突然大喊一聲，連那及腰的紅鬍子都晃了一下。「狗屎！什麼公主、巫師、命運、愛情跟娘兒們的廢話，詩人先生您別見怪，這些全是胡扯，是詩人爲了讓詩歌更優美、賺人熱淚才編出來的。不過有關戰爭那部分，像琴特拉的屠殺與掠奪啦，馬爾那達爾與索登的戰役啦，那才叫唱得漂亮，亞斯克爾！就衝著這點，我那枚銀幣給得值得，這還眞是唱到我們戰士的心坎裡了！而且我，薛爾頓·斯卡葛斯告訴你們，這可是唱得一點都不假，因爲那時我就在索登，拿著斧頭對抗尼夫加爾德騎兵，所以他的話我還分得出眞假……」

「我，特洛伊的多尼米爾，」緊身衣上繡了三隻獅子的瘦騎士喊道。「參與了索登的兩場戰役，不過卻沒看到你們，矮人先生。」

「因爲你們只守在障礙車旁。」薛爾頓·斯卡葛斯反擊道。「而我可是在最前線，那裡可熱鬧了。」

「說話小心點，大鬍子！」特洛伊的多尼米爾漲紅著臉，扯了扯繫著劍的騎士腰帶。「看清楚你是在跟誰說話！」

「你才要看清楚！」矮人重重地拍了拍插在腰帶上的斧頭，轉身對同伴咧嘴一笑：「你們看到他了嗎？不怕死的騎士！有紋章喔！盾牌上還有三隻獅子呢！兩隻在拉屎，一隻在亂吠！」

「夠了！都安靜下來！」穿白袍的銀髮德魯伊充滿威嚴地說：「不能讓你們再這樣吵下去，兩位先生。不要在布羅黑利斯的枝椏下吵架，這棵橡樹可是比世上任何一場糾紛或爭論還要古老！不要在詩人亞斯克爾面前吵架，他的詩歌教我們的可是『愛』，而不是『爭吵』。」

「沒錯！」另一名個子矮小、滿頭大汗的胖祭司聲援道：「你們雖然有眼睛，卻沒有眞正看仔細；雖然有耳朵，卻個個都是聾子。因爲你們沒有神的寵愛，就像是空空如也的木桶……」

「既然提到了空木桶，」某個長鼻子地精從漆著「鐵器訂製／販售」招牌的拖車裡走了出來，喊道：「商隊大爺們，請再搬一桶出來吧！詩人亞斯克爾的喉嚨一定乾得很，我們也是，讓大夥換換心情！」

「說實在，你們就像喝光的空酒桶。」祭司繼續說，不讓地精打斷自己的講道。「你們完全沒有從亞斯克爾先生的詩歌裡學到東西，一點都沒有。你們不懂那些敘述他人命運的詩歌，其實意味著我們都是天神手中的玩具，我們的國度不過是眾神的遊樂場。詩歌裡唱的那些命運，是我們所有人的命運；而獵魔士傑洛特與公主奇莉拉的傳說，即使是以眞實戰爭爲背景，也不過是隱喻，只是詩人的憑空想像，好讓我們……」

「眞是胡扯一通，神聖的先生！」薇拉．盧文豪普特從自家車頂上喊著：「什麼傳說？什麼憑空想像？別人我不敢說，我可是親眼見過利維亞的傑洛特；就在維吉馬，他就是在那裡爲佛特斯特國王的女兒破除魔咒。之後我還在『商人之路』看過他，他應吉爾蒂亞的要求殺掉了攻擊馬車的獅鷲，救了許多無辜的性命。不，這不是傳說，也不是神話，而是千眞萬確，亞斯克爾大師唱的一切都是眞的。」

「沒錯。」梳著一頭整齊黑辮的苗條女戰士說：「我，利里亞來的萊拉，也認識白狼傑洛特，那個知名的怪物殺手。我在亞丁和凡格爾堡見過葉妮芙不只一、兩次，她在那邊有住所，不過我那時不曉得他們兩個在一起。」

「這不可能是假的。」戴白鼬帽的美麗精靈突然用美妙的聲音說：「這麼美的情歌不可能是假的。」

「當然不可能！」威利貝爾特伯爵的女兒們附和道，一邊還像奉命似地用圍巾拭著眼眶。「再怎樣都不可能！」

「巫師大人！」薇拉・盧文豪普特轉向拉德克里夫。「他們有在一起嗎？您一定知道獵魔士和女巫葉妮芙的事，快點揭曉答案吧！」

「如果詩歌裡說他們在一起，」巫師微笑道：「那就是這樣呀！而且他們的愛會直到永遠，這就是詩歌的力量。」

「聽說，」威利貝爾特伯爵突然加入說道：「葉妮芙在索登丘上殞命，那裡死了好幾個女巫……」

「才不是這樣。」特洛伊的多米尼爾說：「我不只一次登上山丘看紀念碑上刻的名字，上頭沒有她。那次死了三個女巫——特瑞絲・梅莉戈德、人稱『珊瑚』的莉塔・涅德……嗯……第三個名字記不得了……」

騎士看向巫師拉德克里夫，不過他只是微笑，不發一語。

「那個獵魔士，」薛爾頓・斯卡葛斯突然說：「那個愛上葉妮芙的傑洛特大概已經在吃土了，聽說他在扎澤徹被錘死了。他殺過一隻又一隻怪物，直到劍插在墓石上爲止。瞧，就是這樣，用劍殺人的，最後也會死在劍下。不管是誰，終究會碰到打不過的對手，然後就得嚐嚐刀刃又冷又硬的滋味。」

「我不信！」苗條的女戰士嘴唇一撇，用力吐了口口水，戴著鏈甲的雙手環抱在胸前。「我不信利維亞的傑洛特會有打不過的敵手。我曾看過這獵魔士舞劍，那速度之快，根本不是常人做得到的……」

「說得好，」巫師拉德克里夫插嘴說：「『不是常人』。獵魔士都是突變種，所以反應速度……」

「我不曉得您在說什麼，魔術師先生。」女戰士的嘴撇得更歪了。「您的話都太學術了。我只知道我認識的劍客之中，不管是活是死，沒有人比得過白狼——利維亞的傑洛特，所以我不信他會像矮人說的那樣戰敗。」

「只要敵人一屁股攻過來，任何一個劍客都得嗝屁。」薛爾頓·斯卡葛斯簡潔地說：「精靈是這麼說的。」

「我們精靈不用這樣粗鄙的字眼。」上古一族的代表——站在戴美麗白鼬帽的精靈旁、身材高挑的銀髮精靈冷冷地說。

「不不不，」威利貝爾特伯爵的女兒們在綠圍巾後面叫著：「獵魔士傑洛特才不會死！獵魔士先是找到了他命定的奇莉，然後是女巫葉妮芙，最後三個人永遠幸福快樂地在一起！對吧，亞斯克爾大師？」

「這不過是首歌謠罷了，我高貴的女士們。」很想喝啤酒的地精鑄鐵匠說：「歌謠中哪找得到事實？詩是詩，事實是事實，怎能混爲一談。就拿那個女的……那個大名鼎鼎的『驚奇』，叫什麼來著？奇莉？根本就是詩人先生編出來的。我跟你們說，我去過琴特拉好幾次，那裡的國王和王后根本沒生孩子，哪來什麼兒子、女兒的。」

「你這個騙子！」穿著海豹皮外套、包著格子頭巾的紅髮男子大聲說：「卡蘭特女王，琴特拉的獅后，確實有個女兒叫芭維塔，她跟丈夫在海上碰到暴風雨，被深海吞噬，兩人都死了。」

「你們看吧！我沒騙人！」鐵匠教眾人作證。「琴特拉的公主叫芭維塔，不是奇莉。」

「奇莉拉，又叫奇莉，其實是死在海上的芭維塔之女，不是公主，而是公主的女兒。」紅髮男子解釋道：「就像亞斯克爾先生唱的，她就是那個獵魔士命中註定的驚奇之子；在她還沒出生時，女王就答應把她送給獵魔士了。只是獵魔士後來找不到她，沒辦法帶走她，這點詩人先生可就漏掉了。」

「是漏掉了。」某個結實的年輕旅人也插上一腳。從衣著來看，應該是個正試圖創造傑作、邁向大師之路的工匠。「獵魔士錯過了他的命運，奇莉拉在琴特拉被包圍時就死了。爲免小公主落入尼夫加爾德人的魔爪，卡蘭特女王在跳塔自殺前就親手把她殺了。」

「才沒有，根本不是這樣。」紅髮男子抗議道：「小公主是在屠城之際，試圖逃出城的時候被殺的。」

「總而言之，獵魔士沒有找到那個奇莉拉，那首詩唱的根本就是假的！」鐵匠說。

「雖然是假的，但還眞是個美麗的謊言。」戴白鼬帽的精靈依偎著高個子精靈說。

「重點不是那首詩，而是眞相！」工匠叫道：「我發誓，小公主是被自己的親外婆殺死的，那時在琴特拉的每個人都可以作證。」

「我也發誓，小公主是在逃跑時，在大街上被殺死的。」紅髮男子信誓旦旦地說：「雖然我不是琴特拉人，不過我那時在守護琴特拉的斯格利加伯爵麾下。大家都知道，琴特拉國王艾斯特．圖利瑟阿赫是斯格利加島出身的，他也是伯爵的叔叔。而我身爲伯爵麾下一員，可是先在馬爾那達爾抗戰，接著在琴特拉殺敵，後來戰事失利後，又轉戰索登……」

「又來一個老兵！」薛爾頓·斯卡葛斯對著矮人同伴們嘲諷著：「這裡到處都是英雄猛將呢！在場的各位，有沒有哪個人是沒打過馬爾那達爾或索登這兩場仗的啊？」

「斯卡葛斯，你這玩笑可開錯地方了。」高個子精靈指正斯卡葛斯，他攬著戴白鼬帽的美麗精靈，向一旁仰慕者宣示自己的所有權。「請不要以為只有你打過索登之戰。不用到他處尋找，你眼前的我，就參與過那場戰役。」

「就不知道他是哪一邊的。」威利貝爾特對拉德克里夫的悄悄話說得很大聲，不過高個子精靈完全沒注意。

「眾所周知，」高精靈接著說，完全沒看向伯爵跟巫師。「至少有十萬士兵站上第二次索登之役的戰場，其中死傷至少三萬。我們應該要感謝亞斯克爾先生，他的詩歌讓這場著名卻可怕的戰役得以永世流傳；不管是在這首詩的旋律或歌詞裡，我聽見的只有警惕，沒有誇耀。我在此重申屬於詩人先生的榮耀及不朽名聲，因為他的詩歌，可怕又不必要的戰爭悲劇將不再發生。」

「是呀！親愛的先生。」威利貝爾特挑釁地盯著精靈。「您在詩裡可找到了許多有趣的事。您說那場仗是不必要的？您希望未來不再發生這樣的悲劇？意思是，尼夫加爾德再度攻打我們的時候，您會建議我們投降，是嗎？要我們卑微地戴上尼夫加爾德的枷鎖嗎？」

「生命無價，理應好好珍惜。」精靈冷冷地說：「任何理由都無法合理化兩場索登戰役中的屠殺與犧牲，這兩場戰役一勝一負，但付出的代價是你們人類的幾千條性命，你們也因此失去了想像不到的潛在力量……」

「全都是精靈的鬼話！」薛爾頓・斯卡葛斯怒道：「一堆蠢話！那場仗打得才值得，多虧了那場仗大家才能活得有尊嚴，才能安安靜靜地過生活，不用被尼夫加爾德人銬上手銬、戳瞎雙眼，用棍子趕進硫磺礦和鹽礦工作。那些壯烈犧牲的人，教會我們如何保護自己的家；多虧亞斯克爾，他們才能在我們的記憶中永遠活著。亞斯克爾，您繼續唱下去吧！把您的歌謠唱給所有人聽！您的教誨不會白費，總有一天將派上用場，看著吧！尼夫加爾德遲早會再回來，到時候你們就會想起我現在說的話！他們現在只是在舔舔傷口、休息一下，沒多久我們又會看到他們的黑披風和羽毛盔了！」

「他們到底想要什麼？」薇拉・盧文豪普特叫著：「為什麼要折磨我們？為什麼不放過我們，讓我們好好過日子？那些尼夫加爾德人到底要什麼？」

「他們要我們的血！」威利貝爾特伯爵吼道。

「還有我們的土地！」有個農夫喊道。

「還有我們的女人！」薛爾頓・斯卡葛斯瞪大眼睛應和道。

幾個人聞言不禁竊笑。除了男矮人以外，誰會對完全沒有吸引力的女矮人有興趣？不過這種玩笑可不能隨便開，尤其是在矮胖結實的大鬍子矮人面前，因為他們的斧頭和匕首習慣很不好，動不動就從腰帶上跳出來，那速度之快可不是蓋的。而且不知道為什麼，矮人們認為全世界都在覬覦他們的妻女，所以他們對這種事很是敏感。

「這天終究會來的，」一位銀髮德魯伊突然說：「總有一天會發生的。我們忘了我們不是這世上唯一的一群人，不是這個世界的臍帶。我們就像是池塘裡愚蠢、懶惰、吃撐了的鯽魚，不相信池牆外還有狗魚的存在。我們讓世界變得像那個池塘，泥濘、渾濁、滯怠。你們看看四周——到處都是犯行、罪惡、貪婪、逐利、爭吵、歧見、屏棄傳統和對萬物價值的不尊重。人們不但沒有順應自然而活，反而摧毀自然。然後我們得到了什麼？空氣被煉爐的惡臭毒害，河川與溪流被屠宰坊和製革坊染色，森林被隨意砍伐……呵！甚至是在活生生的神聖布羅黑利斯的樹皮上，你們看，喔，就在詩人先生的頭上，有用刀刻的醜陋字眼，而且還刻了錯字。這個人不但蓄意破壞，而且還不會寫字。爲什麼你們還會對那即將到來的不好結局感到訝異……」

「是啊！是啊！」胖祭司接著說：「趁現在還來得及，醒醒吧，你們這些罪人，眾神的怒火與報復正威脅著你們！想想伊特莉娜的預言，想想天譴的預言，想想即將降臨在心懷歹毒之人肩上的眾神懲罰！」

「『蔑視時代』即將到來，木葉凋零，蕾苞萎謝，果實敗腐，穀種苦澀。川水將盡，流以寒冰，而『白冬』先至，『熾光』後臨，世界將滅於寒冰之中。」

「這就是伊特莉娜的預言！依其所言，跡象會一一顯現，瘟疫即將降下。記住，尼夫加爾德就是天神的懲罰、眾神的鞭笞！你們這些罪人，你們會……」

「喂！閉嘴啦，大聖人！」薛爾頓．斯卡葛斯跺著厚重的靴子大吼。「你那些怪力亂神的廢話聽得我一頭霧水，搞得我都想吐了……」

「小心點，薛爾頓！」高個子精靈面帶微笑打斷他。「不要嘲弄別人的信仰，這樣很低劣、很不禮貌，也很……危險。」

「我沒有嘲笑他。」矮人抗議道。「我不是懷疑神的存在，只是氣不過有人把天上和地上的事混為一談，隨便用一個瘋精靈的預言來混淆視聽。尼夫加爾德是天神的工具？狗屁！各位想想以前是怎樣的，從戴茲莫德、拉多維達、桑布克，再想想老橡樹阿不拉得！你們想不起來是因為生命就像五月蜉蝣一樣短暫，不過我還記得，就讓我幫你們回想一下，告訴你們之前是怎樣的，這片大地以前是什麼樣子，就在你們登上亞魯加河口的灘頭，還有彭達爾三角洲以後，四艘大船發展成三個國家，然後強者打敗弱者，不斷壯大、增強自己的實力，接著逐一打下別人的城池。一步一步、慢慢侵略的結果就是國家日益擴張、強盛。現在尼夫加爾德也在做一樣的事，因為這是個強盛、團結、有紀律的國家。假如你們不像他們一樣團結，尼夫加爾德就像會狗魚吞掉鯽魚那樣把你們吞下去。那個聰明的德魯伊想說的就是這樣！」

「他們儘管試試！」特洛伊的多尼米爾亮出胸前的三獅紋，晃了鞘裡的寶劍。「我們在索登之戰大敗他們，現在可以再來一次！」

「還真是充滿自信咧！」薛爾頓．斯卡葛斯說：「騎士先生，顯然您忘了，第二次索登之役前，尼夫加爾德人早就像鐵桶一樣壓過你們的土地，用你們這群自大傢伙的屍體覆滿馬爾那達爾的曠野和整個扎澤徹。而擋住尼夫加爾德人的，好像也不是你們這些愛亂吠的勇士，而是團結的特馬利亞、雷達尼亞、亞丁與喀艾德聯軍，是和睦與團結阻止了尼夫加爾德人！」

「不只這樣！」拉德克里夫冷冷地高聲說：「不只這樣，斯卡葛斯先生。」

矮人用力地清了清喉嚨，擤了擤鼻涕，把鞋子在地上搓了搓，然後向巫師鞠了個躬。

「沒人說你們沒有貢獻。」他說：「那些不承認索登丘上巫師團英勇事蹟的人才眞正可恥。巫師們可是勇敢地站了出來，一起拋頭顱、灑熱血，爲勝利打下基礎。亞斯克爾在他的歌謠裡可沒忘了他們，我們也不該忘。可你們看，那些團結一致的巫師自願站上索登丘，跟隨盧格溫的維列佛茲，就好比我們這群四國戰士聽雷達尼亞的維吉米爾指揮一樣。可惜，和諧與團結只有在打仗時才有；天下太平時，大家只會各管各的。維吉米爾跟佛特斯特拿關稅和貿易權掐著對方，亞丁的戴馬溫與韓瑟頓爲了北方的馬爾西亞撕破臉，漢格佛斯聯盟跟科維爾的迪森一族則不在乎任何事。就我所知，今時今日巫師之間再也找不到從前的和諧了。你們現在沒有共識、沒有紀律，也不團結，但尼夫加爾德人有！」

「尼夫加爾德的統治者是恩菲爾．法．恩瑞斯，那個暴君大權在握，實行獨裁統治，用鞭子、套索與斧頭讓人民屈服。」威利貝爾特伯爵說：「矮人先生，你這樣說是什麼意思？我們也要走向暴政嗎？照這麼說，又是哪一國的哪個王要來整治其他國家？誰該握有權杖和鞭子？」

「這關我什麼事啊？」斯卡葛斯聳聳肩。「這是你們人類的事。話說回來，你們不管選誰當國王，選來選去也不會選矮人。」

「也不會是精靈，或是有一半人類血統的半精靈。」上古一族的代表、高個子精靈說話的同時，懷裡仍擁著那位戴白鼬帽的美女，一刻也沒放開。「就算是只有四分之一精靈血統的精靈，在你們眼裡終究是次等生物……」

「說到你們的痛處了！」威利貝爾特嘲弄著：「你們和尼夫加爾德人是一鼻孔出氣，他們也高喊平等，還說一旦打敗我們，把我們從這片土地連根拔起，就會還你們從前的秩序。這就是你們朝思暮想的統一，掛在嘴邊的平等，而尼夫加爾德人給你們的代價就是黃金！也難怪你們這麼相親相愛，畢竟精靈一族和那些尼夫加爾德人……」

「胡謅！」精靈冷冷地說：「您所編的只是蠢話一堆，騎士先生。很顯然種族之分蒙蔽了您的眼睛。尼夫加爾德人也是人類，與您沒什麼不同。」

「眞是個天大的謊言！大家都知道，他們是黑雪以的後代！他們體內流著精靈之血！」

「那你們體內裡流的是什麼？」精靈嘴邊掛著嘲弄的微笑。「幾代以來，幾百年來，我們和你們早就將血混在一起，而且一點問題也沒有。我眞不知道這是幸還不幸。不到四分之一個世紀以前，你們就開始消滅這樣的混種，不過成效似乎也不怎樣。來吧！讓我看看哪個人身上沒有雪以伊凱爾，上古一族之血！」

威利貝爾特整張臉都紅了，薇拉．盧文豪普特的臉也漲成豬肝色，巫師拉德克里夫則低頭輕咳。更有趣的是，就連戴白鼬帽的精靈也紅了臉。

「我們全都是大地之母的孩子。」銀髮德魯伊淡淡地說：「我們全都是自然之母的孩子。雖然我們不尊重母親，雖然有時我們會使她擔憂和痛苦、令她心碎，但她仍舊愛著我們，愛我們所有人。我們在場的眾人，在這『友誼之地』的各位要記住這點。不要爭論是誰先來到這片土地，因爲第一個來到這裡的，是被浪潮打上岸的『橡果』，而從『橡果』之中，再萌生了偉大的『布羅黑利斯』，最古老的橡樹。站在布羅黑利斯的枝幹下，處在它的古老盤根中，別忘了我們的手足根本，別忘了這個根本所賴以維生的大地。我們要謹記亞斯克爾的詩……」

「對了！」薇拉．盧文豪普特叫道：「他跑哪去了？」

「他閃了。」薛爾頓．斯卡葛斯望著橡樹底下空蕩蕩的位子說：「他拿了錢，沒說一聲就跑了，還眞像精靈！」

「像矮人！」鐵器一陣哐噹。

「像人類！」高個子精靈修正道。那個戴白鼬帽的美麗精靈把頭靠在他肩上。

□

「喂，彈音樂的！」鴇母蘭鐵莉直接開門進房，房內充斥著一股混合風信子、汗水、啤酒和煙燻製品的氣味。「你有客人。進來啊，高貴的先生。」

亞斯克爾整了整頭髮，在一張雕花大椅上端正坐好。坐在他大腿上的兩個女孩迅速收起媚態，拉好衣服。妓女之羞，詩人如是想，還眞是個不賴的詩名。他站起來，一邊扣好皮帶、紮好衣服，一邊打量門口的高貴訪客。

「您還眞清楚到哪兒找我，不過您老是來得不是時候。算您運氣好，我還沒決定要哪個美女。蘭鐵莉，照妳開的那個價，我可沒辦法兩個通吃。」鴇母蘭鐵莉了然一笑，拍了拍手，兩個女孩——皮膚白皙、長著雀斑的小島姑娘和黑頭髮的半精靈便一溜煙地跑出房間。站在房門口的男人脫掉披風，連同一個飽滿的小錢袋一塊交給鴇母。

「請不要見怪，大師。」他進門坐在桌前。「我知道自己來得不是時候，但您突然從橡樹下消失，我本來想在大道趕上您，後來又花了點時間在鎮裡打聽您的行蹤，不會耽誤您太久的……」

「大家都這麼說，但每次都唬弄我。」吟遊詩人打斷男子的話。

「蘭鐵莉，我們倆要單獨談談，不要讓別人來打擾。說吧，先生！」

男人端詳著亞斯克爾。那人的眼睛濕潤黝黑，好像泛著淚光，鼻子尖尖的，還有那薄薄的嘴唇，不太好看。

「我就不浪費時間，直接切入重點。」他等鴇母蘭鐵莉離開，確定門關上了才開口：「大師，我對您的歌謠很有興趣。說得更明白點，我感興趣的是歌裡提到的某些人，想知道那些主角的命運。要是我沒弄錯的話，我在橡樹下聽到的那些美妙創作都是依眞人眞事寫成的，對吧？我指的是……琴特拉的小公主奇莉拉，卡蘭特女王的外孫女。」

亞斯克爾看著天花板，手指敲了敲桌面。

「尊貴的閣下，」他冷冷地說：「您感興趣的事還眞怪，問題也很怪。我看您應該不是我想的那種人。」

「如果您不介意我問的話，請問您覺得我是那種人呢？」

「我不知道我會不會介意，這得看我們共同的朋友是不是有託您代為打聲招呼。您應該從這點開始，但您似乎是忘了。」

「放心，這點我可不會忘了。」說著，男人從深褐色天鵝絨長衫裡掏出第二個錢袋。這個錢袋同樣是鼓鼓的，比之前給老鴇的還要大一點，放到桌上時還噹啷了一聲。「我們兩個根本沒有共同的朋友，亞斯克爾。不過，這個錢袋還不夠掩飾這點瑕疵嗎？」

「你以爲用這麼個空空的小錢袋能買什麼？」吟遊詩人嘴角一撇。「買下鴇母蘭鐵莉的妓院和土地？」

「姑且說我是要支持藝術與藝術創作者本人，這樣我才能和那位藝術家討論作品。」

「眞沒想到您這麼熱中藝術啊，我的先生。您就這麼急著要和那位藝術家聊幾句，連自我介紹都不用就直接把錢堆出來，連禮貌都不顧啦？」

「剛開始談話時，您根本不在乎我姓啥名誰。」陌生人瞇起黑眼。

「不過我現在開始在乎了。」

「我可以大方地將名字告訴您。」男人微微勾起薄唇，淡淡一笑。「我叫黎恩斯。您並不認識我，亞斯克爾大師，不過這一點都不奇怪。您是個大名人，不可能認識所有仰慕者，可是每個仰慕您天賦的人都覺得好像認識您，對您有種親切感，我也是這樣。請您大人有大量，原諒我吧。」

「好吧，我就不跟你計較了。」

「那我可以當作您同意回答我幾個問題……」

「不，不行。」詩人吹了口氣，打斷他：「現在是我要請您高抬貴手才對，我不想討論自己的作品、創作靈感或任何一個角色，不管這些是眞是假。這樣會破壞詩的美感，讓一切變得平凡無奇。」

「是這樣嗎？」

「當然是這樣。您想想，如果我唱完一首關於幸福磨坊女主人的詩，然後告訴大家我唱的其實是磨坊主人皮斯可的妻子姿薇兒卡，接著還補充說明每個禮拜四都可以去搞她，因為皮斯可會定時去市集，這樣詩就成不了詩，反倒成了替她拉客或惡意中傷。」

「我懂，我懂，」黎恩斯馬上接著說：「不過這個例子不太好，畢竟我對別人的罪行或過錯沒興趣。而回答我的問題，並不會讓您毀謗任何人。我需要的只是點小訊息：琴特拉公主奇莉拉到底發生什麼事？很多人都說奇莉拉在奪城時死了，甚至還有人目擊，可您的歌謠卻說這孩子逃過一劫。我真的很好奇，這到底是您編出來的，亦或事情真是如此？到底是真是假？」

「您的好奇心真令我開心。」亞斯克爾開朗一笑。「您開心就好，這個叫什麼來著的先生。我寫這首歌就是希望有這種效果。我想讓聽眾興奮，激起他們的好奇心。」

「到底是真的還是假的？」黎恩斯冷冷地問。

「如果我揭曉謎底，不就毀了這首詩的效果嗎？再會了，朋友，你已經用光了我能給你的時間，我那兩個『靈感』還等著我做決定呢！」

黎恩斯沉默良久，完全沒有要離開的意思。他用那濕潤的雙眼盯著詩人，看起來很不友善，讓詩人很不安。樓下妓院大廳那兒傳來一陣笑鬧，還時不時搭著女子的咯咯笑聲。亞斯克爾轉過頭，似是在展現傲人的優越感，不過實際上他是在估算自己和牆角，還有壁毯間的距離。壁毯上面織的是女神舉壺洗乳的畫像。

「亞斯克爾，」黎恩斯總算開口，同時把手探進深褐色天鵝絨上衣的口袋裡。「回答我的問題，拜託。我一定要知道答案，這對我來說非常重要，對你也是，相信我。因爲如果你自願回答我，那……」

「那怎樣？」

黎恩斯突然變得面目猙獰。

「那我就不用逼你說。」

「喂，聽著，廢物！」亞斯克爾站起來，裝出一副要狠的樣子。「我討厭暴力，不過我等一下就會叫鴇母蘭鐵莉來，這家妓院有個叫格魯吉瓦的，會很樂意盡他身爲打手的光榮義務。」

「他可是這行的專家，只要踹你屁股一腳，保證你馬上飛出這座小鎮，路上的人要見了，還會以爲你是宙斯的飛馬珀伽索斯呢！」

黎恩斯比劃了一下，手裡閃過一道光芒。

「你確定你來得及叫人嗎？」他問。

亞斯克爾沒打算冒險，也不願坐以待斃，在匕首憑空轉落在黎恩斯的掌心之前，亞斯克爾奮力跳往牆角，閃到女神掛毯後方，一腳踹開密道，順著旋梯扶把飛快往下溜。黎恩斯緊追在後，可是詩人一點都不擔心。這條祕密通道他熟得就像自家廚房，時不時就會用來躲避那些仰慕者、妒火攻心的丈夫，還有被他抄襲、恨不得殺了他的同行。等一下轉到第三個彎時會有一道旋轉門，然後有個梯子直通地下室，不過他的追兵一定和其他人一樣來不及煞車，接著就會踩到陷阱、掉進豬圈，弄得滿身糞水、被豬群攻擊，最後只好放棄繼續追他。

每當亞斯克爾自信滿滿的時候，就一定會出紕漏，這次也是。他的背後突然出現一道藍光，接著他的手腳開始不太對勁，漸漸麻木、僵硬，雙腿完全不聽使喚，沒辦法停在旋轉密門前。他放聲尖叫，一路滑下階梯，最後撞上走廊的壁面，身下的陷阱門砰地打開，吟遊詩人跌到某個又黑又臭的地方。在他摔到泥地上、失去意識前，突然想起鴇母蘭鐵莉說過要整修豬圈。

□

亞斯克爾的手腕被緊緊綁住，肩膀被扭曲成某種可怕的姿勢，讓他痛醒過來。他想開口求救，可是嘴裡卻好像塞了黏土，發不出聲。他的手吊在空中，呈現半跪姿勢，綁著雙手的繩子嘎嘎作響。他試著想站起來好減輕雙手的負擔，卻發現連雙腳也被綁住，沒辦法使力。他屏住呼吸死命掙扎，終於成功藉那條吊著他的無情繩索站了起來。

黎恩斯站在他面前，身旁還有個提著燈火，近兩公尺高、滿臉鬍碴的打手；黎恩斯那雙濕潤的眼睛在燈火照映下閃著邪惡的光芒。另一個打手身材也差不多，就站在後面，亞斯克爾聽得見他的呼吸聲、聞得到那股汗臭味。綁住詩人雙手、環繞在梁上的那條繩子，就是拉在第二個臭得要命的打手手中。

亞斯克爾的腳被拉離地面，他只能用鼻子哼一聲，除此之外什麼也做不了。

「夠了。」黎恩斯馬上喊停，亞斯克爾卻覺得像是過了好幾個世紀。他的腳再次著地，雖然他很願意再跪回去，卻沒辦法——他被直直吊著，綁在手上的繩子拉得死緊。

黎恩斯走近他，臉上毫無表情，濕潤的雙眼一瞬也不瞬地盯著他；他的語氣非常平和，靜靜的、輕輕的，甚至有點單調。

「你這個噁心的蹩腳詩人、沒用的傢伙、垃圾，自以爲是的廢物。你以爲你逃得掉嗎？從來沒有人能從我手裡逃掉。我們的話還沒說完呢，你這個裝模作樣的蠢蛋，眞是敬酒不吃吃罰酒，現在弄成這副德行，你總該好好回答我的問題了吧？」

看到亞斯克爾急忙點頭，黎恩斯終於勾起嘴角，對旁人下達指令。只見詩人淒厲地叫了起來，那條吊著他的繩子越拉越緊，把他的手往後扯，可聽見關節發出喀喀響。

「說不出話了，」黎恩斯依然掛著醜陋的笑容。「很痛對吧？你知道嗎？看你這樣被吊著還眞是享受，我最喜歡看人痛苦的樣子。好了，再高一點。」

亞斯克爾痛得大叫，差點喘不過氣。

「夠了。」黎恩斯總算開口。他上前揪住詩人胸前的荷葉飾領。「聽著，小公雞，我現在把咒語解除，讓你說話。不過如果你不識相，想大聲發出你那美麗的聲音，你一定會後悔。」

他一邊唸咒語，一邊做了個手勢，然後用戒指碰了下詩人的臉頰，亞斯克爾的下巴、舌頭及味覺就馬上恢復了。

「現在，」黎恩斯輕聲地接著說。「我要問你幾個問題，而你要馬上、好好地仔細回答，一旦稍有猶豫或停頓，還是讓我嗅到任何一絲不對勁，我就……看看下面吧。」

亞斯克爾依言往下看，他的腳鐐上竟然還有條短繩，而且短繩另一頭就綁在裝滿石灰的木桶上。

「如果我叫人把你拉高點，」黎恩斯殘酷地笑著。「綁著這個桶子，我相信你那雙手應該就不會是你的了。這樣一來，我懷疑你還能彈魯特琴嗎？我真的很懷疑。所以，我想你現在應該會說了，對吧？」

亞斯克爾沒有回應，因為他嚇到連頭都動不了，也說不出話，而黎恩斯似乎也不用他做任何回應。

「要知道，」他宣告著。「我一眼就能看穿你的把戲。從你任何一點小動作，馬上就會知道你有沒有說真話。你那些詩人的把戲和似是而非的大道理唬弄不了我。這就像在樓梯上讓你麻痺一樣，對我而言是小事一樁，所以建議你，小心你說的每個字，你這個到處遊蕩的廢物。好了，不要浪費時間，開始吧。如你所知，我對你那些美麗歌謠裡的某個女性角色感興趣，就是琴特拉女王卡蘭特的外孫女——奇莉拉，小名奇莉。根據現場目擊者的反應，這小傢伙在兩年前敵軍奪城的時候死了，不過你的歌卻煞有其事地說她碰到了那個幾乎被說成傳奇的怪人，那個……獵魔士傑洛特還傑洛德的。先不管宿命與命運這些所謂充滿詩意的廢話，就你的歌謠，那孩子的確從琴特拉之戰脫身了，這是真的嗎？」

「我不知道……」亞斯克爾哀求著。「天啊，我只是個詩人耶！我就聽到這樣那樣，剩下的……」

「嗯？」

「剩下的都是我想出來的！我亂掰的！我什麼都不知道！」吟遊詩人嚇得大聲尖叫，他看到黎恩斯對那個臭得要命的傢伙下指令，繩子好像又拉得更緊了。「我沒說謊！」

「的確，」黎恩斯點點頭。「你是沒有說謊，不然我一定看得出來。不過你在隱瞞什麼，你不可能憑空想出這樣一首歌。再說，你可是認識那個獵魔士的，有時還會看到你們倆走在一起。好了，亞斯克爾，說吧！如果你珍惜自己的手腳，把你知道的都說出來吧！」

「那個奇莉，」詩人喘著氣說。「是獵魔士的宿命，就是所謂的『驚奇之子』……您一定有聽說過，這件事很轟動。她的父母發誓要把孩子送給獵魔士……」

「她的父母會想要把孩子送給那個神經的變種人？那個收錢辦事的劊子手？說謊，你這個蹩腳詩人。這些笑話你唱給那些娘兒們聽還差不多。」

「事情就是這樣啊！我以我媽的靈魂發誓！」亞斯克爾哭了出來。「我是從某個地方聽來的……獵魔士……」

「我問的是那個女孩。我現在對獵魔士沒興趣。」

「我不知道那個女孩的事！我只知道戰爭開打後，獵魔士有到琴特拉找她。我那時有碰到他，告訴他大屠殺的事，說卡蘭特死了……他向我問起那孩子，女王的外孫女……可是，我知道琴特拉人都死光了，全軍覆沒……」

「快說，不要再編故事。說具體一點！」

「獵魔士知道琴特拉被滅，以及那場大屠殺的事後，就放棄原本的旅程。我們倆逃到北方去，然後在漢格佛斯分手。從那時後起，我就再沒看過他了……不過，路上是有聽他提過那個……奇莉，那個宿命……所以我就寫了這首歌謠。我只知道這麼多，我發誓！」

黎恩斯一臉陰沉地看著他。

「那麼那個受雇殺怪的劊子手，浪漫的屠夫，喜歡繞著宿命打轉的獵魔士現在在哪裡？」他問道。

「我說了，我最後一次見到他……」

「我知道你說了什麼。」黎恩斯打斷他。「你說的話我都聽得很仔細。現在換你聽仔細，好好答話。問題如下：如果一年多以來沒人見過那個獵魔士傑洛特還是傑洛德的，那麼他躲到哪裡去？他通常都躲在哪？」

「我不知道他躲在哪。」吟遊詩人很快地說。「我沒騙你，我眞的不知道……」

「太快了，亞斯克爾，太快了。」黎恩斯不懷好意地笑著。「太急躁了。你很狡猾，不過也很粗心。你說，你不知道那是哪裡，不過嘛……我賭你一定知道這是什麼。」

亞斯克爾咬牙切齒，又是憤怒又是失望。

黎恩斯對渾身惡臭的手下下了指令。「獵魔士躲在哪，嗯？那個地方叫什麼？」

詩人沉默。只見麻繩一緊，他的雙手又是一陣劇痛，兩腳離開地面。亞斯克爾才剛發出一聲慘叫，黎恩斯馬上就以魔法戒指封住他的口。

「高點，再拉高點。」黎恩斯兩手扠腰。「你看，亞斯克爾，我也可以用法術來探察你的腦袋，不過那樣太累人了。再說，我喜歡看人痛到眼睛爆出來的樣子。反正，不管是哪種方式你都會說。」

亞斯克爾知道自己最後一定會說出來。綁在他腳上的繩子已經拉得很緊，連在一起的石灰桶在地上拖來拖去，發出刺耳的噪音。

「主人，」另一個打手突然開口，他用連帽斗篷遮住燈光，從豬圈的縫隙向外望。「有人來了，大概是個女人。」

「你們知道該怎麼辦。」黎恩斯壓低聲音說：「把燈滅掉。」

那個臭得要命的傢伙把繩子放掉，亞斯克爾癱軟地摔到地上，看到拿燈那人站在小門旁，而臭得要命的傢伙則手拿長刀守在另一邊。妓院裡的燈光從木板縫隙透了過來，詩人聽到遠處的喧鬧和歌聲。

豬圈的門「呀」地一聲打開，門口出現一道身影。來人個子不是很高，全身包在大衣裡，頭上還戴了一頂非常服貼的圓帽。那人稍稍探視了一下，然後一腳跨過門檻。那個臭得要命的傢伙欺上前，伸手一刀，卻跌跪在地，因爲刀子就像穿過一陣煙霧似地，直接穿過來人喉部，但沒碰到任何東西。事實上，他攻擊的對象的確是一道霧影，而且那道霧影已開始慢慢散去。霧影散盡之前，豬圈裡閃進另一道模糊、漆黑、像鼬鼠般靈活的身影。亞斯克爾看見那道黑影先把大衣丟到提燈人頭上絆住他，然後跳到渾身惡臭的傢伙上方。接著，黑影手上亮光一閃，那個臭得要命的傢伙就好像噎到似地不停抽氣。另一個打手掙開大衣，跳到黑影面前揮刀，只見黑影手上劈里啪啦射出閃電，像一道燃燒的火焰般，在打手臉上與胸口劃出一道裂痕，讓他不停哀號。豬圈裡瀰漫著焦肉味，非常噁心。

黎恩斯展開攻擊。他使出魔法，一道藍光倏地照亮整個豬圈。那一瞬間，亞斯克爾瞥見一個身著男裝的清瘦女子，她比了一些怪異手勢，他只看見她一秒鐘，一道刺眼白光閃過，藍光轟然驟滅。黎恩斯慘叫一聲，整個人被打飛出去，撞上木頭圍欄，發出一陣巨響。那個穿男裝的女子追了過去，手上的短劍發出一抹寒光。接著一個橢圓光環憑空出現，射出陣陣光束，讓整個豬圈再次亮了起來，不過，這次是金光。亞斯克爾看見黎恩斯立刻從地上跳起來，衝向那圈橢圓光環。那名女子及時趕到，趁光球還沒徹底熄滅，比出手勢，大聲唸著他聽不懂的話。然後，某個東西裂了開來，還發出一陣沙沙聲，而那個快滅掉的光球則熊熊燒了起來。亞斯克爾聽到遠處似乎傳來聲音，很像是疼痛而發出的慘叫。光環熄滅，豬圈又陷入黑暗，亞斯克爾發現封住自己嘴巴那股力量已經消失。

「救命！」他大叫：「救我！」

「不要叫，亞斯克爾！」女子說道，蹲在他旁邊，用黎恩斯的小刀幫他把繩子割斷。

「葉妮芙，是妳嗎？」

「你該不會要說你忘了我長什麼樣子吧？對你這個音樂家的耳朵來說，我的聲音應該不陌生吧？你站得起來嗎？他們有沒有打斷你的骨頭？」

亞斯克爾勉強站起身，痛得叫了一聲，然後轉動發疼的肩膀。

「他們怎麼了？」他比了比躺在地上的兩具軀體。

「過去看看。」女巫唰地一聲把短劍收好。「其中一個應該還活著，我有幾個問題要問他。」

「這傢伙，」吟遊詩人站在臭傢伙旁。「大概還活著。」

「應該不可能。」葉妮芙無情地說。「我割斷了他的氣管和頸動脈，他可能還能喘兩下，不過等等就該了結了。」

亞斯克爾嚇得打冷顫。

「妳割斷他的喉嚨？」

「要是我不夠小心，沒先放出幻象，那躺在這兒的就是我了。我們看看另一個……該死！看，這麼壯的人竟然撐不住。可惜啊，可惜……」

「他也死了？」

「是嚇暈了。嗯……我好像把他燒過頭了……看，連牙齒都黑了……你怎麼了？亞斯克爾，你要吐嗎？」

「對！」詩人聲音模糊地回答。他把頭抵在豬圈牆上，整個人彎了下去。

□

「就這樣？」女巫放下杯子，伸手拿了串烤雞。「你沒說謊或是故意漏掉什麼吧？」

「沒有，除了還沒向妳道謝。葉妮芙，謝謝妳。」

她看著他的眼睛，輕輕點了點頭，那頭黑亮的鬈髮也跟著自肩膀落下。她把烤好的雞肉放到木盤上，俐落地分成幾塊，然後拿起刀叉開始享用。到目前爲止，亞斯克爾只見過另一個人那麼俐落地用刀叉吃雞肉，現在他知道傑洛特是向誰學這招的了。呵，這也沒什麼大不了的，畢竟在傑洛特離開她前，兩人可是一起在她凡格爾堡的家住了一年，也難怪會從她那兒學到這種怪癖。亞斯克爾抓起另一隻烤雞，扳下一隻腿，故意用兩手抓著吃。

「妳是怎麼知道的？」他問：「怎麼那麼剛好在我最需要的時候來救我？」

「你在布羅黑利斯樹下表演的時候，我也在。」

「我沒看到妳。」

「我不想讓人看見。我跟著你到了這個小鎮，然後就在這間酒館等，畢竟我不太適合到你去的那個地方。那種地方快不快樂很難說，不過淋病一定少不了。後來我等不下去了，聽到後院豬圈那邊有聲音，就跑過去看。我本來還以爲是人獸交媾的聲音，不過仔細聽了一下，原來是你。喂！老闆！能不能再來些酒？」

「好的，小姐！馬上來！」

「麻煩你，跟剛才一樣，不過這次不用加水！這水嘛，在澡間裡還能忍受，不過加到酒裡我可就不喜歡了。」

「來了！來了！」

葉妮芙把盤子移到一旁。亞斯克爾注意到盤子裡剩下的肉多得夠酒館老闆一家子當早餐吃。看來，那副刀叉雖然很素雅精美，卻不怎麼好用。

「謝謝妳救了我！」他再次說。「那個該死的黎恩斯一定不會讓我活命，他會把我整個挖空，像個野蠻人一樣把我生吞入腹。」

「我也是這麼想。」她幫自己跟亞斯克爾倒了酒，然後舉杯。「我們來喝一杯吧！慶祝你死裡逃生，而且還這麼活蹦亂跳。」

「我也祝妳身體健康，葉妮芙。」他回敬道。「敬我這幾次都化險爲夷。從今天起，我得開始禱告了。我欠妳一次，美麗的小姐，我會用歌謠來還。一般人總認爲巫師對其他人根本漠不關心，沒興趣幫助那些和他們沒有關係、可憐又不幸的普通人；我會用我的歌謠來推翻這個迷思。」

「是嗎？」她笑了起來，那雙漂亮的紫色眼睛微微彎著。「事出必有因，迷思是不會憑空出現的。再說，你可不是外人，我們認識呀，而且我喜歡你。」

「眞的嗎？」詩人也笑了起來。「那妳隱藏得眞好。我聽說妳很受不了我，說我『像瘟疫一樣』。」

「以前是這樣。」女巫突然認眞地說。「不過，我後來改變想法了，反而很感謝你。」

「謝我什麼？我可以問一下嗎？」

「這不重要。」她一邊說著，一邊把玩著空杯子。「我們還是說說那些比較重要的事吧！就是你在豬圈裡要被拉斷手時，他們問你的那些事。事情的眞相是什麼？亞斯克爾，你們逃離亞魯加河岸後，你眞的沒再見過傑洛特？你眞的不知道他在戰後又回到南方？不知道他那時受了重傷，而且還有傳言說他傷重不治？你眞的什麼都不知道嗎？」

「不，我不知道。我在朋凡尼斯玩了很久，一直待在艾斯特拉德·迪森的宮廷裡，然後又跑去漢格佛斯的涅達米爾那裡……」

「你眞的不知道。」女巫點了點頭，把斗篷解下。她的脖子上繫了條黑絲帶，上頭的鑲鑽黑曜石發出閃閃光芒。「你不知道傑洛特傷好之後又去了扎澤徹？難道你還想不到他要去找誰？」

「我曉得妳在說誰，不過我不知道他找到了沒。」

「你不知道。」她重複。「你，通常什麼都知道，什麼都唱，甚至連別人的感覺這種私密的事都唱得出來。我可是聽了你在布羅黑利斯樹下唱的歌，關於我的部分，你倒是用了幾個滿不賴的字眼。」

「詩，」他看著烤雞嘀咕著。「有其獨特的法則，不該有人覺得被冒犯……」

「『髮絲宛如渡鴉之翅，又似闇夜之風暴……』」葉妮芙刻意用誇張的語氣引用他的詩。「『……而那雙紫眸之中則隱隱閃著電光……』你是這樣唱的吧？」

「我對妳的印象就是這樣。」詩人淡淡地笑著。「要有誰認爲我說的不對，就朝我丟石頭吧！」

「我只是不曉得，」女巫抿了抿嘴。「是誰准你描述我的內心世界。你是怎麼說的？『她的心正似其項上妝點之寶石，堅硬如鑽，冷酷如鑽，尖銳鋒利更勝那黑曜石……』這是你自己想出來的，還是……」

她扯了扯嘴角，然後嘴唇一撇。「……還是你聽過某人這樣描述、這樣抱怨？」

「咳……」亞斯克爾清了清喉嚨，把這個危險的話題岔開。「告訴我，葉妮芙，妳最後一次看到傑洛特是什麼時候？」

「很久以前。」

「是在那場戰爭之後嗎？」

「在那場戰爭之後……」葉妮芙的語氣稍稍變了。「對，在那場戰爭之後我沒有見過他。有好一段時間我沒碰過半個人。不過，回到主題，詩人，我有點訝異你什麼都不知道，什麼都沒聽說；即便如此，某人還是把你吊在梁上，想從你這裡問到什麼，你不會覺得不對勁嗎？」

「是不太對勁。」

「聽我說，」她把杯子叩地一聲放在桌上，嚴肅地說。「你認眞聽我說。把那首歌謠從你的曲目裡刪掉，不要再唱她的事。」

「妳是說……」

「你很清楚我在說什麼。你可以唱尼夫加爾德的那場戰役，也可以唱傑洛特和我的事，反正你影響不了我們，也幫不了我們，而我們之間更不會因此好轉或更壞，反正就是不要再唱琴特拉那頭小母獅的事。」

她打量了一下四周，這個時間酒館裡雖然沒幾個人，但她還是確定了一下有沒有人在偷聽，並且等到打掃的女僕進到廚房後才又開口。

「你也盡量別和不認識的人單獨碰面，」她小聲地說：「那些沒有開頭就替你倆共同認識的人向你問好的，你懂嗎？」

他看著她，一臉錯愕。葉妮芙見狀，笑了起來。

「亞斯克爾，我代戴斯特拉向你問好。」

聞言，吟遊詩人不安地四處張望。他大概是滿臉驚嚇，樣子非常逗趣，因爲女巫故意不懷好意地盯著他。

「趁這個機會，」她橫過桌面低聲說：「戴斯特拉需要一些情報。你是從維爾登回來的，戴斯特拉想知道艾爾維爾的皇宮裡是怎麼說這件事的。他要我跟你說，這次的情報要有內容、有重點，不要又摻些詩詞歌賦的。散文，亞斯克爾，要散文。」

詩人嚥了下口水，點點頭。他先是沉默了一下，琢磨要如何回答，不過女巫卻先他一步開口。

「接下來日子會很難過。」她小聲地說：「不但會很難過，而且還充滿危險。該做些改變了。如果一個人覺得不管做什麼事情都不會好轉，所以就這麼渾渾噩噩地過一生，那還真是讓人遺憾，對嗎？」

他點頭同意，然後清了清喉嚨。

「葉妮芙？」

「怎麼了？詩人。」

「豬圈裡那些人……我想知道他們是誰，他們要什麼，誰派他們來的。雖然妳把那兩人都殺了，可是人家說你們還是可以從死人身上取得消息。」

「參議會的告示明文禁止使用通靈術，這點你沒聽說嗎？算了吧，亞斯克爾，那些混混知道的大概也不多。至於跑掉那人……嗯……就另當別論了。」

「黎恩斯，他是巫師，對吧？」

「對，不過他的能力不怎樣。」

「可是他還是從妳手中逃掉了。我有看到他怎麼逃的，用瞬間移動，對吧？難道從這點看不出任何端倪嗎？」

「是有點端倪，這表示有人在幫他。那個黎恩斯沒有足夠時間跟力氣在空中開啓橢圓通道。再說，這種通道可不是什麼不入流的小人都開得了；很明顯，開啓通道的另有他人，比他厲害多了。所以，在不曉得通道另一邊是哪裡的情況下，我才不敢貿然追上去。不過，倒是放了一道挺嗆的火焰過去，他少不了要用上一堆咒語跟上等燒傷藥；即使如此，傷疤也要好一段時間才會消失。」

「也許妳會想知道，他是尼夫加爾德人。」

「是嗎？」葉妮芙坐直身軀，快速地從口袋裡掏出那把小刀，放在掌心上端詳著。「現在很多人都有尼夫加爾德的刀，因爲很方便又好上手，甚至還可以藏在乳溝裡……」

「我說的不是那把刀。他拷問我的時候，用了『琴特拉之戰』、『奪城』，還有其他類似字眼，我還沒聽過有人這樣形容那個事件。對我們來說那就是屠殺——琴特拉大屠殺——沒有其他字眼。」

女巫抬起手檢查指甲。

「反應挺快的嘛，亞斯克爾，耳朵還眞靈。」

「這是職業病。」

「我倒挺想知道，你指的是哪個職業？」她露出媚惑的笑容。「不過，還是要謝謝你。你給的情報很珍貴。」

「妳怎麼說怎麼算吧！」他笑著回答。「算是我爲了讓事情好轉所盡的一份心力。告訴我，葉妮芙，爲什麼尼夫加爾德對傑洛特和琴特拉的女孩這麼感興趣？」

「不要多管閒事。」她突然嚴肅地說。「我說過，你要徹底忘掉卡蘭特外孫女的事。」

「對，妳是說過。可是，我不是在找寫歌的題材。」

「見鬼了，那你在找什麼？找碴？」

「假設，」他雙手交疊，抵著下巴，盯著女巫的雙眼，小聲地說。「假設傑洛特眞的找到那孩子，還救了她。假設他終於相信命運的力量，然後把孩子帶在身邊。他們去哪兒了？黎恩斯想用刑求從我口中挖出答案。而妳知道答案是什麼，葉妮芙。妳知道獵魔士躲到哪去了。」

「我是知道。」

「妳還知道要怎麼找到他藏身的地方。」

「沒錯。」

「妳不覺得應該警告他嗎？告訴他黎恩斯那夥人在找他和小女孩？要是我知道他在哪就會去警告他，不過我真的不知道他在哪……我不希望洩露那個地方……」

「說重點，亞斯克爾。」

「如果妳知道傑洛特在哪，應該要去警告他。這是妳欠他的，葉妮芙。你們之間畢竟有所羈絆。」

「是沒錯。」她冷冷地說。「我們之間是有所羈絆，所以我有點了解他，知道他不喜歡人家幫他。就算他需要幫助，也會找那些他信得過的人。那些事情至今都一年了，可是我從來沒收到過他的隻字片語……至於我們之間的債，我欠他的，不多也不少，就如他欠我的一樣。」

「我去。」他抬起頭。「告訴我……」

「我不會說的。」她打斷他的話。「你已經被盯上了，亞斯克爾。他們可能會再回來找你，所以你知道的越少越好。離開這裡吧！去雷達尼亞，去找戴斯特拉和菲莉帕．愛哈特，去賴在維吉米爾的皇宮裡。我再說一次：忘了琴特拉的小母獅、忘了奇莉，假裝從沒聽過這個名字。照我說的做吧！我不希望你碰上壞事。我真的很喜歡你，我欠你太多……」

「這是妳第二次這麼說了。妳到底欠我什麼？葉妮芙。」

女巫別過頭，沉默了好一陣子。

「你那時跟他一起走。」她終於開口。「多虧有你，他才不用隻身上路。你是他的朋友，一路陪著他的朋友。」

吟遊詩人斂下雙眼。

「這對他來說大概不是什麼好事。」他喃喃地說。「這份友誼對他沒多大用處，我淨是給他惹麻煩。他總是得把我從困境裡拉出來……得幫我……」

她一句話也沒說，只是橫過桌面，用力地握住他的手，眼裡寫著不捨。

「去雷達尼亞吧！」過了一會兒，她再次說。「去特雷托格。那裡有戴斯特拉和菲莉帕保護你，別逞英雄。你已經捲進危險了，亞斯克爾。」

「我也發現了。」他扮了個鬼臉，揉了揉還在發疼的肩膀。「所以我才覺得應該要去警告傑洛特。只有妳知道他在哪，知道怎麼去找他。我猜妳應該去過那裡，以客人的身分……」

葉妮芙轉過身。亞斯克爾看見她緊咬嘴唇，臉頰上的肌肉還微微顫抖著。

「我確實去過幾次。」她說，語氣中有種陌生而難以捉摸的情緒。「我是去過幾次，以客人的身分。我從沒主動去找他。」

□

冷風怒吼狂嘯，在雜草叢生的廢墟上掀起陣陣綠浪，颯颯飛竄於山楂與蕁麻之間。流雲拂月而過，片刻之間，碉堡褪去披覆的夜紗，點點月光灑落環城之河與斷垣殘壁。斷牙頭骨堆積如山，就著空洞的眼眶望向虛無。奇莉見狀輕輕抽了一口氣，把頭埋進獵魔士的大衣裡。

傑洛特輕輕夾了下馬肚，示意牝馬謹慎地通過磚堆，進入殘破的拱廊。馬蹄達達敲著石板，聲音詭異地迴盪於城牆內，蓋過呼嘯的狂風。奇莉緊緊揪住馬鬃，不住地顫抖。

「我好怕！」她小聲地說。

「沒什麼好怕的。」獵魔士把手放在她肩上答道：「世上可能沒有比這裡更安全的地方了。這裡是卡爾默罕，也就是獵魔士的根據地。很久以前這裡曾是座美麗的城堡。」

奇莉沒有答話，只是把頭壓得低低的。獵魔士的牝馬名喚小魚兒，牠輕輕噴了口氣，好似在安撫她。

他們沿著長長的甬道穿過拱廊與圓柱，隱入不見盡頭的黑色深淵。小魚兒似乎一點也不在意那片無盡的黑暗，踩著穩健而愉悅的步伐前進。

甬道盡頭，一道紅光倏地筆直而下，不斷延伸擴大，形成一道透著火光的門戶。牆上的鐵架插著火把，火光忽明忽滅。一個模糊的黑色身影站在門邊。

「來者何人？」帶著敵意，如金屬般硬冷的聲音在奇莉耳邊響起，好似惡犬低吠。「傑洛特？」

「是的，艾斯科，是我。」

「進來吧！」

獵魔士下了馬，也將奇莉抱下，讓她站在地上，並把小包袱塞進她手裡。奇莉雙手緊抓著那個包袱，恨不得把自己整個藏在包袱後面。

「妳跟艾斯科在這裡等一下。」他說。「我把小魚兒牽去馬廄。」

「到燈光這邊來，小傢伙。」那個叫艾斯科的男人大聲說道：「不要站在黑暗裡。」

奇莉抬起眼看到他的臉，嚇得差點叫出聲。這根本不是人。雖然他有兩隻腳，一身汗味和煙味，穿著也沒什麼特別，不過他絕對不是人。人不會有這樣一張臉。她心想。

「嘿，你還在磨蹭什麼？」艾斯科再次開口催促。

奇莉一動也不動。小魚兒的馬蹄聲在黑暗中漸漸遠去。某個軟軟的東西從她腳下吱吱跑過，嚇得她跳了起來。

「不要站在陰影下，小朋友，不然那些老鼠會咬你的鞋子。」

奇莉抱緊包袱，飛快衝到亮處。鼠群從她腳下吱吱竄逃。艾斯科彎下身拿走她的包袱，掀開她的斗篷。

「搞什麼啊，」他喃喃自語地說。「一個小女孩。真是夠了。」

她一臉害怕地看著他。艾斯科笑了。她發現他原來是人，有一張非常正常的人臉，只是一道又醜又長的半月形疤痕從嘴角劃過整片臉頰，一直延伸到耳際。

「既然妳都來了，歡迎來到卡爾默罕。」他說。「妳叫什麼名字？」

「奇莉。」傑洛特從黑暗中悄然現身替她答道。艾斯科轉過身，兩個獵魔士一句話也沒說，突然緊緊地抱了一下。

「還沒死啊，白狼！」

「還沒。」

「好了。」艾斯科拿起牆上的火把。「過來吧，我把裡面的門關上，不然冷風都灌進來了。」他們進入走道。這裡也有鼠輩肆虐，一見人來，馬上散到牆腳，吱吱閃進兩旁黑暗的通道，好避開晃動的火光。奇莉快速地左閃右跳，試著跟上男人們的腳步。

「艾斯科，除了維瑟米爾，還有誰在這裡過冬？」

「蘭伯特跟可恩。」

他們走下陡滑的階梯，底下的燈火映了上來。奇莉聽見聲音，還聞到煙霧的味道。

底下是間寬敞的廳室，巨大壁爐裡的火焰熊熊燒著，不斷竄向煙囪，將整座大廳照個明亮。大廳中央擺了張沉重的大桌，至少坐得下十個人，不過現在只坐了三個人。不，應該說是三個獵魔士。雖然奇莉只看見爐火映出的三道影子，但她在心裡糾正自己。

「嗨，白狼！我們正在等你。」

「嗨，維瑟米爾！嗨，兄弟們！回家眞好。」

「你給我們帶誰來了？」

傑洛特沉默了一會兒，把手放在奇莉肩上，稍稍將她推向前。她覺得有些彆扭、不知所措，畏畏縮縮地低著頭走。好可怕，她想著。眞的好可怕。自從傑洛特找到我、帶走我後，我還以爲恐懼再也不會回來，一切都已經過去……可是現在又來了，我不但沒回家，還到了這個可怕、黑暗而且破爛不堪的碉堡。這裡到處都是老鼠，還有可怕的回音……我又回到那道紅色的火牆前面。這些黑影好可怕，他們的眼睛會發出奇怪的光芒，而且還陰森森地看著我……

「這孩子是誰？白狼，這女孩是誰？」

「她是我的……」傑洛特突然不知該怎麼說。奇莉感覺到獵魔士把他那雙厚實而穩重的手放在她肩上，一時間那股恐懼消失了，而且消失得無影無蹤。現在，爐火傳來的只有暖意，再無其他。那幾道黑影原來是友非敵，是守護者的剪影。而那一雙雙閃爍的眼睛之中，寫的也只有好奇、擔憂，還有不安……

傑洛特搭在她肩上的手倏地一緊。

「她是我們的宿命。」

的確，沒有什麼比那些違反自然、被稱作獵魔士的怪物還要讓人討厭，因爲他們是邪惡巫術與妖術的結晶，是群忝不知恥、良心泯滅、肆無忌憚的惡徒，來自地獄、嗜好殺戮的怪物。他們在良民中絕無立足之地。

至於卡爾默罕，那些惡名昭彰傢伙的巢穴、他們進行那些可怕訓練的地方，必須從這塊土地上被徹底抹煞，然後在其遺跡之上撒以白鹽和硝石。

《怪物，或有關獵魔士的描述》

——佚名

偏執和迷信一直以來都是群眾中蠢人的特質，而且，就像我想的一樣，永無根除之日，因爲它們和愚蠢本身一樣，沒完沒了。今日群山盤據之地，來日終成汪洋一片；今日萬水浩蕩之處，來日終成滾滾黃沙。而愚蠢卻一直都是愚蠢。

《人生、幸福與財富的沉思》

——倪柯戴慕斯．德步特

第二章

特瑞絲．梅莉戈德朝凍僵的雙手呵氣，動了動指頭，喃喃唸出咒語。她的坐騎是匹黑鬃黑蹄的暗褐色閹馬，一聽見咒語，立刻噗嚕噴氣，轉頭看著女巫；那雙眼還因寒氣與冷風而泛著水光。

「你有兩個選擇，老兄。」特瑞絲一邊脫下手套一邊說。「要嘛，你得習慣咒術；不然，就把你賣給農夫耕田。」

閹馬豎直耳朵，噴出一鼻子熱氣，乖乖順著枝葉茂密的林道走下坡。馬上的女巫壓低身子，免得被覆著白霜的枝葉打中。

咒語很快見效，她已經不再感到寒風刺骨，也不再冷得縮成一團。魔法讓她的身子暖了起來，也讓已經唱了好幾個小時空城計的胃舒緩些許。特瑞絲打起精神，調整姿勢坐得更舒服些，然後專注地打量四周。

從轉入人煙稀罕的小徑後，她就一直朝著灰白色山牆走。通常只有在清晨或快下山時，才會自雲層之後露臉的太陽，這會兒卻在滿覆白雪的山巔灑下閃閃金光。她現在得要更小心一點，因爲已經離山脈更近了。卡爾默罕附近是出了名的荒涼難行，而且入口隱藏在花崗岩壁之間，沒來過的人很難找到；再說，這裡到處是峽谷和溝壑，很容易迷路，要是一不小心轉進去，就會錯過入口。即使她對這一帶非常熟悉、知曉所有大小路，此時此刻也不敢掉以輕心。

女巫走出森林，視線豁然開朗，來到一座直延伸至一片峭壁、布滿鵝卵石的河谷。溫萊赫河（又稱白石河）自谷間流過，在巨石與浮木堆中激出一片水沫；這裡，也就是溫萊赫河的上游，河道雖廣，但河水不深，可輕易渡過。往下走些，也就是喀艾德的所在，屬河流中游，河道甚深，水流湍急，是個無法橫渡的阻礙。

閹馬快步涉水而過，顯然希望越快到達彼岸越好。特瑞絲輕輕拉住了牠——河水雖然不深，只稍稍淹過馬蹄，但底下的石礫卻非常滑腳，水流也又強又急。河水滾滾，不斷在馬蹄四周激起水沫。

女巫抬頭看看天色。冷風越颳越強，氣溫也越降越低，看來會有一場暴風雪。這種時候夜宿山洞或岩縫之中，似乎不是個很誘人的主意。當然，必要的話，她還是可以冒著風雪繼續前進，藉心靈感應來認路，甚至可以用咒術驅寒保暖；不過，她還是希望這些都派不上用場。

幸運的是，卡爾默罕已經不遠了。特瑞絲趕著閹馬踏上平坦的碎石坡，爬過受冰川和溪流洗練的巨大石堆，下到一處位於岩壁之間的峽谷；兩側岩壁聳入雲霄，只留一線天際。這裡比外面暖和多了，因爲岩壁外的寒風儘管再怎麼颳人刺骨，卻灌不進這一方天地。

特瑞絲順著峽谷走，眼前的路逐漸展開，帶領她進入乾涸的河道，再度步入險峻山石之間，來到山谷中一處林木蒼蒼的圓形凹地。儘管凹地外圍的道路較爲平坦好走，女巫卻直接朝那片茂盛濃密的原始之地行進。

林中小木枯枝散落一地，馬兒所到之處啪啪作響。前路盡是斷木橫阻，閹馬無可奈何地噴了口氣，在林間又跳又蹬。特瑞絲收緊韁繩，扯過馬兒毛茸茸的耳朵，狠毒地提醒牠被閹割的事實。馬兒聞言也爲自己的殘缺感到羞恥；現在牠知道自己得在這片密林中找路，不再狂顛亂跳，走得平穩多了。

很快地，這一人一馬來到空曠處，進入幾近乾涸的小溪。女巫專注地檢視周遭，沒一會兒就找到想找的東西——溪谷上方，一根又黑又禿、長滿青苔的大樹幹橫跨在巨石之間。特瑞絲策馬前進些許，想要確定這就是「試煉之路」，而不是一根單純被風吹斷又剛好卡在那裡的樹幹。不過，她還是注意到了一條幾乎看不見的小路，路的一端消失在樹林間。她不可能搞錯，這絕對是「試煉之路」——那條繞著卡爾默罕布滿各種機關的小徑；剛入行的獵魔士都是在這裡訓練跑步速度與呼吸控制。這條小徑雖然叫「試煉之路」，不過特瑞絲知道，剛入行的獵魔士私底下都稱之爲「奪魂道」。

她把身子壓低，靠在馬上，慢慢地從樹幹底下通過。就在那時，她聽見石子碰撞的聲音，還有一陣快速輕巧的腳步聲。

她挺起身，拉住韁繩，等著獵魔士來到樹幹這裡。

獵魔士一路跑上樹幹，像箭一般地飛奔而過，完全沒有減速，甚至不用張開雙手保持平衡，輕巧、敏捷、俐落、優雅得令人無法置信。他如閃電般穿梭林間，沒有驚動到一草一木。特瑞絲大聲地嘆了口氣，難以置信地搖著頭，因爲從身高和體型來看，那個獵魔士差不多只有十二歲。

女巫踢了下馬腹，放開韁繩，馬兒便輕輕地朝河流上游跑去。她知道「試煉之路」還會橫越河道——就在那處叫「咽喉」的地方。她想再看一眼那個小獵魔士，因爲她知道卡爾默罕已有將近四分之一個世紀沒有訓練孩子了。

她不急。「試煉之路」在這座林裡可是九轉迂迴，蜿蜒環繞，那個小獵魔士得花很多時間才能跑完全程，肯定不比她走捷徑快，不過她也不能磨蹭太久；過了「咽喉」，「試煉之路」就會轉進樹林，直接通向他們的據點。如果她沒在小獵魔士到達懸崖前找到他，可能就再也看不到他了。她已經來過卡爾默罕好幾次，也很清楚自己在那邊所見的，只是獵魔士們願意讓她看的部分。特瑞絲沒有天眞到認不清楚他們願意給她看的，只是卡爾默罕的一丁點。

她在布滿石礫的溪谷走沒幾分鐘後，就看見立於前方的「咽喉」——那是個位於溪谷上，由兩顆覆滿青苔、灌木叢生的巨石所構成的裂口。她把韁繩放開，馬兒噴了口氣，把頭埋進鵝卵石間的涓涓細流。

沒多久，獵魔士奔馳的身影便出現在巨石之上。只見他縱身一躍，完全沒有減速；女巫只隱隱聽見「啪」地一聲，獵魔士已輕靈落地。可是，過沒多久一陣石頭碎裂聲傳來，有個重物砰然倒地，伴隨一聲微弱的驚呼——不，應該是尖叫。

特瑞絲想也不想，立刻下馬，甩掉身上的皮草，衝上山坡，攀著樹根和樹枝往上爬。她奮力爬上巨石，卻因爲地上的針葉而滑了一跤，跌坐在地，身旁剛好就是那個躺在石頭上、痛得縮成一團的身影。少年一見她，像彈簧一樣馬上從地上彈起，身子往後一閃，飛快伸手要拿背上的劍。不過他不小心跌了一跤，摔進柏樹與矮松間。女巫依然坐在地上，看著男孩，驚訝得闔不攏嘴。

這不是個男孩。

精緻的小臉，尖尖的下頷，微翹的鼻子，參差不齊的鐵灰色劉海，還有那雙引人注目的碧綠大眼——不過眼裡滿是恐懼。

跑。

「別怕！」特瑞絲試探地說。

小女孩的眼睜得更大了。她似乎一點都不喘，看起來也沒流汗，顯然不是頭一天在「奪魂道」上跑。

「妳沒事吧？」

女孩沒答話，馬上彈起身，卻因不小心扯痛傷處而抽了口氣；她把全身重量放在左腳，然後彎下身揉揉受傷的膝蓋。她身上的衣服似乎是用某種皮革縫成的，與其說用縫的，應該說是用黏的較爲貼切；因爲那種手法任哪個重視自己手藝的裁縫師看了，都會搖頭晃腦、歎爲觀止。她那身裝備裡，勉強算新且合身的，就只有及膝長靴、腰帶和寶劍。更正確地說，那是把小寶劍。

「別怕！」特瑞絲再次開口，仍坐在地上。「我聽到妳跌倒，嚇了一跳，所以就衝過來……」

「只是滑了一下。」小女孩喃喃地說。

「妳沒傷到哪吧？」

「沒有。妳呢？」

女巫露出笑容，試著想站起來，卻因爲腳踝傳來的痛楚而失了平衡。她不禁咒罵一聲，坐回原地，小心地把腳踝伸直，脫口又是一陣咒罵。

「喂，小妹妹，過來這裡幫我站起來。」

「我不是小妹妹。」

「好吧，那妳是什麼？」

瑞絲。

「我是個獵魔士。」

「哈！那就過來扶我站起來吧，獵魔士！」

小女孩站在原地沒有移動。她換了個站姿，戴著露指羊毛手套的手把玩著劍帶，一臉狐疑地看著特瑞絲。

「不用怕。」女巫露出一抹微笑。「我不是壞人，更不是外人。我叫特瑞絲．梅莉戈德，要去卡爾默罕，這裡的獵魔士都認識我。妳別盯著我看，小心是對的，但是別過了頭；我要是不知道路，能到得了這裡嗎？妳有在『試煉之路』上碰過人類嗎？」

女孩放下戒心靠近了點，並向她伸出手，特瑞絲稍稍借了點力站起身。其實她不需要女孩的幫忙，只是想靠近點看看這個女孩、碰碰她。

小獵魔士那雙翠綠的眼裡看不出任何突變的異狀，而且碰觸她那雙小手時，也沒有感覺到那股輕微而舒服的刺痛，那是被獵魔士觸碰時特有的感覺。這個灰髮孩子雖然揹著劍跑過試煉之路，卻還沒經歷「草之試煉」或「變異」，特瑞絲非常確定。

「小妹妹，讓我看一下妳的膝蓋。」

「我不是小妹妹。」

「抱歉，不過妳總該有個名字吧？」

「我是……奇莉。」

「妳好。過來點，奇莉。」

「我沒事。」

「我想看看妳所謂的『沒事』是怎麼個沒事法。唉，和我想的一樣。妳說『沒事』，但褲子卻破了個大洞，還有皮都磨到見肉了。乖乖站著，別怕。」

「我才不怕……啊！」

女巫呵呵笑了起來，因施法而發癢的手正摩擦著臀部。女孩彎下身檢查膝蓋。

「喔！」她說：「已經不痛了！而且連破洞都消失了……這是魔法嗎？」

「妳猜對了！」

「妳是魔法師嗎？」

「妳又猜對了。老實說，我比較希望妳稱我爲女巫。妳可以叫我的名字——特瑞絲，免得搞混。就叫我特瑞絲吧。來，奇莉，我的馬還在下面等著，我們一起騎馬去卡爾默罕吧。」

「我應該用跑的。」奇莉搖搖頭。「跑到一半停下來不太好，因爲肌肉裡會有牛奶的酸。傑洛特說……」

「傑洛特在基地裡嗎？」

奇莉皺起眉頭、抿著嘴唇，從那片鐵灰色劉海下瞥了女巫一眼。特瑞絲再度呵呵地笑了起來。

「好啦。」她說。「我不問了，祕密就是祕密。妳做得很對，不該把祕密告訴不太熟的人。來吧，等我們到了那裡，就知道碉堡裡誰在、誰不在了。至於肌肉的事就別管了，我知道要怎麼對付乳酸。喔，這就是我的坐騎，我幫妳……」

她伸出手，不過奇莉不需要幫忙。她俐落地跳上馬，非常靈巧，讓人幾乎感受不到反彈的力道。即便如此，馬兒還是被這個動作嚇到，四隻腳不停地亂踏，奇莉快速抓住韁繩，讓牠安靜下來。

「看來妳對馬兒挺在行的。」

「我對任何事都很在行。」

「往馬鞍坐一點。」特瑞絲踏上馬蹬，抓住馬鬃。「讓點位子給我。還有，小心妳的劍，別把我的眼睛戳下來。」

閹馬被踢了一下後，便沿著河床往前進。她們通過另一個河谷，爬上一座圓形小丘，從那裡已經可以望見矗立在石壁間的卡爾默罕廢墟——部分毀損的梯形城牆、殘存的城樓與城門，還有龜裂的主樓圓柱。

閹馬踩著殘破的吊橋通過護城河時，甩著頭噴了一口氣；特瑞絲把韁繩收緊。河底堆滿腐爛的頭顱和屍體，不過這對特瑞絲來說沒有什麼大不了——她已經見識過這番景象了。

「我不喜歡這樣。」小女孩突然開口：「這樣是不對的。逝者應該要埋在土裡，安葬在墓碑之下。對吧？」

「對，我也這麼覺得。」女巫平靜地同意她的說法。「不過，那些獵魔士把這片墓地當作……警惕。」

「警惕什麼？」

特瑞絲驅馬走向殘破的拱廊。「卡爾默罕以前曾受到攻擊。那時這裡發生了一場血腥戰役，幾乎所有獵魔士都死了，只有那些正好不在基地的才得以倖存。」

「是誰攻擊他們？還有為什麼？」

「我不知道。」她佯裝不知情。「這已經是好久以前的事了，奇莉。妳去問獵魔士吧。」

「我問過了，」小女孩嘟著嘴。「可是他們都不告訴我。」

我懂他們為何不說。女巫心想。這孩子是要受訓成為獵魔士的，這小女孩還沒接受變異，所以沒有人會向這樣的孩子提起那場大屠殺。沒人會用那些話來嚇這樣的孩子——那些她將來也可能聽見的話語，當時攻進卡爾默罕的狂熱分子所叫囂的話：變種！怪物！怪胎！被天神詛咒、違反自然的生物！不，我一點都不意外那些獵魔士沒跟妳說這些，小奇莉，而我也不打算告訴妳。我還有其他保持緘默的理由——因為我是個女巫。當年那群狂熱分子如果沒有巫師幫忙，是不可能拿下這座碉堡的。還有那可惡的毀謗、那本廣為流傳的《怪物》，大概也是哪個巫師的匿名之作；那本書煽動了那群狂熱分子，讓他們犯下這場滔天大罪。但是，小奇莉，我不認同集體責任，也不覺得應該為此贖罪，畢竟這件事發生在我出生前的半個多世紀。而那些本應永世提醒眾人的骨骸，終將腐爛殆盡，化為塵埃，走向遺忘，消失在山腳的狂風中……

「他們不想就這樣躺著。」奇莉突然說道：「他們不想成為象徵、良心的譴責或是警惕。可是，他們也不希望骨灰就這樣被山風吹散。」

聽到女孩聲音的改變，特瑞絲抬起頭。那一瞬間，她感應到一道魔法靈光、一股波動，以及太陽穴中翻騰的血液。她倏地挺直了身軀，卻一個字也沒說，生怕打斷或干擾眼前的情況。

「這不過是一座墳墓。」奇莉的語氣越來越不自然，越來越刺耳、冰冷、飽含威脅。「一堆終將掩沒於蕁麻之中的黃土。死亡有一雙冰冷的藍色眼睛，方尖碑的高度沒有意義，上頭所刻的碑文也沒有意義。這點有誰比妳更清楚？特瑞絲．梅莉戈德——索登丘的第十四位巫師？」

女巫開始擔心了。她看見女孩的雙手抓緊了馬鬃。

「妳早就死在那座索登丘上，特瑞絲．梅莉戈德。」那個陌生的邪惡聲音再次響起。「妳為什麼要到這裡來？回去，立刻回去，而那個孩子，那個繼承上古之血的孩子，把她帶上，把她帶回給她所屬的那群人。去吧，十四。如果妳拒絕，妳將再死一次，索登丘上追憶妳的那天將會到來。妳將成為萬人塚的一分子，妳的名字也將刻在那方尖碑上。」

閹馬甩著腦袋，高聲嘶鳴。奇莉突然怔住，打了個冷顫。

「怎麼了？」特瑞絲試著穩住聲音問道。

奇莉清了下喉嚨，順了順頭髮，抹了抹臉。

「沒……沒什麼……」她不太確定地喃喃道：「我累了，所以……所以睡著了。我應該要用跑的……」

靈光消失了，特瑞絲感到一股寒意襲捲而來。她試著說服自己這不過是殘存的防禦咒，雖然她心裡知道實情並非如此。她往上一看，望見碉堡的石塊，殘破的垛口好似空洞的眼眶般盯著她。一股戰慄竄遍她全身。

馬兒踏在庭院的地上，發出躂躂聲響。女巫俐落下馬，向奇莉伸出手；藉著掌心的觸碰，她小心地傳出一道魔法脈波。可是，她失望了，因爲她什麼都沒感覺到。剛剛發出那道強烈靈光的女孩身上，沒有任何魔法痕跡。她現在不過就是個非常普通、頂著一頭亂髮、衣著簡陋的孩子。

可是這孩子剛才明明就不是個普通的孩子。

她還來不及仔細思考剛才的詭異事件，就聽見鐵框大門「呀」地一聲，好似一道呵欠般，由遠而近地自半毀大門後方的幽暗深廊傳來。她褪下毛皮披肩，摘下狐皮帽，甩開一頭秀髮——這可是她引以爲傲的標誌——那新鮮栗子般的顏色，鬈曲蓬鬆的長髮，像黃金一樣耀眼。

奇莉見狀，不禁發出一聲讚歎。特瑞絲微微一笑，很滿意這個效果。如此美麗的披肩長髮非常罕見，代表了女人的地位與身分，象徵著一個自由的女性、只屬於自己的女性。這是不同於一般女子的象徵——因爲普通少女總是紮著辮子，而一般少婦總是將頭髮藏在帽子或頭巾底下。出身高貴的女子（包括皇后在內）會頂著設計過的鬈髮，而女戰士則會把頭髮剪短。只有女德魯伊和女巫（還有妓女）才會留著一頭自然而不加裝飾的秀髮，好強調她們的獨立自主。

獵魔士們現身了——一如往常地出其不意、無聲無息，而且不知從何處而來。他們就在她面前，身材高挑頎長，雙手環抱胸前，以左腳爲重心站著；就她所知，他們可以以這種姿勢在轉瞬間發動攻擊。奇莉站在他們身邊，也是同樣站姿。那一身可笑的衣服讓她看起來非常逗趣。

「歡迎來到卡爾默罕，特瑞絲。」

「嗨，傑洛特！」

他變了，好像老了。特瑞絲知道就生理上來說這是不可能的——獵魔士也會老，這是一定的，只是非常緩慢，一般人或像她這樣年輕的女巫是不可能察覺到任何改變的。不過，只消一眼就會知道，變種人雖然可以減緩生理上的老化過程，卻阻止不了心理上的老化速度。傑洛特布滿皺紋的臉龐就是最好的證據。一股深深的惋惜讓特瑞絲將視線從白髮獵魔士那雙顯然見過很多事情的眼睛移開。再說，她在那雙眼裡並沒有看見原先期望的東西。

「嗨！」他重複道。「我們很高興妳會想來這裡。」

傑洛特的身旁站著艾斯科，撇開他的髮色和臉上那道長疤，兩人長得就像兄弟。而卡爾默罕裡最年輕的獵魔士蘭伯特，一如往常，擺著一張又醜又冷的臉。維瑟米爾並不在場。

「歡迎，請到裡面來吧。」艾斯科說。「好冷，這風吹得好像有人上吊似的【註】。奇莉，妳要去哪？我不是請妳進去。太陽雖然現在被遮住了，但還高掛在天上，可以繼續練習。」

「欸！」女巫甩了下頭髮。「欸！禮貌在獵魔士的根據地裡好像變得不值錢了。奇莉是第一個迎接我的，還把我帶到基地裡來，她理當陪著我……」

「她是來這裡受訓的，梅莉戈德。」蘭伯特露出愚蠢的笑容。他總是叫她「梅莉戈德」——不加頭銜也不加名字，特瑞絲很討厭這樣。「她是這裡的學生，不是管家。招呼客人不是她的工作，即使是像妳這樣親切的客人也不行。我們走，奇莉。」

特瑞絲輕輕聳肩，假裝沒看見一臉為難的傑洛特和艾斯科。她閉上嘴，不想讓兩人更加為難。尤其她根本不想讓他們知道，那女孩有多麼令她著迷且感興趣。

「我把妳的馬牽去安置。」傑洛特一面伸手要拉韁繩，一面提議道。特瑞絲偷偷地移動了手的位置；兩人的手碰在一起，眼神也是。

「我跟你去。」她從容地說。「鞍囊裡有些我需要的小東西。」

「不久前妳才讓我經歷了些不愉快。」他們剛進到馬廄，他就開口唸著：「我親眼看到妳那塊令人印象深刻的墓碑、記載妳在索登之役壯烈犧牲的方尖碑。一直到不久前，我才聽說原來是搞錯了。我想不通，怎麼可能會把妳和別人搞錯呢？特瑞絲。」

「這事說來話長。」她答道：「有機會再和你說。至於讓你經歷那些不愉快，就原諒我吧！」

「沒什麼好原諒的。最近這段時間沒什麼讓人開心的消息，至少沒什麼比得上妳還活著這件事。唯一還可以拿來比的，大概就是現在看到妳站在我面前的感覺吧。」

特瑞絲覺得體內好像有什麼東西裂開了。來見白髮獵魔士的這一路上，恐懼和期待一直在她心裡拉鋸著。然後當她看見那張勞累疲憊的臉龐，那雙歷盡滄桑、沒有生氣的眼睛，當她聽見那冷淡且不帶任何情緒、故作平靜卻又充滿感情的話語……

她撲上前抱住他的脖子，那麼地迅速，沒有絲毫猶豫。她抓起他的手，粗魯地埋進自己頸後的髮絲裡。一陣刺痛在背上流竄，引起一股淡淡的歡愉，讓她幾乎要叫出聲。為了不讓自己叫出聲，她找上他的雙唇，緊緊貼了過去。她微微地顫抖著，整個人用力地壓在他身上；她感到體內生出一股亢奮，且不

【註】斯拉夫文化中，一般相信，每當有人上吊之際，那時的風吹得最為可怕，因而衍生出用「風吹得好像有人上吊似的」來形容陰森可怕的寒風。

斷高升，讓她越來越忘我。

傑洛特卻不像她一樣忘我。

「特瑞絲……別這樣。」

「喔！傑洛特……我好……」

「特瑞絲，」他稍稍拉開兩人的距離。「這裡不只我們兩個……他們來了。」

她望向門口，過了一會兒才看見走過來的其他獵魔士身影，又過了一會兒才聽見他們的腳步聲。看來，她自以為靈敏的聽力根本就與獵魔士沒得比。

「特瑞絲，孩子！」

「維瑟米爾！」

維瑟米爾真的很老，說不定比卡爾默罕還老，可是朝她走來的步伐是那麼快速、有活力且充滿韻律，他的擁抱是那麼扎實，雙手是那麼有力。

「很高興又見到你，老爺爺。」

「親一個。不，不要親手，小女巫。等我躺進棺材長眠時，再來親我的手吧！這一天很快就來了。喔，特瑞絲，還好妳來了……除了妳以外，還有誰可以把我治好？」

「治好？你？治什麼？我看是要治你的幼稚吧！把你的手從我臀部拿開，老傢伙！不然我就把你這把白鬍子燒了！」

「原諒我吧！我老是忘了妳已經長大了，不能再把妳抱到膝蓋上拍拍了。至於我的身體嘛……哎，特瑞絲，上了年紀可不是件令人高興的事。我全身的骨頭喀喀響，痛得都要哇哇叫了。妳肯幫幫我這個老人家嗎，孩子？」

「我會幫你的。」女巫從熊抱中掙脫，目光落到陪在維瑟米爾身旁的獵魔士上。這個獵魔士很年輕，看起來和蘭伯特差不多年紀。他蓄著一臉黑色短落腮鬍，卻蓋不住天花的明顯疤痕。這挺不尋常的，因爲獵魔士對傳染病的免疫力通常很好。

「特瑞絲．梅莉戈德，可恩。」傑洛特幫兩人介紹。「可恩是第一次和我們過冬。他是北方來的，波維斯人。」

這名年輕獵魔士鞠了個躬。他的虹膜是很淡的黃綠色，眼白上布滿紅色血絲，這說明了他的眼睛變異過程有多麼辛苦、困難。

「來吧，孩子。」維瑟米爾攬著她的肩膀說。「馬廄不是迎接客人的地方，不過我實在等不下去。」

庭院裡風吹不到的牆角中，奇莉正在接受蘭伯特的訓練。她很熟練地站在用鐵鍊懸著的木梁上，用劍不斷地攻擊人形皮囊。特瑞絲停下腳步。

「不對！」蘭伯特吼道。「妳靠太近了！還有不要亂刺一通！我說過了，要用劍尖，要刺在頸動脈！人類的頸動脈在哪？頭頂嗎？妳是怎麼了？專心點，小公主！」

哈！特瑞絲想著。所以這原來是眞的，不是傳說。就是她。我猜的沒錯。

她決定馬上發動攻擊，不讓獵魔士們有機會反應。

「大名鼎鼎的驚奇之子？」她指著奇莉說。「看來，你們是認眞要完成命運與宿命的要求？各位老兄，你們大概也被童話故事沖昏頭了。我聽過的童話故事都是牧羊女和孤兒變公主，不過我看這裡倒是公主變獵魔士。你們不覺得這計畫很大膽嗎？」

維瑟米爾看向傑洛特。白髮獵魔士不發一語、面無表情，對於維瑟米爾無聲的要求完全沒有反應，眼皮連動都沒動。

「事情不是妳想的那樣。」老人清了清嗓子。「去年秋天傑洛特把她帶來這裡。她已經沒有親人了，除了……特瑞絲，如果這裡不信宿命，那……」

「宿命跟拿劍亂揮有什麼關係？」

「我們只能教她使劍。」傑洛特轉過身，看著她的眼睛輕聲說。「不然我們要教她什麼呢？除了這個，我們不會別的。不管是不是宿命，卡爾默罕現在是她的家，至少這段時間內是。訓練和擊劍對她來說很有趣，可以保持健康和良好狀態，讓她忘掉那段悲慘的經歷。現在這裡是她的家，特瑞絲。她已經沒有其他人可以依靠了。」

女巫盯著他說：「成千上萬的琴特拉子民，在戰敗後逃到維爾登，逃到布魯格、特馬利亞、斯格利加島。他們之中有王公、貴族、騎士，有她的朋友、親人……還有官員……這些都是這女孩的臣民。」

「那些親朋好友在戰後並沒有去找她。他們沒有去救她。」

「因爲命中註定她不屬於他們？」她對他露出微笑，雖然不太眞誠，卻非常好看。她竭盡所能裝出最美的笑容。她不希望他用這種語調說話。

獵魔士聳了聳肩。有點了解他的特瑞絲見狀，馬上改變策略，不再和他爭辯。

她又看向奇莉。小女孩靈活地走在平衡木上，快速轉過身，輕輕地揮出一劍，然後馬上退後。繩子上被擊中的假人晃了起來。

「喔！終於！」蘭伯特叫了起來。「妳終於懂了！退回去，再來一次。我要確定剛才不是妳運氣好。」

「那把劍，」特瑞絲轉向獵魔士們。「看起來很鋒利。那根木梁看起來很滑而且不太穩。還有那個師父看起來像個白痴，亂吼亂叫地打擊小女孩的自信心。你們不怕出意外嗎？又或者，你們以為宿命會保護這個孩子不會出意外？」

「奇莉先是不拿劍練了快半年。」可恩說。「她已經知道要怎麼移動。我們隨時留意著她，因為……」

「因為這裡是她的家。」傑洛特把話接完。他的聲音雖小卻很堅決——非常堅決，而且聽得出來他已經想結束這個話題。

「嗯，沒錯，就是這樣。」維瑟米爾深深地吸了口氣。「特瑞絲，妳一定很累。餓了嗎？」

「這點我不否認。」特瑞絲嘆了口氣，放棄捕捉傑洛特的目光。「老實說，我快趴下了。昨晚在試煉之路，我到一間塌了一半的牧羊人小屋裡過夜，睡在稻草和木屑堆裡。要不是靠咒術撐住那堆廢墟，我大概早就被壓死了。我好想睡在乾淨的床上。」

「妳和我們一起用晚餐吧，馬上就用餐了，然後好好地睡一覺，好好休息。我們為妳準備了最棒的房間，就是塔裡那一間。還有，我們把卡爾默罕裡最好的床也搬過去了。」

「謝謝。」特瑞絲勾起淺淺的微笑。睡塔裡，她想。好吧，維瑟米爾。要是你這麼在意形式的話，今天我可以睡塔裡，睡在整個卡爾默罕裡最棒的床上。不過我比較希望跟傑洛特一起睡，就算是睡在最差的床上也沒關係。

「我們走吧，特瑞絲。」

「走吧！」

□

風不停地敲著窗扉，吹動了掛在窗前的掛毯。那掛毯早已被飛蛾啃食得殘破不堪。特瑞絲躺在卡爾默罕裡最棒的床上，整個人陷在黑暗之中。她睡不著，但並不是因為卡爾默罕裡最棒的床已是張破舊的老古董；特瑞絲不停地思索著，而所有將睡意趕跑的思緒，都繞著一個基本問題打轉。

為什麼要把她叫到基地來？這是誰做的？為什麼？目的又是什麼？

維瑟米爾的病不過是個藉口。維瑟米爾是個獵魔士，雖然上了年紀，不過這一點意義也沒有，他的身體好到要教許多年輕人嫉妒。如果說老人是被人面蠍尾獅的蠍子尾刺著或被狼人咬到，那特瑞絲還能相信自己是被叫來醫治他的。不過「骨頭痛」？真好笑。骨頭痛——在卡爾默罕冷得嚇人的高牆裡，這還真是個不太有創意的病名，維瑟米爾大可用獵魔士的鍊金藥，或者更簡單：直接來杯濃烈的黑麥伏特加，一半內服，一半外用。這樣的話，他根本不需要女巫，也用不著女巫的咒術、魔藥水與護身符。

那是誰叫她來的呢？傑洛特？

特瑞絲在被窩裡輾轉反側，感覺一股熱氣湧了上來。除此之外，還有不停騷動的興奮。她小聲地罵了幾句髒話，踢掉羽絨被，翻身側躺。古董床被晃得嘎嘎響，好像快塌了似地。我沒辦法控制自己。她想。我現在就像個愚蠢的少女，或者更糟，像個欲求不滿的老姑婆。我甚至沒法好好思考。

她又罵了幾句髒話。

當然不是傑洛特。冷靜，寶貝，冷靜，想想他在馬廄時的表情吧！妳已經看過那種表情，寶貝，妳已經看過了，不要騙自己，男人們那些愚蠢、充滿歉意、困擾的表情。那些男人只想忘了一切，他們後悔了，只想當作什麼都沒發生過，才不想再回到之前那樣。看在老天的分上，寶貝，不要騙自己這次和之前不一樣。都是一樣的，妳對這點可是一清二楚。再說，妳可是精通此道啊，寶貝！

如果要說性愛史，特瑞絲．梅莉戈德可謂典型的女巫。這一切從挑戰禁忌之果的酸澀味道開始；而嚴格的學院規範及指導教師的限制，讓那禁忌之果越發誘人。再來是獨立、自主，以及狂野放蕩的時期；當然，這一切最終都是以苦澀、失望和放棄收場。接著是好長一段的單身期，她發現要釋放壓力和緩解緊張，最不需要的就是找個人——某個以爲他在翻身躺下，擦掉額上汗水之後，女人就會把他當成是她的主子、她的主宰的傢伙。另外，放鬆神經也有一些比較不麻煩的方法，而且不會有人把毛巾弄得都是污血、在被子裡放屁，也不會吵著要早餐。這段時期過後，是短暫、有趣、令人著迷的同性時期，不過結論還是一樣：污穢、臭屁和大吃大喝不是男人的專利。最後，就像大多數女魔法師，特瑞絲也和其他男巫師展開了斷斷續續的冒險，只是那冷淡、技術性、近乎例行公事的過程，令她感到厭煩。

就在那時，利維亞的傑洛特出現了。這個生活不安定的獵魔士，和她的摯友葉妮芙展開了一段奇特、狂亂而激烈的關係。

特瑞絲一直看著這兩人，而且覺得有些吃味，雖然好像沒什麼好嫉妒的。這段感情很明顯毀了他們兩個，讓他們日漸消瘦、痛苦萬分，而且顛覆一切常理……卻依然維持著這段關係。特瑞絲無法了解這點，而這讓她感到很著迷，著迷到……

她靠了一點魔法的幫助，誘惑了獵魔士，在他和葉妮芙又一次互相攻擊、斷然分手的時候趁虛而入。那時的傑洛特需要溫暖，需要有人幫他忘記一切。

不，特瑞絲並不想把他從葉妮芙身邊搶過來。基本上對她而言，朋友比他重要。不過跟獵魔士那段短暫的關係並沒有讓她失望。她找到長久以來一直在找的東西——一種建立在罪惡感、焦慮與痛苦上的情緒。她感受到那股情緒，他的痛苦讓她興奮不已，甚至在和他分手後仍難以忘懷。而就在不久前，就在她想再和他在一起的渴望排山倒海而來那一刻，她才了解那股痛楚是為何物。即使是短短一下子也好，只要能跟他一起。

現在她是那麼接近……

特瑞絲掄起拳頭狠狠地捶了枕頭一下。不，她想，不。不要那麼笨，寶貝。不要想這個，想……想奇莉？她……

對，這才是她來卡爾默罕的真正原因，那個灰髮女孩，那個卡爾默罕想將之變為獵魔士的女孩。他們想把她變成眞正的獵魔士、變種人、和他們一樣的殺人機器。

這很明顯。她突然想著，同時感到興奮再次襲來，只是這次的興奮與之前完全不同。事實很明顯。他們想要讓這個孩子突變，讓她接受「草之試煉」和「變異」，不過他們不知道要怎麼做。老一輩裡只有維瑟米爾存活下來，可維瑟米爾只是個劍擊導師。藏在卡爾默罕地底的實驗室、蒙塵的傳奇鍊金藥瓶、火窯、滴餾瓶……沒人知道要怎麼用這些東西，因爲這個誘發變異的鍊金藥是很久很久以前，某個叛變的巫師所研製的。隨著時光流逝，他的後繼者陸續將配方修改完善；他們將「變異」施在孩子們身上，並不可思議地控管所有步驟。然而，某一天這個神奇的鏈結崩裂了，魔法知識與能力也跟著遺失了。現在獵魔士們有藥草與「草」、有實驗室，也知道配方，卻獨缺巫師。

誰知道？她想。也許他們試過了？也許他們給孩子們餵了沒有魔法的藥劑？

一想到那些孩子可能經歷的事，她不禁打了個冷顫。

現在，他們想改造那個女孩，卻不知該怎麼做。這或許意味著……他們可能會來找我幫忙。到時我就能看到當今世上沒有任何一個巫師見過的事，能知曉當今世上沒有任何一個巫師知曉的事——舉世聞名的「草」和藥草、藏在祕密最深處的謎樣病毒培養物、舉世聞名的神祕配方……

而將那些鍊金藥餵給那灰髮女孩的人將會是我。我將目睹這個具突變性的「變異」過程，將親眼看見……

那個灰髮孩子會如何死去。

喔！不。特瑞絲又打了個冷顫。如果這是整件事要付出的代價，絕不。

話說回來，我大概又興奮得太早了。整件事或許根本不是這樣。晚餐時我們有聊天、談八卦、談天說地。幾次我試著把話鋒帶到驚奇之子身上，不過都沒成功，他們馬上就轉移話題。

她仔細留意每個人。維瑟米爾顯得很緊繃而且好像有困擾，傑洛特很浮躁，蘭伯特跟艾斯科假裝很開心且一直製造話題，可恩則是太自然而顯得不自然；只有奇莉還是像平常一樣毫無遮掩。她整張臉被凍得紅通通的，頭髮亂七八糟，不但心情很好，胃口也好得嚇人。他們吃的是啤酒色起司濃湯配烤麵包，奇莉很訝異他們竟然沒有加蕈菇。他們喝的是蘋果酒，不過給小女孩的是水，這讓她非常吃驚而且不滿意。「沙拉呢？」她突然大叫，蘭伯特非常嚴厲地斥責她，要她把手肘從桌上移開。

蕈菇跟沙拉，在這十二月天？

當然。特瑞絲心想。他們餵她那些傳說中的洞穴腐生植物、那些沒有記載的不明山中雜草，給她喝那些有名的神祕藥草汁。小女孩長得很快，身材漸漸變得像那些撒旦般的獵魔士。他們採用自然方式，不用變異，不用冒險，不用改變荷爾蒙。可是這點女巫不能知道。他們什麼都不會對我說，也不會給我看。

我見過那女孩奔跑的樣子，見過她在梁木上與劍共舞的姿態，敏捷俐落，翩翩飛舞，像貓兒般優雅，如雜技演員般移動。她想，我一定要看看她脫掉衣服後的樣子，確定一下被他們用那些東西哺餵的她發育得怎樣。要是能夠偷到那些「蕈菇」、「沙拉」的樣本，而且成功從這裡帶出去呢？這樣一來……

那你們對我的信任呢？我根本一點都不在乎，各位獵魔士。在這世上有癌症，有天花、破傷風和白血病，有過敏病，有嬰兒猝死症。而從你們的「蕈菇」中或許能提煉出救命仙丹，但你們卻藏起來不讓世人知道。你們口口聲聲都是對我的友誼、尊重與信任，卻連我都瞞著。即使是我，也沒辦法看到那間實驗室，甚至連那些該死的蕈菇也不行！

那你們幹嘛把我找來這裡？找我這個女巫？

魔法！

特瑞絲咯咯笑了起來。哈！她想。你們這群獵魔士，我知道你們安的是什麼心眼！你們被奇莉嚇到了，就像我一樣。用餐的時候，她突然從現實「抽離」到夢境，開始預言未來，訴說即將發生的事，而你們幾乎和我一樣清楚感覺到那股靈光。她連動都不必動，就可以用念力「拿」東西；或者光是盯著看，就可以靠意志力把鍍錫湯匙折彎。她回答了那些你們沒說出口的問題，說不定連那些你們想都不敢想的問題也回答了。所以，你們一個個全都嚇壞了。你們發現，這個「驚奇」比你們原先以爲的還要令人驚奇。

你們發現，在卡爾默罕裡，你們還有一個「源術士」。

沒有女巫的話，你們自己是應付不來的。

而你們連一個和你們有交情，能夠信任的女巫都沒有，除了我跟……

葉妮芙。

風又呼呼吹起，敲響了百葉窗，鼓起了掛毯。特瑞絲．梅莉戈德翻過身躺平，一邊思索，一邊不自覺地咬起拇指指甲。

傑洛特沒有邀請葉妮芙來這裡，而是邀請了我。這難道意味著……

誰知道，也許吧。可是如果是我想的那樣，爲什麼……

爲什麼……

「爲什麼他沒來找我？」她在黑暗中小聲地喊著，全身燥熱的同時也一肚子氣。

回應她的，只有在廢墟中呼嘯的寒風。

□

早上天氣十分晴朗，卻也冷得要命。特瑞絲醒了過來，牙齒不停打顫，一臉睡眠不足，不過她已經冷靜下來並且下定決心了。

她是最後一個進入大廳的。她滿意地接受眾人驚艷的目光，這表示她的努力沒有白費——她換掉一身行裝，改穿樣式簡單、效果卻很好的連身裙，並且有技巧地用了魔法香水，以及沒有魔法卻很夢幻的昂貴化妝品。她一邊吃燕麥粥，一邊和獵魔士們聊些無關緊要的瑣碎話題。

「又是水？」奇莉看著杯子突然叫了起來。「我喝水牙齒會痛！我要喝果汁！藍色的那種！」

「不要駝背，」蘭伯特一邊瞄著特瑞絲，一邊說道。「還有不要用手擦嘴巴！快點吃，練習時間到了。現在白天越來越短了。」

特瑞絲把燕麥粥吃完，說：「傑洛特，奇莉昨天在試煉之路跌倒了。沒什麼大礙，不過這要怪她那身滑稽的衣服。她身上穿的每一樣都不合身，妨礙她活動。」

維瑟米爾清了清喉嚨看向她。喔，女巫想，所以那是你的傑作，用劍高手。的確，奇莉那身短衫看起來就像是用劍裁的、用箭鏃縫的。

「白天的確是越來越短了。」她接著說，不等對方評論。「不過今天還會更短。奇莉，吃完了嗎？跟我來，我們來把妳的制服做些必要的修改。」

「她已經穿這身衣服跑一年多了，梅莉戈德。」蘭伯特生氣地說。「本來都好好的，只要……」

「……只要沒有哪個女的跑來這裡，看這件沒品味又不合身的衣服不順眼？你說得沒錯，蘭伯特。不過現在有個女的跑來了，所以你們原本那套規矩沒用了。該做些大改變了。來吧，奇莉。」

女孩遲疑地看著傑洛特。傑洛特同意地點點頭，臉上還掛著微笑。很好看。他以前也會這樣笑，以前……

特瑞絲別開臉，那抹微笑不是給她的。

□

奇莉的小房間完完全全就是獵魔士住處的翻版。這房間就像其他人的一樣，只有些簡單的家具。這裡除了用木板釘的床、桌子和衣箱外，可說是什麼都沒有。獵魔士會用獵到的動物毛皮來裝飾門牆，比如鹿、山貓、狼，甚至是狼獾，不過奇莉的小房間門上掛的是張拖著噁心鱗尾的巨鼠皮。那東西又醜又臭，特瑞絲努力壓下想把它扯掉丟出窗外的衝動。

女孩一臉期待地站在床前看著她。

「我們盡量試試，看能不能把妳那件……皮革改合身點。」女巫說。「我從以前就對裁縫很有興趣，所以這件羊皮對我來說應該沒問題。而妳，獵魔士，妳拿過針嗎？除了用劍把乾草袋刺得到處是洞，他們還教過妳別的嗎？」

「我在扎澤徹的卡根時，得要紡紗。」奇莉不太情願地咕噥著。「他們沒讓我做針線活，因爲我只會把亞麻布弄壞、浪費線，所有的東西都得拆掉重作。紡織眞的是無聊透頂了，啐！」

「沒錯。」特瑞絲咯咯笑了起來。「沒有比那個更無聊的事了，我也受不了紡紗。」

「可是妳也要紡紗嗎？我是沒得選，因爲……不過妳可是魔法……女巫耶！妳什麼都變得出來啊！這件漂亮的連身裙……是妳自己變的吧？」

「不是。」特瑞絲笑著說。「不過也不是我自己縫的，我沒那麼厲害。」

「那我的衣服妳要怎麼辦？用變的嗎？」

「這倒不必，只要有根魔法針，用咒語稍稍加點活力就行了。不過如果有必要……」

特瑞絲的手慢慢滑過奇莉外套袖子的破洞，一邊喃喃唸出咒語，同時催動護身符，破洞瞬間消失得無影無蹤。奇莉高興地叫了起來。

「這是魔法！我有一件魔法外套了！哈！」

「在幫妳縫好另一件普通但像樣的衣服以前，先這樣吧。好了，小姑娘，現在把妳這一身東西脫掉去換件別的吧。妳該不會只有一件衣服吧？」

奇莉搖搖頭，掀開衣箱，拿出一件褪色的寬鬆連身裙、灰色夾克、麻質襯衫，和一件讓人聯想到布袋的羊毛上衣。

「這是我的。」她說。「我就是穿這件到這裡來的，不過現在不穿了，這是娘兒們的東西。」

「是！」特瑞絲一臉挖苦。「不管是不是娘兒們的東西，妳現在都得換上。喏，快點，把衣服脫掉，讓我來幫妳……該死！這是什麼？奇莉？」

小女孩肩膀上有一大片帶血的瘀青，有些部分已經變黃，有些部分仍是青色。

「這是怎麼回事？」女巫生氣地追問。「誰把妳打成這樣？」

「這個？」奇莉看了一下肩膀，好像很訝異有這麼多瘀傷。「嗯，這是……這是風車，我太慢了。」

「什麼該死的風車？」

「風車。」奇莉抬起一雙大眼看向女巫，又說了一次。「就是那個……呃……我用它來練習閃避攻擊。那上面有棍子做的爪子，然後會轉，還會用那些爪子揮來揮去。要很快地跳來跳去，而且要會躲。反應得夠快才行，如果不夠快就會被棍子打到。一開始這個風車把我打得很慘，不過現在……」

「把緊身褲和內衣都脫掉。哦！我親愛的上帝呀！小姑娘，妳這樣還能走嗎？還能跑嗎？」

奇莉兩邊髖骨及左大腿都是又黑又腫。女巫才剛碰到，奇莉就「嘶」地一聲縮了起來。特瑞絲用矮人語罵了好幾個難聽的字眼。

「這也是風車弄的？」她努力保持平靜地問。

「這個？不是。喔，這個才是風車弄的。」奇莉無所謂地秀出左小腿上令人歎爲觀止的瘀青。「然後這些是別的……是擺錘弄的。擺錘是用來練習擊劍的步伐。傑洛特說我已經很會走擺錘了，他說我有……那個……天分，我有天分。」

「要是妳沒有天分，我猜妳就等著被擺錘敲，是吧？」特瑞絲咬牙切齒地說。

「是啊，當然。」小女孩答得理所當然，而且很訝異對方竟然不知道。「會被敲啊，不然呢？」

「那這邊呢？邊邊這裡，這是怎麼弄的？鐵鎚嗎？」

奇莉痛得嘶嘶叫，臉也紅了起來。

「我從木樁上跌下來……」

「……然後木樁就打到妳了。」特瑞絲幫她把話接完，覺得快失控了。

奇莉「哼」了一聲。「木樁是釘在地上的，要怎麼打我？不可能嘛！我只是從上面摔下去。我那時在練迴轉跳沒成功，瘀青就是這樣來的，因爲撞到樁條了。」

「然後妳就躺了兩天？苟延殘喘？痛得死去活來？」

「才沒有。可恩幫我揉了一下，就又把我扔到木樁上去了。妳知道嗎？就是要這樣才行，不然以後就會怕。」

「什麼？」

「以後就會怕。」奇莉驕傲地又說了一次，順手把額頭上的劉海撥開。「妳不知道嗎？就算妳怎樣了，也要立刻再上去，不然以後就會怕得不敢再試；如果妳怕了，那所有的訓練就白費了。絕對不能放棄，這是傑洛特說的。」

「我得把這句格言記下來，」女巫咬牙切齒地說，「還有要記住說這句話的人就是傑洛特。這確實不失爲一帖生活良方，只是我不太確定這帖方子是不是對任何事都有效。不過拿別人的犧牲來驗證，倒也挺簡單的。所以絕對不能放棄是吧？就算打妳、用上千種方法折磨妳，妳也要再站起來繼續試？」

「當然！獵魔士什麼都不怕。」

「眞的？那妳呢？奇莉，妳也什麼都不怕嗎？說實話吧！」

女孩別過頭，咬著嘴唇。

「妳不會跟別人說吧？」

「不會。」

「我怕那兩根擺錘，兩根同時上的時候。還有風車，當它轉很快的時候；還有那根長長的平衡木，在那上頭我得有，嗯……安……安全措施。蘭伯特說我笨手笨腳又冒冒失失，可是才不是這樣。傑洛特說這個難度有點不一樣，因爲我是女生，只不過需要多練習，又或者……我想問妳一件事，可以嗎？」

「可以。」

「如果妳懂魔法和咒語……如果妳會施法……可以把我變成男生嗎？」

「不行。」特瑞絲冷冷地說。「我不行。」

「欸……」小獵魔士擔心了起來。「那至少可以……」

「至少可以什麼？」

「可不可以讓我不用……」奇莉整張臉紅了起來。「我在妳耳邊說。」

「說吧。」特瑞絲彎下身。「我在聽。」

奇莉的臉又更紅了，她把臉湊近女巫的栗子色頭髮。

特瑞絲突然站直了身，兩眼冒火。

「今天？現在？」

「嗯。」

「眞是天殺的該死！」女巫大罵，還一腳把椅子踹到門口撞掉鼠皮。「去他的傳染病、瘟疫、梅毒、痲瘋病！我大概會把那些該死的蠢蛋殺了！」

□

「冷靜點，梅莉戈德。」蘭伯特說。「妳這麼激動有違常理，而且莫名其妙。」

「不要對我說教！還有不要再叫我『梅莉戈德』！如果你閉嘴更好，我不是在跟你說話。維瑟米爾、傑洛特，你們有誰看到那孩子是怎樣被虐待的？她身上沒有一個地方是好的！」

「孩子，」維瑟米爾凝重地說。「不要被感情沖昏頭。妳是在不同環境長大的，妳看到的不過是另一種養育孩子的方式。奇莉是南方來的，那邊是用同一種方式教育男孩和女孩，沒有任何差別，就像精靈那樣。她五歲就被放到小馬上，八歲就跟著去打獵，他們教她用弓、槍還有劍。瘀青對她來說是家常便飯……」

「不要跟我說這些廢話！」特瑞絲站了起來。「不要裝傻！現在說的不是騎小馬、騎馬打獵，更不是坐雪橇。這裡是卡爾默罕！多少男孩在你們那些風車和擺錘上、在那條奪魂道上摔斷骨頭、扭斷脖子，他們都是像你們這樣經驗老到、堅毅不屈的浪人，最後還不是一個個躺在路上、倒在溝裡等別人來替他們收屍？即使是這些無賴跟混混，體驗到的也不過是如此短暫的人生。奇莉有幾分機會？就算她是在南方長大，像精靈那樣被養大，就算她是在獅后卡蘭特這樣的鐵娘子手下長大，公主就是公主，這小女孩至今一直是個公主。細皮嫩肉，身材那麼纖細，骨架那麼柔弱……這是個女孩啊！你們想把她變成什麼？獵魔士嗎？」

「這個女孩，」傑洛特低聲應著。「這個柔弱、纖細的公主活過了琴特拉大屠殺，靠自己躲過了尼夫加爾德大軍，躲過跟在軍隊後頭洗劫各個村落、不放過任何活口的那群匪兵。她在扎澤徹的森林裡存活了兩個禮拜，完全只靠自己。她跟著其他難民流浪了整整一個月，和別人一樣吃苦、挨餓。一戶農家收留了她近半年，而她得幫著餵養牲口。相信我，特瑞絲，這種生活讓她歷練不少，現在的她，甚至比我們這些從農村裡被帶到卡爾默罕的混混還要堅強得多。與我們這些沒人要的雜種、像小貓一樣被放進竹籃丟在酒館的獵魔士相比，奇莉不會比較弱。至於她是男是女，又有什麼差別呢？」

「你還敢問？你還好意思拿性別來作文章？」女巫大聲咆哮。「有什麼差別？就是不像你們這樣，女生都會有幾天不一樣的差別！而且那幾天還特別難受！而你們只想讓她在那條奪魂道，以及那些天殺的風車上連肺都吐出來！」

雖然氣得火冒三丈，特瑞絲還是很滿意看到那些年輕的獵魔士一個個傻了眼，還有維瑟米爾下巴掉下來的樣子。

「你們連這個都不知道。」特瑞絲點點頭，已經冷靜下來，甚至有點同情他們。「一群沒用的保姆。她根本不好意思跟你們說這些，因爲她從小就被教導這種毛病是不能向男子說的。而且她對自己在那幾天會比較虛弱、比較不靈活，還會肚子痛這件事覺得很丟臉。你們有誰想過嗎？有誰關心過嗎？有誰試著去猜猜她怎麼了嗎？說不定這是她人生中第一次流血，就在你們這裡，在卡爾默罕？她只能自己在半夜裡哭，因爲沒人體諒她、安慰她，甚至了解她的情況？你們有誰想過嗎？」

「別說了，特瑞絲。」傑洛特不捨地輕聲道。「夠了。妳已經達到目的，說不定還超過了。」

「眞他媽的該死。」可恩罵道。「不用說，現在我們變成不折不扣的大蠢蛋了。呃，維瑟米爾，你……」

「安靜。」年長的獵魔士吼道。「別說話。」

艾斯科的反應最讓人意想不到。他站起身，走向女巫，躬身抬起她的手，充滿敬意地吻了一下。她馬上抽回手，並不是爲了表示不悅與被冒犯，而是因爲獵魔士那一吻瞬間在她身上引爆強烈的酥麻感，讓她不得不趕快中斷這一切。艾斯科帶來的感覺很強烈，比傑洛特還要強烈。

「特瑞絲，」他摩挲著臉上那道醜陋的疤痕說：「幫幫我們吧，拜託。幫幫我們吧，特瑞絲。」

女巫咬著唇，盯著他。

「幫什麼？要我幫你們什麼？艾斯科。」

艾斯科又摸了摸那道疤，看向傑洛特；白髮獵魔士低下頭，用手遮住雙眼；維瑟米爾大聲地清了清喉嚨。

就在這時，大廳的門「呀」地一聲打開，奇莉走了進來。本來打算清喉嚨的維瑟米爾，氣喘似地倒抽了一口氣；蘭伯特不自覺地張大了嘴巴。特瑞絲見狀，偷偷憋著笑。

奇莉的頭髮經過修剪、梳理，她小心地提著深藍色連身裙，踩著小小的步伐朝他們走來。那襲連身裙上還看得出擺在鞍囊裡的褶痕，已經依她的身材裁短、改小。女巫送她的第二件禮物——一條綴著紅寶石眼睛與黃金鉤環的漆皮小黑蛇，則在她的脖子上閃爍著。

奇莉在維瑟米爾的面前停下來，因爲不知道手要擺哪，索性把兩根拇指插進腰帶。

「我今天不能練習了。」一片安靜無聲中，奇莉緩慢而清楚地背誦著。「因爲我……我……」

她看著女巫。特瑞絲對她眨眨眼，開心得像個淘氣的小頑童，用唇形爲她提詞。

「不方便！」奇莉大聲且驕傲地把話說完，鼻子幾乎都要翹到天花板了。

維瑟米爾又清了清喉嚨。不過艾斯科，親愛的艾斯科卻沒有亂了方寸，再次做出應有的舉動。

「沒問題。」他面帶笑容，自在地說：「這是理所當然的，我們就等妳的不方便結束後再練習吧。理論課也可以縮短，要是妳不舒服也可以暫時不上。如果妳要拿些藥或……」

「這就讓我來吧。」特瑞絲插嘴道，同樣那麼自然。

「嗯……」奇莉直到現在才稍稍紅了臉，看向年長的獵魔士。「維瑟米爾伯伯，我拜託特瑞絲……

我是說梅莉戈德小姐，請她……因為……呃，請她留下，跟我們一起再待一陣子，待久一點。可是特瑞絲說這要你答應，維瑟米爾伯伯！你就答應嘛！」

「我答應……」維瑟米爾啞著聲音說。「我當然答應……」

「我們很高興。」傑洛特直到現在才把手從額頭上放下來。「這眞是太好了，特瑞絲。」

女巫朝他的方向輕輕點頭，故作無辜地眨著睫毛，還一邊捲著那栗色髮絲。傑洛特的臉看起來就像石頭做的。

「請梅莉戈德小姐待在卡爾默罕的時候，妳表現得很好、很有禮貌。我為妳感到驕傲。」他說。

奇莉紅了臉，露出大大的笑容。女巫又打了個暗號，示意她說出接下來的台詞。

「那麼現在，」女孩說，把鼻子翹得更高了。「我該離開了，我想你們和特瑞絲肯定有許多大事要討論。梅莉戈德小姐、維瑟米爾伯伯、各位男士……請容我先行告退，待會見。」

她優雅地行了個屈膝禮，走出大廳，緩慢而優雅地步上階梯。

「我的媽呀！」蘭伯特打破沉默。「你們知道嗎？我本來還不相信她眞的是公主呢！」

「現在你們知道了吧？一群土包子！」維瑟米爾看著眾人說道。「要是她一早起來就穿裙子……千萬別給我提什麼練習……聽懂了沒？」

艾斯科和可恩一點也不尊重地瞥了老人一眼，蘭伯特重重地哼了一聲；傑洛特看了女巫一眼，而女巫則回了他一個微笑。

「謝謝妳。」他說。「謝謝妳，特瑞絲。」

□

「條件？」艾斯科顯得很不安。「特瑞絲，我們不是已經說了會減輕奇莉的訓練？妳還想提什麼條件？」

「嗯，也許『條件』這詞不太恰當，把它改成『建議』好了。我提的三個建議，如果你們很需要我留在這裡，幫你們撫養小傢伙的話，你們得全盤接受。」

「說吧，特瑞絲。」傑洛特說。「我們洗耳恭聽。」

「首先，」她帶著一臉壞笑開始說明。「奇莉的餐表得改豐富點，尤其是要減少那些謎樣的蕈菇和神祕蔬菜。」

傑洛特和可恩聞言依然面不改色，不過蘭伯特跟艾斯科就差了點；維瑟米爾則完全沒有隱藏情緒。唉，看他一臉困擾的樣子，她不禁想，在他那個年代，世界還是比較美好的。口是心非在當年可是一種缺點，很可恥的，而誠實反倒不可恥。

「那些神祕蔬菜裡不要放那麼多藥水，」她憋著笑繼續說。「多放一點奶。你們有羊，而擠奶不難。看著吧，蘭伯特，你馬上就能學會。」

「特瑞絲，」傑洛特開口道。「聽著……」

「不，你給我聽著。你們沒讓奇莉進行那個激烈的突變，沒去碰她的荷爾蒙，也沒讓她試那些鍊金藥和『草』；衝著這些就值得好好稱讚你們。各位，你們表現得很理性、很負責任。當初你們沒拿那些毒藥來害她，現在就更不准你們毀了她。」

「妳到底在說什麼？」

「那些你們極力隱藏箇中奧妙的蕈菇，」她解釋道。「那些蕈菇的確讓這孩子的狀況一直保持得很好，並且強化她的肌肉。而藥草讓她可以完整消化那些配方，長得更快。這一切都對那些要人命的訓練有幫助，但還是會讓身體結構有某些變化——我指的是脂肪組織。她是個女人，既然你們之前沒拿那些荷爾蒙來害她，那麼現在也別傷害她的身體。有天她可能會怨你們如此剝奪她的女性……特質。你們知道我在說什麼嗎？」

「當然啦！」蘭伯特悶悶地說，還一邊無恥地盯著特瑞絲那對緊撐著連身裙的胸部。艾斯科輕咳了一下，瞪了這年輕獵魔士一眼。

「現在，」傑洛特緩慢地問，雙眼也一樣瞄來瞄去。「妳不是在告訴我們一切都太晚了，對吧？」

「不是，」她笑道。「還好不是。她很健康也很正常，身材就像年輕貌美的林中精靈德律阿得，很養眼。不過還是別急著讓她長大，拜託。」

「我們知道了。」維瑟米爾說：「謝謝妳的警告，孩子。還有呢？妳說過有三個……『建議』。」

「是的，第二件事就是：不能讓奇莉在這山裡像個野人那樣長大。她得和這個世界有所接觸，得認識同年紀的孩子。她得接受像樣的教育，要準備好將來能像一般人那樣生活。現在就暫時讓她繼續揮劍吧！少了變異，你們也沒辦法把她變成獵魔士，但至少獵魔士的訓練對她有益無害。這年頭不太好過，也不太安全，她總有一天會要保護自己，就像精靈那樣。不過你們不能讓她就這樣埋沒在這片荒郊野嶺，她得過正常生活。」

「她的正常生活早就和琴特拉一起化成灰燼了。」傑洛特喃喃地說。「不過呢，特瑞絲，就像往常一樣，妳總是對的。我們也想過這點。等春天到了我們就送她去神殿學校，去艾蘭德找南娜卡。」

「這是個好辦法，也是個明智的抉擇。南娜卡是位特別的女性，而梅莉特列女神的神殿也是個特別的地方。那裡很安全，而且在那裡女孩絕對會受到應有的教育。奇莉知道嗎？」

「知道。她鬧了好幾天，最後妥協了。現在她甚至希望春天趕快來，一想到要去特馬利亞，她就興奮得不得了。她等不及要看看這個世界了。」

「我在她這年紀時也是這樣。」特瑞絲笑了笑。「既然說到我們在這年紀的樣子，該談談我的第三個建議了，是最重要的建議。你們也知道是什麼，不要露出那種愚蠢的表情。我是個女巫，你們忘了嗎？我不知道你們多久才發現奇莉的魔法能力，我不到半個鐘頭就發現了，然後就知道這女孩是誰……應該說，是什麼。」

「是什麼？」

「源術士。」

「不可能！」

「當然可能，甚至一定就是。奇莉是源術士，她有通靈能力，這種能力非常、非常令人擔心。而你們，親愛的獵魔士們，非常清楚這點。你們也發現了她有這種能力，而這件事也讓你們很不安。就因為這樣，你們才會把我找來卡爾默罕，是吧？我沒說錯吧？就是因爲這樣？」

「對。」維瑟米爾沉默了一會兒後承認了。特瑞絲悄悄地鬆了一口氣，有那麼一瞬間，她很怕承認的人會是傑洛特。

□

第二天，天空降下了第一道瑞雪。起先是零零星星的雪花，但過沒多久就轉成暴風雪。雪下了一整晚，到了隔天早上，卡爾默罕的城牆已深埋在厚厚的雪堆之中，看來已不可能在奪魂道練跑了。再說，奇莉一直有些不舒服。特瑞絲懷疑獵魔士的「促生劑」可能是導致奇莉月事不順的原因，可是她沒有十分把握，畢竟她對那些藥劑的成分一無所知；而毫無疑問，奇莉是他們在這世上唯一給過這些藥劑的女孩。特瑞絲不想令他們擔心、緊張，沒把自己的懷疑告訴獵魔士，她寧願用自己的辦法。她給奇莉喝了些鍊金藥，在她裙底下的腰間綁了一串充滿能量的碧玉，並且不讓她做費力的事，尤其是不能拿劍追著老鼠亂跑。

奇莉無聊透了，懶洋洋地在碉堡裡到處遊蕩，找不到其他樂子，只好跑到馬廄裡跟可恩一起打掃、照顧馬匹，還有修理馬具。

傑洛特爲了閃避女巫的怒氣不知跑到哪裡，一直到傍晚才扛著一頭死山羊回來。特瑞絲幫他處理獵物，雖然她對血肉的噁心氣味非常反感，但還是想待在獵魔士身邊；就在他身邊，能有多近就多近。她心中生起一股斷然堅定的決心，她不想再自己一個人睡了。

「特瑞絲！」奇莉突然大叫，還一邊啪啪地從樓梯上跑下來。「我今天可以跟妳睡嗎？特瑞絲，拜託妳，好嘛！拜託啦！特瑞絲！」

雪不停地下，一直到密低溫——冬至才放晴。

到了第三天，除了一個不到十歲的男孩外，其他孩子都死了。那男孩現在已徹底發狂，接著突然陷入嚴重的恍惚狀態。他的眼神呆滯，雙手不停地抓著身上衣物，或是像演默劇般在空中不停揮舞，就像在抓羽毛似的。他的呼吸變得凝重、濃濁，皮膚上布滿又黏又臭的冷汗。此時，他們再度把鍊金藥注入他的靜脈。接著，他又發作了。這次他的鼻子開始出血，雖然已不再咳嗽，卻狠狠地吐了一場，然後整個人徹底虛脫、疲軟。

接下來兩天，症狀一直都沒消退。那孩子汗濕的皮膚已恢復乾燥，全身發燙。他的脈搏已不再快速、有力，強度雖然還是維持一般，但偏慢不快。他不再從夢中驚醒，也不再大喊大叫。

終於來到了第七天。男孩好似從夢中甦醒，張開了眼睛，那雙眼睛就像毒蛇的眼睛一樣……

〈親眼目睹——「草之試煉」與其他獵魔士之祕密訓練〉

——克樂拉・德美緹亞・柯瑞絲特

本手稿僅提供參議會巫師參閱

第三章

「你們的擔心眞沒道理，而且一點根據也沒有！」特瑞絲把手肘靠在桌上，蹙起眉頭。「巫師的確曾經獵殺『源術士』和有魔法天分的孩子，用暴力或欺騙的手段把他們從父母或監護人身邊奪走，不過那已經是過去的事了，你們眞的以爲我會想把奇莉從你們身邊帶走？」

蘭伯特「哼」地一聲撇過頭。艾斯科和維瑟米爾看向傑洛特，傑洛特卻不發一語。他把目光轉向一旁，不停把玩露出獠牙的銀色狼頭——那是屬於他的獵魔士徽章。特瑞絲知道那枚徽章能感應魔法。在密低溫這樣的夜晚，連空氣中都感受得到魔法的波動，獵魔士們的徽章一定也震動不已，帶來不安與煩憂。

「不，孩子。」維瑟米爾終於開口：「我們知道妳不會這麼做，不過我們也清楚妳終究得把她的事呈報給參議會。我們不是今天才知道巫師和女巫有這種義務。你們不再把那些有天分的孩子從他們父母或監護人身邊帶走；現在你們只會旁觀，等待時機成熟，再讓那些孩子對魔法著迷，慫恿他們……」

「不用擔心。」她冷冷地打斷他的話。「我不會告訴任何人奇莉的事，就連參議會也不會。你們爲什麼這麼盯著我？」

「我們很訝異妳竟然這麼輕易就承諾要替我們保守祕密。」艾斯科平靜地說：「請不要介意，特瑞絲，我無意冒犯，不過你們對議會和參議會著名的忠誠哪去了？」

「很多事都變了。戰爭改變了很多事，而索登一役所帶來的改變更多，我不想和你們談政治這種無聊事。再說，有些事情跟議題都屬於機密，不能洩露，請你們見諒。至於忠誠……我對參議會的忠誠並沒有改變，不過你們可以信任我，在這件事上我對你們的忠誠就像對參議會一樣。」

「這種雙重忠誠，」今晚頭一回，傑洛特直視了她的眼睛，「簡直比登天還難。做到的人不多，特瑞絲。」

女巫望向奇莉，那孩子和可恩一起坐在大廳角落的熊皮上玩打手遊戲。看起來遊戲好像已經變得枯燥無趣，因為兩人的速度都快得不可思議，沒人打得到對方的手。顯然，這廂的談話完全沒有壞了他們的興致，甚至是影響到他們。

「傑洛特，」特瑞絲說：「當你在亞魯加河畔找到奇莉後，就把她帶在自己身邊。你把她藏到卡爾默罕，讓全世界都找不到她，甚至是那些跟這孩子很親近的人，你也不想讓他們知道這孩子還活著。我不明白你為什麼這麼做，不過一定有什麼說服了你，讓你相信宿命的存在，相信我們都受宿命的支配，而我們所做的一切都是宿命引導的。我的看法和你一樣，我也一直都這麼認為。如果宿命要奇莉成為女巫，那麼她就會成為女巫。參議會或議會不用知道她的存在，不必監視她或說服她。替你們保守祕密，與背叛參議會這件事根本搭不上邊。不過，就像你們也知道的，我們還是有件事要克服。」

「如果真的只有一件就好。」維瑟米爾嘆了口氣。「說吧，孩子。」

「這個女孩很有魔法天分，不能就這樣放著不管，那會很危險。」

「什麼意思？」

「不受控制的天分是很危險的，對源術士本身，還有他們周遭的一切都是。源術士會對周遭事物造成的傷害有很多種，可是對自己本身卻只有一種，就是精神疾病，最常見的是緊張症。」

「下十八層地獄去吧！」蘭伯特沉默了好長一段時間後這麼說著。「若照妳這樣說，有人現在就已經瘋了。看看她現在是怎麼危害她周遭的人，盡說些什麼宿命、源術士、魔法、奇蹟，還有未知現象的……

妳會不會太誇張了，梅莉戈德？難道她是頭一個被帶來基地的孩子？傑洛特找到的不是什麼宿命，他找到的不過就是另一個無家可歸的孤兒。我們會教她怎麼使劍，然後放她到外頭的世界闖蕩，就像其他孩子一樣。是，到目前為止，我們從沒在卡爾默罕訓練過女孩，我們對待奇莉的方式是有點問題、犯了些錯，而妳也把這些錯誤都指出來了；這很好，不過不要太過分。奇莉並沒有特別到我們要跪在地上向天祭拜。難道這世上沒有跑去打仗的婆娘嗎？我向妳保證，到時奇莉一定會好手好腳、健健康康地從這裡出去，她會變得強壯，而且有能力面對生活中的任何挑戰，不會有什麼緊張症還是羊癲瘋，除非妳讓她以為她有那種病。」

「維瑟米爾，」特瑞絲在椅子上轉身。「叫他安靜，他太礙事了。」

「妳太自以為是了，」蘭伯特平靜地說：「妳並不是什麼都懂，看著吧！」

他把手伸向壁爐，指頭怪異地交疊在一起。壁爐裡傳來一陣呼嘯，頓時烈焰沖天，照得滿室通明，濺出點點星火。傑洛特、維瑟米爾及艾斯科擔憂地望向奇莉，不過小女孩並沒有注意到這場壯觀的煙火秀。

特瑞絲兩手環在胸前，挑釁地看著蘭伯特。

「阿爾得之印。」她興趣缺缺地說：「你是想讓我刮目相看嗎？同樣用這個手勢，加上專注力跟意志力，再搭配咒語，我等一下就可以把柴火從煙囪丟上天，包你見了還會以爲是天上的星星。」

「妳是辦得到，」他承認。「不過奇莉不行。她沒辦法用阿爾得之印或其他印記。她試了幾百遍，就是沒辦法；而妳也曉得，要用我們的印記只要有一丁點能力就行。她是再普通不過的孩子，沒有一丁點魔法能力，只是個沒天分的孩子。而妳卻在這邊跟我們說什麼源術士，想要嚇我們……」

「源術士控制不了、也掌握不了自己的能力。」她冷冷地解釋。「源術士是種媒介，就像個傳遞者，會在不自覺的情況下接觸能量，然後又不自覺地將其轉化。當源術士試圖控制這股能量，試著像打出印記那樣使力的時候，是不會成功的；就算是試上幾百遍、幾千遍也不會成功，這對源術士來說很正常。不過，總有一天那一刻將會到來，到時源術士不必費力、不用使勁，光是作白日夢或想想香腸配酸白菜、玩玩擲骰子、跟人在床上滾來滾去、挖挖鼻孔……然後就會有事情突然發生，比如房子失火，甚至是半座城市都陷入火海。」

「妳太誇張了，梅莉戈德。」

傑洛特放下狼徽，雙手貼在桌上，說：「蘭伯特，第一，不要叫特瑞絲『梅莉戈德』；她已經告訴你很多次，請你不要這樣。第二，特瑞絲沒有誇張。我親眼見過奇莉的媽媽——芭維塔公主所做的事。告訴你們，那的確很有看頭。我不曉得她是不是源術士，不過一直到她幾乎把整座琴特拉王宮化爲灰燼，誰也沒想過她會有那種能力。」

「所以奇莉有可能遺傳這種能力，」艾斯科點著另一個燭台上的蠟燭道：「這點我們也應該納入考量。」

「不只是可能，她確實繼承了這樣的基因。」維瑟米爾說。「一方面蘭伯特說的沒錯，奇莉不會用印記；另一方面……我們大家都知道……」

他看向奇莉，話語未竟。奇莉正高興地尖叫，因爲她終於在打手遊戲中佔到上風。特瑞絲瞧見可恩臉上有一抹微笑，顯然他是故意放水。

「就是啊！」她嘲諷道：「你們大家都知道。你們知道什麼？在什麼情況下看到的？你們這群男人難道不覺得現在應該要更開誠布公嗎？眞是見鬼了！我再說一次，我會保守祕密，說話算話。」

蘭伯特看著傑洛特，傑洛特同意地點了點頭。年輕獵魔士站起身，從高架子上拿下大大的方型玻璃罐和較小的藥瓶。他把藥瓶裡的溶液倒進方罐裡搖了幾下，然後將裡面的透明液體倒入桌上的杯子。

「跟我們喝一杯吧，特瑞絲。」

「事情的眞相有可怕到沒辦法在清醒的時候說嗎？一定得喝個爛醉才能聽？」

「不要自作聰明，特瑞絲。快喝，這樣妳比較好懂。」

「這是什麼？」

「白色海鷗。」

「什麼？」

「一種溫和的藥物，」艾斯科笑了笑，「可以讓妳作好夢。」

「該死！獵魔士的迷幻藥？就是這個讓你們的眼睛在晚上閃個不停！」

「白色海鷗很溫和，黑色才會讓人產生幻覺。」

「如果這液體裡有魔法，那麼我這個女巫是不能碰的！」

「這裡面都是純天然成分。」傑洛特安撫著她，不過就像她注意到的，他看起來不太坦率。很明顯，他怕她追問鍊金藥的成分。「而且這裡頭還加了很多水稀釋。我們不會給妳可能有害的東西。」

這個冒著氣泡的液體味道很怪，剛喝下去時很冰涼，進到體內後卻讓全身熱了起來。女巫舔舔牙齦和上顎，不過連一種成分都辨識不出來。

「你們也給奇莉喝了這個……海鷗，」她猜想。「那時……」

「那是個意外。」傑洛特很快地打斷她。「那是她在這裡的第一個晚上。那時我們剛到……她很渴，而海鷗正好就擺在桌上。我們還來不及反應，她已經一口氣喝完，然後整個人就陷入神智不清的恍惚狀態。」

「我們都嚇到了。」維瑟米爾直言不諱，嘆了口氣。「唉，我們眞的嚇到了，孩子。心臟都快跳出來了。」

「她開始用一種不是自己的聲音說話。」女巫看著獵魔士們在燭光下閃閃發亮的眼睛，靜靜地說：「她開始說一些她不可能知道的事情，開始……預言，對吧？她說了什麼？」

「一堆廢話。」蘭伯特冷淡地說：「毫無意義。」

「那麼我可以肯定，」她看著他。「她那時和你肯定沒有溝通上的問題，廢話可是你的專長。對於這點，你每次開口我就更加確定，所以拜託你好心點，至少把嘴巴閉上一段時間，行嗎？」

「這一次蘭伯特說的沒錯，特瑞絲。」艾斯科摩挲著頰上的疤痕，認真地說：「當時，奇莉喝了海鷗之後，的確是說了些讓人聽不懂的話。那是她第一次喝，然後就胡言亂語，一直到……」

他突然打住。特瑞絲轉過頭。

「一直到第二次，她才說了些有意義的話。」她猜：「也就是說，還有第二次。一樣是她在你們沒注意的時候，喝掉那個毒品才發生的？」

「特瑞絲，」傑洛特抬起頭。「現在不是挖苦人的時候，這對我們來說並不好笑。這讓我們很擔心，也很不安。是，的確有第二次，還有第三次。奇莉在練習時摔得很慘，整個人都昏過去了。她醒過來後，就又開始精神恍惚，再度胡言亂語，她的聲音又變成別人的，又說了讓人聽不懂的話。不過我聽過類似的聲音、類似的口氣——那些又窮又病，叫作神諭者的瘋女人就是這樣說話。妳知道我指的是什麼嗎？」

「當然。這是第二次，那第三次呢？」

傑洛特用前臂擦掉額頭上突然冒出來的汗。

「奇莉常會在半夜醒過來，」他說：「而且是大叫著醒來。她經歷過很多事，她不想提，不過她在琴特拉和安格崙一定看過一些小孩不該看的事。我甚至擔心……有人可能傷害了她，而這些都會反映在夢裡……通常很快就可以讓她靜下來，然後她會再次入睡……可是，有一次她醒過來後……又陷入恍惚，又用那種陌生、令人不太舒服的……邪惡聲音說話。她說的每一句話都很清楚，也很明白。她開始預言，也預告了我們會……」

「會怎樣？會怎樣？傑洛特。」

「會死。」維瑟米爾溫和地說：「會死，孩子。」

特瑞絲看向奇莉。她正氣呼呼地抱怨可恩作弊，可恩抱住她哈哈大笑。女巫突然意識到，在這之前，她從來、從來沒聽過哪個獵魔士的笑聲。

「誰？」她簡短地問，還是盯著可恩。

「他。」維瑟米爾說。

「還有我。」傑洛特補充道，露出一抹微笑。

「她醒來之後……」

「什麼都不記得了，而我們也沒問她任何問題。」

「做得很對。至於那個預告……她說得很清楚嗎？很詳細嗎？」

「不。」傑洛特直視她的雙眼。「她說的不清不楚。別問這個了，特瑞絲。我們不擔心預告的內容，還有奇莉的胡言亂語，我們擔心的是目前發生在她身上的事。我們不擔心自己，而是……」

「小心點！」維瑟米爾出聲警告。「不要在她面前說這個。」

可恩讓小女孩坐在肩上，朝桌子這邊走了過來。

「奇莉，向大家說晚安。」他說：「向這群夜貓子說晚安，我們去睡覺。現在差不多半夜，密低溫等等就過了。從明天起，春天就一天天近了！」

「我口好渴。」奇莉從他的背上下來，伸手要拿艾斯科的杯子。獵魔士不動聲色地把杯子移到她搆不著的地方，伸手去拿水壺。特瑞絲馬上站起來。

「來！」她把自己的半滿酒杯遞給女孩，同時用力壓著傑洛特的肩膀並看著維瑟米爾。「喝吧！」

「特瑞絲！」看到奇莉貪婪地喝著，艾斯科壓低聲音說：「妳幹了什麼好事？那明明……」

「什麼都別說，拜託。」

過沒多久，藥效就發作了。奇莉整個人突然彈直，先是小聲地叫了一下，然後又開心地大笑起來。她閉上眼睛，兩手伸得直直的，又笑了起來。然後她開始轉圈圈，輕輕地踮起腳尖跳舞。蘭伯特快速地把擋在她面前的木板凳移開，可恩則是站到這個小舞者與壁爐中間。特瑞絲站了出來，從低胸裝裡撈出護身符，那是一枚繫著細鏈的鑲銀藍寶石，她用力把它握在手上。

「孩子……」維瑟米爾出聲抱怨，「妳在搞什麼？」

「我知道自己在做什麼。」她神情嚴峻地回答：「這女孩已經開始恍惚，我要和她建立心靈溝通的管道。我要進入她的心靈。我跟你們說過，她屬於魔法媒介一類，我得知道她傳遞的東西是什麼，她是怎麼樣、從哪裡借來的靈光，又是怎樣轉化它。今天是密低溫，這樣的夜晚正好適合做這種事……」

「我不喜歡這樣。」傑洛特皺起眉頭。「我一點都不喜歡這樣。」

「如果我們兩個有人犯了羊癲瘋，」女巫無視他道：「你們知道該怎麼做。拿根棍子塞到我們牙齒底下，把我們抓好，然後等我們清醒。男孩們，打起精神！這種事我已經做過很多次了。」

奇莉不再跳舞。她跌跪在地上，伸出雙手，把頭靠在膝蓋。特瑞絲把已經變熱的護身符壓在太陽穴，唸出一道咒語。她閉上眼睛，專心致志，並且施展一道魔法。

大海頓時奔騰怒吼，滾滾波濤直撲石岸，在巨石間激起陣陣浪花。白鳥迎著鹹鹹的海風展翅高飛，懷著難以言喻的喜悅俯衝而下，趕上同伴。鳥兒伸爪探向波峰，接著再度乘風展翅，一飛沖天，遺下點點水珠。幻覺！她清醒地想著。這不過是幻覺。海鷗！

特瑞絲——！特瑞絲——！

奇莉？妳在哪裡？

特瑞絲——！

鷗群的叫聲逐漸淡去。女巫臉上仍能感到飛濺浪花帶來的濕潤，但腳下那片大海已不復見。然而汪洋仍在，只是化為一片無際草海，連綿天邊。特瑞絲驚恐地發覺，眼前這一切分明就是從索登丘上眺望的全景。可這裡不是索登丘，不可能是索登丘。

天空突然暗了下來，黑色暗影從四面八方圍了上來。她看見一支長長的模糊隊伍，慢慢地走下山坡。她聽見一聲聲的耳語交疊，匯聚成一種令人不安、無法理解的合唱。

奇莉站在一旁背對著她，灰髮在風中飄揚。一旁，那支模糊不清的隊伍仍然繼續行進，似乎沒有盡頭。隊伍經過時，那些人影都轉過頭來看著她。那一張張木然僵化的冷漠臉孔、一雙雙了無生氣的空洞眼神，讓特瑞絲差點失聲尖叫。大多數面孔她都沒見過，可是有些她卻認識：珊瑚、凡涅利、又爾比・艾克瑟……

「妳爲什麼帶我到這裡？」她低聲問：「爲什麼？」

奇莉轉過身，舉起一隻手。女巫看見一道鮮血順著她掌心上的生命線流至手腕。

「是玫瑰。」小女孩靜靜地說：「是雪拉微得的玫瑰。我被刺到了，不過沒關係。這不過是血，精靈之血……」

天空更暗了。沒多久，一道銳利刺眼的閃光劃過。一切頓時凍結，靜止無聲。特瑞絲想知道自己能不能動，便試著踏出一步。她來到奇莉身旁，看見兩人正站在深不見底的斷崖上，谷底盤據著一團好似透著光的紅色煙霧。又一道無聲閃光劃過，現出一條通往深淵的大理石長階。

「必須如此。」奇莉用顫抖的聲音說：「別無他法，唯有此路。順著階梯往下走。必須如此，因爲……」

「說吧！」女巫低聲說：「說吧，孩子！」

「繼承上古之血的孩子……法因諾爲得……代以溫……白色之焰……不，不……不！」

「奇莉！」

「黑騎士……頭盔上有羽毛……他對我做了什麼？那時發生了什麼事？我好怕……我一直都好怕。這還沒結束，永遠都不會結束。小母獅一定得死……國家利益……不……不……」

「奇莉！」

「不！」小女孩彈了起來，眼睛閉得死緊。「不，不，我不要！不要碰我！」奇莉神色一變，整個人瞬間僵直，語氣也變得冷硬凶狠，帶股邪惡、殘忍的嘲諷：「梅莉戈德，妳居然跑到這裡來找她？居然跑到這裡？妳走得太遠了，十四。我警告過妳。」

「你是誰？」特瑞絲雖然渾身發抖，卻仍保持語氣平穩。

「時候到了，妳就會知道。」

「我現在就要知道！」

女巫舉起雙手，盡力一伸，使出辨識咒，結界應聲碎裂。但在那道結界之後，還有第二道……第三道……第四道……

特瑞絲發出一聲呻吟，跪坐在地。周遭仍不停崩裂，一道道的門接二連三開起，卻都通往無盡的縹緲虛空。

「妳搞錯了，十四。」那道不像人聲的冷硬聲音響起。「妳誤把映著點點繁星的池面當作了夜空。」

「不要碰……不要碰這孩子！」

「這不是個孩子。」

奇莉的嘴巴動著，但特瑞絲卻看見小女孩的眼睛了無生氣、呆滯無神。

「這不是個孩子。」那聲音重複著：「這是道火焰，白色之焰，一道將世界燒成灰燼的火焰。這是上古之血，恆伊凱爾。精靈之血。這是顆不會發芽，卻會爆發出萬丈烈焰的種子。這血將被玷污……當太得代以拉得，最後的時刻來臨。法也謝代以拉得阿波耶干！」

「你在預言死亡嗎？」特瑞絲大叫：「你就只會這樣？預言死亡？所有人嗎？他們、她……還有我？」

「妳？妳早就死了，十四。妳早已是行屍走肉。」

她使盡力氣舉起一手，唸出咒語：「我以大氣之力，以水、火、土、風之力召喚你。我召喚你。以思緒、睡夢和死亡召喚你，以過去、現在、未來。我召喚你。你是誰？說！」

奇莉轉過頭，通往無盡深淵的階梯幻影已消散殆盡。她腳下出現一片灰色的深沉汪洋，白浪滾滾襲來。無聲之中，海鷗的啼叫再度響起。

「飛吧！」那聲音透過小女孩的嘴巴傳來：「時候到了。回去妳原本的地方吧，索登丘上的十四！乘著海鷗的雙翼飛吧！聽聽其他鷗群的叫聲！仔細地聽吧！」

「我召喚你……」

「妳辦不到。飛吧，海鷗！」

空氣突然恢復潮濕，充滿鹹味，並且颳起一陣呼嘯大風。接著是飛行，一場沒有開始，也沒有結束的飛行。鷗群狂野地啼叫，不斷地啼叫著、命令著。

特瑞絲？

奇莉？

忘了他！不要折磨他！忘了吧！忘了吧，特瑞絲！

忘了吧！

特瑞絲！特瑞絲！特瑞絲——！

「特瑞絲！」

她張開眼睛，晃了晃枕頭上的腦袋，動了動發麻的雙手。

「傑洛特？」

「我在妳身邊。妳覺得怎樣？」

她看了看四周。她在自己房裡，躺在床上——在這張卡爾默罕裡最好的床上。

「奇莉怎樣了？」

「她還在睡。」

「好久……」

「太久了。」他打斷她。他替她蓋上被子，並俯身抱住她。他低下身時，那枚狼頭徽章恰恰就在她面前晃了晃。「特瑞絲，妳那樣做並不是好主意。」

「一切都很好。」她在他懷裡發抖。不對，她想。一切都不對勁。她別過頭避開狼徽。關於獵魔士的護身符有很多說法，但是沒有一種說法是建議巫師在冬至的白天與夜晚去碰那護身符。

「我們……我們在恍惚時有說了什麼嗎？」

「妳沒有，妳一直昏迷不醒。奇莉……醒過來之前……說了……『法也謝代以拉得阿波耶干』。」

「她會說上古語？」

「會一些，但還不足以說出完整的句子。」

「那句話的意思是：『某個東西要結束了。』」女巫伸手抹過臉龐。「傑洛特，這件事很嚴重。這女孩是個很強的媒介。我不知道她是和什麼人或物有所聯繫，不過我想對她來說，這樣的聯繫完全沒有設限。有某種東西想掌控她，某種……對我來說很強大的東西。我很擔心她。她下次再陷入恍惚的話……可能會以精神病收場。這點我無法控制，我控制不來，我做不到……必要時，我沒有辦法將她封印、抑制她的能力。眞到了最後一步，我沒辦法永遠封鎖她的能力。你需要其他人幫忙……更有能力、更有經驗的女巫。你知道我指的是誰。」

「我知道。」他轉過頭，抿著嘴唇。

「不要再固執了。不要抗拒。我猜得到你爲什麼不去找她而來找我。戰勝你的驕傲，克服你的悲傷和憤怒。這些沒有意義，你這樣只是在折磨自己。你在拿奇莉的健康和生命在冒險。如果她再陷入恍惚，那後果可能比『草之試煉』還糟。傑洛特，去找葉妮芙幫忙。」

「特瑞絲，那妳呢？」

「我什麼？」她困難地嚥了口氣。「我不重要。我讓你失望了，我讓你失望了……不管哪一件事都讓你失望……我對你來說是個錯誤，別無其他。」

「錯誤，」他艱澀地說：「對我來說也是有意義的。我不會將這些錯誤從生命或記憶中抹去，也不會把別的事情怪在這些錯誤頭上。妳對我很重要，特瑞絲，而且永遠都會這麼重要。妳從未讓我失望，從來沒有。相信我。」

她沉默了很長一段時間。

終於，她試著保持語氣平穩說道：「我會待到春天。我會跟在奇莉身邊……會注意她，從早到晚。我從早到晚都會待在她身邊。至於春天……春天的時候我們帶她去艾蘭德的梅莉特列神殿。在神殿裡，那個想控制她的東西也許就無法展開攻勢，而你可以趁機去找葉妮芙幫忙。」

「好吧，特瑞絲。謝謝妳。」

「傑洛特？」

「嗯？」

「奇莉還說了別的，對吧？那些事只有你聽到。告訴我，是什麼事？」

「不。」他不願意說，聲音在發抖。「不，特瑞絲。」

「拜託你。」

「她不是對我說。」

「我知道，她是對我說。告訴我，拜託。」

「她醒來以後……當我把她抱起來的時候……她低聲說：『忘了他，不要折磨他。』」

「我不會。」她小聲地說。「可是我忘不了，原諒我。」

「應該是我求妳原諒，而且不只是妳。」

「你就這麼愛她。」她用的是肯定語氣，而不是詢問。

「是。」他沉默了一段時間後輕聲承認。

「傑洛特。」

「說吧，特瑞絲。」
「今晚留在我身邊。」
「特瑞絲……」
「就只是留在我身邊。」
「好吧。」

□

密低溫後沒多久雪就不再下了，繼之而來的是霜降。
特瑞絲從早到晚都陪在奇莉身旁，在有形、無形之中看著她、保護她。
小女孩幾乎每天晚上都叫著醒來。她不斷囈語，撫著一邊臉頰，痛得哭出來。女巫用咒語和鍊金藥安撫她，將她抱在懷裡輕輕搖著、哄她入睡。可接著特瑞絲自己反而久久無法入睡，不斷思索奇莉在夢裡和醒來後說的話，內心的恐懼似乎不斷升高。法也謝代以拉得阿波耶干……某個東西即將結束……
這種日子維持了十晝夜，然後一切終於過去了——結束了，消失得無影無蹤。奇莉已冷靜下來，能安穩入睡，不再胡言亂語、惡夢連連。

□

「快點，奇莉！往前，攻擊，後退！半迴旋，刺！保持平衡，用左手保持平衡，不然妳就要掉下樁了！會傷到妳的……女性特質！」

「什麼？」

「沒什麼。妳累不累？如果妳想，我們可以休息。」

「不，蘭伯特！我還可以，我沒那麼弱，不要自以爲是。要不要我一次跳兩根木樁給你看？」

「妳敢，試試看！妳要是摔下來，梅莉戈德可會砍掉我的……腦袋。」

「我不會摔下去！」

「我已經說過一次，就不會再說第二次。不要再玩了！注意腳下！還有呼吸，奇莉，呼吸！妳喘得像頭快死的長毛象！」

「哪有！」

「不要哇哇叫！趕快練習！攻擊，後退！格擋！半迴旋！格擋！迴旋！該死，在樁上站穩點！不要晃來晃去！前進，刺！快點！半迴旋！跳起來揮劍！就是這樣！非常好！」

「眞的？眞的很好嗎，蘭伯特？」

「誰說的？」

「你啊！你剛剛說的！」

「我一定是舌頭打結了。攻擊！半迴旋！後退！再一次！奇莉，妳的格擋呢？我還要說幾遍？後退之後一定要格擋，要舉劍護住頭和脖子！每次都要！」

「就算我只和一個人打？」

「妳永遠不會知道自己是在跟什麼打，永遠不會知道背後有什麼，所以每次都要保護好自己。步法和劍招！妳要把這些變成反射動作。反射動作，妳懂嗎？絕對不可以忘記這點。如果在實戰中忘了這點，那妳就完了。再一次！對了！就是這樣！妳看，妳的格擋做得多漂亮？妳可以藉格擋來完成任何攻擊。必要的話，也可以藉格擋砍向背後。」

「喝！」

「非常好。妳抓到訣竅了？開竅了？」

「我不是笨蛋！」

「妳是個女生，而女生都是沒大腦的。」

「嘿，蘭伯特，要是被特瑞絲聽到，你就完蛋了！」

「要是老太婆有鬍子，那就能當領主了。好，夠了。下來，我們休息吧。」

「我還不累！」

「可是我累了。我說了，休息。從木樁上下來。」

「用翻筋斗的？」

「不然呢？像母雞慢吞吞飛下棲木那樣嗎？快點，從木樁跳下來。」

「喝！」

「很好，就女生來說眞的很好。妳可以把矇眼布拿下來了。」

□

「特瑞絲，今天這樣應該夠了吧？嗯？我們拿雪橇去山坡上滑雪好不好？今天出太陽，把雪地照得刺眼極了！天氣眞的很好！」

「不要把身體探到窗外，不然妳會跌下去。」

「特瑞絲，我們去滑雪橇啦！」

「妳用上古語再邀我一次，說完今天就下課。不要站在窗邊，回到桌子前……奇莉，要跟妳說幾次？把那把劍放下，不要拿著它揮來揮去。」

「這是我新拿到的劍！這是眞正的、獵魔士的劍喔！是用天上掉下來的鋼打造的！眞的！這是傑洛特說的，他從不騙人，妳也知道啊！」

「喔，是啊。我知道。」

「我得要習慣這把劍。維瑟米爾伯伯特地按我的體重、身高還有手長調整過，我得讓我的手掌和手腕適應它！」

「隨便妳怎麼練，不過要在外面，不是這裡。來，說吧！妳不是要邀我去外面滑雪橇，用上古語說。來，邀我去吧！」

「呃……『雪橇』要怎麼說？」

「名詞的話是思雷得，動詞則是阿也思雷迪。」

「喔……我知道了。法恩阿也思雷迪，耶拉？」

「句子不要這樣結尾，不太禮貌。要利用聲調來表示疑問句。」

「可是島上的孩子……」

「妳現在不是在學斯格利加的土話，妳學的是標準的上古語。」

「那我爲什麼要學這種話？」

「爲了要了解這個語言。凡是不懂的都該學，而只會一種語言的人都是沒用的瘸子。」

「反正大家都只說共通語！」

「沒錯，不過有些人不只說共通語。我向妳保證，奇莉，與其讓自己跟所有人一樣，不如成爲特定族群的一分子。好了，說吧，說整句：『今天天氣很好，所以我們去滑雪橇吧。』」

「耶拉伊內……呃……耶拉伊內特達阿太罕內，阿法恩阿也思雷迪？」

「很好。」

「哈！那我們去滑雪橇吧！」

「好，不過先讓我把妝化完。」

「妳是要化給誰看？」

「我自己。女人會把自己的美麗凸顯出來，讓自己感覺好一點。」

「呃……妳知道嗎？我現在感覺也不太好。不要笑，特瑞絲！」

「過來吧，坐在我腿上。我跟妳說過了，把劍放下！謝謝。現在把這枝大筆刷拿起來，在臉上刷一下。不要刷這麼重，小姑娘，太多了！看看鏡子。妳看，漂不漂亮？」

「看起來沒什麼差別。我要畫眼睛，可以嗎？妳在笑什麼？妳每次都會畫眼睛，我也要！」

「好。喏，用這個來上眼影。奇莉，不要把兩隻眼睛都閉上，這樣妳什麼都看不見，畫得整張臉都是了。先沾一點點，只刷在眼睛的部位。我說了用刷的！讓我來吧！我稍微幫妳擦一下，眼睛閉起來。現在把眼睛張開。」

「哇！」

「看到差別了嗎？就算是像妳這麼漂亮的眼睛，也可以上點眼影。精靈在發明眼影的時候，可是很清楚自己在做什麼呢。」

「精靈？」

「妳不知道嗎？化妝品是精靈想出來的。」

「我們從上古一族那裡學到很多有用的東西，卻該死的只回饋他們一點點。現在拿起眼線筆，在上眼瞼順著睫毛輕輕畫一條線。奇莉，妳在做什麼？」

「不要笑！我的眼皮會抖！所以才會變成這樣！」

「嘴巴稍微張開的話，眼皮就不會抖了。看到了嗎？好了。」

「哇！」

「來吧，現在我們去找那群獵魔士，包准他們會驚艷得說不出話，要找到比這更美的畫面怕是難囉！然後我們再去滑雪橇滑到妝糊掉。」

「然後就再化一次妝！」

「不，我們要叫蘭伯特幫我們生火，好洗個熱水澡。」

「又要洗？蘭伯特說我們洗澡用太多柴火了。」

「蘭伯特卡恩美阿貝施阿波阿爾些。」

「什麼？這句我聽不懂……」

「久而久之妳就會聽得懂成語了。到春天之前，我們還有很多時間可以學。至於現在……法恩阿也思雷迪，美耶拉伊內路內得！」

□

「這個，在這張畫裡……不對，該死，不是這張……是這張。妳已經知道這個就是食屍鬼。現在，奇莉，告訴我關於食屍鬼，妳知道些什麼……咦，妳眼睛上是什麼該死的東西啊？」

「是可以讓我感覺好一點的東西。」

「什麼？算了，這不重要。來，說吧！」

「嗯……維瑟米爾伯伯，食屍鬼是專門吃屍體的怪物。會碰到牠的地方有墓園、墳塚附近，或者是埋死人的地方。在墳……墳場、戰場、戰後的廢墟……」

「所以牠只對死人有威脅，是嗎？」

「不對，不只是死人。食屍鬼也會攻擊活人，比如牠很餓的時候，還有發狂的時候，又或者比方說有戰爭……很多人死……」

「妳怎麼了？奇莉。」

「沒什麼……」

「聽著，奇莉。忘掉那時候的事吧！那些都已經過去，不會再回來了。」

「我看到……在索登跟扎澤徹……到處都是……它們躺在那裡，狼群跟野狗在咬它們，小鳥也飛去啄它們……食屍鬼那時候一定也在那裡……」

「所以妳現在才要學習，奇莉。當未知的事物變成已知，就不再那麼可怕了；一旦妳知道如何去對抗，對妳而言也就不再那麼危險了。要怎麼對抗食屍鬼，奇莉？」

「用銀劍，食屍鬼對銀很敏感。」

「還有對什麼敏感？」

「強光，還有火。」

「所以可以用光和火來對抗牠？」

「可以，不過這樣不太安全。獵魔士從不使用光或火，因爲會影響視線。每道光都會產生陰影，而陰影會妨礙方向辨別。所以每次都要在黑暗中作戰，只靠月光或星光。」

「說得很對。妳記得很清楚，眞是個聰明的小女孩。現在看這裡，看這張圖。」

「噁……」

「嗯，這個狗娘……夠讓人反胃的生物確實不太好看，這是啃屍魔。啃屍魔是食屍鬼的變形。牠非常像食屍鬼，可是大很多。還有妳看，牠頭上多了三排刺骨，其他就跟吃屍體的妖怪一樣。要注意，牠的爪子鈍而短，專門用來掘墳或挖地。牙齒硬得可以把骨頭咬碎，舌頭又長又薄，專門用來舔骨頭裡的骨髓。那種臭得要命的骨髓對牠來說可是很美味的……妳怎麼了？」

「沒、沒什麼。」

「妳整個人看起來好蒼白，臉上還泛著青光。妳吃太少了。早餐吃了嗎？」

「有……吃過了……」

「我剛剛在說什麼……啊！我差點忘了，聽好，這很重要。啃屍魔就像食屍鬼還有其他同類型的怪物一樣，沒有自己的生態棲位。牠們都是當年異界交會時，遺留在我們這邊的生物，殺了牠們不會破壞自然原有的系統跟鏈結。在我們現今的世界裡，這些怪物是外來的，容不了牠們。妳了解嗎，奇莉？」

「我了解，維瑟米爾伯伯。傑洛特有跟我解釋過，我全都知道。生態棲位就是……」

「好了，好了，我知道那是什麼。如果傑洛特有和妳說明過了，就不用再跟我重講一次。我們回到啃屍魔。還好，啃屍魔很少出現，因爲這種該死的渾帳東西很危險。跟啃屍魔對打時，只要稍有割傷就表示已經染到屍毒。屍毒要用哪種鍊金藥來解呢？奇莉。」

「『黃鸝』。」

「正確答案。不過最好是避免被感染，所以跟啃屍魔對打時，不可以太靠近這種卑鄙的傢伙。跟牠對打的時候要保持距離，進行刺殺的時候要要用跳步。」

「嗯……那砍牠哪裡最好？」

「我們正要說到這點。妳看……」

□

「奇莉，再一次。我們慢慢來，好讓妳做好每個動作。妳看，我從三分位攻妳，現在擺出穿刺的姿勢……妳為什麼要後退？」

「因爲我知道那是佯攻！你可以從往左繞開，或是用上四分位。然後我就後退，使出反突刺來防禦。」

「是嗎？那如果我這樣呢？」

「噢！不是說要慢慢來？我又哪裡做錯了？說啊，可恩！」

「沒有，只不過我比妳高又比妳厲害。」

「這不公平！」

「打鬥時沒有人會跟妳講公平。在戰場上要善用每個優勢、每個機會。妳後退的時候，就等於給了我更大的空間，可以加倍使勁地刺向妳。所以妳剛剛不該後退，而是要使出半迴旋到左邊，然後試著由下往上砍向我，以四分位從右側攻擊我的下巴、臉頰或喉嚨。」

「最好是你會讓我得逞！你只要一個逆向半迴旋，就可以碰到我的脖子左邊，這樣我根本來不及格擋！我怎麼知道你會出哪招？」

「妳一定要知道。再說，妳很清楚。」

「最好是！」

「奇莉，我們現在是在打鬥，我是妳的對手。我想要，也必須要把妳擊倒，因為這關係到我的生命。我比妳高又比妳厲害，所以會找機會刺殺妳，這樣就可以像妳剛剛看到那樣攻破妳的格擋。我為什麼要用半迴旋？我已經在左邊了，看！有什麼比用二分位打、攻腋下、攻手臂內側還簡單？如果我切斷妳的動脈，那麼不出幾分鐘妳就會死。擋好！」

「喝！」

「非常好。這個格擋又快又漂亮。妳看，跑步訓練派上用場了吧！現在，聽好了，很多劍客都會犯一個錯，就是原地格擋，這樣會靜止一秒鐘，這時就可以出其不意，像這樣揮劍一砍！」

「喝！」

「漂亮！不過要往後跳，馬上往後跳，然後接半迴旋！因為我的左手可能會有短劍！對！非常好！奇莉，那現在呢？我現在會做什麼？」

「我哪知道啊？」

「仔細看我的腳！我的重心擺在哪？以這種姿勢我可以做什麼？」

「什麼都可以！」

「所以繞著我，繞著我走，逼我出手！擋好！很好！不要看我的劍，我可以用劍來混淆妳的判斷！擋好！很好！再一次！很好！再一次！」

「噢！」

「不行。」

「呼……我哪裡做錯了？」

「沒什麼，只不過我的動作比較快。把護具脫掉，我們坐下來休息一下。妳一定很累了，妳整個早上都在奪魂道跑。」

「我不累，我餓了。」

「眞是的，我也是。可是今天輪到蘭伯特，他除了麵什麼都不會做……要是他的麵煮得好吃就算了……」

「可恩？」

「嗯？」

「我的速度一直不夠快……」

「已經很快了。」

「那我以後會變得像你一樣快嗎？」

「不太可能。」

「嗯……也對。那你……天底下最快的劍客是誰？」

「我不知道。」

「你從沒碰過嗎？」

「我碰過很多自稱天下第一快的劍客。」

「哈！誰？他們叫什麼？會哪些招式？」

「慢點，慢點，小姑娘。我不知道，這很重要嗎？」

「當然，這很重要！我想知道……那些劍客是誰？還有他們都在哪？」

「他們在哪我倒知道。」

「哈！在哪？」

「在墳墓裡。」

□

「注意，奇莉。兩個擺錘對妳來說已經沒問題了，現在要掛上第三個。步伐是一樣的，就像剛才掛兩個時那樣，只要多做一次閃避就行了。準備好了嗎？」

「好了。」

「集中注意力。放鬆，吸氣，吐氣。攻擊！」

「呼！啊……該死！」

「不要說粗話。有撞得很大力嗎？」

「沒有，我只是……我哪裡做錯了？」

「妳跑的節奏太固定，第二個半迴旋轉太快，假動作又太大，結果就是直接衝向擺錘。」

「喔，傑洛特，那裡根本就沒地方可以閃躲跟轉身！這些擺錘靠太近了！」

「空間還很大，我保證。不過，每個擺錘的距離都是計算過的，好讓妳沒辦法用固定的韻律移動。這是打鬥，奇莉，不是芭蕾。打鬥時，妳的動作不能有固定節奏。妳要用動作來分散對手的注意力，誤導他，干擾他的反應。準備好再試一次了嗎？」

「好了。晃一晃這些該死的球吧。」

「不要說粗話。放鬆，攻擊！」

「喝！喝！哪，怎樣？怎樣？傑洛特，我都閃過了！」

「但妳的劍也沒有碰到第二個袋子。我再說一次，這是打鬥，不是芭蕾，不是雜耍……妳在那邊嘀咕什麼？」

「沒什麼。」

「放輕鬆。把手腕上的繃帶拉好。兩手握劍柄不要握得那麼緊，這樣會讓妳分心，失去平衡。穩住氣息，準備好了嗎？」

「好了。」

「上吧！」

「噢！去你……傑洛特，這根本就辦不到！假動作跟換腳的空間不夠。要是我用兩腳直接踢，不用假動作……」

「我有看到妳沒做假動作就直接踢的後果，會痛嗎？」

「不會，不會很痛……」

「來我旁邊坐下，休息一會。」

「我不累。傑洛特，就算我休息十年，還是跳不過第三個擺錘。我沒辦法再快了……」

「妳也不必再快，妳已經夠快了。」

「那你說我該怎麼辦？半迴旋、閃避跟攻擊同時上？」

「這很簡單，妳太大意了。我說過，在開始之前，一定要多做一次閃避。只要移位，不用再多做一次半迴旋。第二回的時候，妳所有步驟都做得很對，也穿過了全部的擺錘。」

「可是我沒擊中袋子，因爲……傑洛特，不做半迴旋我就打不到，我會停下來，因爲我沒有那個，嗯，那個叫什麼……」

「衝力。的確是這樣。所以加點衝力和動力，但不是靠迴旋和換腳，因爲時間不夠。擺錘要用劍打。」

「擺錘？我要打的是袋子！」

「這是打鬥，奇莉。袋子表示對手的弱點，妳一定要打中。擺錘是用來模擬對手的攻勢，妳得要閃過。擺錘來的時候要彎下身子；如果擺錘碰到妳，那妳就受傷了，在實戰中，妳可能再也站不起來。擺錘一定不能碰到妳，不過妳可以去打擺錘……妳為什麼要嘟嘴巴？」

「我……我做不到用劍打擺錘。我太弱了……我永遠都會這麼弱！因為我是個女孩子！」

「到我這來，小姑娘。把鼻子擦一擦，然後仔細聽我說。這世上沒有哪一個壯漢或大力士可以成功擋住尖嘴翼龍的長尾、巨蠍的鐵鉗或是獅鷲的利爪刺擊；而擺錘模擬的就是這類武器。不要試著去擋它，不是要把擺錘打回去，而是要靠它把自己彈回去，借它的動力來做刺擊。只要輕輕點它一下，不過動作要快，還有回到一半的時候，馬上快速刺擊。當妳把自己彈回去時，自然就會有衝力了，懂嗎？」

「嗯。」

「是速度，奇莉，不是力氣。在林子裡拿斧頭砍樹的樵夫才要用力。就是因為這樣，當樵夫的女生很少。妳聽得懂我在說什麼嗎？」

「嗯，晃動擺錘吧！」

「在這之前先休息一下。」

「我不累。」

「妳已經懂了嗎？同樣的步伐，閃避……」

「我知道。」

「攻擊！」

「喝！喝！喝！喝！我逮到了！可逮到你了，你這個獅鷲！傑洛特！你看到了嗎？」

「不要叫，控制好呼吸。」

「我做到了！我真的做到了！我成功了！誇我，傑洛特！」

「做得好極了，奇莉。好極了，小姑娘。」

二月中旬，白雪被來自南方隘口的暖風舔舐殆盡，已不復見。

□

獵魔士們並不想知道這世上正在發生的事。

一如往常，特瑞絲堅持要把話題帶向政治，而且通常一談就是好長一段時間。好幾個夜晚裡，他們在那黑暗大廳燃燒旺盛的大壁爐火光照映下進行過這類談話。然而，獵魔士們的反應總是一成不變。傑洛特一手支著額頭，不發一語。維瑟米爾會點頭贊同，時不時加上自己的評論；不過他說的不外乎是「以前他那個年代」一切都比較好、比較有道理、沒那麼爾虞我詐，也比較健康。艾斯科裝得很有禮貌，不吝給予微笑或眼神接觸；甚至還對一些比較不重要的話題或事件感興趣。可恩大刺刺地打呵欠，直盯著天花板上的木梁；而蘭伯特則是擺明了視而不見，完全不當一回事。

他們什麼都不想知道，也毫不在乎當下那些困境，儘管這進退兩難的局面讓一票國王、巫師、統治者或領導者夜不成眠。就連那些讓各個議會、團體和地方大呼小叫直跳腳的問題，獵魔士們也同樣不感興趣。在一道道白雪滿覆的隘口外面，在那流冰片片的溫萊赫河外所發生的那些事，對他們來說根本就都不存在。他們心中只有那遺世獨立、隱於山野間的卡爾默罕。

這晚，特瑞絲顯得煩躁不安，或許是因爲那在城牆內咆哮的風。這晚，除了傑洛特以外，所有人都特別興奮，變得格外多話。很顯然，他們說的只有一件事——春天。他們說著不久後就能出城去奪魂道，說著奪魂道上可能發生的事，聊著那條道上的吸血鬼、飛龍、林妖、狼人和翼蜥【註】。

這下子換特瑞絲開始打呵欠，猛盯著天花板；她一語不發，直到艾斯科問了她一個問題——她預料中的問題。

「南方，亞魯加河那邊到底是什麼樣子？值得去嗎？我們可不想捲進任何糾紛之中。」

「對你來說，什麼是糾紛？」

「嗯……妳知道……」他突然不知怎麼回答。「妳一直跟我們說可能會有新戰事……說邊界那裡一直在打仗，說尼夫加爾德佔領區裡的抗爭。妳說過，有傳言尼夫加爾德人可能會再次越過亞魯加河……」

「那又怎樣？」蘭伯特說：「他們這樣打來打去、叫來叫去已經幾百年了，沒什麼好在意的。我已經決定了，我就要去遙遠的南方，去索登、馬哈喀姆和安格崙。畢竟，只要是軍隊走過的地方，總會聚集一些妖魔鬼怪，當然最好賺。」

「沒錯。」可恩同意道：「那附近人口越來越少，鄉下到處都是沒辦法自力更生的娘兒們……一堆小孩沒地方住，也沒人照顧，只有到處流浪……像這種好抓的獵物，當然會吸引怪物上門。」

艾斯科接著說：「而那些男爵大人、公爵大人和村裡長老滿腦子只有戰爭，沒時間去保護屬民，他們得雇用我們，這些都是事實。可是，從那些夜裡特瑞絲跟我們說的看來，與尼夫加爾德的衝突該是更嚴重的事，而不只是什麼小地方的爭端。是這樣吧？特瑞絲。」

「就算是這樣，」女巫惡毒地說：「不正好合了你們的意？血流成河的大戰爭會造成更多人口凋零的村落、沒了丈夫的娘兒們，還有一大堆孤兒……」

「我不懂妳為什麼要話中帶刺。」傑洛特放下支在額頭上的手。「我真的不懂，特瑞絲。」

「我也不懂，孩子。」維瑟米爾抬起頭。「妳想說什麼？那些孤兒寡婦嗎？蘭伯特和可恩只是隨便說說，年輕人都是這樣，那些話都不是認真的，畢竟他們……」

「……在保護那些孩子，」她生氣地打斷：「對，我知道，保護他們不被狼人攻擊。不過狼人一年出來殺兩、三個小孩，而尼夫加爾德人會在一個鐘頭之內，就把整個村子殺得片甲不留、燒個精光。沒錯，你們是保護孤兒；而我做的，卻是努力讓孤兒人數降到最低。我從根本下手，而不是從結果。所以，我成了特馬利亞王佛特斯特的議會成員，和菲爾卡特、凱拉·梅茲一起成為他的座上賓。我們建議他們該如何避免走向戰爭，如果真到了這一步又該如何自保，因為戰爭就像禿鷹一樣，不停在我們頭上盤旋。這對你們來說是場糾紛，對我來說卻是場比賽，而比賽的賭注就是生存的權利。我深陷這場比賽之中，所以你們的無所謂和不經心，令我既生氣又痛心。」

【註】傳說中看守寶物的怪物，擁有雞身蛇尾，能以目光殺人。

傑洛特挺直了身，看著她。

「我們是獵魔士啊，特瑞絲。妳難道不清楚這點嗎？」

「有什麼好不清楚的？」女巫甩了下栗色劉海。「一切都很清楚、明白。你們已經做好選擇，要與你們周遭的世界保持哪種關係。就算沒多久這個世界可能會開始崩裂，也是在你們選擇的範圍之內。可是，我的選擇裡不會有這樣的情況，這就是我們不同的地方。」

「我不確定是不是只有這點不同。」

「這個世界將會崩裂。」她重複：「可以袖手旁觀，也可以逆勢而爲。」

「怎麼做？」他冷笑。「憑感情？」

她沒回答，只是把臉轉向直竄煙囪的爐火。

「這個世界將會崩裂。」可恩重複著，還煞有其事地點點頭。「這我聽過很多次了。」

「我也是。」蘭伯特扮了個鬼臉。「不用懷疑，因爲這是最近流行的說法。當那些國王發現要當個王還得要有點腦子，他們就這麼說。當那些商人自己被貪婪與愚蠢帶向破產之路，他們就這麼說。當那些巫師開始喪失政壇影響力或收入來源，也是這麼說的；而聽眾應該會期待他們把話說完後，就馬上提出解決辦法。所以那些引言就省省吧，特瑞絲，把妳的提議告訴我們。」

女巫冷冷地打量著他，說：「我從來就不覺得唇槍舌戰，或是用滔滔雄辯來嘲弄對方是件有趣的事。我對這樣的事沒興趣。至於我要說的是什麼，你們再清楚不過了。想把頭埋在沙子裡是你們的事，可是你，傑洛特，太讓我意外了。」

「特瑞絲，」白髮獵魔士再度直視她的眼睛。「妳究竟想從我這裡得到什麼？積極參與拯救世界崩裂的行動？加入軍隊去制止尼夫加爾德？還是下一場索登之役時，我該站在妳身邊，一起在索登丘上肩並肩，為自由而戰？」

「那我會很驕傲。」她低下了頭，輕聲說道。「我會很驕傲，也會很開心可以在你身邊作戰。」

「這點我相信。不過我沒有高貴到要做這種事，也不夠勇敢。我不適合當士兵或英雄，而理由不僅僅是極度恐懼痛楚、殘疾和死亡。妳不能要求士兵不要怕，但是可以給他動力，讓他克服恐懼。而我並沒有這樣的動力，我也不能有這樣的動力。我是個獵魔士，一個被刻意製造出來的變種人。我為錢獵殺怪物。我保護孩子，因為孩子的父母會付我錢。如果付錢的父母是尼夫加爾德人，那我就會保護尼夫加爾德人的孩子。雖然我認為不太可能，不過就算這個世界化為廢墟，只要沒被怪物殺掉，我還是會繼續在世界的廢墟中殺怪。這就是我的命運、我的動力、我的人生和我對這個世界的態度。這不是我自己選的，是旁人幫我決定好的。」

「你心裡有恨，」她生氣地撥了一下頭髮說：「又或者你假裝心裡有恨。你忘了我知道你是怎樣的人？不要在我面前裝什麼沒知覺的變種人，擺出一副沒心沒肺、沒任何顧忌又沒有自我意志的樣子。我大概知道你為什麼這麼忿恨，是因為奇莉的預言，對吧？」

「不，不對。」他冷冷答道：「看得出來，妳其實沒那麼了解我。我怕死，和每個人都一樣，不過我早就看破死亡這件事，不會存有任何幻想。這不是對命運的怨嘆，只是一種冷靜的計算，是統計。目前為止，還沒有哪個獵魔士是活到年紀一大把，躺在床上吩咐遺言的時候死的。沒有。奇莉並沒有讓我吃驚或害怕。我知道自己總有一天會死在某個充滿屍臭的洞穴裡，會被獅鷲、蛇女拉彌亞或人面蠍尾獅撕得四分五裂。不過我不想死在戰爭裡，因為那不是我的戰爭。」

「你眞是讓我意想不到。」她尖銳地回道。「想不到你會這麼說，想不到你會缺乏動力，會如此精闢地去定義什麼叫袖手旁觀和漠不關心。你那時也在索登、安格崙，還有扎澤徹。你知道琴特拉發生什麼事，知道卡蘭特女王，還有那裡幾千人民遇上什麼不幸。你知道奇莉經過怎樣的煉獄，知道她為什麼總在夜裡哭喊。這些我也和你一樣清楚，因為我當時也在那裡。我也怕痛、怕死，甚至比那時候還怕，而且還怕得很有道理。至於動力，我當時也覺得自己沒什麼動力，就像你一樣。索登、布魯格、琴特拉或是其他國家的命運跟我——一個女巫有關嗎？能幹的君王是多是少與我有關嗎？商人跟公爵的利益與我有關嗎？我是個女巫，我可以說那不是我的戰爭，就算站在世界的廢墟上，我也能靠替尼夫加爾德人配鍊金藥過活。可是那時我站上了索登丘，站在維列佛茲身邊，站在阿爾圖．特拉諾瓦身邊，站在菲爾卡特身邊，站在艾妮得．芬妲巴兒及菲莉帕．愛哈特身邊，也站在你的葉妮芙身邊。我和那些現在已經不在的巫師一起：珊瑚、又爾、凡涅利……當時甚至有那麼一刻，我怕得把所有咒語都忘光，只記得一個。靠著這唯一的咒語，我把自己從那可怕的地方傳送回家，回到我那位在馬利堡的小塔樓。有那麼一刻，我嚇得快吐出來，得要葉妮芙和珊瑚兩人死拖活拉地撐著我……」

「不要說了，請妳不要再說了。」

「不，傑洛特，我要說。你不是想知道索登丘上發生什麼事嗎？那你聽好了：那裡有猛烈的爆炸聲和烽火，有亮晃晃的閃光和爆裂的火球，有尖叫聲和墜地聲。而我突然發現自己倒在地上，在一堆燒焦冒煙的破布上，然後我意識到那不是破布，而是又爾。一旁還有個很可怕的東西——一具斷手斷腳、不停慘叫的身體，那是珊瑚。我以爲我身下那灘是她的血，可原來是我自己的。就在那時，我發現他們對我做了什麼事，我開始尖叫，叫得像隻被痛打的狗，像個被虐待的孩子……不要碰我！不用怕，我不會放聲大哭。我已經不是馬利堡塔樓裡的那個小女孩了。該死，我是特瑞絲．梅莉戈德，索登丘上的十四。索登丘上的方尖碑下有十四座墳，但只有十三具屍體。你很訝異爲什麼會搞錯？你想不到嗎？大部分的屍首都支離破碎，難以辨識。沒人有辦法一個個分清楚，甚至連活著的也很難數得清。和我交情深厚、還活下來的，只有葉妮芙一個，可葉妮芙當時雙目失明。其他見過我的人，都是認我那頭漂亮的長髮，可是天殺的，我那時候已經沒有那漂亮的長髮了！」

傑洛特緊緊地抱住她，這次她不再將他推開。

「他們把最強的法術都用在我們身上，」她的語氣變得和緩：「咒語、鍊金藥、護身符，還有神器。在索登丘受傷的勇士身上不能少根寒毛，他們把我們治好、補好，讓我們恢復原本的容貌，還我們頭髮和視力，做得幾乎看不出……痕跡。不過我永遠沒辦法再穿低胸或露背裝了，傑洛特，沒辦法了。」

獵魔士們個個沉默了。悄悄溜到大廳、停在門口的奇莉，縮著肩膀，兩手抱胸，同樣不發一語。

過了一會兒，女巫開口說：「所以，不要跟我提動力。我們站上那個索登丘前，參議會裡那群人只告訴我們：『這是應該的』。那是誰的戰爭？我們在那裡是爲了什麼而戰？土地？國界？人民和他們的房子？眾國王的利益？巫師的影響力和收入？？保衛秩序、抵抗渾沌？我不知道，不過我們反抗了，因爲這是應該的。如果有必要，我會再次站上索登丘。因爲如果我不這麼做，那就表示當初的一切都是不必要、也沒用的。」

「我會站在妳身邊！」奇莉沉痛地喊著：「妳看著吧，我會站在妳身邊！那些尼夫加爾德人會付出代價的，爲我外婆，還有這一切……我沒忘！」

「安靜！」蘭伯特大吼：「大人說話不要插嘴……」

「最好是！」小女孩跺了下腳，雙眼冒著綠色火焰。「你們以爲我爲什麼要學劍？我想殺了他，那個在琴特拉的黑騎士──頭盔上飾有羽毛的騎士。他要爲他對我做的事、爲了我的恐懼而付出代價。我要殺了他！所以我才要學！」

「那妳就別再學了！」傑洛特說道，語氣比卡爾默罕的城牆還要冷。「只要妳沒弄懂劍是什麼、獵魔士爲什麼要把它拿在手上，妳就不能再拿劍。學劍不是要讓妳去殺人或被殺，學劍不是要讓妳爲了心中的恐懼、恨意去殺人，而是爲了要讓妳拯救生命──自己和別人的命。」

小女孩咬著唇，因激動和憤怒而顫抖。

「妳懂了嗎？」

「不懂。」

奇莉用力別過頭。

「那妳永遠都不會懂，出去。」

「傑洛特，我……」

「出去。」

奇莉僵直地轉過身，猶疑不定地站了一會兒，好像在等什麼似地；她等的不會發生。然後，她快速地跑上階梯，接著傳來重重的摔門聲。

「你太嚴厲了，白狼。」維瑟米爾說：「嚴厲過頭了，而且不該在特瑞絲面前。情感的聯繫……」

「不要對我提情感，我受夠情感了！」

「爲什麼？」女巫冷笑了一下。「爲什麼呢？傑洛特，奇莉很正常，她的感覺也很正常，接受情感的方式也很自然；情感是怎樣的，她便全盤照實接受。這讓你吃驚，也讓你緊張。因爲有人可以感受正常的愛、正常的厭惡、正常的恐懼及痛苦、遺憾，正常的喜悅與正常的悲傷。而冷漠、拒人於千里之外，還有漠不關心恰恰都被視爲不正常。喔，沒錯，傑洛特，這讓你很緊張，緊張到開始想起卡爾默罕的地下室，想起那間實驗室，想起那些積了厚厚灰塵、裝滿變種毒藥的瓶子……」

「特瑞絲！」看著傑洛特的臉色忽然轉白，維瑟米爾出聲吼道。不過女巫並沒有因此打住，她說得越來越快、越來越大聲。

「你想騙誰，傑洛特？我？她？還是你自己？或許你不想讓你自己認清這個眞相？這個除了你以外，大家都知道的眞相？或許你不想接受這個事實，不想承認鍊金藥和『野草』並沒有抹煞掉你的情感和身爲人類的感受！是你自己把這些抹煞的！是你自己！可是不要抹煞那孩子的情感和感受！」

「安靜！」他從椅子上大叫起身。「安靜，梅莉戈德！」

他轉過身，兩手無助地垂著。

「對不起。」他靜靜地說：「原諒我，特瑞絲。」

他快速地往樓梯走去，不過女巫飛快地衝上前去抱住他。

「你不能自己一個人走，」她低聲說：「我不准你自己一個人，在現在這個時候不行。」

□

他們馬上就知道她跑去哪裡了。這晚下的雪細碎而濕潤，像張純淨的白色薄毯鋪在庭院裡，他們在那上頭看見了點點足跡。奇莉站在殘破的城牆最頂端，像尊塑像般一動也不動。她把劍高舉過右肩，直至護手與眼睛同高。她的左手手指輕輕碰了碰柄端，當著他們的面，小女孩一個躍起，凌空轉身，然後輕輕落地，站回和剛才一樣，但相反過來的鏡像姿勢。

「奇莉，」獵魔士說：「下來，拜託。」

她好像沒聽見，就這麼靜靜地站著，甚至連動都沒動。可是，藉著反射在劍身上的月光，特瑞絲看見含在她眼眶裡的銀色淚珠。

「沒有人可以把劍從我手裡拿走！」她喊著。「沒有人！就算是你也不行！」

「下來！」傑洛特又重複了一次。

她挑釁地搖搖頭，隨即再度躍起。然而喀啦一聲，她腳下的磚塊應聲鬆動。奇莉的身子晃了一下，她努力想保持平衡，卻失敗了。

獵魔士見狀，縱身一跳。

特瑞絲舉起手，唸出飄浮咒。她知道在那個情況下是不可能的，奇莉會來不及，傑洛特也趕不上。可是傑洛特趕上了。

他蜷著身子往下掉，膝蓋著地，倒向一旁。他摔了下來，卻沒放開奇莉。

女巫緩緩走近，隱約聽見小女孩的說話聲，還有吸鼻子的聲音。傑洛特同樣也說了什麼。女巫一個字也聽不懂，不過她知道兩人在說什麼。

暖風從城牆的裂縫中徐徐吹來。獵魔士抬起了頭。

「春天了。」他輕聲說道。

「是啊。」她嚥了口口水，附和著。「隘口還積著雪，不過山谷那……山谷那裡已經是春天了。我們要出發了吧？傑洛特。你、我，還有奇莉？」

「沒錯，時候到了。」

我們在河流上游看見了他們的城市，多麼精緻，就像是從朝霧之中誕生，以朝霧編織而成。看起來好像頃刻間便會隨著吹皺河水的風兒揚長而去。那兒有幾座看起來像睡蓮般的小巧白色城堡、像長春藤交織而成的精緻塔樓、幾座如垂柳般輕盈的橋梁，還有一些無以爲名的事物。我們理當早已對每樣事物瞭如指掌，即使是眼前這些誕生於世上的未知，也應如此。突然，我們在記憶中某個遙遠角落裡找到了那些名字，找到了屬於龍和獅鷲，屬於人魚和寧芙，屬於風精和德律阿得的名字，還有那會在黃昏時刻，探著纖細項頸啜飲河水的白色獨角獸。我們賦予一切事物名字，拉近萬物與我們的距離，讓這一切不再陌生，讓這一切歸屬於我們。

這一切，除了他們；雖然他們和我們是那麼相似，對我們來說卻很陌生，如此陌生，以至於有好長一段時間我們找不出他們的名字。

——《精靈與人類》

——漢·蓋第枚特

「一個好的精靈，就是斷了氣的精靈。」

——米蘭·勞朋內克元帥

第四章

厄運降臨的方式，依循了亙古以來那厄運與鷹隼的慣例——先在他們上方盤旋一陣，等待適當的攻擊時機。他們遠離了溫萊赫河與上布宜那河的零星村落，繞過了亞得克拉格；就在他們深入一塊位在原始森林前，杳無人煙、溝壑縱橫的空地之際，厄運攻擊的時機到了。它像頭展開攻擊的鷹隼般，準確無誤地撲向祭品；而成爲祭品的，正是特瑞絲。

一開始情況只是很棘手，但還不至於太嚴重，就好像平常鬧胃痛那樣。因爲女巫身體不適，他們停下來休息了好幾次，傑洛特和奇莉兩人試著盡量不把注意力放在這件事上。特瑞絲的臉白得像紙，整個人汗流浹背。她痛苦地彎著身，試著再繼續往前騎幾個鐘頭。可是，到了正午時分，她在路邊草叢中待了一段異常久的時間，在那之後，她已經沒有辦法再上馬。奇莉試著扶她一把，不過幫助不大——女巫抓不住馬鬃，整個人滑落馬背，摔到地上。他們把大衣鋪在地上，扶她躺下。傑洛特一句話也沒說，只是打開鞍囊，翻出裝了鍊金藥瓶的木箱，卻在打開箱子之後，開口咒罵了幾句。所有的瓶子看起來都一模一樣，而上頭烙著的謎樣符號對他一點幫助也沒有。

「哪一瓶？特瑞絲。」

「那些都不行。」她兩手按著肚子，吃力地說。「那些我不能……不能用。」

「什麼？爲什麼？」

「我會過敏……」

「妳？女巫？」

「我會過敏！」無助的憤惱和絕望的怒氣，使她不禁啜泣了起來。「我從以前到現在都會過敏！我沒辦法用鍊金藥！我可以用它們來治別人，可是我自己就只能靠護身符！」

「那妳的護身符在哪？」

「我不知道。」她緊咬牙關說。「一定是留在卡爾默罕了，不然就是不見了……」

「該死，現在怎麼辦？或者妳可以對自己下咒？」

「我試過了，現在這樣就是下咒的後果。胃痛讓我沒辦法專心……」

「別哭。」

「你說得倒容易！」

獵魔士站起身，從小魚兒背上拿下自己的鞍囊，在裡面翻找。特瑞絲整個人縮成一團，一陣痛楚再度襲來，讓她的臉皺了起來，雙唇無聲地扭曲著。

「奇莉……」

「怎麼了？特瑞絲。」

「妳還好嗎？沒有任何……感覺嗎？」

小女孩搖頭表示沒有。

「也許我中毒了？我吃了什麼？我們大家明明吃的都一樣……傑洛特！你們去洗手。看著奇莉，要她洗手……」

「妳安心地躺著，把這個喝掉。」

「這是什麼？」

「一些普通的舒緩藥草。這裡面的魔力只有一丁點，對妳應該不會有影響，但可以舒緩疼痛。」

「傑洛特，疼痛……還沒關係，可要是我發燒了……這可能就是……痢疾，或是副傷寒。」

「妳沒有免疫力嗎？」

特瑞絲沒回答，只是轉過頭咬著唇，整個人縮得更緊了。獵魔士沒有再繼續問診。

他們讓女巫稍作休息後，便把她拖拉到小魚兒的鞍上。傑洛特坐在她身後扶著她，奇莉騎在他們旁邊，拉著轡繩，牽著特瑞絲的閹馬。他們甚至騎不到一哩路。女巫不斷從傑洛特手裡滑落，無法待在馬鞍上。突然，她開始發抖，不斷抽搐，並發起燒來。她的胃炎又加重了。傑洛特告訴自己那只是對他獵魔士鍊金藥裡魔法的反應。他這樣告訴自己，卻沒辦法說服自己。

□

「噢，先生，你們來得不是時候。照我看，現在大概是最糟的時候了。」一名百夫長說。

百夫長所言不假，傑洛特完全沒法反駁或爭辯。

通常，守橋的崗樓會有三個衛兵、一個馬夫、一個稅吏，最多還有幾個騎在馬上的過路人，現在這裡卻是人潮眾多。獵魔士估算了一下，穿著喀艾德顏色的輕裝守衛約有三十個以上，沿著低矮柵欄圍守的盾兵也超過半百。多數士兵都躺在營火前，謹記著古老的戰士守則——能睡的時候盡量睡，醒著的時候絕不坐著。穿過敞開的大門，看得見裡面也是一片忙亂——崗樓裡也同樣充斥著人馬。這座傾斜的崗樓頂站滿了兩人一組的衛兵，他們手上的十字弓隨時可以出擊。在馬蹄聲不絕的橋頭前哨，停了六輛農車和兩輛貨車，而崗哨裡關著十幾頭沒被拴住的閹牛，個個無精打采地垂頭望著地上的爛泥。

「崗樓這裡才剛被攻擊過，就在昨天晚上。」百夫長不待獵魔士提問，就先開了口：「好險我們來得及帶隊趕來救援，不然這裡就成了一片焦土。」

「對方是誰？強盜？趁火打劫的匪兵？」

百夫長搖搖頭，吐了口口水，看了下奇莉和馬鞍上縮成一團的特瑞絲。

「到營區裡來吧。」他說：「不然那個女巫等等就要掉下馬了。反正我們那裡已經有幾個傷患，再多一個沒差。」

營地裡搭著一座開放式的棚子，裡面躺了幾個人，身上的繃帶都已經滲出血；再往前點，傑洛特發現，有六具覆著帆布的軀體，靜靜躺在圍欄和裝有轆轤的木井之間，唯一露在外的，只有套著骯髒破鞋的腳。

百夫長指著棚子說：「你們把女巫扶到那邊躺下，到那些傷患旁邊。呵，真是太倒楣了，獵魔士先生，她竟然病了。對戰的時候，我們的人被砍了幾個，現在要是有個懂咒術的幫手，我們可不會嫌棄。我們幫其中一個傷患把箭拔出來的時候，箭簇留在肚子裡，這小夥子撐不到早上了，一定撐不過……這個女巫本來可以幫我們救他，不過她自己都在發燒，還指望我們幫她。眞不是時候，就像人們常說的，眞不是時候……」

他看見獵魔士一直望著那些帆布底下的屍體，便住了嘴。

「兩個是這裡的守衛，兩個是我們的士兵，另外兩個……大概是敵軍的。」他一邊說著，一邊扯開僵硬的布邊。「你們想看就看吧！」

「奇莉，別靠過去。」

「我也想看！」小女孩從他背後探出頭，盯著那些張嘴的屍體瞧。

「拜託妳到旁邊去，去照顧特瑞絲。」

奇莉不太情願地嘀咕著，但還是乖乖聽話。傑洛特往屍體靠近了些。

「精靈。」他毫不掩飾自己的訝異說。

「精靈。」百夫長重複，「斯寇亞塔也。」

「誰？」

「斯寇亞塔也。」百夫長又重複了一次。「綠林大盜。」

「眞是奇怪的名字。如果我沒弄錯的話，這是『松鼠』的意思吧？」

「沒錯，先生。就是『松鼠』，他們都用精靈語這樣自稱。有人說，這是因爲有時候他們會在自己的尖氈帽或是其他帽子上別松鼠尾巴。也有人說，這是因爲他們住在森林裡，靠堅果塡飽肚子。我跟您說，他們越來越麻煩了。」

傑洛特轉過頭。百夫長把帆布蓋回去，兩手在外袍上擦了擦。

「您過來吧。」他說：「別在這兒站著，我帶您去見指揮官。生病的女巫就交給我們十夫長照顧吧，要是他照顧得來的話。他知道用火消毒跟縫合傷口，也懂接骨，搞不好連配藥都會，天曉得他還會什麼。他是個聰明的傢伙，山地人。來吧，獵魔士先生。」

稅吏的屋裡煙霧繚繞，燈光昏暗，一場熱烈而吵雜的討論正進行著。一個剃著短髮，身穿鎖子甲和黃長袍的騎士，對著兩名商人還有管事大吼大叫，而頭上包著繃帶的稅吏則一臉興趣缺缺，而且不太高興。

「我說過了，不行！」騎士一拳捶在不太牢固的桌上，站起身，拉拉胸前的頸甲說：「只要車隊沒回來，你們就別想給我離開這裡！你們不能在大道上亂晃！」

「我得在兩天內到達達也方！」管事邊哭喪著臉說，邊把一根刻有凹槽，而且烙了印的短棍子移到騎士眼下。「我有東西要送！如果我遲了，庫官會砍了我的腦袋！我要去向省府抗議！」

「喔，去告啊，告啊！」騎士冷笑了一下。「我建議你最好先在褲子裡塞好稻草，因爲省長可是很會踹人屁股的。不過現在這裡我說了算，省長遠在天邊，而你那個庫官對我來說就像坨屎一樣。喔，烏尼斯特！百夫長！你帶誰來啦？又一個商人嗎？」

「不。」百夫長不情願地回答。「這位是獵魔士，先生。他是利維亞的傑洛特。」

出乎傑洛特意料，騎士露出大大的笑容走過來，伸手向他打招呼。

「利維亞的傑洛特。」他重複著，臉上的笑容始終不變。「我聽過您的大名，而且不是在街上隨便聽來的。什麼風把您吹來的？」

傑洛特說明了來意後，騎士便收起笑臉。

「你們來得不是時候，也來錯地方。我們這裡正在打仗，獵魔士先生。森林裡有一群強盜斯寇亞塔也，我們昨天才剛跟他們打過一仗。只要糧食一送來，我們就會展開突襲。」

「你們和精靈打仗？」

「不只精靈。不會吧，您堂堂一位獵魔士，難道沒聽過松鼠嗎？」

「沒有，我沒聽過。」

「您這兩年都待在哪裡？到海的另一邊去了嗎？在我們喀艾德這裡，斯寇亞塔也可是很努力在打響名號，而且呢，他們幹得還真不賴。這些強盜第一次出現的時候，正好是快要跟尼夫加爾德開戰的關頭，這群該死的非人類正好趁火打劫。我們那時在南方，而他們就在我們背後打游擊戰。他們就指望尼夫加爾德徹底粉碎我們，開始叫囂說人類的統治該結束了，大喊著該恢復從前的秩序了。『人類滾到海裡去！』就是他們殺人放火、到處掠奪時的口號！」

「這都是你們的錯，而現在這也成了你們的煩惱。」管事哀怨地回話。「都是你們的錯，都是你們這些權貴跟騎士。你們迫害那些非人類，不給他們生存空間，現在得付出代價了。而我們只有安安分分地送東西，也沒和人結怨，根本就不用打仗。」

「這是事實。」一直沉默地坐在板凳上的商人中，有個人開口道：「松鼠還沒有在這附近肆虐的攔路賊可怕。而那些精靈一開始是先向誰下手？就是那些劫匪。」

「不管從樹叢後偷襲我的是劫匪還是精靈，對我又有什麼差別？」頭上包著繃帶的稅吏突然說道：「我那茂密頭髮在半夜裡被燒個精光的時候，火把是握在誰手裡，對我又有什麼差別？頭髮燒了就是燒了。商人先生，您說呀！斯寇亞塔也沒有糟到像劫匪嗎？您別騙人了。劫匪要的是贓物，而精靈要的是人血。金幣不是人人有，可只要活著，每個人身上就流著鮮血。您說這是權貴的問題？管事先生，這更是謊話連篇。那些砍樹時被射死的樵夫，在山毛櫸那裡被砍成五、六段的焦油製造商，村子被燒的農夫呢？他們欠那些非人類什麼？他們本來一起生活、一起工作，敦親睦鄰，然後冷不防背上就被射了一箭……而我呢？我這輩子從來沒傷害過任何一個非人類，可是您看看我，腦袋被矮人劍劃了一刀。要不是這些被您亂吠的戰士，我早就躺在一肘深的草皮下了。」

「就是嘛！」穿黃袍的騎士再度捶了一下桌子。「我們可是在保護您那長癬的皮膚啊，管事大人，免得那些您所謂被滅了族、活不下去的精靈傷了您。我再跟您說說另一件事──他們的膽子被我們養大了。我們包容他們，把他們當人看，讓他們和我們平起平坐，而現在他們卻在我們背後放箭。我敢拿人頭擔保，尼夫加爾德一定有付錢給他們，山上那些野精靈則負責提供武器。不過最支持他們的，是那些一直和我們生活在一起的非人類，那些精靈、半精靈、矮人、地精，還有半身人。就是這些非人類一直幫他們掩護，給他們食物，提供他們志願兵……」

「不是所有的非人類都這樣。」第二個商人說話了。他身材纖瘦，臉蛋細緻，看起來倒像個貴族而非商人。「騎士先生，大多數非人類都譴責松鼠，不想和他們扯上任何關係。非人類大多對我們都很忠誠，而且有時候還得為這分忠誠付出極大代價。您想想班阿爾得城的副城主，他身為半精靈，可是提倡和平共處，最後卻死在刺客箭下。」

「那一定是他鄰居射的，可能是個假裝對我們忠誠的半身人或矮人。」騎士嘲笑道。「要我說，他們沒一個對我們忠心！他們每個……欸！妳是哪位啊？」

傑洛特看了眾人一眼。奇莉就站在他背後，用那對翠綠色大眼睛看著眾人。就出現得無聲無息這點看來，她的確進步很多。

「她是和我一起的。」他解釋著。

「嗯……」騎士打量了一下奇莉，又轉向一臉貴族相的商人，顯然把他當作最主要的談話對象。「就是這樣，先生，您別和我提非人類的忠誠。他們只是有的裝得比較像，有的比較不像，不過全都是我們的敵人。半身人、矮人和地精已經在人類之中生活了幾百年，看起來一直相安無事。可是只要精靈登高一呼，他們就會抓起武器，跟著走進森林。我告訴您，我們當年讓那些精靈與德律阿得保持自由、在山林裡保有自己的飛地，這種容忍的態度根本就是個錯誤。對他們來說這些根本不夠，所以現在他們叫著：『這是我們的世界，滾出去，流浪者。』我敢對天發誓，我會讓他們看看是誰要從這裡滾出去，是誰會消失得一乾二淨。我們扒過尼夫加爾德人的皮，現在該對付這群強盜了。」

「要在森林裡獵殺精靈可不容易。」獵魔士出聲回應：「同樣地，我也不會到山裡去找地精或矮人。這些部隊有多少人？」

「強盜，」騎士糾正他：「是強盜，獵魔士先生。大概有兩百人，有時還會再多一點。他們自稱『突擊隊』，這是地精語。至於他們不好逮這點，沒錯，看得出來您果然是行家。進森林或草叢裡追他們沒用，唯一的辦法就是打垮他們的靠山，孤立他們，讓他們斷援絕糧。我們得好好教訓那些幫助他們的非人類，那些住在城市、村落、鄉下、農家……」

「問題是，我們一直不知道那些非人類裡，誰有幫他們、誰沒有。」像貴族的商人說。

「所以要把他們全都教訓一下。」

「喔，我懂了。」商人笑了一下。「我在哪裡也聽過這種話——把他們全都抓起來，關到礦坑、管訓營、採石場，所有人都抓，包括那些無辜的人，還有女人、孩子也一起抓，對吧？」

騎士點點頭，鏘地一聲拍了下劍柄。

「就是這樣，沒有第二條路！」他斷然地說。「您可憐那些孩子，不過在這世界上，您自己就像個孩子，我的先生。我們與尼夫加爾德訂下的停戰協議就像蛋殼一樣脆弱不堪；戰事可能很快又會開打，不是今天，就是明天。再說，打仗的事說不準，如果他們打敗我們，您想會發生什麼事？我告訴您，到那時候，那些森林裡的精靈突擊隊就會團結一致，成群出動；而那些本來對我們忠誠的非人類族群也會馬上倒戈相向。您那些忠誠的矮人、友善的半身人，您想想，到時候他們會跟您談和平、談和解嗎？不會，先生。他們會想盡辦法把我們開腸剖腹，尼夫加爾德人會借他們的手來整治我們。他們會他們喊的口號，把我們丟到海裡淹死。不行啊，先生，不能採取曖昧態度。不是他們死，就是我們亡，沒有第三條路！」

屋子的門呀地一聲打開，一個士兵站在門口，身上的圍裙滿是血跡。

「不好意思，打擾各位。」他清了清喉嚨。「在座諸位，是誰把那位生病的女子帶來這裡的？」

「我。」傑洛特說道：「怎麼了？」

「請跟我來。」

他們走到營區。

「她狀況很不好，先生。」士兵指著特瑞絲說：「我給她喝了摻胡椒跟硝石的酒，可是幫助不大，沒什麼起色……」

傑洛特沒表示意見，因爲沒什麼好說的。很明顯，女巫的胃可受不了摻了胡椒跟硝石的酒，看她縮成一團就是最好的證明。

「這也許是某種傳染病。」阿兵哥皺起眉頭。「又或者是那個……那個叫什麼……『今特拉』，要是傳給了其他人……」

「她是女巫。」傑洛特反駁：「女巫不會生病……」

「就是說啊！」跟著他們後面走出來的騎士不屑地插嘴道。「我看，您的女巫可是健康得很呀。傑洛特先生，您聽我說，這名女子需要幫助，而這個忙我們幫不上。我也不能冒這個險讓疫情在軍隊裡擴散，請您見諒。」

「我了解，我馬上離開。沒辦法了，我只能回頭往達也方或亞得克拉格那邊去。」

「您走不遠的，車隊奉命攔下所有人。再說這樣很危險，斯寇亞塔也就是往那個方向去。」

「我應付得了。」

「聽了您的事蹟後，」騎士嘴一撇說：「我當然不會懷疑您會應付不了，不過您要想想，您現在可不是一個人。您還拖著病重的女人跟這小子……」

奇莉本來正試著把沾在鞋上的糞便抹在梯子上，好把鞋弄乾淨，不過騎士的話讓她抬起了頭。騎士見狀，清了清喉嚨，把目光斂下。傑洛特微微地笑了一下。這兩年來，奇莉幾乎忘了自己的出身，把皇室的威儀都抛到九霄雲外。不過要是她想，那眼神可是像極了她的外婆。那神情之相似，肯定讓卡蘭特女王以這個外孫女爲榮。

「對、對了，我剛才在說什麼……」騎士說話結結巴巴，尷尬地扯著皮帶。「傑洛特先生，我知道您該怎麼做。您可以渡河，去南方，在半路趕上一個車隊。馬上就要入夜了，那車隊肯定會停下來休息。您可以在黎明前趕上他們。」

「什麼車隊？」

「我不知道。」騎士聳聳肩。「不過不是商人，也不是運輸隊。他們太有秩序了，所有車子都一模一樣，蓋得嚴嚴實實……一定是皇家庫官。我讓他們過橋，因爲他們是往南方走，一定是要往麗克賽拉河的淺灘去。」

「嗯……」獵魔士邊看特瑞絲邊考慮著。「那個方向我順路，不過在那邊找得到人幫忙嗎？」

「也許會，也許不會。」騎士冷冷地說：「不過在這裡一定不會有人幫您。」

□

當他騎馬走來的時候，他們既沒聽見也沒看見，仍圍著營火坐，沉浸在談話當中。營火透著黃光，映在排成一圈的貨車上，把上頭的遮布照得一片死灰。傑洛特輕拉住馬兒，使牠發出一聲嗚叫。他想讓這支露宿的車隊察覺他的到來，希望他們對於預期之外的訪客不會那麼訝異，以免反應太過激烈。根據過往的經驗，他知道十字弓的機械原理與緊張的情緒不太對盤，所以面對拿著十字弓的人時，動作可不能太大，免得一不小心就擦槍走火。

雖然有預先警告，不過露宿者還是都跳了起來，做了幾個激烈的反應。他馬上就看出來他們大多是矮人，這讓他稍微放了心——矮人雖然脾氣很暴躁，不過在這種情況下，他們通常會先問清來人，再發射手上的十字弓。

「誰？」一個矮人粗聲吼著，一把拔起嵌在火堆旁樹幹上的斧頭。「來者何人？」

「一個朋友。」獵魔士下了馬。

「就不知道是誰的朋友。」矮人粗聲粗氣地說：「過來點，把手放在我們看得見的地方。」

傑洛特靠近了些，把兩手擺在連結膜炎或夜盲症患者都可以看得一清二楚的地方

「再靠近點。」

他聞言照辦。矮人放下了斧頭，微微偏著腦袋。

「如果我沒眼花，」他說：「站在我面前的就是那個被稱作『利維亞的傑洛特』的獵魔士，不然就是這人長得該死地像傑洛特。」

營火突然竄升，黃光四射，照亮了陰暗的臉孔及身影。

「亞爾潘·齊格林！」傑洛特驚訝地說：「不是別人，還眞是亞爾潘·齊格林你這個大鬍子啊！」

「哈！」矮人順手把斧頭甩出去，輕鬆得像在甩柳枝一樣。斧刃在空氣中颼颼劃過，然後咚地一聲嵌進樹幹。「警報解除！的確是朋友！」

其他人很明顯地放鬆了下來，傑洛特似乎聽見他們大大吐了口氣。矮人走過來和他握手，手勁之大，可說和鐵鉗不相上下。

「你好啊，法師！」他說：「不管你是從哪兒來，又要往哪兒去，歡迎你。弟兄們！都過來吧！獵魔士，你還記得我那些弟兄嗎？這是亞寧可·布拉思，這個是哈維爾·莫倫，然後是波力·大伯格跟他弟弟雷剛。」

傑洛特一個都不記得，這些人看起來都一樣——滿臉落腮鬍，又矮又胖，穿著鋪棉厚外衣，看起來幾乎像個方塊。

「如果我沒記錯，你們應該有六個人。」傑洛特和矮人們一一握手，他們的右手既堅硬又粗糙。

「你的記性眞好。」亞爾潘·齊格林笑了出來。「我們本來有六個人，沒錯，不過路卡斯·柯爾托結婚了。他現在住在馬哈喀姆，不再和我們混了，眞是個沒志氣的蠢蛋，到現在還沒有人可以替補他。眞可惜，六個剛剛好，不會太多也不會太少。不管是吃牛犢還是灌酒桶，六個人是再剛好不過了……」

傑洛特朝那群站在車旁、猶疑不定的矮人點頭說：「就我看，你們人夠多了，吃牛犢絕對沒問題，更別說家禽了。亞爾潘，你領的這群是什麼人？」

「我不是領頭的。來吧，我幫你介紹。溫克先生，現在才向您引見，請您見諒，不過我跟我的兄弟們和利維亞的傑洛特不是今天才認識的，我們有一些共同回憶。傑洛特，這位是威福立．溫克先生。溫克先生是亞得克拉格的韓瑟頓王——那個喀艾德賢君——底下的專員。」

威福立．溫克的個子很高，高過傑洛特，比矮人還要高兩倍。他穿著一身尋常、簡單的服飾，就像管家、庫官或傳令兵會穿的那種，不過動作之中帶股俐落、拘謹和自信，即使是在夜間微弱的營火旁，傑洛特還是看出來了，而且看得很準。習慣穿著鎖子甲和武裝腰帶的人，動作都是這樣。傑洛特敢打賭，溫克是個職業軍人。他握了握溫克向他伸出的手，並微微地鞠了個躬。

「我們坐下來吧。」亞爾潘．齊格林指著那插了斧頭的樹幹。「說吧，傑洛特，你到這附近幹嘛？」

「我在找人幫忙。我帶著一個女人和小夥子旅行；那女人病了，病得很重。我追上來是想請你們幫忙。」

「該死，我們這裡沒有藥。」矮人往火堆啐了一口。「你把他們留在哪裡？」

「路邊，離這裡不到百步。」

「你來帶路。喂，那邊那幾個！來三個去把馬鞍套上！傑洛特，你那個生病的女人能騎馬嗎？」

「不太行，所以我才得把她留在路邊。」

「把斗篷帶上，還有從車上拿張毯子和兩根木棍來！快點！」

威福立．溫克兩手環在胸前，大聲地咳了一下。

「我們現在在路上。」亞爾潘．齊格林看都不看他一眼，冷冷地說道：「在路上碰到有人需要幫忙的時候，不能袖手旁觀。」

□

「該死。」亞爾潘把手從特瑞絲的額頭拿開。「她整個人燙得像火爐一樣。看來不太妙喔！要是她得的是傷寒或痢疾怎麼辦？」

「這不可能是傷寒，也不會是痢疾。」傑洛特用毯子把她包起來，假裝很有信心。「巫師對那些病都有免疫力。她是食物中毒，不會傳染的。」

「嗯……好吧。我去找一找我的袋子，我之前有一種對拉肚子很有效的藥，說不定還剩一些。」

「奇莉，」傑洛特壓低聲音叫著，並把馬上解下來的羊皮交給小女孩。「去睡吧，不然妳會撐不住。不，不要上車。讓特瑞絲睡車上，妳去躺在火堆旁。」

「不要。」她盯著逐漸遠去的矮人，低聲抗議。「我要睡在她旁邊。要是他們看到你把我從她身邊拉開，他們就不會信你了。他們一定會覺得這病會傳染，然後像那些守衛一樣把我們趕走。」

「傑洛特？」女巫突然虛弱地喚道：「我們……在哪裡？」

「和一群朋友在一起。」

「我在這裡。」奇莉摸著她的栗髮說：「我在妳身邊，什麼都不用怕。妳有沒有覺得很暖和？火堆裡的火正旺著。矮人等等就把……胃藥拿來了。」

特瑞絲試著從那堆毯子裡起身，哽咽地說：「傑洛特，任何……任何有魔法的鍊金藥都不行，別忘了……」

「我沒忘，好好躺著吧。」

「我得要……啊……」

獵魔士二話不說，將女巫連人帶毯抱了起來，往黑暗的樹林深處衝去。奇莉見狀，嘆了口氣。一陣重重的腳步聲傳來，她轉過身，看見矮人從車後走來，腋下還夾了一大包東西。營火閃閃映在他腰間的斧頭上，就連他那件厚皮衣上的釦子也跟著發亮。

「那個生病的女人哪去了？」他粗聲問道。「騎著掃把飛走了？」

奇莉聞言，指向一片黑暗。

「是啊。」他點點頭。「我知道那種痛，還有那個討人厭的毛病。我年輕的時候，不管找到什麼或抓到什麼全都吃進肚子裡，所以吃壞肚子也不只一、兩次了。那個女巫是誰？」

「特瑞絲．梅莉戈德。」

「不認識，也沒聽過。我很少和同袍會有來往，不過照道理還是要認識一下。我叫亞爾潘．齊格林，妳叫什麼名字啊？小丫頭。」

「不要這樣叫我！」奇莉兩眼冒火，大聲吼道。

矮人哈哈笑了起來，露出兩排牙齒。

「喔！」他誇張地鞠了個躬。「請原諒我，這裡太暗，所以我才沒認出來。哪是什麼小丫頭，這可是個高貴的大小姐呢！真是昏倒！如果不是祕密的話，可否請問小姐叫什麼名字啊？」

「這不是祕密，我是奇莉。」

「奇莉。喔。那小姐是什麼身分啊？」

「這個，這個是祕密。」奇莉驕傲地揚起下巴說。

亞爾潘又哼了一聲。

「小姐您嘴巴還眞利呀，像把刀似的。請小姐您大人不記小人過，原諒我吧。我帶了藥跟一點兒吃的來，不知道小姐您肯不肯吃，又或者您還是嫌棄我這個鄉下老頭子亞爾潘．齊格林？」

「對不起……」奇莉發現自己失態，把頭垂了下來。「特瑞絲眞的很需要幫助，齊格林……先生。她病得很重。謝謝你拿藥來。」

「不客氣。」矮人再度咧嘴而笑，親切地拍了拍她的肩膀。「來吧，奇莉，過來幫我，這個藥得先準備一下。我們用我外婆的藥方來搓些藥丸，沒有哪一種肚子裡的病可以敵得過這些藥丸。」

他把那包東西打開，拿出一塊像泥炭的東西，還有幾個小土盆。奇莉靠了過去，滿臉興味。

亞爾潘開口道：「要知道，小奇莉，我外婆可是天底下最會治病的人。可惜，她覺得病大多是懶惰引起的，而治懶惰最好的辦法就是用棍子。這帖藥她可是當作預防針一樣，下在我跟我兄弟身上。不管是稍微有怎樣，還是根本沒怎樣，她都會把我們揍得慘兮兮。有一次，她無緣無故給我一片抹了豬油跟糖的麵包，我整個人嚇得把麵包掉到地上，而且還是有豬油的那面朝下。所以啊，外婆就用一根可惡的舊管子把我狠狠揍了一頓。後來她又給我第二片麵包，不過已經沒有加糖了。」

奇莉十分了解地點點頭說：「有一次，我外婆也揍了我了一頓，用藤條。」

「藤條？」矮人笑了起來。「我外婆可是用十字鎬的柄來打。好了，回憶夠了，該來做藥丸了。拿去，把這個弄碎，然後捏成丸狀。」

「這是什麼？黏黏糊糊的……噁……臭死了！」

「這是發霉的麵包，吃飯吃剩的。這藥可有效了。快點搓藥丸，小一點，小一點，這是要給女巫吃的，不是母牛。給我一個，好了。現在我們要把這個丸子放到藥裡滾一滾。」

「噁心死了！」

「臭掉了嗎？」矮人把他的大鼻子湊過來聞小土盆。「不可能。加了蒜蓉跟粗鹽的東西，就算過了一百年也不會壞。」

「眞是太噁心了，特瑞絲不會吃的！」

「那我們就用我外婆的法子。妳來捏住她的鼻子，我就趁機把藥丟進她嘴裡。」

「亞爾潘，你才要小心別被我塞了什麼東西。」傑洛特抱著女巫，突然從黑暗中現身威脅。

「這是藥耶！」矮人生氣地說。「這很有效！黴菌、蒜頭……」

「沒錯。」包在「繭」裡的特瑞絲虛弱地說：「他說的沒錯……傑洛特，這的確應該可以把我治好……」

「看到了嗎？」亞爾潘用手肘推了下奇莉，驕傲地揚起下巴，指著正在吞藥的特瑞絲。她看起來一副準備壯烈犧牲的樣子。「眞是個聰明的女巫，知道什麼才是好東西。」

「妳說什麼？特瑞絲。」獵魔士低下頭。「喔，我知道了。亞爾潘，你有歐白芷或番紅花嗎？」

「我去找找，問問看。我給你們拿了水來，還有一點食物……」

「謝謝，不過她們兩個最需要的是休息。奇莉，躺下。」

「我先幫特瑞絲準備濕敷巾……」

「我來做。亞爾潘，我想和你談談。」

「到火堆那兒去吧。我們來開一桶……」

「我是想跟你談，不要有其他聽眾，就你和我。」

「沒問題，說吧。」

「你運的是什麼東西？」

「皇家的差事。」他緩慢而明確地說。

矮人抬起細小卻有神的雙眼看著他。

「我想也是。」獵魔士注視著矮人。「亞爾潘，我不是來聊八卦的。」

「我知道，而且我也知道你想幹嘛。不過這批貨……嗯……意義重大。」

「所以你們運的到底是什麼？」

「鹹魚。」亞爾潘自然地說著，然後繼續扯謊，眼神連閃都沒閃一下。「飼料、工具、馬具，雜七雜八，一些皇軍用的東西。溫克是皇家軍隊的軍需長。」

「他要是軍需長的話，我就是德魯伊了。」傑洛特笑了下。「不過這是你們的事，我沒有挖人隱私的習慣。只是你也看到特瑞絲現在的樣子，讓我們加入吧，亞爾潘，騰一輛車讓她躺吧。只要幾天就好，我不會問你們要去哪裡，畢竟這條路直直通往南方，要過了麗克賽拉河才會岔開，而從這裡到麗克賽拉河要十天路程。到那時，特瑞絲就會退燒、能上馬了。就算她不行，我也會在過河後的城鎮停下來。讓我們坐十天車、有溫暖的被子和熱騰騰的食物……拜託。」

「這裡不是我在發號施令，是溫克。」

「我想你有一定的影響力，至少這是個矮人佔多數的車隊，所以他當然會尊重你的意見。」

「那個特瑞絲是你的誰？」

「這跟現在的情況有關係嗎？」

「這跟現在的情況完全沒有關係。我只是好奇問一下，之後好在酒館裡傳八卦。話說回來，你喜歡那個女巫吧，傑洛特。」

獵魔士露出哀傷的微笑。

「那那個女孩呢？」亞爾潘用頭比著在毯子下翻來覆去的奇莉。「你的？」

「我的。」他毫不考慮地回答。「她是我的，齊格林。」

□

黎明時分，天色灰濛濕潤，空氣中瀰漫著夜雨和晨霧的氣味。奇莉覺得自己好像才睡了一會兒，才剛把頭枕到車上的麻袋堆就被吵醒。

原來是傑洛特剛把特瑞絲從林子裡抱回來，扶她在奇莉身邊躺下。女巫身上裹的毯子沾了晨露，亮閃閃的。奇莉看見傑洛特眼下有著黑色陰影，知道他根本沒闔過眼。特瑞絲整晚發燒，受盡折騰。

「我吵醒妳了嗎？抱歉。睡吧，奇莉。現在還早。」

「特瑞絲怎樣了？她好點了嗎？」

「好些了。」女巫虛弱地說。「我覺得好些了，不過……傑洛特，聽著……我想跟你……」

「嗯？」獵魔士彎下身，不過特瑞絲已進入夢鄉。

他挺起身，伸展了一下。

「傑洛特。」奇莉低聲喊道。「他們會讓我們……坐車嗎？」

「再看吧。」他抿著唇。「趁現在能睡，趕快睡。好好休息吧。」

他跳下車。奇莉聽見車隊正在整裝出發——馬蹄的踏動聲、馬具碰撞聲、貨車掛鉤的吱呀聲，還有談話及咒罵聲。然後，不遠處傳來亞爾潘·齊格林、那個高個子溫克與傑洛特的說話聲。齊格林的聲音很粗獷，溫克的很平靜，而傑洛特的語氣聽起來則很冷淡。她撐起身，小心翼翼地探出毯子。

「這件事，我沒什麼好不准的。」溫克宣布著。

「太好了。」矮人很高興。「那就這麼說定了？」

指揮官微微抬起手，示意事情還沒說定。他沉默了一段時間。傑洛特和亞爾潘在一旁耐心等待。

「不過，」溫克終於開口。「我的責任是要把這批貨送到指定地。」

他又停了下來。這次沒人再插嘴。顯然，要和指揮官說話，就得習慣他每句話中間的停歇。

過了一會兒，他再度開口把話說完：「貨物得安全送達，而且準時。照顧生病的女巫，可能會拖慢我們行進的速度。」

「我們現在進度超前。」亞爾潘稍微等了一下後，開口保證道。「還有時間，溫克先生，不會來不及。至於安全問題嘛……依我看，有個獵魔士一起上路有好無壞。要到麗克賽拉得經過很多林子，這一路上不管左邊或右邊都是一片荒野。聽說，這些林子裡到處都是些不太好的生物。」

「的確。」指揮官一面直視獵魔士，斟酌著字句。「有些不好的生物被其他壞生物煽動，所以最近喀艾德的山林裡都可能碰到牠們。牠們可能會危害我們的安全。韓瑟頓國王就是知道情況如此，所以授權我可以在路上招攬願意擔任維安工作的人員。傑洛特先生意下如何？這可以解決您的問題。」

獵魔士沉默了很久，甚至比溫克句句停頓的整段發言還久。

「不。」終於，他開了口。「不，溫克先生。我們打開天窗說亮話。我已經準備好要報答各位對梅莉戈德小姐的幫助，不過不是以這種形式。我可以照料馬匹、提水挑柴，甚至可以負責伙食，不過我不會成爲替皇家服務的傭兵。請別指望我的劍。我不打算聽從其他生物的指令，去殺那些所謂的『不好的生物』。就我看來，其他生物其實也沒有好到哪去。」

奇莉聽見亞爾潘重重地嘖了一聲，然後掄起拳頭咳了一下。溫克平靜地看著獵魔士。

「我懂了。」他冷冷地說。「我喜歡把話說清楚。那好吧，亞爾潘先生，請注意別讓車隊的速度慢下來。至於您，傑洛特先生……我知道您終究會派得上用場的，到時候您會以您認爲正確的方式來幫助我們。要是我把您的用處當作是幫助落難女子的代價，那可是侮辱了您和我自己。她今天好些了嗎？」

獵魔士點點頭。奇莉覺得他的頷首似乎比平常更重了些、帶了更多敬意。溫克的表情毫無變化。

「這讓我很高興。」他像先前那樣停了一會兒後如是說著。「我把梅莉戈德女士帶進車隊的同時，就表示我會負責她的健康、舒適及安全。齊格林先生，請下令出發。」

「溫克先生。」

「請說，傑洛特先生。」

「謝謝。」

指揮官點了點頭，可奇莉覺得他的頷首比平常禮貌性的表示更深、更有禮。

亞爾潘．齊格林沿著隊伍跑過去，一路大聲下達指令，然後他爬上車夫座，大喝一聲，策馬前進。馬車開始在林道上轆轆奔馳，特瑞絲被這陣顛簸驚醒，不過奇莉安撫了她，幫她把額頭上的敷巾換了條新的。轆轆的行車聲讓人昏昏欲睡。沒多久，女巫便進入夢鄉，奇莉也跟著打起瞌睡。

當她醒過來時，太陽已高掛天空。她從一堆木桶及包裹後探出頭，看見自己坐的車子正駛在隊伍前方，而駕著她後頭那輛車的，是個脖子圍了條紅巾的矮人。她從矮人們的談話裡得知駕車的矮人名叫波力．大伯格，坐他旁邊的則是他兄弟雷剛。她還看見溫克騎在馬上，一旁跟著兩個庫官。

傑洛特的牝馬小魚兒身上架著馬車，牠輕輕嘶鳴一聲，向她打招呼。她到處都沒看見自己的栗馬與特瑞絲的褐馬，想必是跟著車隊其他馬匹走在最後面了。

傑洛特坐在駕車的位子上，而亞爾潘坐他旁邊。他們一邊小聲交談，一邊喝著擺在兩人中間的小桶啤酒。奇莉拉長耳朵聽他們說話，不過很快就無聊了——他們談的都是政治，而且大部分是關於韓瑟頓國王的計畫與盤算，還有一些特殊部隊跟特殊任務的事。鄰國亞丁的戴馬溫王正面臨戰爭威脅，他們受命暗中支援。傑洛特顯然很有興趣知道，這五車鹹魚要怎樣加強亞丁的守備。亞爾潘沒有理會獵魔士話中的輕蔑，逕自解釋著有些魚種很珍貴，只消幾車便足以支付裝甲部隊一整年的開銷，而每多一支裝甲部隊，就等於是多添了一個強而有力的幫手。傑洛特對於他們得如此祕密提供協助感到奇怪，但矮人只是再度表明這是祕密。

特瑞絲睡得很不安穩。她揮掉了額頭上的敷巾，而且不停囈語。她要一個叫凱文的人把兩手放在身邊，然後又馬上宣告命運是無法閃避的。最後，她說所有人、這世上所有人都是某種程度的變種，之後便沉沉睡去。

奇莉也昏昏欲睡，不過亞爾潘的哈哈大笑讓她清醒過來。他正在對傑洛特講述以前的事蹟，說當年獵捕金龍那件事【註】。那頭龍不但沒有乖乖束手就伏，反而把獵龍人打得落花流水，甚至把那個叫柯卓耶德的鞋匠直接生吞入腹。這話引起奇莉的興趣，便更仔細地聽著兩人談話。

傑洛特問起當年那些同樣也去屠龍的刀客後來怎樣了，不過亞爾潘並不清楚。接著亞爾潘開始對那個叫葉妮芙的女性感興趣，而傑洛特卻詭異地惜字如金。矮人喝了口啤酒後，就開始抱怨從那時候至今已過了好些年，那個葉妮芙卻還一直對他懷恨在心。

【註】故事詳見前傳《獵魔士：命運之劍》〈可能的極限〉。

「我在葛思維冷的市集碰到她。」他說。「差點就被她逮到。她像隻母貓一樣地撒潑，把我那已故的老媽狠狠羞辱了一番。我拔腿就跑，她在我後頭放話說總有一天逮到我，到時就要讓我的屁股長出草來。」

奇莉聽得咯咯笑，在腦子裡勾勒著亞爾潘屁股長草的樣子。傑洛特生氣地罵了幾句有關女性易怒性格的話，不過矮人卻覺得這是對怨恨、固執及記仇最雲淡風輕的描述了。獵魔士沒有繼續這個話題，而奇莉則再度進入夢鄉。

這回她是被很大的聲音吵醒。更正確地說，是亞爾潘的聲音。他一直大吼大叫。

「對，沒錯！你都知道！我就是決定這樣！」

「小聲點。」獵魔士平靜地說。「車裡躺著生病的女人。聽著，我沒有批評你的決定或主張……」

「你當然沒有。」矮人帶著冷笑打斷他。「你只是笑得一副好像什麼都知道的樣子。」

「亞爾潘，我只是以朋友的立場提醒你。不管哪一邊都討厭那些腳踏兩條船的人；最起碼，兩邊都認爲這種人不可信賴。」

「我沒有腳踏兩條船。一直以來，我選的就是同一條船。」

「不管怎樣你都是個矮人。對他們來說，你永遠都是別人，是外人。可是對另一方……」他打住。

「來啊！」亞爾潘轉過身吼道。「來啊！說啊！你在等什麼？說我是個叛徒、人類養的狗。說只要一小把銀子跟一碗低廉的飼料，就可以讓我去咬那些爲自由而戰的親族。來啊，繼續說啊，一次說個痛快。我不喜歡把話說一半。」

「不，亞爾潘。」傑洛特低聲說。「不，我什麼都不會說。」

「喔，什麼都不會說？」矮人一鞭打向馬群。「你不想說？你比較想就這樣看著、笑著？一個字也不跟我說，是嗎？可是你跟溫克說了！『請別指望我的劍。』喔，多麼高傲、尊貴又神氣！帶著你的高傲吃屎去吧！還有你他媽的那股神氣！」

「我只是不想騙人。我不想捲入這場衝突，我希望保持中立。」

「不可能！」亞爾潘喊道。「不可能保持中立，你懂嗎？不，你什麼都不懂。哎，從我的車上下去，去騎馬。滾出我的視線，你這個保持中立的自大傢伙。看了就煩。」

傑洛特轉過身。奇莉屏住呼吸等待著，不過獵魔士一句話都沒說。他起身跳下車，動作非常輕巧迅速。亞爾潘等他把牝馬從梯上解開，才又舉鞭策馬，嘴裡還喃喃唸著一些不知道什麼意思，但聽起來很可怕的話。

她也站起來，想下車去找自己的栗馬。矮人轉過頭，不太高興地瞥了她一眼。

「妳也是麻煩一堆，小姑娘。」他生氣地哼了聲。「我們這裡要這些夫人、小姐做什麼，該死的，我甚至連在駕車時撒泡尿都不行，還得停下馬車到草叢裡去！」

奇莉緊握拳頭貼在雙腿，甩了下灰色劉海，抬起下巴。

「是嗎？」她生氣地尖聲說道。「齊格林先生，您要是少喝點啤酒，就不會那麼常去了！」

「妳個乳臭未乾的丫頭，我喝啤酒關妳屁事啊！」

「您不要叫得那麼大聲，特瑞絲才剛睡著耶！」

「這是我的車！我愛怎麼叫，就怎麼叫！」

「大木頭！」

「什麼？妳這個厚臉皮的小渾球！」

「大木頭！」

「我就讓妳瞧瞧什麼是大木頭……喔，該死！吁！」

就在兩匹馬要踩到擋在路上的木幹時，矮人猛力拉住轠繩，往後傾斜。亞爾潘從馬車前座站了起來，用人類跟矮人的語言咒罵了好幾句，又是吹口哨，又是扯著嗓子大喊，把馬車停了下來。其他矮人跟人類也跳下車跑過來，拉著轡頭和胸帶，幫著把馬兒牽到一旁淨空的路上。

「你睡著了啊？亞爾潘。」波力．大伯格一邊走過來，一邊大聲說道。「眞要命，你要是直接壓過去的話，車軸肯定報銷，輪子也一定會撞得歪七扭八。見鬼了，你到底……」

「滾一邊去，波力！」亞爾潘．齊格林沒好氣地吼著，還順手用鞭子抽了下馬屁股。

「您剛才眞是命大。」奇莉擠到前座，在矮人身邊一臉可愛地說。「所以車上有個獵魔士，還是好過您獨自駕車吧。我可是在緊要關頭提醒了您。如果您剛好在駕車時撒尿，一旦撞上那塊木頭，呵呵，我眞是不敢想像您會發生什麼事……」

「妳要閉嘴了嗎？」

「我馬上閉嘴，一個字都會不說。」

她安靜不到一分鐘。

「齊格林先生？」

「我不是什麼先生。」矮人用手肘撞她一下，咬牙切齒地說：「我是亞爾潘，懂了嗎？現在起我們要一起駕車，對吧？」

「對。我可以執韁繩嗎？」

「當然。等一下，不是這樣。把它放在食指上，然後用大拇指壓著，吶，像這樣。左邊也一樣。不要扯，別拉得太用力。」

「這樣行嗎？」

「行。」

「亞爾潘？」

「啥？」

「什麼叫作『保持中立』？」

「就是沒有分別。」他不太情願地喃喃說道。「別讓韁繩垂下去。左邊拉近一點。」

「『沒有分別』是什麼意思？什麼東西沒有分別？」

矮人大動作地往前傾，朝車下吐了口口水。

「要是斯寇亞塔也打過來，妳的傑洛特打算站在一邊，靜靜地看他們怎麼割破我們的喉嚨。妳大概也會站在他旁邊，因爲這可是教學觀摩時間，題目就叫作：『獵魔士在智慧種族衝突中的表現。』」

「我聽不懂。」

「這我一點也不訝異。」

「你是因爲這樣才生氣，和他吵架的嗎？那些斯寇亞塔也到底是誰？那些……松鼠？」

「奇莉，」亞爾潘粗魯地揉了揉他的大鬍子。「這些不是還沒長大的小女孩可以明白的。」

「喔，現在換怪到我頭上了。我一點都不小。我有聽到那些衛兵怎麼說的。我有看見……看見兩個被殺死的精靈。那個騎士說他們……也有殺人。還說他們裡面不只有精靈，也有矮人。」

「我知道。」亞爾潘冷冷地說。

「你也是矮人啊。」

「這點千眞萬確。」

「那你爲什麼怕松鼠？他們應該只跟人類打。」

「很不幸地，」他皺起眉頭。「事情沒那麼簡單。」

奇莉咬著下唇，皺著鼻子，沉默了很長一段時間。

「我知道了。」她突然說。「松鼠是爲了自由而戰。而你雖然是個矮人，卻是韓瑟頓國王祕密特殊組織的一員，聽命於人類。」

亞爾潘哼了一聲，拿起袖子抹過鼻子，從馬車前座探出頭，看看溫克是否離他們很近，不過指揮官正在很遠的地方和傑洛特說話。

「妳耳朵挺靈的嘛，小姑娘，像隻土撥鼠。」他笑得很開心。「就一個註定要生孩子、煮飯和紡紗的人來說，妳未免也太精明了。妳以爲自己什麼都知道？那是因爲妳是個小搗蛋。不要裝那些蠢樣子，那不會讓妳看起來更成熟，反而會讓妳比平常還要醜。我得承認妳的確很了解斯寇亞塔也。妳很喜歡他們的口號吧。知道爲什麼妳這麼了解他們嗎？因爲斯寇亞塔也也是一群愛搗亂的傢伙。這群蠢蛋不知道他們其實是被人慫恿，不知道別人其實在利用他們的幼稚愚蠢，灌輸他們所謂自由的口號。」

「不過他們的確是在爲自由而戰啊。」奇莉抬起頭，用她那雙綠色大眼看著矮人。「就像布洛奇隆森林裡的德律阿得，她們殺人，因爲人……有些人會傷害她們。因爲這曾經是屬於你們的世界，屬於矮人、精靈和那些……半身人、地精，還有其他種族……而現在卻屬於人類，所以精靈……」

「精靈！」亞爾潘一臉不屑。「如果要確切地說，他們也是外來者，就像你們人類一樣，只不過他們比你們早一千多年搭著白色的船到這裡。現在他們搶著要跟我們搏感情，我們成了兄弟，他們陪著笑臉說『我們一家人』、『我們上古一族』。可在以前，操他……呃，呃……以前他們的箭老在我們耳邊咻咻叫，那時我們……」

「所以矮人是最先來到這世上的？」

「確切地說，是地精。還有，前提是妳指的世界是目前我們已知的部分——這個世界可是大到妳無法想像呀，奇莉。」

「我知道。我看過地圖……」

「妳不可能看過。還沒有人畫過這樣的地圖，而且我也懷疑在不久的將來，會有人畫得出來。沒人知道過了烈焰山跟大瀚海之後有什麼。就算是那些自稱無所不知的精靈也不曉得。我告訴妳，他們其實什麼也不懂。」

「嗯……不過現在……人類要比……比你們多太多了。」

「因為你們像兔子一樣一直生。」矮人咬牙切齒地說。「其他事都不做，只是一天到晚上床，沒完沒了而且也不挑剔，不管是誰、不管在哪都可以。而你們的女人只要能坐在男人褲子上，把肚子搞大就夠了……妳幹嘛臉紅得像罌粟花一樣。妳不是想知道這些嗎？這就是最真的事實，最可信的世界歷史。誰比較會砍頭、比較快把女人肚子搞大，誰就能統治這世界。不管是殺人或上床，要跟你們人類比實在太難了……」

「亞爾潘。」傑洛特冷冷地說道，正騎著小魚兒向他們行來。「稍微控制一下自己吧，麻煩你，用詞文雅一點。至於妳，奇莉，不要再扮車夫玩了，去瞧一下特瑞絲，看她醒過來沒，需不需要什麼。」

「我早就醒了。」女巫虛弱的聲音從車內深處傳來。「可是我不想……打斷這麼有趣的對話。傑洛特，不要打擾他們。我想……了解更多關於上床對社會發展的影響。」

□

「我可以燒一點水嗎？特瑞絲想梳洗一下。」

「去吧。」亞爾潘‧齊格林同意道：「哈維爾，把烤肉從火堆上拿下來，我看我們那隻兔子也受夠了。奇莉，把大鍋拿過來。呦，真有妳的，滿滿一鍋啊！妳自己一個把這麼重的東西從井裡拉上來？」

「我很強壯的。」

大伯格兄弟倆年紀較大的那人聽了，不禁噗嗤一笑。

「別以貌取人，波力。」亞爾潘一邊熟練地把烤好的野兔分成幾份，一邊認眞地說：「沒什麼好笑的。這丫頭雖然沒幾兩肉，不過我看她很結實，就像條皮帶一樣——看來雖纖細，用手卻扯不斷，就算拿來上吊，也還撐得住。」

現在沒人敢再笑了。矮人們圍著火堆，隨性臥坐，散成一圈。奇莉在他們旁邊蹲下。這次亞爾潘跟他的「兄弟」四人組只爲自己生了火，沒打算和其他人分享哈維爾．莫倫打到的那隻兔子，因爲那只夠他們每人吃上個一、兩口。

「再多丟些柴火，」亞爾潘邊說，邊舔著手指頭。「這樣水才燒得快。」

「說到水，這還眞是個餿主意。」雷剛．大伯格吐掉骨頭，說出自己的看法：「洗澡只會讓人病得更嚴重。話說回來，這對健康的人也沒什麼好處。你們記得老史拉得嗎？有一次被他妻子叫去洗澡，結果過沒多久就死了。」

「因爲他被一隻瘋狗咬到。」

「要是他沒洗澡，那狗就不會去咬他。」

「我也覺得，」奇莉一邊用手指試水溫，一邊搭話：「每天洗澡是太誇張了，不過特瑞絲都會要求要洗，有一次甚至還哭了出來……所以傑洛特跟我……」

「我懂。」大伯格家的大哥點了點頭：「不過獵魔士會……眞的是讓我大開眼界。喂，齊格林，要是你有了娘兒們，你會幫她洗澡梳頭嗎？你會抱她去草叢裡嗎？當她得……」

「閉嘴，波力。」亞爾潘打斷他：「不要拿獵魔士作文章，因爲他是個好人。」

「我有說什麼嗎？我只是很驚訝……」

「特瑞絲才不是他的娘兒們。」奇莉突然插嘴。

「那我更驚訝了。」

「這更加說明你是個呆子。」亞爾潘下了結論。「奇莉，加點水到滾水裡，我們幫女巫再泡些番紅花跟罌粟籽。她今天比較好了吧，嗯？」

「大概吧。」亞寧可．布拉思咕噥著：「車隊今天只爲她停了六次。我知道在路上不能見死不救，只有沒種的傢伙才會有第二句話。要是眞有人見死不救，那就眞的是個沒種的爛人、沒道義的賤人。不過我們已經在這些林子裡晃太久了，我告訴你們，眞的太久了。我們這是在冒險，該死的，太冒險了，兄弟們。這裡並不安全。斯寇亞塔也……」

「把那個字收回去，亞寧可。」

「呸！呸！亞爾潘，我壓根不怕開打，又不是沒見過紅，不過……要是有一天得跟自己人打……媽的！爲什麼這件事會落到我們頭上？這批天殺的貨應該是那個天殺的百騎隊來送才對，不是我們！讓魔鬼來亞得克拉格把那些自作聰明的傢伙全抓走，讓他們……」

「我說了，閉嘴。去把那鍋蕎麥拿過來。兔肉已經嚐過了，現在該吃點東西了。奇莉，妳要跟我們一起吃嗎？」

「當然！」

接下來好一段時間只聽得見大口咀嚼，還有木匙敲撞鍋子的聲音。

「搞什麼啊！」波力．大伯格抱怨著，還大大地打了個嗝：「我還沒吃飽耶！」

「我也是。」奇莉說完，也大大地打了個嗝。她很欣賞矮人絲毫不做作的姿態。

「我不想吃蕎麥。」哈維爾．莫倫說：「我的胃沒辦法消化蕎麥，但我也不想吃鹹肉。」

「那麼挑嘴的話，乾脆去吃草好了。」

「不然去啃樹皮也行。海狸只啃樹皮，卻還是活蹦亂跳的。」

「海狸我倒是可以嚐嚐。」

「是我的話就吃魚。」波力一邊在腦子裡幻想著，從懷裡掏出一塊乾糧，喀拉喀拉地咬了起來。

「跟你們說，我現在還真想來條魚。」

「那我們就去抓魚吧。」

「去哪抓？去灌木叢裡嗎？」亞寧可．布拉思粗聲粗氣地問。

「去溪裡啊。」

「那是哪門子的溪啊！那裡光是尿個尿就可以噴到另一邊，哪會有什麼魚啊？」

「有啊。」奇莉把湯匙舔乾淨後插進靴子裡說：「我去提水的時候有看到，不過那些魚都生病了，身上一點一點的，有黑色和紅色的斑……」

「鱒魚！」波力一聽，馬上把嘴裡的乾糧吐掉大喊：「嘿，兄弟們，快快快，快去溪邊！雷剛！把褲子脫掉！我們用你的褲子來作魚網。」

「為什麼要用我的？」

「快脫啦，不然我就幫你穿在脖子上，沒用的傢伙！老媽有沒有說過要你聽我的？」

「你們想抓魚的話就動作快，馬上要黃昏了。」亞爾潘道：「奇莉，水熱了嗎？放著！放著！妳會燙到，而且會被鍋子弄得一身髒。我知道妳很有力氣，不過讓我來吧，我來端。」

傑洛特已在馬車那裡等他們，遠遠就可以從車篷縫隙窺見他那頭白髮。矮人把水倒到小桶子裡。

「需要幫忙嗎，獵魔士？」

「不，謝了，亞爾潘。奇莉會幫我。」

特瑞絲的溫度已經降下來，可是整個人非常虛弱。傑洛特和奇莉已經能夠很熟練地幫她脫衣淨身，也學會不能放任讓她自己來，她很不想倚靠他們，但她的狀態還不行。傑洛特和奇莉兩人配合得很好——他把女巫抱在懷裡，她則負責擦洗。只有一點讓奇莉覺得訝異且煩惱——她覺得特瑞絲抱傑洛特抱得太緊。這次，她甚至想要吻傑洛特。

傑洛特用頭朝女巫的鞍囊示意，奇莉馬上就知道他的意思。因為這也是例行公事之一——特瑞絲總是要求要梳頭。奇莉找到梳子後，跪到特瑞絲旁邊。特瑞絲抱著獵魔士，把頭垂向奇莉。奇莉覺得她真的抱得太緊了。

「喔，傑洛特。」她抽泣著：「我好遺憾……對於我們兩個的事，我真的很後悔……」

「特瑞絲，拜託妳。」

「……那應該要……現在才發生。等我好了……一切就會不一樣……我可以……甚至可以……」

「特瑞絲。」

「我好嫉妒葉妮芙……好嫉妒她跟你……」

「奇莉，出去。」

「可是……」

「出去，拜託。」

她跳下車，一頭撞向靠在車輪上等的亞爾潘。他嘴裡正嚼著一根長長的草，不知在思索著什麼。矮人伸手抱住她。他不用像傑洛特那樣彎下身，因爲他並沒有比她高。

「小獵魔士，這輩子千萬別犯類似的錯。」他瞥向馬車嘀咕著：「要是有人對妳展現同情、憐憫、對妳好，要是有人令妳欽佩，妳要懂得珍惜，不過別把這個跟……別的東西搞錯了。」

「偷聽不太好喔。」

「對，而且不太安全。妳把桶子裡的肥皀水倒掉時，我差點來不及閃開。來吧，我們去看看雷剛的褲子裡跑進幾條鱒魚。」

「亞爾潘。」

「啥？」

「我喜歡你。」

「我也喜歡妳，小鬼。」

「可是你是矮人，我不是。」

「這有什麼……喔，斯寇亞塔也。妳想到松鼠，對吧？妳很不安，是嗎？」

奇莉從他那隻沉甸甸的臂膀中開脫。

「你也很不安。」她說：「其他人也是，我看得出來。」

矮人一語不發。

「亞爾潘。」

「什麼？」

「誰是對的？松鼠還是我們？傑洛特想保持……中立。你雖然身為矮人，卻為韓瑟頓國王服務。崗樓那兒的騎士一直喊著其他人都是敵人，應該把他們全部都……全部，就算小孩也一樣。為什麼？亞爾潘，到底誰是對的？」

「我不知道。」矮人沉重地說：「我不是什麼都知道，只是做我覺得對的事。松鼠抓起武器進到林子，嘴裡喊著『人類滾到海裡去』，卻不知道這個簡單好記的口號，其實是尼夫加爾德間諜的煽動。他們不懂這口號其實是喊給人類聽的，而不是他們。這是用來喚起人類的憎恨，而非年輕精靈的戰鬥熱血。這點我很清楚，所以斯寇亞塔也做的那些事，對我來說都是該被譴責的蠢事。唉，說不定幾年之後換我被人說是出賣族人的叛徒，而他們反倒成了英雄……我們的歷史，我們這個世界的歷史上也有過這樣的先例。」

他不再說話，只是搓著鬍子。奇莉也跟著沉默了。

「艾莉蓮娜……」他突然喃喃道：「如果艾莉蓮娜是英雄，如果她的作為可說是英勇，那沒辦法，就讓他們叫我叛徒和儒夫好了。因爲我，亞爾潘．齊格林，一個儒夫、叛徒、賣國賊，認爲我們不應該相互廝殺。我認爲我們應該好好過日子，過那種將來不用向任何人請求原諒的日子。那個鼎鼎大名的艾莉蓮娜，弄到最後就是以謝罪收場。『請你們原諒我吧，求求你們，原諒我吧。』去他的！與其活著求人原諒，不如痛痛快快一死。」

語畢，他又再次沉默。奇莉沒把滿滿的疑惑問出口，她直覺認爲不該這麼做。

「我們得生活在一起。」亞爾潘開了口：「我們，還有你們人類，因爲沒有別的辦法。這一點，我們兩百年前就很清楚。我們一直朝這方向努力，一百年來都是如此。妳想知道我爲什麼會效力於韓瑟頓？爲什麼會做這樣的決定？因爲我不能放任之前的努力化爲烏有。一百多年來我們試著跟人類共處，不管是半身人、地精、我們，甚至是精靈，大家一起和平共處。至於水妖、寧芙跟風精我就不提了，因爲她們一直都是那麼野，甚至在人類還沒出現以前，她們就已經這麼亂來了。眞的是見鬼了！我們花了一百年，總算找出能夠一起過日子的方法，可以共同生活在一起，比鄰而居。我們甚至成功地讓部分人類相信，其實我們之間幾乎沒什麼差別……」

「我們根本沒什麼不同，亞爾潘。」

矮人用力把頭甩向一邊。

「我們根本沒有差別。」奇莉又說了一次。「你的想法跟感受都和獵魔士一樣啊。也和……和我一樣。我們吃的東西一樣，都是從同一個鍋子盛來的。你幫忙特瑞絲，我也一樣。你有外婆，我也有外婆……我的外婆被尼夫加爾德人殺了，在琴特拉被殺的。」

「我外婆是人類殺的。」矮人沉重地說：「在布魯格，大屠殺的時候。」

□

「有隊人馬來了！」溫克的先鋒隊中有人喊道：「前方有隊人馬來了！」

指揮官策馬朝亞爾潘的馬車去，傑洛特也從另一邊靠過來。

「奇莉，到後面去。」他嚴肅地說：「從前座下來，到後面去。待在特瑞絲身邊。」

「可是那邊什麼也看不到！」

「不要貧嘴！」亞爾潘粗聲說著：「現在就到後面去，快點！還有，把十字鎬拿給我。就放在羊皮底下。」

「這個？」奇莉拿起一個看起來很醜的重物，長得很像槌子，有一頭帶著銳利微彎的勾子。

「對。」矮人確認道。他將那把槌子插進靴裡，然後將斧頭擺在腿上。溫克看似平靜，伸手掩在眼睛上方，盯著林道。

「班格里昂的輕騎兵。」片刻之後，他下了判斷。「就是所謂的布拉輕騎軍，我認得他們的披風和海狸帽。請保持冷靜，也保持戒心。披風跟海狸帽要易主很簡單。」

那隊人馬快速接近，約莫十來人。奇莉看見前方車上的波力．大伯格將兩把上了弦的十字弓放在腿上，然後雷剛拿斗篷把弓蓋住。她悄悄地爬出車篷，躲在亞爾潘的寬大背部後面。特瑞絲試著爬起身，無奈使不上力，跌回床上。

「停！」帶頭騎兵喊道。看樣子，顯然是那隊人馬的頭頭。「你們是誰？從哪裡來？又要去哪裡？」

「誰在問話？」溫克在馬背上緩緩直起身。「又是奉誰之命？」

「韓瑟頓國王麾下，好奇寶寶先生！現在是十夫長奇維克在問話，而他沒有習慣問第二次！快點，回話！你們是誰？」

「皇家軍的補給隊。」

「誰都可以這麼說！我沒看見任何人身上有皇家徽色！」

「靠近點，十夫長。好好瞧瞧這枚戒指。」

「您拿個戒指在這裡給我晃個什麼勁啊？」十夫長吼道：「我每個戒指都得認得出來嗎？嗯？這種戒指誰都能有。拿個重要點的標誌來！」

亞爾潘．齊格林從前座站了起來，拿起斧頭，一個晃身，便將斧頭直直抵在十夫長的鼻子下。

「那這個標誌你認得嗎？」他咆哮著：「聞一聞這個味道，要記住啊！」

十夫長拉緊轡繩，把座騎轉向。

「您是在嚇唬我嗎？」他大吼：「我可是爲皇室服務的人啊！」

「我們也是。」溫克淡淡地說：「而且絕對比你資深。別太過分了，大兵。這可是爲了你好。」

「我是這裡的守軍！我又怎麼知道你們是誰？」

「你已經看過戒指。」指揮官溫克說：「如果你不認得鑲在上頭的標誌，那換我要懷疑你是誰了。布拉輕騎軍的幡幟上頭就有個一模一樣的徽章，所以你應該認得。」

看得出那名兵士收斂許多，顯然溫克不帶情感的話語，以及貨車裡探出來的那幾張凶惡面孔起了作用。

「唔……」他把帽子往左耳移說：「好吧。話說回來，要是你們所言不假，那麼我想，你們應該不會反對讓我看看車子上的東西吧？」

「會。」溫克皺起眉頭。「而且非常反對。別碰我們的車，十夫長。再說，我不懂你想在車裡找什麼？」

「您不懂。」十夫長點了點頭，把手伸向劍柄。「那就讓我來告訴您，先生。雖然規定不准販賣人口，不過還是有不少匪徒把奴隸賣給尼夫加爾德人。要是我在車上找到有人被銬住，您就別想讓我相信您是爲國王效命的人，到時就算您再給我看一打戒指也一樣。」

「好。」溫克冷冷地說：「如果你要找的是奴隸，那就去找吧。這點我允許。」

十夫長緩緩騎向中間的貨車，自鞍上彎下身，掀起布帆。

「這些桶子裡的是什麼東西？」

「你說呢？奴隸嗎？」亞寧可靠在馬車前座冷笑著。

「我在問你，嗯？馬上給我說！」

「鹹魚。」

「那這些箱子裡的呢？」十夫長騎到下一個貨車旁，踢了一下車身。

「馬蹄鐵。」波力・大伯格沒好氣地說：「還有那邊，後面那些，都是水牛皮。」

「我有看到。」十夫長揮了揮手，吹聲口哨喚來坐騎，策馬前往隊伍前頭查看亞爾潘的車子。

「躺在那邊的女人是誰？」

特瑞絲虛弱一笑，半撐著身子，伸手比了個短促且複雜的手勢。

「誰？我嗎？」她小聲地問：「不過你根本看不到我呀。」

士兵緊張地眨著眼，打了個冷顫。

「鹹魚。」他把帆布放下，肯定地說：「沒問題。那這孩子呢？」

「乾香菇。」奇莉肆無忌憚地看著他說。十夫長一時語塞，呆若木雞地張著嘴。

「啥？」過了一會兒，他才皺起眉頭問道：「什麼？」

「查完了嗎？大兵。」溫克從貨車另一邊騎過來，冷冷問道。十夫長費了番工夫，才得以將視線從奇莉那對碧綠的眼睛移開。

「查完了。你們走吧，願眾神引導你們。不過請你們見諒，兩天前斯寇亞塔也才剛在獾谷宰掉巡邏騎兵。攻擊的是一支人多又厲害的突擊隊。沒錯，獾谷是離這裡很遠，但精靈在林子裡跑得比風還快。我們奉命要圍捕他們，但精靈抓得到嗎？這不就是像想把風捉起來一樣……」

「好了，我們對這個沒有興趣。」溫克粗暴地打斷他：「我們的時間已經不多，而前方還有好長一段路要走。」

「請您見諒。喝，跟我來！」

「你聽到了嗎？傑洛特。」亞爾潘．齊格林看著巡邏兵離去的蹤跡，大吼：「這附近有那些該死的松鼠，我就知道。最近我一直覺得背上癢癢的，就好像有人已經架好弓瞄準我。不，該死，我們不能再懶洋洋地一邊吹口哨，一邊打盹兼放屁地盲目走下去。我們得知道前面有什麼。聽著，我有個主意。」

□

奇莉把栗馬猛然一拉，壓低身子，奔馳而去。原本專注和溫克說話的傑洛特見狀，倏然挺直身體。

「別騎那麼快！」他喊道：「別那麼瘋，小姑娘！妳想摔斷脖子嗎？還有，別騎太遠……」

接下來她已經聽不見了，因爲她已經飛快地向前衝去。她是故意的。她可不想每天都聽人說教。別太快，別太猛，奇莉！啪噠！啪噠！跟緊點！啪噠！啪噠！啪噠！小心點！啪噠！啪噠！好像我是個孩子似的。她想。我都已經快十三歲了，有快馬隨行，利劍在身，我什麼都不怕！再說現在是春天了！

「喂，小心點，屁股都磨破皮啦！」

亞爾潘．齊格林，又一個自以爲是的傢伙。啪噠！啪噠！

跑遠點！跑遠點！衝吧！馬兒踏著崎嶇的道路，拂過嫩綠的叢葉，躍過銀白的坑窪，掠過金黃的濕沙，擦過輕軟的蕨類。受到驚嚇的黇鹿逃往林間，那尾巴像盞黑白燈籠，隨著黇鹿的每個跳躍而閃動。鳥兒自樹梢展翅飛升，當中有著色彩鮮艷的松鴉、蜂虎，以及高聲啼叫、有著可笑尾巴的黑鵲。

馬蹄踏過水窪及坑洞，濺起水花朵朵。

跑遠點！再跑遠一點！跟在馬車後頭踱步多時的馬兒，滿心歡喜地載著奇莉快速衝刺，享受速度帶來的快感，如行雲流水般馳騁而去。奇莉感覺到馬兒的肌肉在自己腿間律動，還有那微濕的鬃毛在她臉龐拍拂。馬兒伸展脖子，奇莉索性放開韁繩。繼續跑吧，馬兒！別管馬銜，也別管韁繩，跑吧！衝吧！衝吧！快點！快點！現在是春天呀！

她慢了下來，看看四周。終於，只剩她一個人。終於，她離得遠遠的，沒有人會再支使她、責備她、提醒她、威脅她這將會是她最後一次出來騎馬。終於，只剩她自己一個，自由自在，無拘無束，不受牽制。

她將速度放得更慢些，讓馬兒輕快地走著。畢竟，她這次出來跑馬不純粹爲了好玩，她還有任務得完成。畢竟她現在是騎兵，是偵查兵，是前鋒。哈，奇莉環視周遭想著：現在整個車隊的安全都靠我了。大家等不及要我回去，然後報告說：「這條路沒問題，可以上路了。」我沒看到半個人，也沒看到任何車輪或馬蹄的蹤跡。我報告的時候，那個有雙冷漠藍眼又瘦巴巴的溫克先生就會點點頭，亞爾潘·齊格林會露出他那一口又黃又大又長的牙齒，波力·大伯格會叫著：「幹得好，小傢伙！」而傑洛特會淡淡地笑一下。雖然他最近很少笑，不過他會笑的。

奇莉環視周遭，把一切記在腦子裡。兩棵斷掉的樺樹——完全不成問題。一堆樹枝——無所謂，車子過得去。被大雨沖刷的裂縫——小事一件，頭車的輪子會把它輾過去，後面的車也會跟著過去。大草地——休息的好地方……

蹤跡？這裡會有什麼蹤跡？這裡一個人也沒有，只有樹林，還有鳥群在鮮嫩的綠葉間啼叫。有隻紅褐色的狐狸悠閒地從路上跑過……一切都散發著春天的氣息。

這條路到半山腰就斷了，消失在黃沙飛揚的峽谷中，進入歪斜依附山坡的松樹林。奇莉捨棄林道，攀上峭壁，想從高處探視附近形勢，也順便碰碰那些濕潤芬芳的葉子……

她下了馬，繫好韁繩，慢慢走向林木環繞的杜松山頭。在山丘的另一邊，她看到茂密森林中有片空地，好像是被誰咬了個洞似的——顯然很久以前，這裡曾遭受祝融肆虐，因爲四處不見餘燼紅光，反倒是新生樺樹和冷杉蒼蒼。目光所及之處，林道看似暢通無阻，安全無虞。

他們在怕什麼？她想。斯寇亞塔也嗎？可是這有什麼好怕的？我才不怕精靈呢。那些精靈，松鼠，斯寇亞塔也，我又沒對他們做過什麼。

在崗樓那時，奇莉趕在傑洛特叫她離開之前瞄了那些屍體一眼。其中一個讓她印象尤其深刻——那個精靈的頭髮沾滿褐色血跡黏在臉上。他的脖子呈現不自然的扭轉，表情僵硬可怕，上唇微掀，露出一排牙齒，很白、很小顆、不像人類……她還記得精靈那雙破舊不堪的及膝靴，靴子下半部是靠繫帶綁著，上面則用金屬釦夾。

那些斬殺人類的精靈，自己也難逃橫屍戰場的命運。傑洛特說，應該要保持中立……而亞爾潘說，得做出將來不用請求他人原諒的決定……

她踹了一腳鼴鼠留下的土堆，一邊想事情，一邊用鞋跟攪和沙土。

到底是誰該求誰原諒呢？還有，到底是要原諒什麼呢？

松鼠獵殺人類，可付錢給他們的是尼夫加爾德人。尼夫加爾德人在利用、煽動他們。所以應該是尼夫加爾德人。

奇莉雖然很想忘掉之前發生的事，但她並沒有忘記。她沒忘了琴特拉發生的事，沒忘了當時的流離、絕望、恐懼、飢餓及痛楚，沒忘了之後的消瘦與失智——雖然那是很久之後才發生的。一直到那些德魯伊找到她，才把她帶離扎澤徹。這一切她都依稀記得，但眞的不想再記著了。

只是，這些記憶不斷回來，回到她的腦裡、夢裡。琴特拉。馬匹墜地和殘暴的叫聲、屍體、火……還有戴著羽翼頭盔的黑騎士……在那之後……扎澤徹的茅屋……焦黑的煙囪立在大火後的廢墟……一旁完好的水井前，有隻黑貓在舔舐牠嚴重燒傷的身側。水井……轆轤……水桶……裡頭滿滿一桶血。

奇莉抹了把臉後，看著手掌。她嚇了一跳，掌心是濕的。小女孩吸了吸鼻子，用袖子將眼淚擦掉。中立？沒有分別？她突然好想大叫。只會冷眼旁觀的獵魔士？不！獵魔士應該保護人類，要去對抗林妖、吸血鬼和狼人。不只這些怪物，獵魔士要保護人類不受任何妖魔鬼怪騷擾。我在扎澤徹時，已經見識過什麼叫怪物。

獵魔士要保護大家、拯救大家。要保護男子不被吊在樹下或釘於木樁；要保護金髮女子不被拉成大字綁在地樁之間；要保護孩童不被宰殺，棄屍水井。就連在著火穀倉裡被燒傷的貓兒，也應該受到保護。所以我要成爲獵魔士，所以我要拿著劍，才能保護那些從索登跟扎澤徹來的人。他們的手上沒有劍，沒有任何武器，也無力對抗狼人和尼夫加爾德那些趁火打劫的匪兵，而我學過格鬥，就算沒有武器也能自保。對，我就要這樣做，而且會一直這樣做下去。我絕對不會保持中立，絕對不會沒有分別，不會無動於衷。絕對不會！

她不知道是什麼讓她起了戒心，是樹林裡突如其來、如冷影般的寂靜，還是她眼角瞄到的動靜，可是她卻像電光火石般反射性地採取行動——這是她在扎澤徹的林子裡學來的，就是當初逃出琴特拉，和死神搏鬥的那段日子。她趴到地上，爬到杜松的枝枒底下，絲毫不敢移動。拜託馬兒別出聲。她心想。

峽谷另一邊，有個東西再度動了一下。她隱約看到枝葉間有個若隱若現的身影。精靈小心地從樹叢中探出頭來，掀開斗篷帽子，四處張望了一下，豎起耳朵探聽周圍動靜，然後迅速無聲地沿山脊移動。跟著，樹林中又跳出另外兩個，跟在第一個後頭。接著是一整批，爲數眾多，排成一條長長隊伍魚貫前進。隊伍中有一半的人騎馬，他們直挺挺地坐在鞍上，速度很慢，十分警覺。有那麼一刻，她清楚地看見對方全部人馬，他們在藍天之下無聲無息地移動，進入樹牆間一個明亮的缺口後便消失無蹤，融入晃動的密林林蔭之中。他們無聲無息地消失，如同鬼魅。沒有任何一匹馬發出蹄響或大聲噴氣，也沒有一根樹枝在他們腳下或馬兒的蹄下斷裂，就連他們身上配的兵器也沒有發出任何一聲碰撞。

他們消失了，但奇莉仍然靜止不動，趴在杜松底下，盡量可能地小聲呼吸。她知道受驚的鳥兒或動物可能會洩露她的行蹤，而只要一點點聲響或動作，就足以驚動鳥兒或動物，就算是最細微、最小心的動作也一樣。她一直等到林子裡徹底恢復平靜，等到喜鵲在精靈消失的林木間放聲高歌時才站起身。而她之所以站起身，只爲掙脫那雙圈住她的有力臂膀。一隻戴著黑色皮套的手落到她唇上，蓋住了她透著恐懼的尖叫。

「別出聲。」

「傑洛特？」

「我說了，別出聲。」

「你看到了嗎？」

「看到了。」

「那他們是……」她壓低聲量說：「斯寇亞塔也，對吧？」

「對。快，上馬。注意腳下。」

他們小心安靜地騎下山坡，但沒有回到小道上，而是留在茂密的樹林裡。傑洛特警戒地張望四周，牽著栗馬，沒讓奇莉自己行動。

「奇莉，」他突然開口：「剛才看到的事，一句話都別說，不管是亞爾潘或溫克都別說。任何人都不能說，明白嗎？」

「不。」她低頭咕噥著：「我不懂，爲什麼我們要保持沉默？應該要警告他們呀！傑洛特，我們是站在誰那邊？又是在對抗誰？誰是我們的朋友？誰又是敵人？」

「我們明天就離開車隊。」他沉默了一會後說：「特瑞絲已經好得差不多了。該道別了，去走我們自己的路。到時我們會有自己的問題，會有自己的擔憂和困難。到那時，我希望妳不會再試著把寓居於這世上的每一分子劃分成朋友或敵人。」

「我們要……保持中立？冷眼旁觀，是嗎？可要是他們發動攻擊……」

「他們不會發動攻擊。」

「可是……」

「聽著，」他轉向她。「為什麼一趟如此意義重大的輸運、滿車的黃金白銀和韓瑟頓王給亞丁的祕密援助，卻要由矮人來運送而不是人類？我昨天就看到一個精靈躲在樹上觀察我們，也聽到他們在夜裡從我們的營地旁走過。斯寇亞塔也不會攻擊矮人，奇莉。」

「可是他們就在這裡。」她嘀咕著：「就在這。在我們附近徘徊，就在我們身邊……」

「我知道他們為什麼會在這裡。我帶妳去看。」他突然將馬掉頭，把韁繩丟給她。她用腳跟踢了下栗馬，衝得比他更快，但他用手勢暗示她跟在後頭。他們穿過小道，再次進入密林。獵魔士領在前頭，奇莉則順著他的步伐前進。兩人都不發一語，就這樣過了很長一段時間。

「看。」傑洛特停下馬。「看吧，奇莉。」

「那是什麼？」她問。

「雪拉微得。」

從林子裡看出去，前方視線所及之處，矗立著花崗岩和大理石砌成的建築，外表光滑而方整。建築物的邊緣飽受風吹，變得圓潤，不復銳利，更有雨痕鑲附在上，冰霜雕裂其中，樹根嵌破於外。枝幹之間閃現著斑白斷柱，拱廊與殘留的橫幅雕飾之上纏繞著長春藤，覆滿厚實青苔。

「這裡曾經是……城堡嗎？」

「是宮殿，精靈不蓋城堡。下來吧，馬過不了這片廢墟。」

「是誰毀了這一切？人類嗎？」

「不，是他們自己，在離開之前。」

「爲什麼要這麼做？」

「因爲他們知道自己不會再回到這裡。這是十多年前的事，就在他們和人類第二次開戰之後。在這之前，他們每次撤退，都將城池留下，原封不動，而人類卻以這些城池作爲發展的基礎。拿威格拉德、奧克森福特、維吉馬、特雷托格、馬利堡、奇達里士，還有琴特拉都是這樣建成的。」

「琴特拉也是？」

他的目光沒有移開廢墟，僅以點頭表示。

「他們離開了這裡。」她喃喃低語：「可是現在又回來了，爲什麼？」

「爲了要看看。」

「看什麼？」

他一句話也沒說，只是把手放到她肩上，將她微微推到自己前方。他們跳下大理石階，底下的磚片早已龜裂生苔，極富彈性的榛樹自每個缺口、每個裂縫叢聚竄生，而他們就著這些榛樹繼續往下探去。

「這裡原本是宮殿的中央，宮殿的心臟，一座噴泉。」

「這裡？」看著濃密的赤楊和白樺枝幹聚在不成形狀的石塊和石板中央，她很訝異。「這裡？這裡什麼都沒有。」

「來吧。」

原本湧往噴泉的水流一定經常改道，不斷沖刷，導致大理石塊和雪花石膏板紛紛塌陷，而水流卻也因此又轉向他處。最後，整片地方都被縱橫交錯的碎磚切割分離。某些地方的水流像小水瀑般順著斷垣殘壁傾瀉而下，帶走枯枝、落葉及沙塵——這些地方的大理石、陶瓦和鑲嵌畫依然色彩鮮明、亮麗如新，就好像三天前才製成的，而不是已經在這裡兩百年之久。

傑洛特跳過水流，走進殘柱之間，而奇莉則尾隨其後。他們跳下破敗的階梯，低頭穿過完好如初的拱門，進入半埋土堆的長廊。獵魔士停了下來，伸手指向某處。奇莉見狀，大聲驚呼。

一大片玫瑰花叢生長在破碎陶瓦暈染的廢墟之中，就在萬分美麗的潔白百合花朵之下。晶瑩的露珠在花瓣上閃耀，泛著純銀的光澤。巨大的白石板上交織著花叢嫩芽，而石板之後，一張美麗憂傷的臉龐正看著他們。那細緻而高貴的面貌，就連雨水和冰雪也無法消融玷污。那張臉，即使是從半浮雕上挖取金飾、寶石和馬賽克的盜賊，也無法以手上的鑿子加以毀損。

「艾依莉蓮。」傑洛特靜默了一段時間後說。

「好美。」奇莉抓著他的手說。

獵魔士像是沒察覺似地，只是看著那尊雕像，陷入了很遠、很遠的另一個世界與時空。

「艾依莉蓮。」過了一會兒，他重複了一次。「矮人與人類稱她為艾莉蓮娜。兩百年前，她將他們帶往戰爭。當時的精靈長老都很反對，知道他們沒有勝算，而且可能就此一蹶不振。他們想拯救族人，想生存下去。最後他們決定毀邦破城，退入荒山野嶺……然後等待時機。精靈可以活非常久，奇莉。對我們來說，他們幾乎是永生不死的。而人類對他們來說就像場乾旱、像場嚴冬、像蝗蟲過境一樣，很快就會消失。在那之後，又會天降甘霖，大地逢春，收穫的季節會再度到來。他們想慢慢等，最終得以倖存，所以他們決定毀掉城市和宮殿，包括他們的驕傲——雪拉微得。他們想靜待風雨過後，但艾莉蓮娜……艾莉蓮娜帶走了年輕的精靈。他們搶走武器，隨她赴往那場奮不顧身的最後之戰。他們被趕盡殺絕，毫不留情地趕盡殺絕。」

奇莉什麼都沒說，只是望著那張美麗而僵硬的臉龐。

「他們喊著她的名字而死，」獵魔士靜靜地說：「重複著她的口號、她的呼喊，他們為雪拉微得犧牲，因為雪拉微得是一種象徵。他們為了石塊和大理石……還有艾依莉蓮而死，就像她承諾他們的那樣：他們會很有尊嚴地死去，像個英雄般無比光榮。他們拯救了榮耀，卻也迷失了自我，親手毀滅自己的種族，自己的族人。記得亞爾潘告訴妳的嗎？誰會統治世界，誰又會被世界淘汰？他雖然只跟妳說了個大概，卻都是事實。精靈可以活很久，但只有年輕的精靈才有生育能力，只有年輕的精靈才能繁衍後代。而當時幾乎所有年輕精靈都跟著艾莉蓮娜的腳步，追隨著雪拉微得的白玫瑰艾依莉蓮。我們站在她的宮殿廢墟之中，站在她夜晚聆聽濺水的噴泉之前，而這……本來是她的花朵。」

奇莉依舊沒有出聲。傑洛特將她拉向自己，抱在懷中。

「妳現在知道為什麼斯寇亞塔也會到這來，想看的又是什麼了嗎？妳明白為什麼不能讓年輕的精靈和矮人再度被屠殺了嗎？妳明白不論是我或妳，都不能插手這場屠殺了嗎？這些玫瑰終年盛開，本應荒蕪，卻美麗猶勝受人照料的花園玫瑰。精靈們仍舊不斷回到雪拉微得，奇莉，各種精靈都有。對那些魯莽愚昧的精靈來說，裂石是他們的象徵；對那些理性的精靈而言，他們的象徵卻是這些永垂不朽、生生不息的花朵。這些精靈知道，一旦有人拔除這片花叢，放火燒掉這塊土地，那麼雪拉微得的玫瑰將永遠不再綻放。妳懂嗎？」

她點頭。

「那麼現在妳明白，那個讓妳如此激動的中立是什麼了嗎？保持中立，不代表冷漠無情，不必抹煞內心的感受；要抹煞的只有內心的憎恨。這樣妳懂了嗎？」

「懂了。」她低聲說：「我現在懂了。傑洛特，我……我想拿一朵……一朵這裡的玫瑰，當作紀念，可以嗎？」

「拿吧。」他猶豫了一下說：「拿吧，就算是爲了要記住這一切。我們走吧。回車隊那兒去。」

奇莉把玫瑰別在長袍的繫繩下。突然，她小聲地叫了一下，然後抬起手掌。一道血痕自她的指尖流到掌心。

「刺到了嗎？」

「亞爾潘……」小女孩看著鮮血漸漸流過生命線，低聲說：「溫克……波力……」

「什麼？」

「特瑞絲！」她尖叫，發出的卻不是自己的聲音。她全身抖得十分厲害，舉起手臂抹過臉龐。

「快，傑洛特！我們得……回去幫忙！快上馬，傑洛特！」

「奇莉！妳怎麼了？」

「他們會死的！」

□

她急速狂奔，耳朵幾乎貼到馬背。她不停地踢著馬腹，放聲吆喝，催促馬兒向前衝刺。林道上，馬蹄所到之處沙塵飛揚。遠遠地，她便聽見一陣叫喊，嗅到濁濁濃煙。

兩匹快馬迎面而來，擋住了去路，後頭還拖著馬具、轡頭和車轅。奇莉沒有拉住栗馬，反而全速從旁邊閃過，點點馬沫拂過她的臉頰。後頭傳來小魚兒的嘶鳴，還有傑洛特的咒罵；他不得不緊急拉住馬兒。

她在轉彎後摔出林道，跌進一片大空地。

馬車著火。支支火箭飛出樹叢，如熾鳥般撲向馬車，穿透車篷，直直釘在車板上。斯寇亞塔也高聲叫囂，發動攻擊。

儘管後頭傳來傑洛特的呼叫，奇莉仍直接調頭轉向最前面那兩輛馬車。其中一輛翻倒在旁，亞爾潘．齊格林正站在車邊，一手拿著斧頭，一手拿著十字弓。躺在他腳邊的，是天藍色連身裙已破碎不堪，露出半截大腿，一動也不動的……

「特瑞絲——！」奇莉從鞍上挺直了身子，雙腳狠狠踢著馬腹。斯寇亞塔也轉向她這邊，箭雨自小女孩耳邊呼嘯而過。她不停閃避飛箭，卻絲毫沒有放慢速度。她聽見傑洛特要她躲到林子裡，不過她不打算聽話。她壓低身子，筆直衝往朝她放箭的弓箭手。剎那間，一陣馨香撲鼻而來，她聞到了別在袍上的白玫瑰。

「特瑞絲──！」

精靈跳到路上，意圖攔住狂奔而來的馬兒，其中一個被她的馬蹬輕輕勾到。耳畔傳來一聲尖銳的呼嘯，馬兒掙扎一陣，放聲高鳴，衝向一旁。奇莉看見一支箭深深插進馬兒肩胛隆起處，恰恰就在她的大腿前方。她把腳抽出馬蹬，跳到鞍上蹲著，接著一個使勁，凌空躍起。

她輕輕落在翻倒的車廂上，接著再度一躍，屈著雙腳落到揮著斧頭叫囂的亞爾潘身邊。一旁的第二輛車上，波力．大伯格正極力奮戰，而雷剛整個人倒往後頭，兩腳抵著車板，試圖穩住馬匹。著火的車篷讓馬兒放聲狂鳴，不停踏動，害怕地扯著車轅。

特瑞絲躺在散落一地的箱桶之中，奇莉衝過去抓住她的衣裳，把她拖向那輛翻倒的馬車。女巫不斷呻吟，雙手抱在耳朵上方。這時，馬蹄突然重重地踩到奇莉身邊，她聽見馬兒的鼻息──兩個精靈正揮著劍將瘋狂奮戰的亞爾潘逼向她。矮人像個陀螺般地快速轉身，靈巧地以斧頭擋住迎頭襲來的刺殺。奇莉聽見咒罵、打鬥，以及金屬碰撞的聲音。

另一輛馬車也脫離燃燒的車隊，拖著濃煙烈焰，往他們的方向疾駛而來。車上著火的破布也跟著一路散落。車夫癱軟地半掛在前座上，亞寧可．布拉思站在車夫旁邊，竭力保持平衡。他一手抓著韁繩，一手揮趕從馬車兩邊追上來的兩個精靈。第三個斯寇亞塔也和狂奔的馬車平駛，把箭一支接著一支射向他們。

「跳車！」混亂之中，亞爾潘大叫：「快跳，亞寧可！」

奇莉看見傑洛特策馬趕上狂奔的馬車，快速俐落地把其中一個精靈刺下馬，而溫克從另一邊趕過來，撞倒另一個放箭射馬的精靈。亞寧可丟掉韁繩，跳下馬，直直落在第三個斯寇亞塔也的馬下。那個精靈踩在馬蹬上，一劍刺向他。矮人當場斃命。這時，著火的馬車撞向那群正在打鬥的人，迫使他們不得不各自跳開。奇莉趕在最後一刻把特瑞絲從失控的馬蹄底下拉開。車轅砰地一聲掉到地上，馬車也跟著震了一下，然後車輪四散，馬車翻覆，貨物撒了一地。

奇莉把女巫拖到亞爾潘的翻車下。波力．大伯格突然出現在她身邊，出手幫忙。傑洛特把小魚兒推到他們前頭，掩護兩人，把殺過來的斯寇亞塔也隔開。精靈從四面八方攻向馬車，奇莉聽見刀劍碰撞，殺聲四起，以及馬匹的嘶鳴與踏動。亞爾潘、溫克和傑洛特被精靈團團圍住，如同發了狂的鬼魅一般，浴血奮戰。

就在雙方人馬激烈交戰之時，雷剛的馬車突然闖進戰區。他在馬車前座和一個穿著狐皮外袍的矮胖半身人奮戰。半身人坐到雷剛身上，試圖用長刀刺殺他。

亞爾潘靈巧地跳上車，揪住半身人的頸子，一腳把他踢下車。雷剛大喝一聲，抓起韁繩，一鞭子抽向馬匹。馬車頓時衝向前方，疾駛而去，擦出片片火花。

「用車輪，雷剛！」亞爾潘喊道：「用車輪！轉一圈！」

馬車掉過頭，再度撞向精靈，把他們逼開。其中一個精靈跳到車邊，伸手抓住右邊的韁繩，但他來不及握緊韁繩，就被馬車的衝勁甩到馬蹄和車輪底下。奇莉聽見一聲可怕的慘叫。

第二個精靈追了上來，伸手就是一劍。亞爾潘低身閃避，劍刃哐地砍在車篷釦環上。那精靈的速度過快，一來一往間，已衝過馬車。矮人見機，立刻彎身大手用力一揮，斯寇亞塔也慘叫一聲，跌落馬鞍，重重摔在地上。他的肩胛骨間深深嵌著一把戰鎚。

「放馬過來呀！你們這群狗娘養的！」亞爾潘揮著斧頭大吼：「下一個是誰？追著他們轉，雷剛！追著他們轉！」

雷剛甩了甩染血的頭髮，在呼嘯的箭聲中以馬車前座為掩護，像個瘋子般狂吼，毫不留情地抽著馬匹。馬車緊緊繞著翻倒的車子打轉，形成一道活動防線，且不時冒出火焰和濃煙。而挨在那輛翻車旁的，正是奇莉和被她拖過去、已陷入半昏迷的女巫。離他們不遠處，溫克的坐騎──一頭鼠灰色種馬正搖搖欲倒。溫克蜷起身子，奇莉看見插在他身側那支箭尾的白羽。兩個精靈分別從溫克兩旁進攻，儘管受了傷，他仍然左右開弓，靈巧地撞開他們。跟著，第二支箭冷不防地射過來，奇莉眼睜睜地看著他背部中箭。指揮官溫克應聲摔到馬背上，但還不至於落馬，波力．大伯格隨即跳過去支援他。

現在剩下奇莉自己一人。

她拿起劍。以前練習的時候，總是像閃電般從背後飛出的利劍，現在卻死賴著不讓她抽出。那把劍像是陷入焦油般，緊緊黏著劍鞘，抵死不從。在這場如火如荼的風暴、令人眼花的刀光劍影之中，她的劍似是不同以往，異常地慢，好像過了好幾個世紀才完全出鞘。地面開始震動、搖晃。奇莉突然驚覺，晃動的不是地面，而是她自己的膝蓋。

一個精靈朝波力．大伯格攻了過來。他一面用斧頭擋開攻勢，一面拖著受傷的溫克。小魚兒從馬車旁閃了出來，傑洛特縱身一跳，撲向精靈。他的髮帶不知落在何方，那頭白髮在風中飄散亂舞。兩方人馬激烈廝殺。

馬車之後，跳出第二個斯寇亞塔也。波力放下溫克站起身，手裡舞著斧頭。可是，他突然僵住了。站在他面前的，是一個黑鬍子矮人。那矮人的鬍子綁成兩條辮子，頭上還戴了頂綴有松鼠尾巴的帽子。波力猶豫了。

那黑鬍子卻是毫不遲疑，兩手同時展開攻擊。斧頭劃過空中，喀啦一聲，砍進波力的鎖骨，令他當場倒地。在那一刻，他看起來好似是被那道襲擊折斷雙腿一般。

奇莉放聲大叫。

亞爾潘從車上跳了下來。黑鬍子矮人一個轉身，劈頭就是一擊。亞爾潘俐落地側過身，閃開重擊。他哼了一聲，狠狠地從下往上一砍，一路劈開對方的黑鬍子、喉嚨、下巴、臉，直到鼻子。黑鬍子矮人往後一倒，背部著地，躺在血泊之中，全身一陣抽搐。

「傑洛特——！」奇莉感覺身後有所動靜，開口大叫。那只是個她捕捉到的模糊形影、一閃而過的晃動，小女孩卻在電光石火間立即做出反應。她使出格擋和假動作，就像她在卡爾默罕學到的那樣。她出手一刺，卻失了重心；她太過偏向一邊，無法止住攻勢，一頭撞向馬車，手上的劍飛了出去。一個美麗的精靈站到她面前。那精靈有雙包覆在長靴之下修長的腿。她對奇莉露出殘忍的微笑，拿起劍，甩了甩頭，露出斗篷底下一頭長髮。這個松鼠手裡的劍閃著刺眼寒光，腕上的鐲子映著奪目光彩。

奇莉完全無法動彈。

但那把劍並沒有落下，沒刺進她的身體。因為精靈並沒有看著她，而是看著她衣袍上那朵白玫瑰。

「艾依莉蓮！」那個松鼠放聲大喊，似是想藉著這聲喊叫來抹掉躊躇。不過她沒來得及做什麼，傑洛特便把奇莉推開，長劍一揮，劃過精靈胸口。鮮血濺到小女孩的臉頰與衣衫，將白色玫瑰染上點點紅色血漬。

「艾依莉蓮……」精靈跪地的同時，困難地喊著。她搶在臉部著地之前，又再次大喊。那是一聲很響、很長、很絕望的喊叫。

「雪拉微得——！」

□

現實如同方才突然消失一般，轉眼間又再度重現。經由那些單調沉悶，不停在耳邊迴盪的聲響，奇莉開始聽得見其他聲音。透過模糊濕潤的淚幕，她開始看見活人和死人。

「奇莉，」傑洛特蹲在她面前輕聲喊道：「振作一點。」

「打鬥……」她坐到地上嗚咽地說：「傑洛特，現在……」

「已經結束了，多虧有班格里昂的軍隊來幫忙。」

「你沒有……」她閉上眼睛輕輕地說：「你沒有保持中立……」

「我沒有。可是妳活了下來，特瑞絲也活了下來。」

「她怎樣了？」

「亞爾潘試著穩住車的時候，她跌下車且撞傷頭。不過她現在沒事了，正在療傷。」

奇莉轉頭看向四周。那些貨車已經被燒毀殆盡，殘留的濃煙之中，兵器依稀可見。貨車周圍都是散落的箱桶，有些已經支離破碎，裡頭裝的東西也撒了一地。那不過是堆草原上隨處可見的灰色石子。奇莉一臉錯愕地看著那些石子。

「這就是給亞丁戴馬溫王的援助。」站在一旁的亞爾潘・齊格林咬牙切齒地說：「這就是那個重要無比的祕密援助、意義特殊的車隊！」

「這是陷阱嗎？」

矮人轉過身看著她、看著傑洛特，然後又看向那堆桶子裡撒出來的石頭，啐了口口水。

「對，」他確認著：「陷阱。」

「設給松鼠的？」

「不。」

那些已經陣亡的精靈、人類與矮人全被集中起來，堆成一排。在那之中，有亞寧可・布拉思，有那個穿著長靴的黑髮精靈。還有那個大鬍子矮人，他綁成辮子的黑亮鬍鬚上頭的血跡已經凝固，而在他們旁邊的是……

「波力！」雷剛・大伯格啜泣著把大哥的頭枕在膝上。「波力！爲什麼？」

眾人皆沉默無語，所有人，甚至是那些知道爲什麼的人都沒出聲。雷剛淚流滿面、一臉痛苦地轉向眾人。

「我要怎麼向老媽交代？」他哽咽著：「我要怎麼向她交代？」

眾人依舊無語。

離他們不遠的地方躺著溫克，身旁還圍著一群身著代表喀艾德的黑金色士兵。他的呼吸十分沉重，隨著他的每個呼氣，一朵朵紅色血沫在他唇邊湧現。特瑞絲蹲在一旁，他們身邊還站了一個穿著閃閃鎧甲的騎士。

「到底怎樣？」騎士問：「女巫小姐？他撐得過去嗎？」

「我已經盡力了。」特瑞絲站起身，咬著嘴唇。「不過……」

「怎樣？」

「他們用了這個。」她讓他看了那支上頭有怪洞的箭，然後將箭插進立在一旁的桶子上。箭簇頓時開展，變成四支高低不一的鉤針。騎士見狀，咒罵了一聲。

「佛瑞德加爾，」溫克吃力地說著。「佛瑞德加爾，聽著……」

「你不能說話！」特瑞絲嚴厲地說：「也不能動！我的咒語快撐不住了！」

「佛瑞德加爾，」指揮官溫克再度開口，一朵紅色血沫在他嘴邊破裂，但第二朵隨即在同處湧現。「我們錯了……所有人都錯了。不是亞爾潘……我們都想錯了……我可以替他保證。亞爾潘沒有背叛我們……沒有背……」

「別再說了！」騎士大叫：「別再說了，威福立！來人啊，快，把擔架抬過來！擔架！」

「已經不需要了。」女巫看著溫克的嘴唇，低沉地說。血沫已不再湧出。奇莉轉過身，把臉埋到傑洛特身上。

佛瑞德加爾站了起來。亞爾潘．齊格林並沒有看向他，他只是看著那些被殺的人，看著依舊跪在手足身旁的雷剛．大伯格。

「我們不得不這麼做，齊格林先生。」騎士說：「這是打仗，是命令。我們必須確定……」

亞爾潘一句話也沒說。騎士垂下目光。

「請你們原諒。」他低聲說。

矮人慢慢地轉過頭，看著騎士，看著傑洛特，看著奇莉，看著所有人，所有的人類。

「你們對我們做了什麼？」他痛苦地問著：「你們對我們做了什麼？把我們……變成什麼了？」

在場沒有人回答他。

長腿精靈的眼睛呆滯渾濁，她的喊叫凍結在那扭曲的雙唇上。

傑洛特伸手抱住奇莉。他慢慢解下那朵別在她袍子上，濺了黑色斑漬的白色玫瑰，默默地讓那朵花落在松鼠的屍體上。

「再見了。」奇莉低語著：「再見了，來自雪拉微得的玫瑰。再見了，還有……」

「還有原諒我們。」獵魔士把話接完。

他們在全國到處遊蕩，傲慢無禮、令人討厭，自詡爲邪惡捕手、狼人剋星、幽靈終結者，然後跑去挖老實人的錢，無恥地等那些報酬到手之後，就又到離他們最近的下一個地方，進行類似的欺詐手法。他們最容易得手的對象，就是老實、單純又搞不清楚狀況的農家，因爲像這類小家農戶，只要碰到什麼不幸或厄運，都會歸咎於魔法、非自然的生物與怪物，再不然就會當成是雲人魔【註】或惡靈的傑作。這種鄉下人，沒向眾神禱告，也沒去神殿獻上豐盛的祭品，反而打算把最後一毛錢都交給缺德的獵魔士，以爲獵魔士——那種不信神的變異人，可以扭轉乾坤、消災解厄。

《怪物，或有關獵魔士的描述》

——佚名

我對獵魔士沒什麼意見。隨他們抓吸血鬼去吧，只要他們記得繳稅就好。

——雷達尼亞之王，大膽拉多維達三世

如果你渴望正義，就去雇一個獵魔士吧。

——格拉費提

於奧克森福特大學法律系圍牆上

【註】斯拉夫神話中的半人半魔怪物，能控制雲朵，降下雨水和冰雹。

第五章

「你剛才說了什麼嗎？」

小男孩頭上戴了頂過大的絨帽，上頭還插了根野雞毛，神氣活現地掛在側邊。他吸了吸鼻子，把頭上那頂過大的絨帽往後拉。

「你是騎士？」他用一雙湛藍眼睛看著傑洛特，重複了自己的問題。

「不。」獵魔士答道，這反應連他自己都很訝異。「我不是。」

「可是你有劍！我爸爸是佛特斯特國王的騎士。他也有劍，比你的還大！」

傑洛特把手肘靠在欄杆上，朝駁船船尾的水漩啐了一口。

「你揹在背上。」小毛頭沒有放棄，帽子又再度遮住他的眼睛。

「什麼？」

「劍，在你背上。你爲什麼把劍揹在背上？」

「因爲我的槳被偷走了。」

這答案讓小毛頭張大了嘴巴，他乳牙間那些縫隙還真讓人印象深刻。

「離船舷遠一點。」獵魔士說：「還有，把嘴巴閉起來，蒼蠅都飛進去了。」

小男孩的嘴張得更開了。

「長了一頭白髮，卻蠢得要命！」小毛頭的母親咆哮著，她是個衣著十分華麗的貴婦，扯著小傢伙大衣的海狸領拉向自己。「過來這裡，艾韋瑞特！跟你說過多少次，不要結交那些低三下四的人！」

傑洛特看著晨霧中逐漸浮現的島嶼輪廓，嘆了口氣。駁船順著緩慢的三角洲水流徐徐行駛，像隻笨重的烏龜般緩速前進。船上乘客多半是商人和農民，一個個都靠在行李上打盹。獵魔士再度解開包袱，繼續讀奇莉的信。

……我睡在叫作「宿舍」的大房間裡，跟你說，我的床很大、很大。我唸中級女子班，我們總共有十二人，和我最要好的是艾伍兒奈德、卡蒂耶和優拉二世。今天我雖然有「喝到雞湯」，不過最慘的就是有時得「吃齋」，然後「天才剛亮」就得起床，比在卡爾默罕時還要早。其他事我明天再寫信告訴你，因爲我們等一下就得去「禱告」了。在卡爾默罕從來就沒有人禱告，眞不知道爲什麼在這裡要禱告，一定是因爲這裡是「神殿」。

傑洛特，南娜卡媽媽有先看過這封信，然後叫我別寫那些「沒營養的事」，而且不可以拼錯字。她還要我寫學了什麼、寫我很開心，而且很健康。我很開心，而且很健康，不過不幸的是，我現在「很餓」，還好「等一下就吃午飯了」。媽媽南娜卡還叫我寫說，禱告從來沒有對誰不好，不會對我不好，也一定不會對你不好。

傑洛特，我又有空了，所以我要告訴你我現在在學什麼。我在學「閱讀」，還有寫正統的「盧恩字母」。其他還有「歷史」、「自然」、「詩歌與散文」、用共通語和上古語優雅地表達自己的看法。我最會的就是上古語，我寫幾個字給你看，你就會知道了。耶拉伊內不拉什，法因諾爲得。這句話的意思是：美麗的小花，太陽的孩子。你看，我會吧，還有……

我「現在」又可以寫信，因爲我找到了一根新的羽毛筆，之前那根斷掉了。南娜卡媽媽看過了，還稱讚我沒寫錯。她還說我很聽話，教我要寫信要你別擔心。別擔心，傑洛特。

我現在又有時間了，所以把最近發生的事寫給你。我、優拉跟卡蒂耶，我們在餵火雞的時候，有一隻「很大的火雞」跑來攻擊我們，牠有個紅脖子，很可怕、很嚇人。牠先攻擊優拉，然後又想攻擊我，不過我才不怕呢，因爲再怎麼說，牠比擺錘小，也比擺錘慢。我做了佯攻跟迴旋，然後重重地打了牠兩鞭子，打得牠「落荒而逃」。在這裡，南娜卡媽媽不准我拿「我的劍」，眞可惜，不然我一定會讓那隻「火雞」見識見識我在卡爾默罕學到了什麼。我現在已經知道，正確的話，用古盧恩語應該寫成卡爾阿木以拉罕，意思是「古海要塞」。一定就是因爲這樣，那裡才會到處都有「貝殼」、「海螺」跟「魚」拓印在石頭上。然後琴特拉的正確寫法是克新特雷雅，還有我的名字是從奇莉雅黛兒來的，代表著「燕子」，而這意味著……

「您在讀信嗎？」

他抬起頭。

「我在讀信。怎麼了？發生什麼事了嗎？有人發現什麼嗎？」

「沒事，沒事。」船長兩手抹著身上的皮背心，回答道：「水面一片平靜。不過起霧了，而我們已經接近灰鶴島了……」

「我知道。這已經是我第六次走這邊了，水上飄，而且這還沒算上回程。已經把路摸熟了。我有在看，別擔心。」

船長點點頭，穿過四散的行囊和包裹，往船頭方向離開。擠在駁船中間的馬群不停嘶鳴，用力踏著甲板。他們已經來到水流中央，被包圍在濃霧之中。船首劃開披覆水面的睡蓮，撥開成群的花堆。傑洛特再度回到奇莉的信上。

……這意味著我有精靈的名字，不過我不是精靈啊。傑洛特，我們這裡也在說松鼠的事。有時候，甚至會有軍隊過來盤查，還說不可以替受傷的精靈療傷。我沒向任何人提起春天發生的事，一個字也沒有，別擔心。還有練習的事，我也記得，別以為我忘了。有空的時候，我都會去公園練習，不過不是每次都去，因為我也得像其他女孩一樣到廚房或菜園裡幫忙。還有啊，我的功課多得嚇人，不過沒關係，我會努力用功。再說，你也在神殿裡唸過書，這是南娜卡媽媽告訴我的。她還說，隨便一個蠢蛋都可以拿著劍亂揮，不過要當獵魔士可得有聰明的腦袋。

傑洛特，你答應會來這裡的，快來吧。

你的奇莉

註一：快來吧，快來吧！

註二：南娜卡媽媽叫我最後要寫給偉大的梅莉特列的祝禱，願她的祝福與恩寵永遠與你同在，保佑

奇莉

你平安無事。

可以的話，我也想去艾蘭德一趟。他一邊想，一邊把信收起來。不過這樣太危險了，我可能會讓她們……還有也該結束通信了。南娜卡派遣的是神殿信差，但還是……該死，這樣太冒險了。

「呃……呃……」

「又怎麼了？水上飄，灰鶴島已經過了。」

「是啊，感謝上天保佑，平安無事。」船長鬆了口氣說。「哈，傑洛特先生，看來這一趟也是風平浪靜。只要太陽一出來，霧就會散開，到時就沒事了。怪物可不會在大太陽下跑出來。」

「這我一點都不擔心。」

「我想，」水上飄大咧咧地笑著說：「船東是按船趟付您酬勞。不管有沒有事，您的報酬還是會穩穩入袋？」

「你問得一副好像你不知道似的。怎麼，你嫉妒嗎？嫉妒我光只是站在這裡靠著船舷、賞賞小辮鴴就有錢賺？那他們是爲了什麼付你錢？一樣嘛，就是要你待在甲板上。一切順利的時候，你就沒什麼事好做，只能從船頭晃到船尾，對著旅客傻笑。再不然，就是向他們兜售伏特加，看看有沒有人買帳。我和你一樣，他們請我，就是要我待在甲板上以防萬一。這趟船之所以會走得這麼順利，就因爲有獵魔士護航。獵魔士的酬金也算在船票裡了，對吧？」

「是啊，當然是這樣。」船長嘆了口氣說：「公司不會吃虧的，我太了解他們了。這已經是我第五年爲他們在三角洲行船了，從水沫鎮到拿威格拉德，再從拿威格拉德回水沫鎮。好了，上工吧，獵魔士先生。您繼續靠著船舷，我去船頭船尾晃一晃。」

霧氣稍稍散去。獵魔士從袋子裡抽出第二封信，那是他不久前才從一個奇怪信差那裡收到的。這封信他已經讀了大概三十次，上頭飄著接骨木和鵝莓的味道。

親愛的朋友……

獵魔士無聲地咒罵了一下。信上的盧恩字母是多麼整齊分明、端正有力，清楚傳達了寫信女子的心情。他再次心情差得想撞牆，因爲一個月前，當他寫信給女巫的時候，花了兩天時間斟酌要怎麼下筆，最後決定用「親愛的朋友」來起頭。這會兒，現世報來了。

親愛的朋友，自從我們上次見面，已經過了快三年，你突然來信讓我欣喜萬分。更讓我開心的是，關於你意外猝死的傳言很多，還好你決定要寫信給我否定這些傳言，也多虧了你這麼快就寫這封信。從你的信看來，你的生活過得很平靜，枯燥乏味得令人高興。親愛的朋友，以現在的世道來說，這種生活可謂是眞正的特權，很高興你能過這樣的生活。

你突然這麼紆尊降貴地來關心我的健康，讓我很感動，親愛的朋友。我等不及要告訴你，是啊，我已經好多了；之前那段時間我身體確實不太好，不過那些毛病都已經治好了，至於細節就不提了，免得你生煩。

得知你在爲命運送你的禮物煩惱，我很擔心也很不安。至於你認爲這件事可能要請專家幫忙，眞是一點都沒錯。雖然你把問題的癥結寫得很隱諱，但我確定我知道問題的「來源」。就像你說的，我也覺得一定得再請一位女巫幫忙。很榮幸成爲你第二個請求的對象。我何德何能，能在你的名單上排第二？

別緊張，親愛的朋友，但如果你打算再去請求其他女巫幫忙，那就不用了，因爲沒必要。我馬上就出發，去你說的那個地方，雖然你說得很拐彎抹角，不過對我來說還算是看得懂。當然，我會祕密出發，完全不會走漏風聲，也會處處小心。到了之後，我自然就會知道問題在哪裡，然後盡我所能去安撫那個蠢動的源頭。我會努力，不會輸給你以前找過、現在想去找，或者之後要去找的那些女巫。我可是你親切的朋友。你珍貴的友誼對我來說很重要，我不會讓你失望的，親愛的朋友。

如果最近這幾年你想寫信給我，請一刻也不要猶豫。你的信總會爲我帶來歡愉。

你的朋友——葉妮芙

接骨木和鵝莓的味道從信上傳來。

傑洛特咒罵了幾句。

甲板上突然一陣忙碌，跟著駁船搖晃了起來，傳達航道改變的訊息。這一連串騷動將傑洛特自沉思中拉回。一部分乘客往右舷擠去。船長水上飄在船首扯著嗓子下達指令後，駁船便緩慢沉穩地轉向特馬利亞，將航道讓給那兩艘自濃霧中現身的船隻。獵魔士好奇地看了過去。

第一艘出現的，是艘飄著銀鷹紫紅旗、至少七十噚長的三桅巨艦。在那之後，有一艘較小的四十槳軍艦規律地划動著，上頭還綴著繪有金紅箭頭形狀的黑旗。

「呼！還眞是兩頭巨龍啊！」水上飄站在獵魔士旁邊說：「連河上都掀起大浪！」

「挺有趣的，」獵魔士喃喃自語著：「大艦掛的是雷達尼亞的旗幟，而小艦掛的卻是亞丁的。」

「是亞丁呀，錯不了的。還有，上頭掛了哈格堡代理堡主的三角貿易長幟。不過您仔細瞧，這兩艘船的船底都很尖，吃水大約二噚，表示這兩艘船進不了哈格，因爲它們絕對過不了上游的急流和沙洲。這兩艘船不是去水沫鎭，就是往白橋城。然後您看，兩邊的甲板上都是軍隊。這不是商船，是軍艦啊，傑洛特先生。」

「那艘大船上應該有重要人士，他們在甲板搭了帳篷。」

「是啊，現在那些權貴都是這樣出遊。」水上飄點頭說道，拿著從船舷剝下來的碎片剔牙。「走水路比較安全。樹林裡有精靈突擊隊，誰曉得樹後面不會突然有支箭射出來。在水上就沒有這種擔憂了。精靈就像貓一樣，不喜歡水，寧可在樹叢裡待著……」

「這個人一定很重要，那頂帳篷很名貴。」

「沒錯，有可能喔。天曉得，搞不好是維吉米爾國王親自蒞臨呢！現在走這條水道出來旅行的人各式各樣……既然說到這，您在水沫鎭時曾教我多留意，看看有沒有人在打聽您的事。喏，那邊那個一臉蠢樣的，您看到了嗎？」

「不要用手指，水上飄。那人什麼來歷？」

「我哪知啊？您自己去問吧，他不正朝我們走過來嘛。您瞧，這人走路晃來晃去的！但現在河水明明就靜得像面鏡子，搞什麼啊，要是水稍微漲一點，我看他就要趴在地上爬了，笨手笨腳的傢伙。」

這個「笨手笨腳的傢伙」是個不高又瘦巴巴的男人，看不出年紀，穿著鬆鬆垮垮、不太乾淨的羊毛外套，還別了一枚女用圓形黃銅大胸針。上頭的針腳顯然不見了，所以那人拿了根釘子代替；那釘子不但是歪的，釘子頭也被壓扁了。男人走近他們，清了清嗓子，眨了眨他的近視眼。

「呃……請問我有這個榮幸和利維亞的傑洛特、鼎鼎大名的獵魔士說話嗎？」

「是的，尊貴的先生。當然。」

「請容我自我介紹，我是林努斯．皮特，是個學校導師，奧克森福特學院的自然史講師。」

「非常榮幸認識您。」

「呃……聽說您受雇於馬格公司，確保這趟旅程平安無虞。顯然，這是為了應付可能被某種怪物攻擊的危險。我不禁要想，可能是哪種怪物呢？」

「我也在想會是什麼。」一片朦朧霧氣之中，獵魔士靠著船舷，看著特馬利亞那頭岸邊依稀可見的草木輪廓。「我想，他們應該是請我來應付斯寇亞塔也突擊隊的攻擊，對方大概就在這附近徘徊。這是我第六次航行於水沫鎮和拿威格拉德之間，而大螯蝦怪一次也沒出現過……」

「大螯蝦怪？聽起來像是某種俗稱。我希望您可以用科學術語。嗯……大螯蝦怪……我還真不知道您說的是哪個物種……」

「我說的是一種全身疙瘩的怪物，二噚長，看起來像是長滿水藻的樹樁，有十隻腳和一口鋸子般的銳利尖牙。」

「就科學的準確性來看，這個描述還有許多地方待改進。您說的該不會是海非力答也科裡的某一個種類吧？」

「我不排除這個可能性。」傑洛特嘆了口氣道：「就我所知，大螯蝦怪是來自於格外令人厭惡的一科，不論用哪種字眼稱呼都不過分。重點是，導師先生，這個不太親切的一科裡的某個成員，似乎在兩週前攻擊了這家公司的駁船。就在三角洲這裡，離我們不遠的地方。」

「說這話的人……」林努斯．皮特大笑了起來，「要不是個糊塗蟲，就是個大騙子。不可能有這種事，我很清楚三角洲這裡的動物相。這裡根本就沒有海非力答也一科的物種，也不會有什麼算得上危險、具攻擊性的物種。這裡的水鹹度非常高，化學成分也非常特殊，尤其是漲潮的時候……」

「漲潮的時候，」傑洛特打斷他：「水潮會流往拿威格拉德運河，而三角洲這裡就會完全乾涸，一滴不剩，只會留下由排泄物、肥皂、油和死老鼠混成的液體。」

「可惜啊，可惜！」導師悲哀地說：「環境退化……您大概不會相信，不過五十年前這河裡還有超過兩千種魚類，現在只剩下不到九百種。這眞的很可悲。」

兩人倚著欄杆，沉默地看著綠色的幽暗河底。漲潮已經開始了，因爲河水越發惡臭。第一批死老鼠已然浮現。

「白鱈鯰魚已經徹底滅絕了。」林努斯．皮特打破沉默說：「很多魚都消失了：鯡魚、蛇頭魚、奇塔拉、條紋泥鰍、紅腹鰷魚、長鬚鮈、皇家梭魚……」

離船舷約十噚遠的地方，突然巨浪滔天。有那麼一瞬間，兩人目睹一條超過二十磅重的皇家梭魚將一隻死老鼠吞掉，然後優雅地揮動尾鰭，消失在河底深處。

「剛才那是什麼？」講師顫抖著。

「不知道。」傑洛特抬頭望向天空說：「是企鵝嗎？」

學者看了他一眼，扯動著嘴角。

「不管怎麼說，一定不是您口中那個傳奇的大螯蝦怪！我聽說獵魔士對於那些少見物種了解甚深，但您不只援用那些小道消息和無稽之談，還試著用這種庸俗的方式來取笑我……您到底有沒有在聽我說話？」

「霧不會散了。」傑洛特輕聲道。

「啥？」

「風勢一直很弱。等我們轉入支流，進到沙洲之間，風勢還會更弱。這場霧會一直持續到拿威格拉德。」

「我不會坐到拿威格拉德，我在奧克森福特下船。」皮特冷冷地說：「至於霧呢？應該不至於濃得無法航行，您覺得呢？」

戴著羽毛帽的小男孩跑到他們身邊，整個人探出船舷，想用手上的棍子去捕捉彈到船身的老鼠。傑洛特走過去，把他的棍子抽走。

「快走，不要靠近船舷！」

「媽——媽——！」

「艾韋瑞特！馬上過來這裡！」

導師挺直了身體，大剌剌地看著獵魔士，像要把他看透似的。

「看來，您好像真的相信有東西會威脅我們？」

「皮特先生，」傑洛特試著以最冷靜的方式說：「兩個星期前，馬格公司其中一艘駁船上，有兩個人被某個東西拖下甲板，就在濃霧之中。我不清楚那是什麼，可能是您那個海非答拉什麼的，也可能是長鬚鮈，但我想，那是大螯蝦怪。」

學者聞言，板起臉孔。

「假設應該建立於明確的科學基礎之上，而不是流言和閒話，」他宣告著：「我已經跟您說過了，您堅持要稱作大螯蝦怪的海非答拉，不會出現在三角洲流域這裡。牠們早在半個多世紀前就已被趕盡殺絕，附帶一提，就是拜您這種人所賜。只要是任何長得不好看的東西，你們都可以立即將之斬殺，不用深思熟慮，不用研究觀察，也不用考慮生態棲位。」

有那麼一刻，傑洛特很想明白地告訴他哪裡有大螯蝦怪，以及哪裡是大螯蝦怪的生態棲位，但最後還是打消念頭。

「導師先生，」他平靜地說：「從甲板上被拉下水的其中一人，是個懷有身孕的女孩，她當時是想藉清涼的河水來舒緩一下發腫的腳板。理論上來說，她的孩子原本可能會成爲您的學生，就這點而言，您說對生態有什麼影響呢？」

「這種觀點很不科學，很情緒化也很主觀。自然自有一套法則，即使這套法則很殘酷無情，也沒必要去修正它。這是生存之戰！」講師探出船舷，吐了一口口水到河裡。「不管是爲了什麼原因，都沒有辦法將滅絕物種合理化，即使對象是那些掠食性物種也一樣。您怎麼說？」

「我說把身子這樣壓近水面很不安全，這附近可能有大螯蝦怪。您想要親身體驗大螯蝦怪是以怎樣的方式在求生存嗎？」

話一說完，林努斯．皮特馬上鬆手，跳離船邊。他的臉色略顯蒼白，不過馬上恢復，再度板起臉孔。

「您一定知道很多關於那些奇幻大螯蝦怪的事吧？獵魔士先生。」

「顯然不比您多。或者，我們剛好可以利用這個機會？導師先生，請您略微提點一二，和我分享些有關水底掠食者的知識。我很樂意聽您說，這樣這趟旅程也不會感覺那麼漫長。」

「您在取笑我嗎？」

「完全沒有，我是眞的想充實學識上的短缺。」

「嗯……如果您眞的……何樂而不爲？那您就聽好了。海非力答也科隸屬於安非波答目，也就是端足類，海非力答也科包括四種科學上已知的種類；其中兩種只生活在熱帶水域。而在我們的氣候環境下，則可以發現體型不大的長尾海非答拉，以及體型比前者稍大點的凸緣海非答拉，不過現在已經很少見了。這兩個種類的生物棲地都在靜止不動或流動緩慢的水域。這些種類確實具有掠食性，偏好以生物的溫熱血液為食……您有什麼要補充的嗎？」

「暫時沒有，我正屏氣凝神地聽您講述。」

「好，嗯……書裡面也有一些描述是關於亞種假海非答拉，牠們聚集在安格崙國的泥濘水域裡。不過最近亞斯德堡的學者邦柏樂證實了牠們根本是摩爾的得，也就是齧食類科裡的稀有種。這種生物只以魚類和小型兩棲類維生，被命名為邦柏樂魚吞。」

「這怪物還真走運。」獵魔士勾起嘴角。「這可是牠第三次被命名了。」

「怎麼說？」

「您所說的生物是嗜血蛞，上古語又叫辛內雷亞。如果邦柏樂認為魚類是牠們唯一賴以生存的來源，那麼我可以推定，他從沒泡過湖水，因為湖水中就有這種生物。不過，有一點邦柏樂說對了：大螯蝦怪和辛內雷亞的確有共同之處，就如同我和狐狸有共同之處一樣，我們都喜歡吃鴨子。」

「什麼辛內雷亞？」導師哼了一聲。「辛內雷亞是神話裡才有的生物！您的無知真讓我失望。事實上，我很訝異……」

「我知道，」傑洛特打斷他。「越是接近我的人，越會覺得見面不如聞名。即使如此，皮特先生，請容我點出幾個您論調裡須要加以修正的地方。所謂的大螯蝦怪，一直以來就是生活在三角洲流域這裡，現在也是。沒錯，牠們曾經有過那麼一段時間好像已經滅絕，是因為牠們賴以維生的小海豹……」

「倭鼠川豚。」講師糾正道：「請您別這麼無知，別把海豹跟……」

「牠們是以倭鼠川豚維生，但鼠川豚卻被捕殺一空；因爲鼠川豚和海豹很相似，皮毛和油脂與海豹幾乎無異。後來河川上游鑿了運河，築了閘壩。水流變弱，三角洲開始淤積、雜草叢生，大螯蝦怪也跟著突變，以適應環境。」

「啊？」

「人類重建了大螯蝦怪的食物鏈，把溫血生物擺到了原本屬於鼠川豚的位置，開始運送綿羊、黃牛、豬隻往返三角洲。大螯蝦怪因此學到了，每艘行經三角洲的駁船、木筏或方舟都是一個個裝滿食物的大盤子。」

「那變種呢？您剛剛說到變種！」

「這片水肥，」傑洛特指著綠色河水說：「看來很適合大螯蝦怪，讓牠們變大了不少。這些該死的東西長大到可以不費絲毫力氣就將乳牛拖下木筏的地步。至於把人從甲板上拖下去，對大螯蝦怪來說就更不算什麼了。尤其是那些公司用來載客的平底駁船，您也看到了，這駁船吃水有多深。」

導師迅速地從船舷往後退，一直到被推車和行李擋住，不能再退爲止。

「我聽見撲通一聲！」他喘著氣，兩眼直盯島嶼間的濃霧。「獵魔士先生！我聽見……」

「冷靜點。除了撲通一聲，還有槳架上的船槳發出的嘎吱聲。這是雷達尼亞那頭過來的海關官員。您看，他們馬上就到了，然後會把場面搞得一片混亂，比三隻，甚至是四隻大螯蝦怪出現時還亂。」

水上飄從一旁跑過，大聲咒罵，因爲帽上插了根羽毛的小男孩擋在他腳下。旅客和商人們個個繃緊神經，低頭查看行囊，努力把走私品藏好。

過沒多久，船舷便被一艘大船碰了一下，接著四名身手矯健、怒目橫眉且不斷叫囂的男子跳到駁船上。他們把船長團團圍住，大聲恫嚇，極力想讓自己的角色和地位看起來很重要，接著便迫不及待地衝向旅客的行囊與財物。

「還沒上岸他們就來檢查！」水上飄一邊抱怨，一邊走近獵魔士和導師。「這樣不合法吧！畢竟我們還不在雷達尼亞的土地上。雷達尼亞在河的右岸，離這裡還有半哩遠！」

「不。」導師否定道：「雷達尼亞及特馬利亞的交界在彭達爾河的水流中央。」

「幹！這裡要怎麼量？這裡是三角洲！小島、淺灘的位置是會變的，航路更是每天都不一樣！真是天譴！喂！三腳貓！別動那根船鉤，不然就讓你屁股開花！高貴的婦人，顧好您的孩子！真是遭天譴了！」

「艾韋瑞特！不要碰那個，你會弄得髒兮兮的！」

「這箱子裡有什麼？」那群海關大叫：「喂，把這個包袱打開！這推車是誰的？有他國貨幣嗎？我在問有沒有外國貨幣？特馬利亞或是尼夫加爾德的錢？」

「這就是所謂的關稅之戰了。」林努斯．皮特擺出睿智的神情，對眼前的混亂下了評論。「維吉米爾在拿威格拉德強行實施貿易權，特馬利亞的佛特斯特則在維吉馬和葛思維冷用絕對貿易權來反擊。他這招對雷達尼亞商人打擊很大，因此維吉米爾提高了特馬利亞貨物的關稅來保護雷達尼亞的經濟。特馬利亞那裡充斥著尼夫加爾德工廠出產的廉價品，所以這些海關都查得很緊。一旦尼夫加爾德貨品大量入關，那雷達尼亞的經濟可能就毀了。雷達尼亞境內幾乎沒有工廠，那些工匠絕對撐不過這種競爭。」

「簡而言之，」傑洛特笑了笑。「尼夫加爾德靠著貨品和黃金，慢慢獲得了靠武器得不到的東西。特馬利亞沒有自我保護嗎？佛特斯特不是在南方邊界設下防線嗎？」

「怎麼說？那些貨品還是從馬哈喀姆、布魯格、維爾登、奇達里士的港口過來。商人只在乎利益，不論政治。一旦佛特斯特封了國界，那些商會就會抗議……」

「有外幣嗎？」一個兩眼布滿血絲的大鬍子海關一邊吼著，一邊向他們走了過來。「有什麼要申報的嗎？」

「我是名學者！」

「您就算要當王子也行！我在問，您運了什麼進來？」

「別煩他們，波拉特克。」帶頭那人說道。那海關官員生得高大寬肩，還有兩條長長的黑色八字鬍。「沒看到獵魔士在這裡啊？嗨，傑洛特。這人你認識？學者？所以您是要去奧克森福特嗎，先生？而且沒有行李？」

「就是這樣，去奧克森福特，沒有行李。」

海關拿出一條大手帕，擦了擦額頭、鬍子和脖子。

「傑洛特，今天怎樣？」他問道：「沒有怪物出現？」

「沒有。你呢？歐爾森，你有看到什麼嗎？」

「我忙著做事，沒時間到處看。」

「我爸爸，」艾韋瑞特無聲無息地摸了過來宣告：「是佛特斯特王的騎士！他的鬍子更多！」

「小毛頭，滾一邊去！」歐爾森說，重重地嘆了口氣。「傑洛特，有沒有伏特加，一點點也好？」

「沒有。」

「不過我有。」來自學院的學者先生從背袋裡拿出扁平的羊皮酒囊，讓在場眾人全都大吃一驚。

「而我有下酒菜，」水上飄不知從哪裡冒出來，得意地說：「煙燻江鱈！」

「而我爸爸……」

「滾一邊去，沒用的傢伙！」

他們坐到盤繩上，就著甲板中央一輛車子的陰影乘涼，輪流分享著羊皮酒囊配燻江鱈。另一頭爆發了口角，歐爾森不得不離開一下。馬哈喀姆來的矮人貿易商正努力說服海關他帶的不是銀狐皮，而是體型特大的貓皮，希望能少付一點關稅。至於那個無所不在又愛八卦的艾韋瑞特，他母親根本不肯接受檢查，尖著嗓子說自己的丈夫是何等貴族，又有何等特權。

四周盡是叢林滿布的小島，船慢慢地行駛在寬廣的河道上，緩緩穿過挨著船舷，糾結成辮的睡蓮、荷花與水草。蘆葦間傳來嚇人的黃蜂聲，以及刺耳的水龜聲。水鷺單腳佇立，悠閒地望著水面；牠們很清楚現在毋須毛躁，反正魚兒早晚會自動浮出水面。

「如何啊，傑洛特先生？」水上飄一邊把江鱈皮舔乾淨，一邊開口說：「這一趟航程又是無風無浪？您知道我想說什麼嗎？這個怪物不笨呀！牠知道您在這船上埋伏。您聽我說，我們村子那兒有條小河，河裡住了水獺，那水獺總是偷偷摸進院子裡把雞勒死。那隻水獺可狡猾了，從不會在我父親或我們幾個兄弟在家時過來，只在我阿公自己一個人在家的時候才來。您聽我說，我們家阿公的腦子有點不清楚，兩腳都癱了。他奶奶的，那隻水獺好像知道這點似的，有一次我家老爹……」

「從價課稅，就一成！」甲板中央的矮人貿易商揮著銀狐皮叫道：「就這樣，我不會再多付一毛錢！」

「那我就把您的東西全部充公！」歐爾森生氣地吼回去：「再把您呈報給拿威格拉德的守衛，您就跟您的『從價課稅』一起進牢裡去吧！波拉特克，每一分錢都給我算仔細了！嘿，你們有沒有留點東西給我？沒乾個精光吧？」

「坐吧，歐爾森。」傑洛特在盤繩上讓了個位子給他。

「我看你的工作挺費神的。」

「我都快忙死了。」海關嘆了口氣，拿起羊皮囊大大地灌了一口，擦了擦鬍子。「去他的，我要回亞丁了。我可是個貨眞價實的凡格爾堡人，我是跟著姊姊和姊夫一起來雷達尼亞，不過現在我要回去了。傑洛特，你知道嗎？我打算從軍。戴馬溫國王好像在招募特種部隊。只要受訓半年就上戰場了，錢比我現賺的跟收的加起來還要多三倍。這些江鱈太鹹了。」

「我聽過這支特種部隊。」水上飄附和道：「是用來對付松鼠的，因爲一般軍隊拿那些精靈突擊隊沒轍。我還聽說，他們最喜歡找半精靈入伍。不過那個訓練基地聽說是人間煉獄。從那裡出來的，一半成了大兵，一半進了墓地。」

「本來就該這樣。」海關說：「船長，特種部隊可不是草包，不是那些沒屁用的盾兵，只要告訴他們標槍往哪丟就好。特種部隊得要很能打！」

「你有這麼凶狠啊，歐爾森？那你不怕松鼠嗎？不怕他們用箭射你屁股？」

「來啊！拉弓我也會。我都已經跟尼夫加爾德打過了，精靈算什麼？」

「聽人家說，」水上飄打了個哆嗦，「一旦落到那些松鼠手上……還不如一開始就別打娘胎出生得好。他們折磨人的手段可殘忍了！」

「欸，船長，你能不能閉嘴？說話像個娘兒們似的。打仗就是打仗。今天你揍敵人屁股，明天換敵人揍你屁股。我們的人也沒有好好疼愛那些被我們逮到的精靈啊，不用怕。」

「恐怖戰術。」林努斯．皮特把整條魚骨連帶魚頭丟出船舷。「暴力衍生暴力。憎恨深植人心……毒化同族之血……」

「什麼？」歐爾森皺著一張臉。「麻煩您說人話！」

「我們正面臨艱難的時刻。」

「就是這樣，說得沒錯。」水上飄贊同道：「肯定會有一場大戰。盤旋在天空的渡鴉一天比一天多，看來牠們已經聞到腐肉的氣味了。伊特莉娜的詩也預言了世界末日。先是熾光降臨，然後是白冬，或者是反過來，我記不得那首詩是怎麼說的了，不過大家說天空出現過徵兆……」

「船長！你最好盯著航道，而不是天空，免得你的方舟開到沙洲上去。哈！我們已經到奧克森福特附近了。哪，你們看，已經看得到『酒桶』了！」

霧氣明顯淡了許多，看得見右岸的草木與一部分搭在那上頭的引水道。

「各位紳士，那是實驗污水處理廠。」導師放棄他的這一輪酒，自豪地說：「這是科學的一大壯舉，學院的偉大成就。我們將精靈留下的引水道、溝渠跟沉澱池翻修整理，現在已經可以中和整個大學、城市與附近村落農場的排泄物，那個你們稱作『酒桶』的東西就是沉澱池。這是科學的偉大壯舉……」

「低頭，低頭。」歐爾森躲到船舷下警告著：「去年這東東爆炸的時候，那些糞水甚至噴到灰鶴島那裡去。」

駁船駛進島區，沉澱池的塔墩和引水道消失在眾人眼前。所有人都鬆了一口氣。

「水上飄，你不直接開進奧克森福特支流嗎？」歐爾森問。

「我要先到角樹灣去接特馬利亞的魚販跟商人。」

「嗯……」海關官員抓了抓脖子。「去角樹灣……呃，聽著，傑洛特，你不會正好跟特馬利亞人有什麼過節吧？」

「怎麼？有誰在打聽我的事嗎？」

「你猜對了，我記得你要我留意那些對你有興趣的人。嗯，你就想像一下好了，特馬利亞的守將在打聽你，是那邊跟我交情不錯的海關說的。傑洛特，好像有個臭味。」

「是水嗎？」林努斯．皮特嚇了一跳，害怕地看著引水道和那個偉大的科學成就。

「是這個小毛頭嗎？」水上飄指著一直在旁邊晃來晃去的艾韋瑞特說。

「我不是說這個。」海關撇了撇嘴。「聽著，傑洛特，特馬利亞那些海關說，那邊的守將問了幾個很奇怪的問題。他們知道你會跟馬格公司的船，問說……你是不是自己一個人。問你身邊有沒有帶了個……見鬼了，聽了別給我笑出來！他們問的是一個未成年少女，好像是有人看到她跟你一道。」

此話一出，水上飄不禁暗自發笑。林努斯·皮特則用十分嫌惡的眼光看著獵魔士，好像他是那種對未成年少女有特別癖好，而且很可能因此面臨法律問題的白髮男子。

「所以呢，」歐爾森清了清嗓子：「那些特馬利亞的海關也馬上猜測這是私事，以爲那些守將和你有什麼個人恩怨。例如，他們是……唔，那小姑娘的家人或未婚夫。所以那些海關小心翼翼地打探了一下誰是幕後主使，結果還眞被他們問到了。對方大概是個貴族，像國務大臣那樣能言善道，既有錢又大方，自稱爲……黎恩斯之類的。他的左臉頰上有塊紅印，像是燒傷。你認識這樣的人嗎？」

傑洛特站了起來。

「水上飄，」他說：「我在角樹灣下船。」

「什麼？那怪物怎麼辦？」

「那是你們的問題。」

「說到問題，」歐爾森插嘴說：「看一下右舷吧，傑洛特。說人人到。」

一艘長船從一座島嶼之後，從快速升起的霧氣之中現身，而船桅上緩緩飄著一張繪滿銀線的黑色幡幟。來人是幾名頭戴尖帽的特馬利亞守將。

傑洛特一把抓起袋子，拿出裡頭兩封信——一封奇莉的、一封葉妮芙的。他迅速將那兩封信撕成碎片，丟進河裡。歐爾森靜靜地看著他，不發一語。

「可以問你在做什麼嗎？」

「不行。水上飄，看好我的馬。」

「你想……」歐爾森皺起眉頭。「你打算……」

「我有什麼打算是我的事。不要蹚渾水，不然會出事。他們掛的是特馬利亞的旗。」

「去他們的旗子。」歐爾森把腰上短劍移到比較順手的位置，用袖子擦了擦他的琺瑯頸甲，上頭有個老鷹標誌鑲在紅底上。「如果我在這艘船上，在這裡驗關，那這裡就是雷達尼亞。我不准……」

「歐爾森，」獵魔士伸手拉住他的袖子，打斷他：「別插手，拜託。那個臉燒傷的不在長船上，但我得知道他是誰、想做什麼。我得去見他。」

「你要讓他們把你銬住？別傻了！如果這是個人恩怨，如果他們是奉命私下報復，那只要一過小島，到湍水區那，你就會連人帶銬飛出船舷。你只會在河底跟螃蟹碰面！」

「他們是特馬利亞的守將，不是強盜。」

「是嗎？你看他們那副嘴臉！無論如何，我馬上就會知道他們到底是誰，你等著看吧！」

長船很快地靠了過來，貼住駁船。一個守將把繩索拋了出去，另一個則用船鉤搆住欄杆。

「我是船長！」水上飄擋住打算登船的三人。「這是馬格公司的船！你們要……」

那三人之中有個魁梧的光頭佬，他那粗如橡樹枝的臂膀，輕輕鬆鬆便將水上飄推開。

「叫傑洛德的，人稱利維亞的傑洛德出來！」那人話聲如雷，兩眼打量著船長。

「有這樣一個傢伙在船上嗎？」

「沒有。」

「就是我。」獵魔士跨過包裹和行囊，走向他說：「我就是傑洛特，人稱傑洛特。有事嗎？」

「以法律之名，你被捕了。」光頭佬掃過船上的旅客：「那女孩在哪？」

「我是自己一人。」

「說謊！」

「慢著，慢著。」歐爾森從獵魔士背後現身，伸手搭在他肩上說：「有話好說，別那麼大聲。特馬利亞人，你們來晚了。他已經被捕了，也是以法律之名。他被我抓了，走私。照規定我要帶他去奧克森福特的哨站那兒去。」

「什麼？」光頭佬蹙眉問道：「那女孩呢？」

「這裡根本就沒有什麼女孩。」

守將們面面相覷，說不出話。歐爾森捻著鬍子，臉上掛了大大的笑容。

「你們知道現在要怎麼辦嗎？」他哼了一聲。「特馬利亞人，隨我們去奧克森福特吧！我們跟你們都是粗人，哪知道這法律到底是怎麼說的。不過奧克森福特哨站的指揮官可是聰明又見過世面，他會告訴我們該怎麼辦。再說，你們認識我們的指揮官，不是嗎？他跟你們角樹灣那個挺熟的。你們向他報告一下你們的事……給他看令條和官印……反正你們有照規矩帶了蓋過印的令條嘛，嗯？」

光頭佬一句話也沒說，生氣地瞪著歐爾森。

「我沒那時間，也沒那興致去奧克森福特！」他突然吼道：「我要把人帶去我們那頭，就這樣！斯特蘭！維鐵柯！去，給我搜船！把那個丫頭給我找出來，快！」

「等一下，別急。」歐爾森沒被他的大嗓門給唬住，不疾不徐地說：「特馬利亞人，你們現在可是在三角洲上，屬於雷達尼亞這邊。你們沒有東西要報關嗎？沒帶違禁品嗎？我們馬上來找找看。要是被我們找到什麼，那就還是得麻煩你們走一趟奧克森福特。而我們呢，要是我們想的話，一定會找到個什麼東西。兄弟們！都給我過來！」

「我爸爸……」不知從哪裡跑出來的艾韋瑞特，突然站到光頭佬面前插嘴說：「是騎士！他的刀更大喔！」

光頭佬一把扯住他的海狸領，將他提起來，把他的羽毛帽也弄掉了。接著，光頭佬把他攔腰抓住，並用短劍抵住他的喉嚨。

「退後！」他吼道：「退後，不然我就把這小子的脖子割斷！」

「艾韋瑞特——！」貴婦人大聲叫著。

「特馬利亞守將的做法還真是有趣。」獵魔士慢條斯理地說：「有趣得我不想相信這真的是守將。」

「閉嘴！」光頭佬搖了一下像小豬一樣亂叫的艾韋瑞特，大聲吼道。

「斯特蘭，維鐵柯，把他帶走！動作快，帶到長船去！至於你們，給我退後！我說，那女孩在哪？把她給我交出來，不然我就殺了那小子！」

「殺啊！」歐爾森不慌不忙地說。他對自己的海關使了眼色，並且把短劍抽出。「他算哪根蔥？又不是我的孩子。等你殺了他之後，我們再來談談。」

「別插手！」傑洛特將劍丟到甲板上，攔下海關的同伴及水上飄的水手。「光頭守將大人，我隨你們處置。把孩子放了。」

「上長船！」光頭佬沒把艾韋瑞特放開，他退往船舷的方向，抓住繩索。「維鐵柯，把他綁起來！你們全部退後！要是有誰敢動，那小子就完蛋了！」

「傑洛特，你瘋了嗎？」歐爾森吼道。

「艾韋瑞特——！」

特馬利亞長船突然晃了一下，彈離駁船。兩隻長滿疙瘩的綠色長螯自水下衝出，上頭還布滿尖刺，好似螳螂腳一般。那雙長螯抓住一個手拿船鉤的守將，一眨眼工夫便將他拖入水中。光頭佬狂叫不已，放掉艾韋瑞特，緊緊抓住垂在船舷的繩索。艾韋瑞特當場跌入瞬間染紅的河水。在場所有人，不論是駁船上或長船上的，全都像發了瘋似地開始尖叫。

傑洛特掙開那兩名正試著要綁住他的守將。其中一人被他一拳重重打在下巴，丟出船舷。另一人拿起鐵鉤揮向他，卻被歐爾森拿短刀用力一刺，癱軟倒地，肋骨下方還插著刀柄。

獵魔士翻身越過矮欄杆。在被濃稠的藻水覆蓋頭頂之前，他還聽見林努斯．皮特——奧克森福特大學的自然史講師大喊。

「這是什麼東西？是哪個種類？沒有這種動物啊！」

獵魔士從特馬利亞長船旁浮出水面，光頭佬的同伴之一想用魚叉刺他，他卻奇蹟似地躲過了。那名守將還來不及再刺，就喉頭中箭跌落水中。傑洛特抓起落下的魚叉，雙腳往船舷一蹬，潛入冒著水泡的漩渦中；魚叉被強勢的水流一衝，刺中某個物體，傑洛特暗暗希望刺中的不是艾韋瑞特。

「這不可能！」他聽見導師大叫：「這種動物不可能存在！至少牠不該存在！」

最後一句我完全同意。傑洛特一邊用魚叉刺向大螯蝦怪覆滿水藻的甲殼，一邊心想。特馬利亞守將的屍體在怪物銳利如鋸的大嘴裡載浮載沉，拖出一道血紅色水流。大螯蝦怪用牠扁平的尾巴猛力拍打，往河底潛去，攪出片片泥雲。

傑洛特聽見一聲微弱的叫喊。艾韋瑞特像隻小狗一樣在水中胡亂掙扎。光頭佬試著抓住垂在船舷外的繩索好爬上長船。艾韋瑞特抓住他的腳，然後繩子一鬆，光頭守將和小男孩兩人都消失在翻滾的水面。傑洛特快速地往他們的方向游去，潛入水中，他幾乎立刻就抓到小男孩的海狸領，而這完全是意外。他把艾韋瑞特從糾結的水藻中拉了出來，踢著雙腳，以仰式游到駁船。

「這邊，傑洛特先生！這邊！」他聽見此起彼落、震耳欲聾的叫喊：「把他給我！繩子！抓住繩子！搞什麼鬼——！繩子！傑洛特——！用船鉤，用船鉤！我的孩子——！」

有個人把小男孩從他手中拉走，往上拖。同一時間，他被人從後面抓住，那人重重打在他的後腦，然後壓著把他按到水裡去。傑洛特放開魚叉，轉過身抓住偷襲者的腰帶。他本想用另一隻手抓對方的頭髮，卻沒抓到東西。來人是光頭佬。

兩人浮出水面，但只維持了一會兒工夫。特馬利亞長船已經稍稍遠離駁船，而扭成一團的傑洛特和光頭佬就處在兩船之間。光頭佬掐住傑洛特的喉嚨，傑洛特用大拇指戳光頭佬的眼睛。光頭佬大叫一聲，放開他，往一旁游去。傑洛特沒辦法游開——他一腳被某個東西抓住，往深水中拖。一旁水裡冒出半具像軟木塞似的屍體。甲板上，林努斯．皮特大聲嚷著；傑洛特已經知道自己是被什麼東西抓住，根本不需要他提供的資訊。

「這是節肢動物！安非波答目！巨顎綱！」

大螯蝦怪用雙鉗夾住傑洛特的腳，將他拖往那一口尖牙、不斷開闔的大嘴。傑洛特雙手奮力往水裡一敲，試著把腳從大螯蝦怪的箝制中掙脫。導師又說對了——那張嘴眞的不算小。

「抓住繩子！」歐爾森大叫：「把繩子抓住！」

大螯蝦怪浮出水面。一支魚叉從傑洛特耳朵旁呼嘯而過，鏗鏘一聲，刺中大螯蝦怪那長滿水藻的甲殼。傑洛特抓住叉柄，將魚叉再狠狠往下一刺，用力一推，屈起沒被抓住的那隻腳重重踹向大螯蝦怪。他掙開那雙長滿尖刺的鉗子，也因此扯掉了鞋子、一大截褲管和一片不算小的皮膚。空氣中又掠過魚叉和漁槍，不過大多沒有命中。大螯蝦怪收回鉗子，擺擺尾巴，優雅地潛入幽綠的水底。

傑洛特抓住直直落到面前的繩子。船鉤鉤住他的腰帶，但也令他感覺身側一陣疼痛。他感到有人將他往上一拉，接著很多隻手將他抬過欄杆，最後落到甲板上，渾身濕答答，沾滿泥濘、水草和血漬。船上乘客、船員與海關官員全都圍到他身旁。帶狐狸皮那個矮人跟歐爾森兩人抵著欄杆，拉弓發箭。濕答答的艾韋瑞特被綠色水藻沾了一身，在母親懷抱裡牙齒不斷地打顫，向眾人哭訴他不是故意的。

「傑洛特先生！」水上飄在他耳邊大喊：「您還活著吧？」

「該死……」獵魔士將水草吐了出來。「我太老了，對付不了這些東西……太老了……」

一旁的矮人放開弦，而歐爾森則高興地大叫。

「正中紅心！哇哈哈！射得漂亮，皮草商先生！喂，波拉特克，把錢還給他！憑這一箭就該讓他免稅！」

「等等……」獵魔士虛弱地喘氣，試著想站起身。「該死的，別把他們全殺光！給我留個活口！」

「我們有留下一個。」歐爾森保證說：「就是嘲笑我的那個光頭佬，其他都被我們射死了。至於光頭佬，喏，在那邊游著。等等我就把他撈上來。把船鉤拿過來！」

「大發現！驚世大發現！」林努斯．皮特在船舷邊又跳又叫：「那是科學未知、全新的品種！獨一無二！喔，我實在太感謝您了，獵魔士先生！從今天起，這個品種將會記錄在書中，就叫作……就叫作皮氏傑洛提亞麥西利歐思！」

「導師先生，」傑洛特說得吃力：「您要是真的想對我表達謝意……那就請將那個該死的東西叫作艾韋瑞提亞。」

「這樣也挺不錯的。」學者同意道：「喔，真是個大發現！真是個獨特又巨大的樣本！這一定是三角洲裡唯一一隻……」

不遠處，依附小島的一片睡蓮毯突然顫動，開始猛晃。他們先看見一道浪花，接著一個又大又長、生了好幾隻腳，看起來像腐木的物體喀擦喀擦地張著大嘴，向他們快速游來。光頭佬回頭一看，放聲大叫，手腳並用地奮力划水。

「真是太棒的樣本了，太棒的樣本了！」皮特快速做筆記，興奮到極點。「頭足具抓取能力……四對顎足……有力的尾鰭……銳利的鉗子……」

光頭佬又回頭看了一眼，這次叫得更淒厲了。而皮氏艾韋瑞提亞麥西利歐思舉起具抓取能力的頭足，更加用力地擺動尾巴。光頭佬拚命拍著河水，想作困獸之鬥。

「願河水對他來說不會那麼沉重。」歐爾森說，不過他沒摘下帽子。

「我爸爸……」艾韋瑞特抖著牙齒說：「游得比那個先生還快！」

「把那孩子帶開！」獵魔士大聲吼道。

怪物張開雙螯，大嘴喀擦作響。林努斯．皮特一臉慘白，跌坐在地。光頭佬短促地叫了一聲，然後倒抽一口氣，消失在水面下。一股暗紅在水中暈開。

「該死！」傑洛特在甲板上重重地坐下說：「我已經太老了，做不來了……真的是太老了……」

□

不用多說，反正亞斯克爾就是愛死了奧克森福特這座小城。

大學校區是以一圈圍牆作爲區隔，這圈圍牆之外則發展出一個外環地帶——一座又大又吵、擁擠忙碌又喧囂的小市鎮。這座色彩繽紛的小城奧克森福特是由木頭打造而成，有著狹窄巷道和尖尖的屋頂。奧克森福特依附著大學而生，依靠那些師生學者、研究人員和他們的賓客，依靠科學與知識，依靠一切與探索過程有關的事物而生。小城奧克森福特的業務、商機與利潤誕生自理論的副產品與片段。

詩人緩緩騎在泥濘、擁擠的小巷間，經過各式作坊、工作室、攤販和大小商家。多虧了學院，這些店家生產並販售了數以萬計的貨品，有些好東西甚至是本地特有。那些好東西在這世上其他角落可是找不著的，因爲在世人眼中，那些東西不是做不出來，就是毫無用處。他走過旅社、酒館、攤販、小店，還有香味四溢的燒烤攤子；這些本地特有的佳餚，摻的是世人聞所未聞的香料調味，用的是前所未見的烹調手法。這就是奧克森福特——一座繽紛、歡樂、喧囂、美味的小城市。腦筋快、點子多的人知道如何一點一滴搜集彙整大學裡那些生硬又不實用的理論，然後轉化成屬於這座城市的奇蹟。奧克森福特同時也是一座娛樂之城，慶典不間斷，假期不停歇，狂歡不止息。不論黑夜或白天，街頭巷尾總聽得見歌聲、樂聲、高腳杯的敲擊聲與啤酒杯的碰撞聲；畢竟人人都知道，沒有什麼比求知若渴更吸引人的了。儘管校長明文禁止學校師生在入夜前飲酒作樂，但在奧克森福特，大家卻是日以繼夜地飲酒作樂。因爲要是有什麼比「求知若渴」更吸引人，那就是全面性或部分性禁酒。

亞斯克爾噘起嘴嘖了兩聲，示意自己的深棕閹馬穿過街上人潮，繼續向前走去。小販、攤商和騙徒，一個個大聲叫賣自家商品和服務，爲周遭的紛雜更添幾分熱鬧。

「魷魚！煙燻魷魚！」

「面皰軟膏！獨家配方！神奇有效的軟膏！」

「賣貓喔！會抓老鼠的魔法貓喔！快來聽喔，各位好心的人們，聽聽這些貓是怎麼叫的！」

「護身符！煉金藥！愛情藥水、獨活草，還有保證有效的春藥！只要一點點，就連死人也會變成一尾活龍！誰要？誰要？」

「拔牙喔！幾乎不痛呦！很便宜喔！」

「你說便宜，是怎麼算？」亞斯克爾咬著買來的魷魚串，好奇地問。那串魷魚硬得像鞋底。

「一個鐘頭兩赫勒！」

詩人不以為然地抖了一下，就趕著閹馬繼續往前走。他偷偷瞄了一下，有兩個人從市政廳那頭便一直跟在他身後。他們停在理髮店前，假裝對理髮店用粉筆寫在板子上的價目表很有興趣。亞斯克爾沒有受騙，他知道對方真正感興趣的是什麼。

他繼續往前騎，經過一間很大的妓院「玫瑰花苞下」。他很樂意去裡頭待個一小時，因為他知道裡頭會提供精緻、全新、還沒流行到世界其他角落的服務。理智與天性一番交戰後，理智勝出。亞斯克爾嘆了口氣，硬逼著自己不要再看向傳出歡聲的酒吧，繼續往大學前進。

是啊，不用多說，吟遊詩人就是愛這座小城奧克森福特。

他又張望了一下。那兩個人並沒有進去理髮店消費，雖然他們那副樣子是真的很需要打理一番。他們現在站在樂器店前，假裝對黏土陶笛很有興趣。店家使盡渾身解數推銷商品，指望能賺上一筆。不過亞斯克爾知道這樣的指望不大。他策馬走向「哲學家之門」——學院大門。他很快辦好手續，也就是在訪客簿上簽名，還有將閹馬牽到馬廄。

在「哲學家之門」後迎接他的，是另一個世界。校園裡的空間不同於一般城市結構，不似小城那般方寸必較。一切看起來幾乎和當初精靈留下的一模一樣：小巧精緻又賞心悅目的樓館之間，交錯著彩石廣道、工法細緻的網狀欄杆、圍牆樹籬、小橋流水、花圃綠地，僅有少數幾處被造於精靈時代之後、又大又醜的建築物覆蓋住了。到處都非常整潔、寧靜而莊嚴——這裡禁止任何形式的貿易與付費服務，更遑論娛樂或肉體上的樂趣。

公園裡，埋首書本和羊皮卷的學生們在小徑上漫步，其餘的則坐在長凳上、草皮上或花圃上溫習功課、互相討論，或是低調地玩著「抓單雙」、「跳馬背」、「疊疊樂」或其他智力遊戲。教授們也在這裡散步，沉浸於談話或辯論之中，舉手投足盡是威儀。年輕講師則將目光緊緊黏在學生背後，四處巡邏視察。亞斯克爾十分高興地做了個結論：學校裡的情況和他當年相比，一點都沒變。

風從三角洲那頭吹來，混著淡淡的海水味，還有一點比海水味更強烈的硫化氫味，那味道是來自鍊金術系——矗立在運河上的宏偉建築物。毗鄰學生宿舍公園的草叢裡，有金翅雀高聲啼唱；而楊樹上頭則坐了一頭猩猩——想必是從自然歷史學系前的動物園跑出來的。

詩人沒有浪費一分一秒，迅速穿過迷宮般的巷道和樹牆。這座校園他瞭若指掌，而這一點也不奇怪——他在這裡唸了四年書，又在吟遊與詩歌系教了一年課。當年他跌破眾家教授眼鏡，以滿分通過畢業考；教職就是在那時獲得的。還在唸書的時候，那些教授對他的評價是懶鬼、浪子和蠢蛋。後來，他帶著魯特琴在各國周遊了幾年，音樂家的名聲也因此跟著遠播。於是，學院開始積極爭取他的到訪及客座演講。亞斯克爾不常答應他們的請求，因為他對飄泊的熱愛總是不斷與舒適、奢華和固定收入奮戰。當然，要奮戰的對象還有一個，那就是他對奧克森福特的喜愛。

他看了下四周。那兩人既沒買陶笛，也沒買笛子或古斯列琴。他們跟在他身後，保持一定距離，假裝專心地研究樹梢和建築物外牆。

詩人輕輕發出一聲哨音，改變行進方向，轉往醫學與草藥學系。通往系館的道路上，擠滿了身著醒目鮮綠色長袍的學生。亞斯克爾仔細地看著他們，試圖找尋熟悉的臉孔。

「莎妮！」

一名年紀很輕、留著齊耳、暗紅色短髮的醫學系女學生，先是從解剖學圖鑑中抬起頭，接著從長凳上站了起來。

「亞斯克爾！」她笑著，一雙眼睛像彎月一樣。「好多年沒見到你了！過來啊，我介紹我的朋友給你認識。她們很喜歡你的詩……」

「晚一點吧！」吟遊詩人輕聲說：「莎妮，妳偷偷看那邊。有看到那兩個人嗎？」

「告密者。」女學生嘟起嘴，不悅地說。這已經不是她第一次讓亞斯克爾感到訝異，這些學生竟能如此輕易就認出那些密探、間諜和線人。雖然實在沒什麼道理，不過這些學生是出了名地討厭特勤人員。校區是很神聖的，屬於治外法權，校內師生更是不可冒犯──那些探員儘管四處打探，卻不敢去招惹或打擾學校裡的人。

「他們從市場那裡跟著我過來。」亞斯克爾說，假意摟住醫學系女學生，向她示愛。「莎妮，妳可以為我做件事嗎？」

「那要看是什麼事。」女孩纖細的頸子突然抖了下，像隻受驚的小鹿。「如果你又做了什麼蠢事……」

「沒有，沒有。」他馬上開口讓她放心：「只想傳個消息，不過我鞋子上沾了這坨大便，自己去不了……」

「要我叫人來嗎?我只要大叫一聲,馬上就可以幫你解決那些間諜。」

「算了吧,妳想引起騷動嗎?板凳區事件才剛結束,妳就已經迫不及待要再鬧一場新的?再說,我討厭暴力。那些間諜我應付得來,而妳呢,要是妳可以……」

他把嘴唇湊向女孩的頭髮,小聲地說了幾句。莎妮的眼睛瞪得老大。

「獵魔士?貨眞價實的獵魔士?」

「天啊,小聲點!妳可以去辦這件事嗎?莎妮。」

「當然。」醫學系的女學生爽朗地笑著:「就衝著可以近距離看到鼎鼎大名的……」

「小聲點,跟妳說過了。要記住,不可以跟任何人說。」

「醫療保密條款。」莎妮笑得更甜了。亞斯克爾再度興起爲她這樣的姑娘作首詩的念頭,而且這回他終於打算付諸行動。像她這樣的姑娘,其實不算很好看,卻讓人覺得很漂亮,晚上甚至還會夢到;而那些一般所謂的美女,通常只要過個五分鐘,馬上就會被人忘得一乾二淨。

「莎妮,謝謝。」

「小事一樁,亞斯克爾。等會兒見,走囉。」

詩人與醫學系女學生兩人互吻臉頰道別後,便快速地朝反方向分頭離開——她往系所,他則往沉思者公園的方向。

亞斯克爾穿過科技系陰沉的現代化建築,學生們都戲稱這棟大樓爲機械神兵【註二】。接著他轉往吉爾登斯騰橋,但沒走多遠,那兩個間諜就已經在某條道路的轉角,立有首位校長尼可戴牧斯·德斯特半身銅像的花圃那兒等他。他們就和全世界的間諜一樣，習慣性地閃避目光接觸。他們也和全世界的間諜一樣，有張蒼白的大眾臉，努力裝得一臉聰明，看起來反而像個二百五。

其中一個間諜開口對他說：「戴斯特拉向你問好。我們走吧。」

詩人一臉無賴地說：「彼此、彼此。你們走吧。」

兩個間諜你看我，我看你，就這樣站在原地不動，直直盯著不知是誰寫在校長銅像底座的一句髒話。亞斯克爾見狀，嘆了口氣。

「我就知道。」他挪了挪肩上的魯特琴說：「我只好萬分無奈，跟著兩位先生走一趟囉？真沒辦法，那我們就走吧。你們走前面，我走後面。現在這個情況下，長者優先！」

□

戴斯特拉是特勤組織首領，聽命於雷達尼亞的維吉米爾王，但他看起來並不像個間諜。間諜一般都是又矮又瘦、獐頭鼠目，還有一雙藏在黑帽子底下、不懷好意的眼睛。戴斯特拉完全不是這種形象。就亞斯克爾所知，他從來不戴帽子，而且只穿淺色衣服。他身長差不多七英呎，體重約莫兩英擔【註二】。當他把雙手交叉在胸前時，看起來就像兩條抹香鯨趴在一條大鯨魚身上。說到他的五官、髮色和膚色——看起來就像隻剛洗乾淨的閹豬。亞斯克爾認識的人之中，沒幾個會像戴斯特拉這樣給人錯誤的印象。這個長得像豬一樣的巨人，雖然老是一副昏昏欲睡、呆頭呆腦的白痴相，卻有無比精明的腦袋。再說，他手裡握的權力可是不容小覷。維吉米爾的宮殿裡盛傳，如果戴斯特拉說現在日正當中，但四周卻一片漆黑，那麼太陽就該擔心自己的命運了。

不過，現在讓詩人擔心的，卻另有原因。

「亞斯克爾，」戴斯特拉把兩條抹香鯨掛到大鯨魚上頭，貌似睏倦地道：「你這個豬腦袋、天字第一號大笨蛋。你每次都要把事情搞砸嗎？你這輩子不能有那麼一次照規矩來嗎？我知道你不會獨立思考。我知道你已經快四十了，雖然你看起來差不多三十，可是你假裝自己才二十出頭，做起事來卻根本像個十歲不到的小孩。就因爲我知道你是這種人，所以我通常會給你很精確的指示。我會告訴你要做什麼、什麼時候去做、該怎麼做，可是我卻覺得一直在對牛彈琴。」

「而我呢，」詩人虛張聲勢地說：「卻老是覺得你張嘴說話，只是爲了要活動活動唇舌。直接切入重點吧，不要扯那些修辭和沒意義的詞藻，你這次又要做什麼？」

在行政大樓的最頂層，堆滿書籍和羊皮紙卷的書架中間，有一張橡木大桌。亞斯克爾與戴斯特拉兩人就坐在桌前。這是開放出租的場地，戴斯特拉戲稱它爲「當代最新歷史學系」，不過亞斯克爾卻叫它作「比較間諜與應用破壞系」。包括詩人亞斯克爾在內，現場總共有四個人。除了戴斯特拉，加入這

【註一】原文爲 deus ex machina，拉丁文，直譯爲英文是 God from the machine，是一種故事安排，當故事情節走到僵局，無法解決時，這時天外飛來一個救兵，解決了所有難題，救兵可能是神仙、上帝等角色，或是劇情出現不合理的轉折。在此應是雙關語，表示天外飛來一棟機械大樓。

【註二】一英擔等於一百磅。

場談話的還有兩個人。一個就和平常一樣，是十分年長、永遠的雷達尼亞間諜首領祕書——歐瑞・羅伊文；另一個卻是非常特殊的人物。

「你很清楚我要的是什麼。」戴斯特拉冷冷地說：「我看你顯然很喜歡裝蠢，所以我不會壞了你的遊戲，我會用簡單的字眼來向你解釋。又或者，妳想要行使這個特權呢？菲莉帕。」

亞斯克爾看了一眼與會中一直沒開口的第四人。女巫菲莉帕・愛哈特一定是剛到奧克森福特沒多久，而且打算馬上離開，因為她既沒穿裙子，也沒戴她最心愛的瑪瑙首飾，更沒有濃妝艷抹。她穿了件男裝短外套、緊身褲和長筒靴，詩人把這種裝扮稱為「田野裝」。女巫平常都是把她那頭深色秀髮披散在身後，不過今天卻紮成髮辮垂在胸前。

「別浪費時間了。」她揚起著未上妝的眉毛說：「亞斯克爾說得對。我們大可以在這裡舞文弄字、高談闊論，而我們要解決的，卻是件很簡單、沒什麼大不了的事。」

「噢，是啊。」戴斯特拉笑道：「沒什麼大不了的事。危險的尼夫加爾德密探本來已經沒什麼大不了地坐在我特雷托格的地牢最深處，卻沒什麼大不了地跑了，又沒什麼大不了地被亞斯克爾和傑洛特兩位先生那沒什麼大不了的愚蠢事跡嚇到，變得神經兮兮。我見過很多人因為一些更沒什麼大不了的事上了斷頭台。為什麼沒報告你們要埋伏的事？亞斯克爾，難道我沒教你通知我獵魔士的所有計畫嗎？」

「我根本不知道傑洛特的打算。」亞斯克爾面不改色地說謊：「而且我有告訴你他去特馬利亞和索登找那個黎恩斯的事。他回來後，我也有報告，我很確定他已經放棄。黎恩斯是真的灰飛煙滅了，獵魔士連他屍體的一點渣都沒找到；而這件事，如果你記得的話，我也跟你說過了……」

「你說謊。」間諜戴斯特拉冷冷地說。「獵魔士找到黎恩斯的蹤跡——成堆的屍塊。也就是那個時候，他決定要改變策略。與其一直追在黎恩斯後頭，他決定等對方自己找上門。他以護衛身分登上馬格公司的駁船，是有預謀的。他知道馬格會大肆宣傳，所以黎恩斯當然也會收到消息，而且肯定會有所作爲。結果黎恩斯先生眞的採取了行動。奇怪又難懂的黎恩斯先生、傲慢又自信的黎恩斯先生，他甚至不想用別名，也不願用假名。那個黎恩斯先生，渾身尼夫加爾德煙囪冒出來的煙臭味，在一哩外就聞得到。他還有巫師叛徒的臭味，對吧？菲莉帕。」

菲莉帕未置可否。她不發一語，仔細審視著亞斯克爾。詩人斂下目光，不太自在地清了清喉嚨。他不喜歡被這樣盯著看。

包含女巫在內，亞斯克爾把有吸引力的女人分成非常親切、親切、不親切，以及非常不親切。非常親切的女人碰到上床的提議時會欣然接受；而親切的女人則是報以「愉悅的笑容」；不親切的女人會用讓人難以預料的方式來回應；至於被歸類到非常不親切的女人，只要光想到向她們提議上床，就會讓詩人覺得背部一陣惡寒、兩個膝蓋不停打顫。菲莉帕．愛哈特雖然非常迷人，卻是百分之百非常不親切。

除此之外，菲莉帕．愛哈特是巫師議會裡的重要人物，也是維吉米爾國王所信任的御用魔法師。她非常厲害，傳說她是少數會使用變形術的人。她看起來像三十歲，不過可能已超過三百歲了。

戴斯特拉將肥胖的手掌交疊在肚子上，拇指不停地相互繞轉。菲莉帕依然保持沉默。歐瑞．羅伊文又是咳嗽，又是吸鼻子，非常坐立不安，而且一直調整他的寬大外袍。那件寬外袍看起來像教授袍，不過不像是從上議院那得到的，反而像在垃圾堆裡找到的。

「不過你的獵魔士低估了黎恩斯先生。」間諜突然咆哮：「他設下埋伏，然後假設黎恩斯會沒事找事、自己乖乖送上門，眞是一點常識也沒有。根據獵魔士的計畫，黎恩斯應該要覺得自己很安全，不會察覺有埋伏、不會發現戴斯特拉放在他身邊的手下。因爲亞斯克爾先生在獵魔士的指示下，沒有向戴斯特拉先生報告這個預先設好的陷阱，而根據亞斯克爾先生先前獲得的指令，可是有義務要這麼做的。在這件事情上，亞斯克爾先生已經收到了清楚而明白的指令，卻故意忽視它。」

「我不是你的屬下。」詩人開口說：「我也不用遵守你的指示和命令。我有時會幫你，不過是自願的，是我對國家的義務，好讓自己在這改變來臨的當頭不至於袖手旁觀……」

「只要有人付你錢，你就會替他當間諜。」戴斯特拉冷冷地打斷他。「只要對你不利的，你都會去告他們的密。而我知道幾件對你非常不利的事，亞斯克爾。所以，不要跟我作對！」

「你嚇唬不了我！」

「要賭賭看嗎？」

「男士們，」菲莉帕．愛哈特舉起手說：「如果我可以要求的話，請兩位嚴肅點，別把話題扯遠了。」

「的確。」戴斯特拉靠到椅背上說：「聽著，詩人。發生的事就是發生了，不可能重來。黎恩斯已經提高警覺，不可能再被設計。不過我不允許類似的事情再次發生，所以我想和獵魔士見個面。把他帶來我這裡，不要再在小城裡到處亂晃、企圖甩掉我的探員。直接去找傑洛特，帶他過來，到系上來。我得和他談談，面對面，就我們兩個，沒有其他人在場；若我要逮捕獵魔士，也不會引起太多騷動或張揚。亞斯克爾，帶他來找我。就這樣，我目前要求的就這麼多。」

「傑洛特已經離開了。」詩人一臉淡定地扯著謊。戴斯特拉看了女巫一眼。亞斯克爾繃緊神經，準備好接收探查自己腦部的脈波，不過什麼也沒感覺到。菲莉帕看著他，眨了眨眼睛。看來，她不打算用魔法來檢視他話裡的虛實。

「我等他回來。」戴斯特拉假意相信地說：「我要找他的事很重要，所以我會修改行事曆好等獵魔士回來。要是他回來了，就把他帶過來。越快越好，對很多人都好。」

「要說服傑洛特到這裡來，」亞斯克爾皺著眉頭：「可能會有些困難。你想一下，他可是莫名地討厭間諜。雖然他似乎也明白這只是一份工作，和其他人沒什麼兩樣，但他就是痛恨做這份工作的人。就像大家常說的，爲了國家，人人都可以成爲間諜，不過眞正會去當間諜的，也只有那些徹頭徹尾的大壞蛋和最下流的……」

「夠了，夠了。」戴斯特拉隨意地揮了揮手說：「不要扯那些陳腔濫調，拜託，那些陳腔濫調太乏味、太庸俗了。」

「我也這麼覺得。」吟遊詩人一臉不快地說。「不過獵魔士是個沒心眼、直腸子的好人，哪比得上我們這些見過世面的。他就是看不起間諜，不管怎樣都不會想和你說話；要想他幫特勤組織的忙，更是連提都不用提，而且你手上沒有他的把柄。」

「你錯了。」間諜說：「我有，而且還不只一個。不過現在只要有馬格船上發生的那件事就夠了。你知道登船的那些是什麼人嗎？他們不是黎恩斯的人。」

「這我早就知道了。」詩人毫不在意地說：「我很確定那幾個是強盜，特馬利亞守將裡多的是。黎恩斯到處打聽獵魔士，他大概也說了願意付一筆不少的錢來換獵魔士的下落。很明顯，他很在意獵魔士。所以就有些個滑頭的傢伙想去抓傑洛特，把他關到哪個洞裡，等談好價錢後再賣給黎恩斯。畢竟光是只賣消息的話，他們大概拿不到多少，甚至可能連一毛都沒有。」

「有這麼好的洞察力，真是可喜可賀呀！當然，我指的是獵魔士，不是你，你根本就想不出這種點子。不過，事情比你想像中的還要複雜。也就是呢，我的同伴——佛特斯特國王的特勤組織人員，也對黎恩斯先生有興趣。他們看過那些你稱作『滑頭傢伙』的人的計畫。登上駁船的是他們，想抓獵魔士的也是他們。也許是想把獵魔士拿來當作抓黎恩斯的餌，又或者是別有目的。亞斯克爾，獵魔士在角樹灣幹掉了幾名特馬利亞特務，他們的老大非常、非常不高興。你說傑洛特已經走了？但願他不是去特馬利亞，否則他可能就回不來了。」

「這就是你所謂的把柄？」

「怎麼？就是這個。我可以幫他調解特馬利亞人那件事，不過，是有代價的。獵魔士上哪兒去了？亞斯克爾。」

「去拿威格拉德了。」吟遊詩人想都沒想就撒了謊：「他去那裡找黎恩斯。」

「錯了，錯了。」間諜假裝沒發現他在撒謊，笑著說：「你看，他沒有克服自己的厭惡、沒來和我聯繫，真是可惜了。黎恩斯不在拿威格拉德，不過特馬利亞在那邊的特務倒是多得數不清。他們應該在等獵魔士吧。他們已經想到我很久以前就知道的重點——只要用對的方式問，利維亞來的獵魔士傑洛特就會回答很多問題，那些四國特勤組織也都開始偷偷問他們自己的問題。事情很簡單，讓獵魔士到這裡，到系裡來，回答我幾個問題，這樣他就沒事了。我會去安撫特馬利亞人，保證他的安全。」

「你要問的是什麼問題？說不定我可以回答？」

「別逗了，亞斯克爾。」

「但話說回來，說不定他可以？」菲莉帕・愛哈特突然出聲：「說不定他可以幫我們省點時間？別忘了，戴斯特拉，這件事也牽扯到我們的詩人，他現在在我們手裡，但獵魔士還沒。有人在喀艾德看到傑洛特跟個孩子一起。那孩子在哪？那個灰髮綠眼的小女孩。就是黎恩斯在特馬利亞把你抓起來拷打，想問的那一個。怎樣？亞斯克爾，你對那個小女孩知道多少？獵魔士把她藏在哪裡？葉妮芙接到傑洛特的信後上哪兒了？特瑞絲・梅莉戈德躲在哪裡？她爲什麼要躲起來？」

戴斯特拉沒有動作，不過從他快速瞥了女巫一眼看來，亞斯克爾知道這個間諜心裡其實大爲吃驚。很顯然，菲莉帕太早提出這些問題，而且問的人也不對。這些提問看起來很草率、很不小心，但問題在於，你可以怪菲莉帕・愛哈特任何事，就是不能說她草率和不小心。

亞斯克爾慢條斯理地說：「很遺憾，這些問題的答案我一個都不知道。要是我知道，我會幫你們，不過我不知道。」菲莉帕直盯著他的眼睛。

「亞斯克爾，」她把話從牙縫裡一個字一個字擠出來，「要是你知道那個小姑娘在哪，就告訴我們。我向你保證，不論是我或是戴斯特拉，都很關心她的安危。她現在的處境有危險。」

「我一點都不懷疑你們的出發點。」詩人假意說：「不過我真的不知道你們在說什麼。我這輩子還沒看過有哪個小孩可以讓你們這麼感興趣的，而傑洛特……」

「傑洛特沒讓你知道這個祕密。」戴斯特爾打斷他說：「我相信你一定問過他很多問題，不過他連一個字也沒跟你說。眞有趣，這是爲什麼呢？你怎麼看呢？亞斯克爾，難道這個沒心眼又討厭間諜的老實人，有察覺到你其實是哪種人嗎？放過他吧，菲莉帕，這是在浪費時間。他什麼都不知道，不要被他故作聰明的樣子和若有深意的笑容給騙了。他只有一個方法幫得上我們。獵魔士現身時，會和他聯絡，不會去找別人。試想一下，獵魔士把他當成朋友。」

亞斯克爾慢慢地抬起頭。

「是啊。」他附和著：「我在他心目中就是這樣。而你想想，戴斯特拉，這不是沒有原因的啊。你就接受它，然後下個結論吧。你有結論了嗎？那你現在可以就改用威脅的了。」

「哇！」間諜笑著說：「你對這點還眞敏感。不過別不高興，詩人。我只是開玩笑。我們兄弟間談什麼威脅？別提這個了。至於你的獵魔士，相信我，我希望他沒事，更不想傷害他。誰曉得，說不定我和他會談得來，創造雙贏的局面？不過要達成這個目標，我得和他見到面。只要他一露面，就帶他到我這來。拜託你了，亞斯克爾。我是很認眞在拜託你。你知道我有多認眞嗎？」

詩人哼了一聲。

「我知道你有多認眞。」

「我願意相信這是眞的。好了，你現在可以走了。歐瑞，送吟遊詩人先生去門口吧。」

「再會了。」亞斯克爾站了起來。「願你的事業與人生都能順順利利。菲莉帕，請保重。喔！戴斯特拉！撤掉那些跟在我後頭閒晃的探員吧。」

「當然。」戴斯特拉虛與委蛇著：「我會撤掉他們。難道你不相信我嗎？」

「哪兒的話。」詩人也說著反話：「我相信你。」

□

亞斯克爾在校園裡一直玩到傍晚。他不斷地突擊查看，可都沒見到監視自己的間諜蹤跡。而這就是最讓他擔心的事。

他先在吟遊系聽完一堂古典詩歌，接著又在現代詩歌研討會上香香甜甜地睡了一覺。他是被幾個認識的講師叫醒的，還和他們一起去了哲學系，參加那個長久以來總是爭辯不斷的「生命的存在和起源」討論。天還沒黑，參加辯論的人已經有半數喝得爛醉，剩下的則相互叫罵，隨時準備開打。現場的喧鬧簡直難以形容，而這一切正好合詩人的意。

他悄悄溜上閣樓，爬出氣窗，順著排水管滑到圖書館屋頂，再跳到解剖室上頭，還差點沒摔斷腿。他從那邊進到圍牆旁的花園，找到茂盛鵝莓叢中的一個洞。這個洞是當年他還在當學生的時候，親手拓寬的。出了這個洞之後便是小城奧克森福特。

他先是隱入人群，然後閃進一旁的小巷弄裡，像隻被獵犬追趕的兔子般不停竄來竄去。最後，他來到馬車房，躲在黑暗中靜靜等了半個多小時。等到確定沒有任何可疑之處，才爬著梯子上到茅屋頂，再跳到旁邊那戶人家的屋頂上，那是他認識的啤酒釀造商沃夫剛．亞馬德伍士．寇吉布羅德的房子。他攀著長滿青苔的瓦片，費盡千辛萬苦終於來到要找的那間閣樓窗前。透過窗子看進去，屋裡正點著油燈。亞斯克爾踩在不太牢固的排水管上，輕輕敲了下木製窗框。窗戶沒上鎖，只消輕輕一推便開了。

「傑洛特！喂！傑洛特！」

「亞斯克爾？等一下……等等，別進來……」

「什麼？別進來？什麼意思叫『別進來』？」詩人把窗戶推開。「你不是一個人嗎？難道你剛好在『辦事』嗎？」

他沒等傑洛特回答，也根本不打算等，就直接爬上窗台，把擺在上頭的蘋果和洋蔥都撞到地上。

「傑洛特……」他才剛順下一口氣就馬上凝住，小聲地罵了一句。地板上有一件淺綠色醫學院女生制服。他吃驚地張大了嘴，又罵了一聲。他萬萬料想不到會發生這種事。

「莎妮……」他搖著頭說：「就讓我……」

「什麼都別說，拜託你了。」獵魔士坐到床上，而莎妮則是抓起床單把自己遮住，只露出鼻子以上的部分。

「喂，進來吧！」獵魔士抓起褲子說：「既然你是爬窗戶來的，那一定是很重要的事。因爲如果不重要，我馬上就把你從同一扇窗丟出去。」

亞斯克爾爬下窗台，把上頭僅存的洋蔥也撞掉了。他拉過板凳，坐了下來。獵魔士從地上撿起莎妮和自己的衣服，不發一語靜靜地穿衣。他的表情看起來並沒有很開心。醫學院女學生躲在他背後和襯衫奮戰。詩人大剌剌地觀察她，腦子裡不停思索著比喻和押韻，好形容她在火炬照耀之下的金色肌膚，以及小巧的胸形。

「到底什麼事，亞斯克爾？」獵魔士把鞋釦扣上。「說啊。」

「把東西收一收。」他不帶感情地說：「你得趕快離開。」

「要多快？」

「非常快。」

「莎妮……」傑洛特清了清喉嚨：「莎妮跟我說了跟蹤你的那些間諜。就我所知，你把他們甩掉了？」

「你什麼都不知道。」

「黎恩斯？」

「更糟。」

「那我真的不懂了……等一下，雷達尼亞人？特雷托格？戴斯特拉？」

「你猜對了？」

「不過這還不是理由……」

「這個理由就夠了。」亞斯克爾打斷他說：「傑洛特，他們已經不管黎恩斯了。他們要的是小女孩和葉妮芙。戴斯特拉想知道她們在哪裡，他會逼你說出來，現在你懂了嗎？」

「現在懂了，所以我們閃吧。要走窗戶嗎？」

「當然。莎妮?妳可以嗎?」

醫學系女學生把身上的長袍順了順。

「這不是我這輩子的第一扇窗。」

「我就知道。」詩人仔細看著她,希望能看見值得入韻和隱喻的潮紅。不過他失算了,在那雙琥珀色眼睛和大刺刺的笑容裡,他看到的只有喜悅。

一隻巨大的灰色貓頭鷹無聲無息地滑進窗子,停在窗台上。莎妮驚呼一聲,傑洛特則是抄起劍。

「別鬧了,菲莉帕。」亞斯克爾說。

貓頭鷹瞬間消失,取而代之的是菲莉帕·愛哈特蹲在貓頭鷹原本的位置,不過姿勢不太優雅。女巫跳進房間,順了順頭髮和衣服。

「晚安。」她十分冷淡地說:「亞斯克爾,幫我介紹一下。」

「這是利維亞的傑洛特,這是醫學院的莎妮。而這個如此狡猾、懂得跟在我後頭的貓頭鷹,根本就不是貓頭鷹,她是巫師議會的菲莉帕·愛哈特,目前受聘於維吉米爾國王,特雷托格皇宮裡的大紅人。」

「這樣就夠了。」女巫一屁股坐到詩人讓出來的凳子上,意味深遠地掃視了在場的人,尤其是莎妮,她多看了兩眼。令亞斯克爾驚訝的是,醫學系女學生竟然瞬間臉紅。「眞可惜,我們這裡只有一張椅子。」

不一會兒,菲莉帕開了口:「基本上,我到這裡來的原因,只和利維亞的傑洛特有關。不過我也知道,不管是請這裡的哪個人離開,都不太禮貌,所以……」

「我可以離開。」莎妮猶豫地說。

「妳不可以。」傑洛特低聲說：「在情況未明之前，沒有人可以離開，不是嗎？愛哈特小姐？」

「你可以叫我菲莉帕。」女巫勾起一抹微笑說：「那些繁文縟節就別管了。沒人要離開，在場沒人會妨礙我，最多就是讓我感到意外而已。不過這也沒什麼，生命本身就是一連串意外……就像其中一個我認識的女子說的……就像我們共同認識的那個女子說的，傑洛特。莎妮，妳唸醫科？幾年級？」

「三年級。」女孩咕噥著。

「喔！」菲莉帕．愛哈特的目光並沒落在她身上，而是看著獵魔士。「十七歲，真是個美麗的年紀。要是可以回到這個年紀，葉妮芙該會願意付出一大筆代價。你覺得呢？傑洛特，話說回來，有機會的話，我會自己問她。」

這話讓獵魔士笑得很難看。

「我相信妳一定會去問。我相信妳會再加上一些論點，讓問題變得更精彩。我相信這一定讓妳覺得非常有趣。現在，麻煩回到正題吧。」

「說得沒錯。」女巫一臉嚴肅地點點頭。「也該是時候了，而你的時間不多。亞斯克爾一定已經跟你說了，戴斯特拉突然非常有興趣與你見面，和你聊一聊，好知道某個小女孩的所在。戴斯特拉是奉維吉米爾國王之命，所以我想他會盡其所能讓你說出那個地方。」

「當然，謝謝妳的警告。只是，有一點讓我有些訝異。妳說戴斯特拉得到國王的命令，那妳就沒有收到任何指令嗎？妳在維吉米爾的議事桌上坐的可是重要的位置。」

「沒錯。」女巫臉上沒有一絲嘲弄。「我的確是坐在重要的位置。而我很認真看待自己的義務，也就是在國王做出錯誤的決定前先提醒國王。有時候，就拿這件事來說好了，我不能直接告訴國王他的錯誤，要他別草率行事。我只得讓這個錯誤沒辦法發生。你懂我的意思嗎？」

獵魔士用點頭代替回應。亞斯克爾不禁懷疑他是不是眞的了解，畢竟菲莉帕顯然謊話連篇。

「所以我看，巫師議會也對我保護的對象有興趣囉。」傑洛特說得很慢，表現出非常理解對方的樣子：「那些巫師渴望知道我的保護對象在哪裡，而且想在維吉米爾或其他人之前找到她。爲什麼？菲莉帕，我的保護對象有什麼特別嗎？爲什麼會引起這麼大的關注？」

女巫瞇起雙眼。

「你不知道？」她噓了一聲說：「你這麼不了解你保護的對象？我不想輕易下結論，不過如此缺乏知識，代表你身爲保護者的資格根本等於零。說眞的，我很訝異，你這麼不了解情況，也沒有全盤資訊，還決定要當保護者。不只這樣，你還決定要從那些有資格、也有權利的人手上拿走保護權，還當著他們的面問爲什麼。小心了，傑洛特，別被傲慢沖昏頭，要提高警覺。還有，保護好那孩子，天殺的！要把那女孩當成是你的生命來保護！要是你自己一個人辦不到，那就拜託其他人！」

有那麼一刻，亞斯克爾以爲獵魔士會暗示葉妮芙在這件事上所扮演的角色。傑洛特沒有冒任何一絲風險；他大可反駁菲莉帕，卻選擇保持沉默。詩人可以想見其中緣由——菲莉帕什麼都知道了。菲莉帕提出了警告，而獵魔士聽懂了。

亞斯克爾專心地觀察他們的眼神和表情，猜想這兩人過去是否有過任何關聯。他知道獵魔士和女巫們說話雖然總是夾槍帶棍，最後卻常常在床上收尾。不過，就像平常一樣，光是這樣觀察，對他來說一點成效都沒有。要知道獵魔士有沒有跟誰扯上關係只有一個辦法，就是要在適當時機破窗而入。

又過了一會兒，女巫說：「所謂的照顧，就是保護一個無法確保其自身安全的人，將其安危的責任攬在自己身上。要是你暴露了保護對象的行蹤……要是她遭遇不幸……那麼你就得擔起這個責任，傑洛特。責任全都歸咎於你。」

「我知道。」

「我恐怕你知道的依然不夠。」

「所以就爲我開示一下吧。是什麼導致這麼多人突然想將我從這份重擔中釋放出來，而且還爭先恐後地想接手，去照顧我保護的對象？巫師議會想從奇莉身上得到什麼？戴斯特拉和維吉米爾國王想從她身上得到什麼？特馬利亞人想從她身上得到什麼？那個黎恩斯想從她身上得到什麼？他在索登和特馬利亞已經殺了七個人，而那七人在這兩年前都曾與我，以及那女孩接觸過。只爲了打探那女孩的消息，他甚至差點把亞斯克爾給殺了。菲莉帕，這個黎恩斯到底是誰？」

「我不知道。」女巫答道：「我不知道這個黎恩斯是誰，不過和你一樣，我也非常想知道答案。」

「這個黎恩斯的臉上是不是有三度灼傷的疤痕？」莎妮突然開口問。「如果是的話，那我知道他是誰。而且，我還知道他在哪裡。」

現場突然陷入一片沉默，一顆顆雨珠開始落到窗外的排水管上。

殺人就是殺人，不管動機或情勢爲何。因此殺人者或欲殺人者，不論其身分爲何，即使貴爲國王、皇族、首長或法官，皆屬違法亂紀之徒。任何打算使用暴力並付諸行動者，都沒有權利認爲自己比尋常罪犯來得高貴。因爲，所有的暴力本身必會導向犯罪。

《人生、幸福與財富的沉思》

——倪柯戴慕斯・德步特

第六章

「我們不要做出錯誤的決定。」雷達尼亞國王維吉米爾，用戴滿戒指的手指梳過耳上的頭髮，說：「不管是決策錯誤或情勢誤判，我們都承擔不起。」

在場眾人靜默不語。亞丁統治者戴馬溫癱坐在椅子上，直盯著擱在肚子上的啤酒杯。特馬利亞、彭達爾、馬哈喀姆和索登的共主，也就是不久前才當上布魯格【註】宗主的佛特斯特，轉過頭看著窗外，向在座諸位展現他高貴的側面輪廓。喀艾德之王韓瑟頓則安穩坐於桌子另一端；他蓄了一臉落腮鬍，像個土匪，細小的雙眼銳利地掃過與會眾人。利里亞女王蜜薇一邊思索，一邊把玩頸子上那串大紅寶石項鍊，偶爾吸著美麗的豐唇，讓人讀不清她的思緒。

「我們不要做出錯誤的決定。」維吉米爾重申：「因爲錯誤的決定可能會讓我們付出極高的代價。我們得汲取他人的經驗。五百年前，我們的祖先登上灘頭時，那些精靈也是把頭埋進沙裡。我們瓜分豆剖他們的國家，他們卻步步退讓，以爲每一次退讓都是最後的底線，以爲我們不會再往前逼近。我們要放聰明點，因爲現在換我們了！現在我們就像當年的精靈。尼夫加爾德人就站在亞魯加河畔，而我在這裡聽見：『隨他們去吧！』、『他們不會再往前了。』你們看著吧，他們一定會再度向前逼近。我再說

【註】布魯格原是獨立國家，在尼夫加爾德來犯後，臣服於佛特斯特，成了特馬利亞的附庸國。

一次，不要重蹈精靈的覆轍！」

雨點再度打在玻璃窗上，一陣怪風呼嘯而過。

女王蜜薇抬起頭，覺得好像聽見渡鴉與冠鴉在嘎嘎啼叫。不過，那只是風。風和雨。

「不要拿精靈跟我們比，」喀艾德的韓瑟頓說：「你這樣是在貶低我們。精靈根本不會打仗，早在我們的祖先到來之前，他們就已躲進山林，可說是拱手把一切讓給我們的祖先，但我們可是讓尼夫加爾德人見識過冒犯我們的下場。你用尼夫加爾德嚇唬不了我們，維吉米爾，不要散播這種論調。你說，尼夫加爾德已經兵臨亞魯加？我說尼夫加爾德還乖乖待在河的另一岸，像隻鵪鶉一樣躲著不敢出聲，因爲他們可是在索登丘下被我們扒過皮、拆過骨！我們把他們的軍隊打得落花流水；更重要的是，也徹底擊潰他們的士氣。」

「聽說當年恩菲爾·法·恩瑞斯十分反對讓已經緊繃的態勢升高至此，而襲擊琴特拉的，變成是他的某方敵人。我不知道這消息是眞是假。我想，要是可以打敗我們，他大概會鼓掌叫好，再到處去分封打賞。可是索登一役後，他卻突然變成反戰派，把所有錯都推到他那些將軍頭上，都是他們自作主張。也正因如此，當時掉了不少顆腦袋，斷頭台上血流成河。這些都是千眞萬確，絕非小道消息。除了那八場愼重的處決外，還有更多低調的處刑。有幾個人的死看似自然無奇，實則撲朔迷離，還有不少人也突然退休。我告訴你們，恩菲爾瘋了，連帶把自己的政治生涯也給毀了。現在要叫誰來帶領他們的軍隊？那些百夫長嗎？」

「不，不是百夫長。」亞丁的戴馬溫冷冷道：「是那些頗有能耐的年輕軍官。他們一直以來就是在等這種機會，而且恩菲爾從很久以前就開始訓練他們。那些老一輩的將領不讓他們發號施令，不給他們升官晉級。不過這些有能力帶頭的年輕人早就小有名氣。去鎮壓梅提那與納澤爾抗爭的就是他們，頃刻間把艾冰格的反抗軍打個落花流水的也是他們。這些領軍重視側翼包圍部隊、迂迴騎兵隊、奇襲步兵隊及登陸部隊。他們採用的是策略——選定方向，給敵人致命痛擊；圍攻堡壘時，他們靠的是新式技術，而非不穩定的魔法。絕對不能小看他們。他們急著想過亞魯加河，想證明自己已經從老一輩將領的錯誤中學到教訓。」

韓瑟頓聳聳肩道：「要是他們有學到教訓，就不會想越過亞魯加河。掌控琴特拉與維爾登交界河口的，還是艾爾維爾和他底下的那三個據點——那斯洛格、洛茲羅格、波得羅格。這些據點可不是三兩下就能拿下來的，不管哪種最新技術都派不上用場。我們的側翼也有奇達里士的艾塔因王派艦隊守著，多虧那艦隊我們才可以掌握沿海局勢；當然也多虧了斯格利加的海盜。如果你們還記得的話，克萊依特的克萊赫伯爵並沒有和尼夫加爾德簽停戰協議，而是不斷地啃咬、突擊他們，還燒了他們各省的臨海據點和碉堡。尼夫加爾德人給他起了個外號提爾斯伊斯穆伊雷——海上的野豬，甚至拿他來嚇唬孩子！」

維吉米爾掛著嘲諷的笑容說：「嚇唬尼夫加爾德的孩子，可不能保證我們的安全。」

「是不能。」韓瑟頓表示同意：「不過，有另一件事能保證我們的安全。既然恩菲爾．法．恩瑞斯沒拿下河口與河岸，而且還有一翼暴露在外，就算他想把軍隊送到亞魯加河右岸，也沒有能力確保部隊補給無虞。什麼奇襲步兵？什麼迂迴騎兵？真是好笑。一旦過了河，不出三天，他們的大軍就會困在那裡。一半得守在據點四周，剩下的就只能到處亂晃，在地上東翻西找，看能不能挖到些飼料或食物。等那些鼎鼎大名的騎兵把自己的馬都吃得差不多了，我們就再給他們來一個索登之役。天殺的，我還眞希望他們過河來！不過你們不用怕，他們不會過來。」

「假設，」利里亞的蜜薇突然開口：「他們不會渡河。假設，尼夫加爾德人只會在那邊等著。可是，我們想想，這樣對誰有利？我們還是他們？是誰可以這樣一直耗下去，誰不行呢？」

「就是啊！」維吉米爾附和道：「蜜薇平常雖然不多話，但總能點出事情的癥結。各位，恩菲爾有的是時間，可是我們沒有。你們難道沒看見現在是什麼情況嗎？尼夫加爾德三年前動了山坡上一顆小石子，然後就安安穩穩地等著看小石子造成大雪崩。他們只要在一邊等著，那些石子就會一顆接一顆地滾下山坡。因爲對某些人來說，這第一顆石子就像塊無法動搖的巨岩。現在既然證明了只要稍稍推一下那顆石子，就能讓它開始滾動，其他能藉這場雪崩受益的人也就跟著現了身。從青紫山那邊開始，整個布來梅爾沃德裡到處都是精靈突擊隊，這已經不是零星抗爭，而是場戰爭。看著吧，那些布蘭薩納之谷的自由精靈會加入他們，馬哈喀姆的矮人也會跟著反抗，布洛奇隆的德律阿得膽子也越來越大。這是戰爭，規模浩大的戰爭。這是場內戰，我們的內戰，而尼夫加爾德就坐在一旁等待……你們想，時間是站在誰那邊呢？斯寇亞塔也的突擊隊裡都是些三、四十歲的精靈，不過他們可以活到三百歲！他們有的是時間，可我們沒有！」

「斯寇亞塔也的確宛如我背上的芒刺。」韓瑟頓很直接地說：「他們癱瘓我的貿易和運輸，還去恐嚇農民……是該做個了斷！」

「要是非人類想要戰爭，那就給他們戰爭。」特馬利亞的佛特斯特接著說：「我一向主張和解與共存，不過要是他們想試試自己的能耐，那我們就來看看誰的拳頭比較大。我已經準備好了，保證六個月內就能把特馬利亞跟索登的松鼠全數殲滅。我們的祖先已經用精靈之血洗染過這片土地一次。我認爲那是場悲劇，卻看不見其他解決辦法，悲劇即將重演。我們得平定那些精靈。」

「只要你一聲令下，你的大軍就會開向精靈。」戴馬溫點著頭說：「不過他們也會開向平民百姓嗎？開向那些被你徵召爲步兵的農家子弟？開向公會？開向那些自由城市？正如維吉米爾所說，斯寇亞塔也只是這場雪崩裡的小石子。事實就是如此，各位不必這麼盯著我看！鄉村和小鎮間已經開始傳言，說農夫和工匠在尼夫加爾德佔領的土地上，生活要來得更輕鬆、自由、富裕。聽說那邊的商會享有更多特權……他們把尼夫加爾德工廠裡的貨品淨往我們這裡倒。在布魯格與維爾登那裡，他們的錢甚至取代了當地貨幣。要是我們光坐在這裡，不採取任何行動，我們將走向滅亡。我們會被捲入衝突，被扯進叛變平息和暴動鎮壓之中，會逐漸依賴尼夫加爾德的強大經濟。我們將會滅亡，會在自己那塊封閉的角落中窒息，因爲，你們要知道，現在尼夫加爾德切斷往南的路，可是我們得持續發展、得向外擴張，否則，我們的子孫將無立足之地！」

在場的人全都靜默無語，雷達尼亞的維吉米爾重重地嘆了口氣，拿起桌上的酒杯緩緩喝著。沉默持續籠罩屋內，雨水不斷地打在窗上，風聲颯颯，將窗扉拍得嘎嘎作響。

最後，韓瑟頓終於開口：「現在說的這一切不安，就是尼夫加爾德的傑作；就是恩菲爾的使者在煽動那些非人類，四處鼓吹、引起動亂。就是那票人把金子往公會和商會裡倒，給他們更多特權；就是那票人承諾那些男爵和公爵，一旦將我們這些王國都收歸爲他的省分，就會給予他們更高的地位。我不知道你們那邊情況如何，不過喀艾德突然跑出一堆祭司、傳教士、算命師，還有其他一些狗屁倒灶的神祕主義者，到處嚷著世界末日……」

「我這邊也一樣。」佛特斯特附和道：「該死，那麼多年都相安無事。自從我祖父讓那些祭司知道哪裡是他們該待的地方、大幅縮減他們的人數後，剩下來的那些也都知道要將重心改放在一些有益處的事物上。他們鑽研書目，教授孩童，治療病患，接濟貧殘和無家可歸之人，沒有插手政治。可現在他們突然醒了，在神殿裡對著下層民眾胡言亂語，那些賤民聽著聽著，終於聽明白為何他們的生活會如此困苦。不過這些我都可以容忍，因為我不像我的祖父那般浮躁，也對身為一國之主的權威和尊嚴沒有那麼敏感。再說，要是隨便一個腦袋不清楚的狂熱分子開口一吼，就能傷及我的威嚴，那這算哪門子尊嚴，又算哪門子權威？不過我的耐性已經被磨光了。最近他們講道的主題大多繞在南方來的『救世主』身上。你們聽見了嗎？南方來的！從亞魯加河的另一邊來！」

「白色之焰。」戴馬溫喃喃說：「白冬降臨，熾光隨後而至。透過白色之焰與白色女王，世界將再度重生……這些我也有所耳聞。這是精靈的預言師，艾玟年之女——伊特莉娜的可笑預言。有個禿驢在凡格爾堡的市集上鬼叫，我要人把他抓了過來；用刑者很客氣地問了這個預言師老半天，他到底拿了恩菲爾多少金子……不過這個傳教士只吐出一些跟『白色之焰』和『白色女王』有關的話……其他什麼都沒說。」

「小心點，戴馬溫。」維吉米爾皺著眉說：「別塑造出什麼烈士，因為恩菲爾打的就是這個算盤。你可以抓尼夫加爾德的特務，不過別去動那些祭司，那後果可能不堪設想。他們對人民依然很有影響力，也很受人民尊重。松鼠可能會導致城市或農村暴動，已經夠讓我們傷腦筋了。」

「該死！」佛特斯特哼了一聲。「這個不能做，那個不能試，什麼都不准……我們聚在這裡，就是爲了要討論不能做什麼嗎？戴馬溫，你把我們拉來哈格堡，爲的就是讓我們一起抱頭痛哭、感歎自己的軟弱與無力嗎？我們該行動了！得做些什麼才行！不能讓現在這些事再繼續下去！」

「我從一開始就建議過了，」維吉米爾挺起身。「我們應該要有所行動。」

「怎麼做？」

「我們可以做什麼？」

沉默再度籠罩現場。風聲蕭蕭，吹得窗扉不停敲打城牆。

「怎麼了？」蜜薇突然開口：「你們全都看著我？」

「我們在欣賞妳的美。」韓瑟頓的聲音從啤酒杯裡透出來。

「的確。」維吉米爾贊同著：「蜜薇，我們都知道，不管在什麼情況下，妳總是有辦法找到出路。妳有女人的直覺，是個充滿智慧的女性……」

「少給我灌迷湯。」利里亞女王把雙手交疊在腿上，若有所思地看著繡有狩獵場景的暗色掛毯；一群大步奔躍的獵犬正張嘴咬向一頭白色獨角獸。*我這輩子從沒見過獨角獸*，蜜薇心想。*從來沒有。我想我大概也沒機會見識吧。*

過了一會兒，她將目光從掛毯收回，開口道：「現在這個情況，讓我想起了利里亞堡裡某個漫長冬夜。那時，總好像有什麼事情要發生似的。我丈夫不停思索，想著怎樣把下一個宮女弄到手；元帥想方設法，希望能發動戰爭，好讓自己名留千古；巫師自以爲是一國之主，僕役不願盡服侍的本分；弄臣顯得悲傷陰鬱，無趣至極；狗兒哀聲嚎叫，貓兒則抱頭大睡，完全不理睬桌上放肆的鼠輩。所有人好像都在等待什麼。所有人都懷著敵意地看我。而我……我那時……就給他們好看。我讓所有人都見識到我的能耐，就連城牆也被我撼動，鄰近的熊也都從冬眠的洞穴中醒了過來，眾人腦子裡的愚蠢想法也因此消失得無影無蹤。霎時間，所有人都明白了，這裡是誰當家作主。」

現場沒有人搭話。風又更加肆虐了。守城衛兵隔著一段距離，有一搭沒一搭地聊著。雨水快速打在木製窗框上，敲擊出瘋狂的斷音。

「尼夫加爾德正在一旁伺機而動。」蜜薇把玩著頸鏈，緩緩地說下去：「尼夫加爾德正在觀察我們。空氣中透著一股騷動，一大堆人腦子裡滿是愚蠢的想法。到時，就讓大家見識一下我們的能耐，讓他們看看誰才是這裡眞正的君王。讓我們來撼動這座蟄伏冬季的堡壘！」

「掐死那些松鼠！」韓瑟頓馬上接話：「展開一場盛大的聯合軍事行動，血洗那些非人類。讓精靈之血，從源頭到河口，流滿彭達爾、溫萊赫和布宜那！」

戴馬溫也皺起眉頭認眞思索，然後提議：「派出大軍去摧殘蹂躪布蘭薩納之谷的自由精靈。派干預部隊去馬哈喀姆。不要再攔著維爾登的艾爾維爾，讓他去拿下布洛奇隆的德律阿得。就是這樣，血洗非人類！至於那些僥倖存活的，就全都關到保留區去！」

「讓克萊依特的克萊赫去攻打尼夫加爾德的河岸。」維吉米爾接著說：「然後叫奇達里士的艾塔因派艦隊去支援他，讓戰火從亞魯加河燒向整個艾冰格！我們要展現實力……」

「不夠。」佛特斯特搖著頭說：「這些都不夠。應該要……我知道該怎麼做。」

「那就說啊！」

「琴特拉。」

「什麼？」

「把琴特拉從尼夫加爾德人手裡拿回來。我們要渡過亞魯加，主動出擊。趁現在殺他們個措手不及，把他們丟回馬爾那達爾的另一頭。」

「怎麼丟？我們剛剛才說過，亞魯加河對大軍來說是不可跨越的鴻溝……」

「那是對尼夫加爾德來說。但這條河是我們控制的，我們手裡握著河口跟補給線，我們的兩側有斯格利加、奇達里士，還有維爾登的據點幫我們看著。對尼夫加爾德來說，要把四、五萬人送過河，肯定要費很大的勁。但我們的話，卻可以送更多人去左岸。嘴巴不要張得那麼大，維吉米爾。你不是想要個契機來打斷這場等待嗎？一個戲劇性的契機？一個讓我們再度坐實王座的契機？這個契機將會是琴特拉。琴特拉會讓我們團結一致，因爲琴特拉是個象徵。你們想想索登！當時要不是有琴特拉大屠城，以及卡蘭特的壯烈成仁，就不會有那樣的勝利。當時是勢均力敵，誰也沒想到我們會把他們打得那麼慘。可我們的軍隊像狼群、瘋狗那樣直撲他們咽喉，爲的就是要替琴特拉獅后報仇雪恨。有些人的怒火，連灑在索登曠野上那片血海也無法將之澆熄。想想克萊依特的克萊赫，那頭海上的野豬！」

「這話倒說得沒錯。」戴馬溫點點頭說：「克萊赫發誓會讓尼夫加爾德血債血償。他要替在馬爾那達爾被殺的艾斯特·圖利瑟阿赫報仇，還有卡蘭特。一旦我們登上左岸，克萊赫一定會動員整個斯格利加來支援我們。我以眾神之名發誓，我們有機會成功！我贊成佛特斯特說的！不要光是在這裡等，要先發制人，要解放琴特拉，把那群狗娘養的全都趕回亞梅兒山脈那一端！」

「別激動。」韓瑟頓吼道：「別那麼急著去捻虎鬚，畢竟這還是頭活生生的老虎。這是第一點。第二點呢，要是我們率先出擊，那會讓自己處於侵略者的位置。這會破壞我們親手用印的停戰協定……涅達米爾不會支持我們，他的聯盟也不會支持我們。至於奇達里士的艾塔因，我不知道他會有什麼反應。我們的公會、商會、貴族……等等，也都不會贊成展開激戰。最重要的，是那一整群巫師。別忘了還有那些巫師！」

「那些巫師不會贊成攻打左岸的。」維吉米爾說：「停戰協定是盧格溫的維列佛茲的傑作。大家都知道，停戰協定只是他計畫的一步，他希望最終能走向永久的和平。維列佛茲不會支持開戰。至於參議會，相信我，會以維列佛茲的意思為依歸。索登一戰後，他是參議會的第一把交椅，隨便其他巫師怎麼說，最後決定權還是在他。」

「維列佛茲啊，維列佛茲。」佛特斯特的語氣有著不悅。「我們真是太放任這個魔法師了。還得考慮到維列佛茲的計畫、參議會的計畫，這真的讓我覺得有些礙事了。再說，我根本不知道他們那些是什麼計畫，也聽不明白。不過呢，各位，我倒是有個辦法。要是換作尼夫加爾德先開打呢？比如說在安葛拉之谷那邊？亞丁和利里亞那兒？我們可以想個辦法……稍微安排一下……小小地挑個釁……一場由他們引起的邊界小意外？就說，是他們來攻打邊境要塞？當然，我們會做好萬全準備，即刻展開猛烈反擊，這樣所有人，甚至是維列佛茲和整個巫師參議會都會同意。到時恩菲爾．法．恩瑞斯就會把視線從索登與扎澤徹移開，琴特拉人會想起自己的國家。還有集結在布魯格，聽從維瑟格德號令的移民與難民，這當中近八千人有武裝，還有比這把更好用、更銳利的刀刃嗎？他們當年被迫逃離家園，現在就是抱著有朝一日能奪回祖國的希望在過日子。他們個個摩拳擦掌，就等維瑟格德一聲令下隨時準備攻打左岸。」

「他們在等號令，」蜜薇說，「也有人在等承諾，等有人答應會支援他們。因爲，對付這區區八千人，恩菲爾只要派邊境駐軍就夠了，甚至根本不必調派援軍。這點維瑟格德很清楚，佛特斯特。所以他不會輕舉妄動，除非他可以肯定你的軍隊會跟在他後頭登上左岸，而且你還有雷達尼亞軍的支援。不過還有最重要的一點，就是維瑟格德在等琴特拉的小母獅。女王的小外孫女應該是逃過了那場大屠殺。有人信誓旦旦說在難民堆中看過那孩子，後來卻不明不白地消失了。那些流亡的琴特拉人不停地在找她……因爲他們需要有個具備皇室血統的人來奪回琴特拉王座。那人身上必須流著卡蘭特的血。」

「眞是無稽之談。」佛特斯特冷冷地說：「都已經過了兩年多，要是這麼久都還找不回那孩子，那就表示那孩子已經不在了。我們可以不用管這個傳說。卡蘭特已經不在了，再沒有其他母獅，也沒有繼承王位的皇室血統。琴特拉……已經不可能回到母獅還在的那片光景。當然，這點是不能和維瑟格德那些流亡百姓說的。」

蜜薇瞇起雙眼說：「所以你要讓琴特拉這些志願兵去送死？把他們送到最前線？不告訴他們琴特拉只能以附庸國的形式在你的統治之下重生？你提議攻打琴特拉……就是爲了你自己？你把索登和布魯格都納入勢力範圍，對維爾登虎視眈眈……現在連琴特拉都讓你垂涎三尺了，是嗎？」

韓瑟頓吼道：「承認吧，佛特斯特！蜜薇說對了嗎？你就是因爲這樣才在這裡煽動我們去蹚這渾水？」

「你們夠了吧！」特馬利亞統治者皺起他高貴的面孔，不悅地哼了一聲。「別把我說成個滿腦子帝國夢想的征服者。你們到底想說什麼？是因爲索登跟布魯格嗎？索登的艾柯哈德是我母親的親手足。難道對你們來說，自由聯邦在他死後把王冠給我——艾柯哈德的血親，很奇怪嗎？血濃於水啊！至於布魯格的溫茲拉夫，他的確歸附於我，不過不是我逼他的！他是爲了保護自己的國家才這麼做！因爲只要天氣好，他就看得見尼夫加爾德的槍桿在左岸那頭閃著！」

「我們說的就是左岸。」利里亞的女王慢條斯理說：「就是我們要攻打的那岸。而左岸就是琴特拉所在。縱使那裡已經被破壞、焚毀、廢棄、血洗、佔領……但終究還是琴特拉。琴特拉人不會把王冠獻給你，佛特斯特，也不會對你效忠。琴特拉不會同意成爲你的附庸國。血濃於水啊！」

「要是我們把琴特拉……把琴特拉解放，那它應該要成爲我們共同的保護地。」亞丁的戴馬溫說：「琴特拉位在亞魯加河口，是太重要的戰略地點，我們不能失去掌控權。」

維吉米爾反對道：「琴特拉得是個自由國家。它必須保持自由、獨立且強大。這個國家必須成爲北方的鐵閘、堡壘，而不是一片任尼夫加爾德的鐵騎恣意馳騁的焦土！」

「這樣的琴特拉有可能建得起來嗎？在沒有卡蘭特的情況下？」

「不要激動，佛特斯特。」蜜薇抿起嘴。「我已經跟你說過了，琴特拉人永遠不會同意成爲他國的保護地，也不會允許外人坐上他們的王座。要是你想強逼他們認你當領主，那麼情勢就會逆轉。維瑟格德會再度率眾出征，只是到那時候，他們會站在尼夫加爾德的羽翼之下。有朝一日，他們的部隊會以尼夫加爾德的先鋒之姿衝向我們——或如你先前說的，像把利刃一般。」

「佛特斯特就是知道這點，才會這麼努力去找那頭小母獅——卡蘭特的外孫女。」維吉米爾輕蔑地說：「這你們還不明白嗎？血濃於水，藉由婚姻得到的王冠。只要找到那女孩，逼她嫁給他……」

特馬利亞王倒抽一口氣說：「你瘋了嗎？小母獅已經死了！我根本就沒在找那個女孩，就算我……甚至連想沒想過要逼她做任何事……」

「你用不著逼她。」蜜薇一臉笑意地打斷他說：「畢竟你也是個英俊男子，我的血親【註】。而小母獅身體裡流的是卡蘭特的血，那是非常熱情的血液。我在卡蘭年輕時就認識她。她只要一見到男人，馬上三步併作兩步貼上去，就好像蒼蠅見了糖那樣。她女兒芭維塔——小母獅的母親，也是一模一樣，所以那頭小母獅一定也不會差太多。只要稍稍使點力，佛特斯特，小女孩堅持不了多久的。你打的就是這個算盤，承認吧！」

「肯定是這樣。」戴馬溫咯咯笑說：「我們的國王還眞是想出了妙計呀！就在我們攻上左岸，看個清楚之前，佛特斯特就會找到那個小女孩，並且奪得她的心。他會有個年輕的小妻子，還會把她擺在琴特拉王座上，而那些人民全都會高興得掉眼淚、開心得尿褲子。因爲他們會有個自己的女王——貨眞價實的卡蘭特嫡親繼承人。只是女王之外……還加了個國王，佛特斯特國王。」

【註】蜜薇與佛特斯特兩人有血緣關係。

「你們眞是胡說八道！」佛特斯特大吼，臉色一下紅，一下白。「你們到底是哪根筋不對？你們說的那些根本一點道理都沒有！」

「我們說的道理可多了。」維吉米爾冷冷地說：「因爲我知道有人很急切地在找這孩子，會是誰呢？佛特斯特？」

「這還用問嗎？當然是維瑟格德和琴特拉的人民啊！」

「不，不是他們。至少不只他們，還有其他人。這個人一路上留下屍首，不畏懼恐嚇、利誘和刑求……既然已經說到這，那麼那位名喚黎恩斯的先生是替在座哪位辦事呢？哈，從你們的表情看得出來，要嘛都不是，要嘛就是不肯承認，不過這兩種都一樣。我再說一次：有人在找卡蘭特的外孫女，而且找的方式很令人玩味。是誰在找她——我在問你們話。」

「眞是見鬼了！」佛特斯特一拳捶在桌子上。「不是我！而且我壓根也沒想過要爲了個什麼王座和一個小鬼結婚！再說，我……」

「再說，你已經跟拉瓦雷特男爵夫人暗通款曲四年多。」蜜薇再次露出笑容說：「就像對鴛鴦般相愛，只等老男爵兩腿一伸。你幹什麼這麼瞧我？這件事眾所皆知。你以爲我們是爲了什麼付錢給那些間諜？不過，我的血親，爲了琴特拉王座，打算奉獻自己終身幸福的國王可不只一個……」

「等一下，」韓瑟頓沙沙地搔著落腮鬍說：「您說不只一個國王，那您就讓佛特斯特喘口氣吧，還有其他人啊。卡蘭特當年想把外孫女嫁給維爾登的艾爾維爾。艾爾維爾也同樣垂涎琴特拉，而且還不只他……」

「嗯……」維吉米爾喃喃道：「這倒是眞的。艾爾維爾有三個兒子……那在座諸位又怎麼說？各位也都有男性繼承人，嗯？蜜薇？妳該不會是在使障眼法吧？」

「你們可以把我排除在外。」利里亞女王笑得更優雅了。「我的確有兩個孩子在這世上遊蕩……兩個我在極樂忘我之際時所產下的果實……但前提是要他們兩個還沒被人吊死。我很懷疑，他們哪一個會突然想到要當王。他們沒那個資質，也沒那種意願。他們兩個比他們的父親還要蠢——願他安息。只要認識我先夫的，就知道這是什麼意思。」

「的確。」雷達尼亞王應和著：「我認識他。他那兩個兒子比他還蠢？天啊，我以為不會有人比他更蠢了……不好意思，蜜薇……」

「沒關係，維吉米爾。」

「還有誰有兒子？」

「你，韓瑟頓。」

「我兒子結婚了！」

「毒藥是用來做什麼的？就像剛剛有人說得好，爲了琴特拉王座，願意奉獻自己終身幸福的人不只一個。這很値得！」

「我不允許這種臆測！你們少來惹我！其他人也有兒子！」

「漢格佛斯的涅達米爾有兩個，而他自己是鰥夫，年紀也不是很大。你們別忘了還有科維爾的伊斯特拉・迪森。」

「要我的話，會剔除他們。」維吉米爾搖著頭說：「漢格佛斯聯盟及科維爾打算要締結盟約。他們對琴特拉和南方不感興趣。嗯……不過維爾登的艾爾維爾……倒是佔了地利之便。」

「還有一個人也很近。」戴馬溫突然開口提醒。

「誰？」

「恩菲爾．法．恩瑞斯。他未婚，比你年輕，佛特斯特。」

「該死！」雷達尼亞王再度皺眉說：「這要是真的……恩菲爾肯定會一棍戳進我們的屁眼，連潤滑油都省了！琴特拉的人民與貴族生生世世都會跟著卡蘭特的血緣走，這點很清楚。你們自己想想，要是再讓恩菲爾撲倒小母獅，屆時會發生什麼事？天殺的！那正是我們所需要的！琴特拉女王兼尼夫加爾德皇后！眞是夠了！」

「皇后？」韓瑟頓粗裡粗氣地吼著：「你眞的太誇張了，維吉米爾。恩菲爾要那女孩幹嘛？要這樁婚姻有什麼用？就爲了琴特拉王座？恩菲爾手上已經握有琴特拉了！他征服了這個國家，還把它變成尼夫加爾德的省！他已經一屁股坐在王座上，而且那王座還大得夠他在上頭左右伸展、覬覦其他國家！」

「第一，」佛特斯特分析道：「恩菲爾是依法佔領琴特拉，或者該說是依侵略者的非法之法。要是他得到那女孩，和她結婚，他的統治就合法化了，懂嗎？一旦尼夫加爾德與卡蘭特的骨肉締結婚姻，那麼尼夫加爾德就不再是整個北方咬牙切齒的對象；侵略者尼夫加爾德就成了鄰居尼夫加爾德，成了要倚賴的對象。如此一來，你要怎麼把這樣的尼夫加爾德趕到馬爾那達爾的另一頭，趕到亞梅兒山口另一邊？連那個琴特拉獅后的小外孫女——那頭小母獅合法繼承王位所在的國家一起打？眞是瘋了！我不知道誰在找那孩子，但我沒在找她。不過我告訴你們，現在我要開始找她了。現在看來，她是很重要的角色。要是她逃過了那場浩劫，那我們就得找到她！」

「那我們現在要先決定找到她之後，要把她嫁給誰嗎？」韓瑟頓一臉邪惡地說：「這種事不能隨機發展。沒錯，我們可以把她當作一面旗幟綁在長桿上，交給維瑟格德的游擊隊，讓他們在打對岸時把她舉在前線。但如果收復後的琴特拉得替我們所有人效命……你們應該知道我要說什麼吧？如果我們攻擊尼夫加爾德，收復琴特拉，就可以把小母獅擺到寶座上。不過小母獅只能有一個丈夫。這個丈夫得是個能替我們看照亞魯加河口生意的人。在座誰有興趣啊？」

「我就不必了。」蜜薇冷笑著說：「我放棄這個特權。」

「我倒是不排除由現場以外的人來，」戴馬溫認眞地說：「不是艾爾維爾，不是涅達米爾，也不是迪森那一家子。你們有沒有想過維瑟格德？這麼二號人物可能會出乎我們預料，讓那面綁在長桿上的旗幟發揮意想不到的功效。你們聽過貴賤通婚吧？維瑟格德又老又醜，像坨牛糞，不過要是小母獅把苦艾酒混透納葉喝下肚，可能會跌破眾人眼鏡愛上他！在座各位男士，我們的計畫中有維瑟格德國王嗎？」

「沒有。」佛特斯特低聲道：「我的計畫裡沒有。」

「嗯……」維吉米爾猶豫了一下後說：「我的計畫裡也沒有。維瑟格德只是工具，不是夥伴，這就是他在我們攻打尼夫加爾德計畫中所扮演的角色，僅此而已。再說，要是那個到處找小母獅的人是恩菲爾·法·恩瑞斯的話，我們不能冒這個險。」

「當然不能。」佛特斯特同意著：「小母獅不能落到恩菲爾手上。而且不能活著……落到任何人——任何不適當的人的手上。」

「殺童？」蜜薇一臉輕蔑道：「眞是個醜陋的解決方法啊，各位國王。有失身分，不必採取如此激烈的手段。我們先把小女孩找出來，畢竟她還不在我們手上。等我們找到她，再把她交給我。我會把她在某個深山的城堡裡困個兩年，再從我的騎士中選一個把她嫁掉。等你們再見到她的時候，她會已經有兩個孩子，還會有，哪，這樣的肚子。」

「也就是說，如果我沒算錯，未來可能至少會有三個人覬覦王位或篡位？」維吉米爾搖著頭說：「不，蜜薇。雖然這的確很醜陋，不過要是小母獅當時眞的逃了出來，那麼她現在就得死。這是爲了國家利益，是吧？各位男士。」

雨水不斷敲擊著窗扉，強風在哈格堡的塔樓間呼嘯。

眾王陷入一片沉默。

□

「維吉米爾、佛特斯特、戴馬溫、韓瑟頓，還有蜜薇，在彭達爾的哈格堡裡舉行祕密會議。」元帥重複道。

「眞是意義非凡啊。」一名身材修長，蓄著黑髮的男子說。那男子並沒有轉過來，身上穿的那件鹿皮及膝束腰外衣上，還看得見武器的印子與鏽漬。「話說回來，不到四十年前，就是在哈格這裡，威爾夫勒打敗密得拉，鞏固了自己在彭達爾河谷的勢力，也劃定了現今亞丁與特馬利亞的分界。而今天，呵，戴馬溫——威爾夫勒之子邀請佛特斯特——密得拉之子到哈格來，還叫上了特雷托格的維吉米爾、亞得克拉格的韓瑟頓，還有那個利里亞的開朗寡婦蜜薇。他們悄悄碰頭密談，你猜得到他們在籌劃什麼嗎，科耶亨？」

「猜得到。」元帥回答得很精簡，毫不贅言。他知道這個背對著自己的男子無法忍受有人在他面前賣弄唇舌、評斷顯而易見的事實。

「他們沒邀奇達里士的艾塔因。」穿鹿皮衣的男子轉過身，雙手背於後，在窗戶與桌案間緩慢地來回踱步。「也沒邀維爾登的艾爾維爾，以及艾斯特拉德．迪森或涅達米爾。這表示他們不是很有信心，就是很沒信心。巫師參議會之中也沒有任何人受邀。這點很有趣，也很值得關注。科耶亨，想辦法讓那些巫師知道這場會議。讓他們知道，君主們並沒有將他們視爲平起平坐的對象。這一點，參議會中的巫師早就存有疑慮，把消息放給他們。」

「遵命。」

「黎恩斯那邊有什麼新進展嗎？」

「沒有。」

男子在窗前止住腳步，望著被雨水浸潤的山陵，佇立了好一會兒。科耶亨在一旁候著，不安地將劍首握了又放、放了又握。他擔心自己又得待在那兒聽男子的冗長獨白。元帥知道，佇立窗前的男子將那樣的獨白視爲交談，更把交談當作是對他人的恩寵、信賴的表徵。這點他很清楚，但即便如此，他還是不喜歡聽這樣的獨白。

「你認爲這個國家怎樣？領主，你有喜歡上你的新省分嗎？」

他震了一下，心中大爲詫異，沒想到會被問這種問題。不過他並沒有想很久——不誠實與猶豫不決可能會讓他付出高昂的代價。

「不，陛下。我沒有喜歡上這個國家，這裡太……陰沉。」

「這裡曾經是另一副光景。」男子沒轉過身。「不過這裡將會再度改變。你看著吧，你會再度見到美麗而歡樂的琴特拉，科耶亨，我向你保證。不過別難過，我不會讓你在這裡待太久，會有人來接手統治這裡。我要你去安葛拉之谷。等叛亂平定後就馬上動身。我得有個負責任的人在安葛拉之谷，那個人得不受挑釁。利里亞的開朗寡婦或戴馬溫……會想來挑釁我們。你把那些年輕軍官帶過去，讓那些昏了頭的腦袋冷靜一下。等我下令，你們再去接受他們的挑釁，不得自作主張。」

「是！」

前廳傳來兵器與馬刺的聲響，以及拉高的聲調，接著響起一陣敲門聲。身著鹿皮及膝束腰外衣的男子自窗前轉過身，頷首示意。元帥微微行過禮後，便離開了。

男子回到案前坐定，埋首地圖。他審視良久，最後將前額抵在交握的手掌上。他手上戴的戒指鑲了顆碩大的鑽石，在燭火照耀下反射出萬丈光芒。

「陛下？」門微微咿呀一聲，元帥再度回到室內。

男子沒有改變姿勢。不過元帥注意到男子的手微微動了一下，是鑽石的光芒讓他發現這點。

他謹慎小心地將身後的門關上。

「有消息嗎？科耶亨，是黎恩斯嗎？」

「不是，陛下。不過是好消息。省裡的叛亂已經壓下來了。叛軍被我們擊潰，只有少數人逃到維爾登去。我們逮到帶頭的人，是阿特瑞的溫達罕公爵。」

「好。」男子過了一會兒才開口，仍然沒將靠在掌上的頭抬起。「阿特瑞的溫達罕……將他斬首。不……不要斬首，用別的法子。要戲劇化一點，久一點、殘忍一點。要在大庭廣眾下，讓所有人都明白，要讓他們知道什麼叫害怕，讓他們以後再也不敢了。不過，麻煩你，科耶亨，細節就不用讓我知道了。報告裡不用描述得淋漓盡致，我不太喜歡這種事。」

元帥點點頭，嚥了口口水。他同樣也不太喜歡這種事，一點也不喜歡。他打算把刑罰的準備與執行交給專業人士，但完全不打算向那些專家過問細節，更別提要待在現場。

「行刑的時候你要在場。」男子抬起頭，拿起桌上的信，將上頭的封印拆開。「你要以正式身分，琴特拉領主的身分代表我出席。我不打算去看這場行刑，這是命令，科耶亨。」

「是！」元帥甚至沒有嘗試掩飾自己的困擾與不悅。在那名發號施令的男子面前，不容任何人有所隱瞞。而這點，做得到的人不多。

男子看了拆封的信函一眼，隨即將之丟進壁爐的火堆中。

「科耶亨。」

「是，陛下。」

「我不會等黎恩斯報告了。教那些魔法師準備好，讓他們跟雷達尼亞的聯絡點接頭。叫他們把我的口令即刻傳給黎恩斯。聽好了：黎恩斯不要再左顧右盼，別再跟獵魔士糾纏不清，因爲到最後可能會出亂子。別跟獵魔士糾纏不清。我很清楚他這個人，科耶亨。他太精明，不會留下任何蛛絲馬跡讓黎恩斯去找。我再重複一次，黎恩斯要馬上安排殺手把獵魔士從這場遊戲中除掉。殺了獵魔士，然後躲起來，潛伏一旁，等候指令。要是他提前碰到女巫，別去惹她，葉妮芙連一根頭髮都不能少。你都記下了嗎？科耶亨。」

「是的。」

「傳訊的時候要加密，不得被其他魔法師竊讀。警告那些巫師，要是他們搞砸了，被外人知道口令內容，一切由他們負責。」

「是的。」元帥大聲答應，並站直身。

「還有事嗎？科耶亨。」

「伯爵……已經到了，陛下。他已經遵照您的吩咐前來。」

「已經到了？」男子勾起嘴角說：「這速度眞是令人欽佩，但願他沒有累壞了那匹人人稱羨的黑馬。讓他進來。」

「陛下，我要留下來嗎？」

「當然，琴特拉領主。」

騎士接到傳喚，踩著沉穩響亮的步伐，精神抖擻地由前庭邁向內室，就連身上的黑色鎧甲也鏗鏘作響。他停下腳步，一身傲氣地站著。他甩開肩上沾有泥巴的濕披風，手落在隨身佩著的巨劍握柄上，黑色的猛鷲翼頭盔則抵在腰際。科耶亨看了一下騎士的臉，看見了軍人剛強的驕傲與膽識。那名騎士一直待在一座塔樓內，而種種跡象顯示，他離開那座塔的唯一時機，就是走上斷頭台那一天。不過科耶亨在他臉上，卻沒有瞧出任何一絲待在塔裡兩年之人該有的表情。元帥臉上勾起一抹淡淡的微笑。他知道年輕人藐視死亡和近乎瘋狂的勇氣，純粹是由於缺乏想像力。他很清楚這點，他自己也曾經是這樣的年輕人。

坐於桌後的男子將雙手交疊抵在下巴，仔細地審視著騎士。年輕人像根緊繃的弦般站著。

「我先把話說清楚。」坐在桌後的男子對年輕人說：「要知道，兩年前你在這裡犯下的錯誤，是絕對不可饒恕的。但你將再有一次機會，將再得到一道指令。至於我會如何決定你未來的命運，端看你怎麼完成這項指令。」年輕騎士的臉上竟沒有絲毫波動，甚至連靠在他腰間那頂翼盔上的鳥羽也沒有絲毫晃動。

「我從不騙人，也不會給人虛假的希望。」男子繼續說：「只是讓你知道，你有機會保住擱在劊子手斧下的脖子。當然，這次你得不再犯錯才行。你獲得完全赦免的機會很小，而要獲得我的原諒並忘掉此事的機會更是……零。」

即便是聽了這番話語，身著黑甲的年輕騎士依然動也不動，不過科耶亨捕捉到他眼裡的光芒。他不信，科耶亨心想。他不信，他依舊抱持獲得原諒的希望。這是個很大的錯誤。

「我要你全神貫注。」桌後的男子說道：「你也是，科耶亨。因爲我等會兒要下的那些指令跟你也有關係。等一下。我得先想想該下哪些指令、怎麼下。」

元帥門諾．科耶亨——琴特拉省領主、未來的安葛拉谷軍隊總司令把手擱在劍柄上，抬頭挺胸，筆直立定。有著猛鷲翼頭盔的黑甲騎士也擺出相同姿勢。兩人都在等待，在一片寂靜中耐心地候著。那是等待尼夫加爾德之帝，恩菲爾．法．恩瑞斯，代以溫阿丹引卡倫阿波摩爾伏得，舞動於敵軍墓上的白色之焰決定指令內容與下達方式時應有的舉止。

□

奇莉醒了過來。

她躺著，或者該說是靠在幾個枕頭上坐臥著。頭上的敷巾已轉爲溫熱，僅剩下微濕感。令人難以忍受的沉重感與灼熱的肌膚，讓她將敷巾丟往一旁。她覺得呼吸困難、喉嚨乾澀，整個鼻子幾乎被血塊完全堵住。不過，鍊金藥與咒術發揮了功效——幾個鐘頭前還讓她頭痛欲裂、眼冒金星的痛楚已消失不見，剩下隱隱的脹痛與緊繃的太陽穴。

她小心翼翼地用手背碰了下鼻子。血，已經止住了。

剛才作的夢還眞奇怪，她想。這是這幾天來的第一個夢，第一個讓我不會害怕的夢。這是第一個與我無關的夢。我成了……旁觀者。好像從上方、從很高的地方……把一切看得一清二楚。我像隻鳥……暗夜之鳥……

夢裡，我見到了傑洛特。

夢裡，那是個夜晚，還下著雨。雨水打皺了運河表面，在屋舍的木瓦頂與茅草蓋上滴答作響，在木棧與步道上、小艇與駁船甲板上閃閃發亮……而傑洛特就在那裡。他不是獨自一人。和他一起的，是個戴了滑稽羽毛帽的男人，因爲濕氣的關係，男人帽子上的羽毛都垂了下來。另外還有一個穿著綠色斗篷大衣的窈窕女孩……他們三人小心翼翼、慢慢地走在潮濕的木棧上……而我在上方看著他們。我像隻鳥。暗夜之鳥……

傑洛特停了下來。還很遠嗎？他問。

不。那窈窕女孩一面說，一面將大衣上的水珠抖掉。我們差不多到了……喂，亞斯克爾，快跟上，不然你會在這些小巷子裡迷路。

菲莉帕跑哪去了？

我剛剛看到她順著運河飛了過去……

這天氣眞是有夠糟……

我們走吧。

莎妮，帶路。妳私下告訴我，妳是從哪裡認識這個江湖術士的？你們怎麼會扯上關係？

我有時會從學院實驗室帶點藥賣給他。幹嘛這麼看我？我的繼父根本付不起學費……有時我會需要點零頭……那個江湖術士，要是他有眞正的藥，就可以治人……至少不會毒死人……喂，走了啦！

眞是奇怪的夢，奇莉想。可惜我已經醒了。我想看接下來會發生什麼事……我想知道他們在那裡做什麼，要去哪裡……

隔壁房間傳來一陣聲音，就是那聲音吵醒她的。南娜卡媽媽話說得很快，顯然很激動、很緊張、很生氣。妳背叛了我的信任，她說。我眞不該放任妳這麼做，早該想到妳對她的反感會爲她帶來不幸，我不該同意妳……因爲我早知道妳是怎樣的人。妳很冷漠、很殘酷，更糟的是，原來妳也是個不負責任、粗心大意的人。妳如此無情地折磨這孩子，逼她去做那些她無法應付的事，眞是沒良心。

妳眞是太沒良心了，葉妮芙。

奇莉豎起耳朵，想聽聽女巫的回答，以及她那冷淡卻清亮的聲音。她想聽聽女巫會如何反應，如何譏諷大祭司，如何嘲弄她的過度保護。她想聽女巫平常說的那些話——當女巫可不是開玩笑的，這份工作不適合陶瓷娃娃，也不適合玻璃娃娃。不過葉妮芙回答得很小聲。小女孩雖然聽得見聲音，卻聽不懂她在說什麼，就連字句都難以分辨。

我快睡著了，她一邊這麼想，一邊小心地輕輕摸著那被血塊堵住、還在發疼的脆弱鼻子。我要回到夢裡。我要去看看那個夜裡，傑洛特在下著毛毛雨的時候，在那條運河上做什麼……

葉妮芙拉著她的手。兩人走在一條陰暗長廊之中，兩旁立著石柱，或者該說是雕像；在這伸手不見五指的黑暗之中，奇莉實在看不清楚那些物體的形狀。不過有人在這片黑暗中，在她們經過之時，於暗處觀察著她們。她聽見風聲般的沙沙低語。

葉妮芙拉著她的手，走得很快速、很篤定、毫不猶豫，奇莉幾乎跟不上。她們的面前開啓了一道門，接著是另一道，一道接著一道。無止盡的門扉宛如沉重的巨翼，在她們的面前無聲地開展。

黑暗越發深沉。奇莉看見面前又是另一道門。葉妮芙沒有放慢腳步，不過奇莉突然了解到那扇門不會自動開啓。突然間，她很驚恐地發現自己很清楚，那扇門絕對不能開啓。她知道自己不能穿過那扇門。她知道有個東西在那扇門後面等著她……

她停了下來，試圖掙脫，不過葉妮芙的手非常有力，緊緊禁錮著她，無情地將她向前拖去。奇莉終於瞭解到自己被背叛、被欺騙、被出賣了。打從初次見面，打從一開始、第一天起，她就只是個傀儡、一個黏在棍子上的人偶。她更加使勁掙脫，終於掙脫禁錮。黑暗如煙霧般湧了過來，陰幽之中的低語卻驟然靜默。女巫往前邁了一步，停了下來，轉身看著她。

要是妳怕的話，就現在回頭！

那扇門不能開啓。妳知道的。

我知道。

不過妳還是把我帶來這裡。

要是妳怕的話，就現在回頭！還有時間回頭，一切還不算太晚。

那妳呢？

我已經來不及了。

奇莉看了看。儘管四周一片黑暗，她還是瞧見一扇門，一扇經過歲月洗禮的古老之門。從門那頭，從遠處，從黑暗之中，她聽見了……馬蹄聲。黑色盔甲的碰撞聲，還有猛鷙之翼的拍擊聲；還有一道聲音，一道鑽進她頭顱的細微聲音……

妳錯了，妳錯把映著點點繁星的池面當成夜空。

她醒了過來，猛一轉頭，弄掉了額頭上的敷巾；那是剛擰好的，還濕濕涼涼的。她滿身大汗，太陽穴脹痛，好似又有東西在她腦子裡敲打著。葉妮芙坐在床頭，但她的頭轉向別處，奇莉看不見她的臉，只看見那風暴般的黑髮。

「我作了個夢……」奇莉低聲說：「在那個夢裡……」

「我知道，」女巫用怪異而陌生的聲音說：「所以我在這裡，我會陪著妳。」

窗戶之外，黑暗之中，雨水打在樹葉上，發出沙沙聲響。

□

「搞什麼鬼啊！」亞斯克爾沒好氣地將水珠從被雨水沾濕的帽簷上抖掉。「這根本就是座堡壘，不是房子。那個江湖術士到底在怕什麼，得把這裡弄成銅牆鐵壁？」

繫於岸邊的小舟與駁船在雨點撥弄的水面上緩緩晃動，微微碰撞，惹得鏈條錚錚作響。

「這裡是港區。」莎妮解釋著：「不管是本地還是外來的，龍蛇雜處。去找米爾曼的人挺多的，而且會帶錢給他……這個大家都知道。就像大家也知道他是一個人住。所以囉，他要保護自己。你們覺得他很怪嗎？」

「一點也不。」傑洛特看著那棟架在水道木樁上，離岸約莫五噚的架高房舍說：「我在想要怎樣才能上到這座小島，進到這間水上小屋。大概得在這裡偷偷借艘船……」

「不用。」醫學院的女學生說：「那裡有條吊橋。」

「那妳要怎麼讓那個江湖術士把橋放下？再說，那邊還有一扇門，我們身上可沒帶攻城槌……」

「交給我辦。」

一隻巨大貓頭鷹無聲無息地降落在木棧扶手上。牠拍拍翅膀、順順羽毛，化身為同樣也是一肚子氣且渾身濕答答的菲莉帕．愛哈特。

「我到這裡來做什麼？」女巫滿腔怒火地喃喃道：「到底為什麼要跟你們一起來到這裡？我得在濕答答的桿子上保持平衡……而且還處在叛國邊緣。要是戴斯特拉知道我幫你們……還有這場毛毛雨！我眞受不了下雨的時候飛行。就是這裡嗎？這就是米爾曼的家？」

「對。」傑洛特說：「聽著，莎妮。我們試著……」

他們緊緊圍在一起，躲在小屋的蘆葦頂下低聲討論著。對面小酒館的燈火投在運河上，歌聲、笑聲與尖叫聲猶可聽聞。三個船夫靠上岸。其中兩人吵了起來，相互拉扯、推擠，而且用同樣的字眼咒罵對方，無聊至極。第三個則倚著木樁，朝運河撒尿。他嘴裡吹著口哨，但曲調卻是荒腔走板。

咚。棧道前，以皮帶綁在木樁上的鐵板發出了聲響。咚。

江湖術士米爾曼打開窗口，探出頭來。手上那盞燈只會讓他什麼都看不清楚，他索性將燈放下。

「哪個天殺的在大半夜裡敲門？」他怒氣沖沖地吼道：「要敲就敲自己的豬腦袋！渾帳東西！智障！白痴！滾，快滾，一群酒鬼，快！我這可是有上了弦的十字弓！誰想在屁股上插根六吋長的箭？」

「米爾曼先生！是我，莎妮！」

「啥？」江湖術士整個人半掛在窗口。「莎妮小姐？怎麼會在大半夜出現？怎麼了？」

「米爾曼先生，請把橋放下來！我照您要求的，把東西帶來了！」

「就現在？大半夜的？您不能白天來嗎？小姑娘。」

「這裡白天耳目太多。」木棧上隱約可見那裹著綠色大衣的窈窕身影。「要是被人發現我給你帶的東西，我會被學校開除的。您把橋放下來，我不要在這裡淋雨，我的尖皮鞋都濕透了！」

「小姑娘，您不是自己一個人？」江湖術士狐疑地說：「您通常都是自己一個人來。跟您一起的人是誰？」

「我的朋友，也是個學生。我可不想大半夜裡獨自來您這偏僻的地區。我很愛護我的貞操！搞什麼鬼，您快讓我進去啦！」

米爾曼一邊嘀咕著，一邊將絞盤放開，吊橋便軋軋下放，直至與木棧甲板接合。江湖術士快步衝到門前，拉開門閂和橫棍。他手裡抓著上了弦的十字弓，小心翼翼地往外探，卻沒注意到那個戴著鑲滿銀刺的黑手套，以及之後朝他太陽穴飛來的拳頭。雖然天色十分晦暗，僅有一彎新月伴著多雲的夜空，可他卻在頃刻間看見了數以萬計的閃耀星光。

□

土布蘭．米雪列再次以磨刀石劃過劍鋒，那專注的模樣，好似天地間只剩下劍與他。

「所以我們得替您殺人。」他把磨刀石放到一邊，以沾了油的兔皮擦拭劍身，然後仔細審視劍鋒。「一個通常獨自在奧克森福特的街道上遊蕩，沒有守衛、沒有看護，也沒有保鏢的普通人。甚至連腳夫都沒有。我們不用攻進任何城堡、市政廳、宅邸或要塞……是這樣嗎？尊貴的黎恩斯先生，我有正確理解您的意思嗎？」

臉上有道燒傷疤痕的男子不悅地瞇起雙眼，點了點頭。

「此外，」土布蘭繼續說：「殺了這傢伙之後，我們不必在這半年內躲起來避風頭，因爲不會有人跟蹤或追殺我們。沒有人會派獵犬或賞金獵人來追殺我們。換句話說，黎恩斯先生，我們要替您做掉的是一個既普通又平凡的廢物？」

帶著傷疤的男子沒有回答。土布蘭看向文風不動地坐在板凳上的兄弟，利茲、佛拉維斯與羅多維可如同以往，沉默不語。在他們創立的這個團隊裡，殺人由他們負責，而耍嘴皮則有土布蘭效勞，因爲只有土布蘭上過神殿的學堂。他的殺人技巧與他的兄弟們一樣精湛，除此之外，他還會讀書、寫字，還懂得怎麼說話。

「爲了要殺這麼一個普通的廢物，黎恩斯先生，您不在港邊隨便找個流氓，卻來找我們米雪列兄弟？還要付我們一百拿威格拉德克朗？」

「這是你們一般的價碼，」臉上有疤的男子一字一字地說著：「對吧？」

「不對。」土布蘭冷冷地否定說：「因爲我們可不是用來殺那些尋常廢物的。不過如果眞要我們動手……黎恩斯先生，你們想見到的這樣一個廢物的屍體，可要花你們兩百克朗。兩百個白花花、亮晶晶、雕有拿威格拉德薄荷葉的克朗。您知道爲什麼嗎？因爲這件事不簡單，尊貴的先生。您不用告訴我們是怎麼不簡單，我們自然有辦法解決。不過，您得爲此付出代價。這個價碼就是兩百。要是您付這個價，那麼您的朋友就是死人一個。要是您不願意付這個價，那就另請高明。」

充滿霉味與葡萄酒酸臭味的地窖裡降下一片寂靜。一隻蟑螂在黃土地上快速爬行，佛拉維斯．米雪列一腳將牠踩扁。他看起來幾乎沒有移動，表情也完全沒變。

「好。」黎恩斯說：「就兩百克朗。我們走吧。」

做了十四年殺手的土布蘭．米雪列，甚至連眼皮都沒有抖一下。他沒料到價錢可以超過一百二，最多一百五。霎時間，他明白自己低估了這份差事裡的「問題」。

□

江湖術士米爾曼在自己房裡的地上醒來。他仰躺在地，像隻綿羊般被拴住。他記得自己跌倒時，頭撞到了門框，被打到的太陽穴疼痛不已。他動不了，因爲有一隻扣著皮帶的長靴重重、無情地踩在他的胸膛上。江湖術士一臉痛苦地往上看，那隻靴子的主人是個有著牛奶般白色長髮的男子。對方的臉隱在桌燈照不到的陰暗處，米爾曼看不見。

「饒命啊……」他吃力地說：「您別費事……我以眾神之名發誓……我會把錢交出來……什麼都交

出來……我給您看我藏……」

「米爾曼，黎恩斯在哪裡？」

對方一開口，就把江湖術士嚇得渾身發抖。他並不膽小，能嚇到他的東西不多，不過那名白髮男子的聲音裡卻有一切令他害怕的東西，而且還額外多加了幾樣。

他用了超乎常人的意志力，才控制住宛如噁心爬蟲般在腸子裡緩慢蠕動的恐懼。

「啥？」他佯裝訝異道：「什麼？誰？您說叫什麼？」

男人彎下身，米爾曼看見了對方的臉；他看見了對方雙眼，這一眼讓他的胃整個縮到直腸去了。

「別耍花樣，米爾曼，別打歪主意。」陰暗處傳來的熟悉聲音，那是學院的醫學院女學生莎妮。

「三天前我到你這裡的時候，就在這裡、在張凳子上，那位尊貴的先生就穿著麝鼠皮襯裡的大衣坐在這兒。他那時喝著葡萄酒，而你除了最好的朋友外，從不招待任何人。他和我搭訕，拚命想說服我去『三顆鈴鐺』跳舞。我甚至得把他的手揮開，因爲他想調戲我，記得嗎？而你說：『放開她吧，黎恩斯先生，別把她給嚇跑了，我得跟學院的人好好相處好做生意啊！』然後你們兩個就哈哈大笑，你跟你那臉燒傷的黎恩斯先生。所以不要裝出一副蠢樣，因爲不會有人比你更蠢。趁現在我們還好聲好氣，快說！」

哼，妳這個自作聰明的學生，江湖術士心想。妳這個吃裡扒外的卑鄙小人、紅頭髮的騷婆娘，我總有一天找上妳，要妳爲此付出代價……一旦我逃出這裡……

「哪個黎恩斯？」他驚訝地高聲問著，試著從踩在自己胸膛的鞋跟底下掙脫，不過卻是白費力氣。

「我怎麼知道他是誰又在哪裡？這裡出入的人形形色色，我哪裡……」

白髮男子把身子彎得更低了，他從另一隻鞋裡抽出短劍，踩在江湖術士胸上的腳也更加用力。

他輕聲說：「米爾曼，信不信由你，要是你現在不馬上告訴我黎恩斯在哪……要是你現在不馬上告訴我你是怎麼和他聯絡的……我就把你的肉一塊一塊割下來餵給水道裡的鰻魚，就從你的耳朵開始。」

白髮男子的聲音裡有某種東西，讓那江湖術士馬上相信他所說的每一個字。他看著短劍的劍身，知道這把劍比自己用來割潰瘍和膿瘡的刀還來得鋒利。他開始渾身發抖，就連踩在他胸口的那隻鞋也跟著激烈起伏。不過他依舊沉默不語。他必須保持沉默，至少目前得這樣。因爲要是黎恩斯回來了，問自己爲什麼把他供出去，那米爾曼就可以給他看爲什麼。一隻耳朵，他想：一隻耳朵，我得撐過去。然後我就跟他們說……

「幹嘛要浪費時間，弄得到處都是血？」柔軟低沉的女音從半明暗處傳來：「他可能會耍花樣或說謊，爲什麼要冒這個險？讓我用我的方法來對付他吧！他會馬上把一切吐出來，速度之快，連舌頭都會咬到。把他抓好。」

江湖術士放聲大叫，試著掙脫束縛，不過白髮男子把他的膝蓋壓到地板，抓了他的頭髮往上扯。有人在他身邊跪下，他聞到一股香水味，以及浸濕的鳥羽味。他感覺有人用手指觸碰自己的太陽穴。他想大叫，不過恐懼卻哽住喉嚨——最後只發出微微的啞叫。

「這麼快就想尖叫？」他的耳畔傳來貓兒般柔軟的呢喃低音：「太快了，米爾曼，太快了。我還沒開始呢！不過我馬上就動手。如果你的腦子裡有任何演化留下的腦渠，那我就幫你再挖深一些。到時候，你就知道什麼是尖叫。」

□

「所以，」維列佛茲聽完報告後說：「我們的王者們開始會動腦袋，開始自己運籌帷幄，以驚人的速度，從近程計畫推展到遠程計畫？眞有趣。不久前索登一役中，他們唯一會的就是策馬狂奔、舉劍在大軍前大聲叫陣，甚至沒看看大軍是否還在身後，或是已經奔往完全不同的方向。而今天，眞了不起，他們竟然在哈格的城堡裡決定這個世界的命運。眞有趣，不過，如果要我說實話，這早在預料之中。」

「這我們知道。」阿爾圖．特拉諾瓦同意道：「而我們也記得，你之前已經警告過我們。所以我們才把這個消息告訴你。」

「謝謝你們記得這件事。」巫師笑著說，而緹莎亞．德芙利斯突然很確定剛剛呈報給他的那些消息，其實他早就知道了。她一言不發，直挺挺地坐在椅子上，伸手撫平和右邊有些不對稱的左邊花邊袖口。她感受到特拉諾瓦投來的不悅眼神，以及維列佛茲打趣的目光。她知道自己的吹毛求疵是出了名，旁人不是難以忍受，就是抱著打趣的心態在看她，不過她一點都不在意。

「參議會對這些事有什麼意見？」

「首先，我們想聽聽你的意見，維列佛茲。」特拉諾瓦說。

「首先，」巫師露出一抹微笑：「我們先吃點東西、喝一杯。時間還很充裕，就讓我充當主人吧。

我看在座各位這一路上飽受風霜，都累壞了。請問，該設幾個瞬間移動點呢？」

「三個。」緹莎亞．德芙利斯聳聳肩說。

「我這邊比較近。我只要兩個移動點就好，不過我得承認，這邊比較複雜。」阿爾圖說。

「到處都是這種爛天氣嗎？」

「到處都是。」

「那我們就用美食和奇達里士的陳年紅酒來增強氣力吧！莉迪雅，可以麻煩妳嗎？」

莉迪雅．凡布雷德佛特——維列佛茲的助理兼貼身祕書，像幽靈般從窗簾後現身，以一雙帶笑的眼睛迎向緹莎亞．德芙利斯。緹莎亞故作鎮定，也回以親切的笑容並頷首示意。阿爾圖．特拉諾瓦站起身，尊敬地行了個禮。他也一樣把自己的表情控制得很好。他認識莉迪雅。

兩名女僕窸窸窣窣擦著裙襬快步走來，將餐具、刀叉和器皿迅速擺上餐桌。莉迪雅．凡布雷德佛特在拇指與食指間變出一簇溫和的焰火，爲燭台點上蠟燭。緹莎亞瞥見她的掌心有油畫痕跡，把這點記在腦子裡，好在晚餐過後請這名年輕女巫展示一下新畫作。晚宴上的賓客皆沉默不語。阿爾圖．特拉諾瓦一點也不含蓄，大剌剌地伸手探向桌上器皿，而且次數還不少，甚至在沒在主人招呼下便逕自倒起葡萄酒，碰得玻璃酒瓶的銀蓋錚錚作響。緹莎亞．德芙利斯則是慢條斯理地用餐，只是與食物相比，她花了更多心力在調整餐盤、餐具與餐巾的擺放。在她眼中，這幾樣東西的擺放不算完全對稱，挑戰著她的一絲不苟與審美觀。她在飲酒時也十分謹慎自制。但維列佛茲比她還要更加拘謹地用著餐飲。至於莉迪雅就不用說了，她根本沒沾半點食物，也沒碰一滴葡萄酒。

燭火搖曳著長長的紅黃火光，彩繪玻璃窗上傳來滴滴答答的雨點聲。

「怎樣？維列佛茲。」終於，特拉諾瓦開了口。他一邊提問，一邊還拿著叉子在菜餚裡翻找肥瘦適中的鹿肉：「對於我們這些君王的行動，你抱著怎樣的立場？漢．蓋第枚特與法蘭西絲把我們送來這裡，就是爲了要聽聽你的意見。我跟緹莎亞也很有興趣知道。在這件事上，參議會想採取合適的立場。而且要是到了該採取行動的時刻，我們也希望能做出合適的決定。所以你的提議是什麼呢？」

「我眞是受寵若驚。」維列佛茲向打算爲他添點綠色花椰菜到碟子裡的莉迪雅致了謝。「沒想到在這件事上，我的意見竟然對參議會有決定性的意義。」

「沒人這麼說。」阿爾圖又爲自己斟上葡萄酒。「參議會開會的時候，我們還是會共同商討，再做出決定。不過在這之前，就讓大家都有機會提出自己的意見，如此一來，我們就可以從不同角度來看這件事。因此，我們要聽你的看法。」

要是大家都用完晚餐了，我們就到工作室去吧！莉迪雅帶著含笑的眼神，以心靈感應向眾人提議。特拉諾瓦看了一下她的笑容，快速喝完杯裡的東西。一滴不剩。

「好提議。」維列佛茲拿起餐巾紙將手指擦乾淨。「那裡比較舒適，也比較安全，可以防範魔法竊聽。我們走吧。阿爾圖，這瓶酒你可以帶走。」

「那我就卻之不恭啦。這是我最愛的年分。」

他們來到工作室。那張堆滿曲頸瓶、坩堝、試管、水晶，以及無數魔法道具的工作檯讓緹莎亞沒辦法不去注意。所有東西都施了僞裝術，不過緹莎亞．德芙利斯是魔法大師——這世上沒有她看不穿的僞裝術。她有點好奇這個巫師最近在做什麼。然而，下一秒她便從那不久前才用過的儀器猜出了端倪。那個儀器是用來找出失蹤人口的藏身處，以及用「水晶、金屬、石塊」法來通靈。巫師在找某個人，又或者是在處理某個邏輯性、理論性難題。盧格溫的維列佛茲正是以熱愛解決此類問題而聞名。

眾人在雕刻精細的黑檀木扶手椅上坐下。莉迪雅朝維列佛茲看了一眼，捕捉到他眼中的含意，隨即離開。緹莎亞不著痕跡地嘆了口氣。

所有人都知道，莉迪雅．凡布雷德佛特愛著盧格恩的維列佛茲，她愛他很多年了，那是一份安靜、倔強又執著的愛。按理說，巫師也知道這點，不過他卻假裝不知道。莉迪雅的做法讓他省很多事，因爲在他面前她從來就不會洩露自己的感覺——她從來不曾採取半點行動或表露任何意思，也沒透過心靈感應傳遞任何訊息；就算她可以說，也不會洩露半個字。關於這點，她十分自豪。維列佛茲同樣也沒有採取任何行動，因爲他不愛莉迪雅。當然，他可以乾脆把她變成自己的情婦，把她拴得更緊，說不定這還會讓她開心。有人曾經這樣建議過他，不過維列佛茲沒有這麼做。他太驕傲、太自制了。所以情況變得很糟，卻也很穩定，而且很明顯，那兩人安於現況。

年輕巫師打破沉默：「所以說，參議會那邊正在煩惱該對你們那群國王的主張和計畫，採取怎樣的行動囉？這根本沒有必要。別理那些計畫就好了。」

「什麼？」左手酒杯、右手酒瓶的阿爾圖．特拉諾瓦聞言，瞬間愣住。「我沒聽錯吧？要我們什麼都別做？要我們允許……」

「我們已經允許了。」維列佛茲打斷他：「因爲沒有人問過我們准不准，也不會有人問。我再說一次，我們要裝作什麼都不知道，這是唯一合理的反應。」

「他們想出來的計畫，就是以武力恫嚇，而且還是大規模的。」

「他們想出來的計畫，我們都知道，雖說這些資訊難以理解又不完整，其來源既神祕，又高度不確定——不確定到『造謠』這個字一直出現在我腦海中。就算眞的有這件事，他們也還在計畫階段，而且會在這個階段花很多時間。要是他們進展到下一個階段……那，到時候我們就順勢而爲吧。」

「你是想說，」特拉諾瓦皺起眉頭。「我們要隨之起舞？」

「正是如此，阿爾圖。」維列佛茲看著他，眼裡閃著異彩：「我們就隨他們演奏的音樂起舞，不然就得離開舞會。因爲交響樂團的指揮台太高了，你沒辦法上去叫那些樂師演奏別的樂章。你也該認清事實了吧。要是你覺得還有其他可行的辦法，那就錯了。你錯把映著點點繁星的池面當成夜空。」

表面上參議會是以開會來做決議，但那是障眼法，實際上卻會按照他的命令去做，緹莎亞．德芙利斯如是想著。我們全是他棋盤上的棋子。他已攀上高峰、發展壯大，他的光芒使我們黯然失色。我們都是他遊戲裡的棋子——一場規則未知的遊戲。

又一次地，左邊袖口與右邊袖口失了對稱，因此女巫十分專注地整理那只左邊袖口。

「那些君主的計畫已經在實行階段了。」她慢條斯理地說：「喀艾德與亞丁已經開始攻打斯寇亞塔也。年輕的精靈血已如雨般落下，最終將走到對非人類進行迫害與屠殺一步。大家都說對布蘭薩納之谷和青紫山的自由精靈發動的那場攻擊，實爲一場大規模謀殺。我們要告訴漢．蓋第枚特與艾妮得．芬妲巴兒，你建議先袖手旁觀？假裝我們什麼都不知道？」

維列佛茲轉過頭來看著她。你現在要改變戰術，緹莎亞想。你是個玩家，聽出了檯面上滾的是怎樣的骰子。你將改變戰術，你將改變遊戲方式。

維列佛茲沒有將目光從她身上移開。

「妳說得對。」他簡短地說著：「妳說得對，緹莎亞。與尼夫加爾德的戰爭是一回事，但面對屠殺非人類不能無動於衷。我建議召開大會——全體大會，層級要上到三級大師，所以連那些索登之役後入席皇家會議的巫師也將包括在內。到時在大會上，我們就和他們講道理，要他們讓那些君王冷靜一點。」

「我贊成這個計畫。」特拉諾瓦附和道：「我們就召開大會，提醒他們，誰才是他們首要效忠的對象。你們看看，現在就連我們議會裡的某些人也成了那些君王的謀士，像是卡爾敦、菲莉帕．愛哈特、菲爾卡特、拉德克里夫、葉妮芙……」

最後那個名字讓維列佛茲一顫。當然，只在他的內心。不過緹莎亞．德芙利斯是高級女巫。緹莎亞感受到那份思緒、脈動，從工作檯與魔法儀器那端一直到桌上兩本平放的書。這兩本書都是隱形的，需要藉由魔法使之現形；女巫集中注意力擊破魔法屏障。

阿恩伊特林思帕舍——精靈預言師艾玟年之女伊特莉娜．愛格利的預言。這是有關文明終結的預言，也預告了滅絕、破壞與回歸野蠻時代，將伴隨永凍之界的大量寒冰而來。而第二本……非常古老……破舊……阿因恆伊凱爾……上古之血……精靈之血？

「緹莎亞，妳覺得呢？」

「我同意。」女巫將方向偏掉的戒指轉正。「我同意維列佛茲的計畫，我們就召開大會吧！越快越好。」

金屬、玉石、水晶，她想。你在找葉妮芙嗎？爲什麼？還有，葉妮芙與伊特莉娜的預言有什麼關係？和精靈的上古之血又有何關係？維列佛茲，你究竟在謀劃什麼？

不好意思。莉迪雅．凡布雷德佛特的聲音以心靈感應的方式，無聲地傳了進來。巫師立刻站起身。

「請各位見諒。」他說：「這是急事，我從昨天就在等這封信，只要一下下就好。」

阿爾圖打了個哈欠，又加一個悶嗝，然後伸手去拿玻璃酒瓶。緹莎亞看向莉迪雅，後者則對她報以微笑——用眼神，這是莉迪雅用來表達微笑唯一的方式。

莉迪雅．凡布雷德佛特的下半張臉被下了幻影術。

四年前，她奉主人維列佛茲之命，參與研究某座古墓出土的工藝製品。後來才知道，原來那個工藝製品被下了強大的詛咒。那個詛咒只應驗過一次。當時參與研究的五位巫師中，三位當場死亡；第四位失去了雙眼、雙手，還發了瘋；莉迪雅帶著灼傷逃了出來，但她的下巴已經慘不忍睹，整個喉頭與喉嚨嚴重變形，直至今日，不論用任何方法仍無法修復。因此，莉迪雅被下了幻影術，免得旁人見了會嚇昏過去。那是一道很強的幻影，即使是巫師中的菁英也很難破除。

「嗯……」維列佛茲把信放到一旁。「謝謝妳，莉迪雅。」

莉迪雅笑了笑。信使正在等候您的答覆。她說。

「我不會回覆。」

我知道了。我已經要人爲賓客準備房間。

「謝謝。緹莎亞、阿爾圖，不好意思要你們等我，我們繼續吧。剛才說到哪裡？」什麼也沒說到，緹莎亞·德芙利斯想。不過我會仔細聽你怎麼說。因爲你終究會提到那些眞正讓你感興趣的事。

「哦，」維列佛茲慢條斯理地開了口：「我知道我剛才想說什麼了。我想說的是關於議會裡那些最資淺的成員，菲爾卡特與葉妮芙。據我所知，菲爾卡特跟特馬利亞的佛特斯特有來往，他與特瑞絲·梅莉戈德都是皇家議會的成員。那葉妮芙是哪一邊的？阿爾圖，你說她也是爲那群國王效命的人之一。」

「阿爾圖太誇張了。」緹莎亞平靜地說：「葉妮芙住在凡格爾堡，所以戴馬溫有時會找她幫忙，不過他們沒有固定的合作關係。所以當然不能說她在爲戴馬溫辦事。」

「她的眼睛怎樣了？我希望一切都正常。」

「嗯，一切都很正常。」

「那就好。太好了。我本來很擔心……你們也知道，我本來想跟她聯絡，不過她卻出門了。沒人知道她上哪去。」

玉石、金屬、水晶。緹莎亞·德芙利斯心想。葉妮芙身上戴的東西都有活性，不可能靠通靈術找到她的。親愛的，用這個辦法是找不到她的。如果葉妮芙不想讓人知道她在哪裡，沒有人找得到她。

「寫信給她。」她一邊理著兩邊的袖口，一邊平靜地說：「用一般的方法把信送出去。這樣信就會送到她手裡。而葉妮芙不論在哪，都會回信的。她每次都會回。」

阿爾圖插嘴道：「葉妮芙常常不見人影，有時一走就是一整個月。不過通常沒什麼特別原因……」

緹莎亞唇一撇看著他。巫師不再說話。維列佛茲微微一笑。

「是啊，」他說：「我想的就是這個。她以前曾經跟……某個獵魔士有很密切的關係。要是我沒弄錯的話，那個獵魔士是傑洛特。那好像不只是短暫的愛情遊戲，葉妮芙似乎非常投入……」

緹莎亞．德芙利斯挺直了身，緊抓著座椅把手。

「你爲什麼要問這個？這是她的私事，與我們無關。」

「當然。」維列佛茲看著丟在桌面的信函說：「與我們無關。不過我不是爲了沒營養的八卦而問，只是擔心議會成員的情緒問題。我擔心葉妮芙在知道那個……傑洛特的死訊後，會做何反應。我想，她應該可以回到正常生活，接受這個事實，不會陷入憂鬱裡，也不會過度沉浸於傷慟之中。」

「她當然不會有問題。」緹莎亞冷冷地說：「更何況，這種消息每隔一段時間就會傳到她耳朵裡，而每次到最後都證實只是傳言。」

「沒錯。」特拉諾瓦說：「那個傑洛特還是什麼的，他還挺行的。不過這也沒什麼好驚訝。他是個變種人，是殺人機器，天生就是要奪取他人性命而非讓人奪命。而葉妮芙，我們姑且別太把葉妮芙的感情問題看得太嚴重。我們也不是不認識她，她不會就這樣被感情牽著鼻子走。她跟那個獵魔士不過是逢場作戲，如此而已。那傢伙不斷地在玩死亡遊戲，這點讓她很著迷。等到哪一天他眞的玩完了，也就結束了。」

「至少目前，獵魔士還活著。」緹莎亞．德芙利斯冷淡地說。

維列佛茲微微一笑，再度將視線投向他面前那封信。

「是嗎？」他說：「我不這麼認為。」

□

傑洛特微微發抖，嚥了嚥口水。他已經度過喝下鍊金藥後第一波冷顫；接著一波波暈眩襲來，雖然微弱，卻令人不太舒服，但他的視力隨著每一次的不適而更加習慣黑暗。

他很快地便適應眼前的黑暗。深夜的幽暗逐漸清晰，四周的物象開始有了輪廓，由隱晦朦朧，逐步轉為銳利清晰。

前一刻，這條通往水道岸邊的小巷道還暗得伸手不見五指，甚至比裝過焦油的桶子還要來得漆黑，不過此時，傑洛特就連窄巷裡爬上爬下、在水窪與危牆磚縫中東聞西嗅的鼠輩，也能看個明白。

在獵魔士藥水的作用下，他的聽力也變得十分敏銳。原先，錯綜複雜的糾結巷弄中，只聽聞雨水嘩啦打落排水槽；如今，這巷弄卻有了生氣，發出各式各樣的聲響。他聽見貓兒打架、水道彼端狗兒吠叫、奧克森福特的酒肆飯館裡傳出的笑鬧聲、船夫酒吧裡的吼叫與歌聲，以及遠處傳來曲調很是活潑的悠揚笛音。就連原本沉睡的屋舍也悠然轉醒——傑洛特開始可以分辨人們的鼾聲、牛隻在牲圈裡的踏動聲，馬兒在馬廄裡的噴氣聲。巷弄深處某戶人家中，不斷傳來女子歡愛中那嗚咽難耐的連連嬌喘。

這些聲音越來越大、越來越強。他甚至聽得出浪蕩歌謠中的猥褻詞句，也知道了那嬌喘女子燕好的對象姓啥名誰。水道上方，米爾曼那立於水椿上的屋裡，傳來江湖術士模糊的聲音，時有時無、不甚協調。自從受過菲莉帕．愛哈特拷問後，那江湖術士就徹底處於痴呆的狀態，而他這一輩子肯定就是這樣了。

破曉將近，雨也終於停歇。一道風吹來，送走了層層烏雲。東方天空明顯轉亮。

窄巷裡的老鼠突然騷動起來，向四處奔散，躲進箱子和垃圾堆中。

獵魔士聽見腳步聲。來者約莫四、五人，還沒辦法仔細算清楚。他抬頭往上一看，卻沒看見菲莉帕。

他馬上改變戰略。如果來人是黎恩斯，那麼逮到對方的機會就不大。傑洛特勢必得先跟黎恩斯的護衛打上一架，不過他不希望這樣。一來，他已經服了鍊金藥，那些人必死無疑；二來，到時黎恩斯就可以趁亂逃跑。

腳步聲越來越近。傑洛特自黑暗中走出。

黎恩斯從窄巷中現身。雖然在這之前，獵魔士從未見過巫師，卻在轉瞬之間立刻認出他的身分。那斗篷陰影覆蓋之下的，是一道燒傷，一個來自葉妮芙的禮物。

他是孤身前來。他的護衛並沒有現身，而是留在巷弄之中躲藏著。傑洛特馬上瞭解箇中緣由。黎恩斯早已知道是誰在江湖術士的屋前等自己。黎恩斯明知這裡有埋伏，卻還是來了。獵魔士猜出了原因，而且是在他聽見那一道道細微的拔劍聲前就猜到了。很好，他想。如果這是你們想要的，那就來吧。

「獵殺你是件挺令人愉快的事。」黎恩斯輕聲道：「用不著花心思去找你，你自己就會去該去的地方。」

「彼此，彼此。」獵魔士靜靜地說：「如同你在這裡出現一樣。我想要你到這裡，你人就來了。」

「你的手段一定不差，才會讓米爾曼吐出護身符的事，告訴你護身符藏在哪裡，要如何用它來傳送訊息。不過這個護身符雖然可以傳遞消息，同時也會發出警告。這點米爾曼可不知道，而且也不可能知道，即使把他放到燒紅的炭火上烤也一樣。我給了很多人這種護身符，我知道你早晚會找上他們其中一個。」

街角走出四個人，他們緩慢、迅速而無聲無息。不過仍舊停在暗處，就連手上的劍也小心握著，不讓劍光洩露身分。毋庸置疑，獵魔士將他們看得一清二楚卻不點破。很好，你們這些殺手，他想。如果這是你們想要的，那我會讓你們如願以償。

黎恩斯站在原地繼續說：「我一直在等，而最後等到了。我打算讓大地不用再忍受你的重量，你這個令人厭惡的變種。」

「你打算？你太高估自己了。你不過是個工具，被人僱來做骯髒事的惡徒。誰派你來的？走狗。」

「你想知道的事太多了，變種人。你叫我走狗？那你又知道自己是什麼東西嗎？你是路上的一堆屎，因爲有人不想自己的鞋子被弄髒，理該要被清乾淨。我不會告訴你這個人是誰，雖然我可以這麼做。不過我可以告訴你另一件事，讓你在往地獄的路上好好想想。我已經知道你如此呵護的那個私生子在哪裡。我已經知道你的女巫——那個葉妮芙在哪裡。我的主人根本對她不屑一顧，不過我跟那個蕩婦有過節。我先把你處理好，然後才輪到她。我會讓她後悔使了那場火焰小把戲。是啊，她到時一定會非常後悔，而且還會後悔很久。」

「你不該把這些說出來的。」獵魔士露出很可怕的笑容。鍊金藥的效力再加上腎上腺素，他已經感受到打鬥帶來的興奮感。「要是你沒跟我說這些，還有機會可以活命。不過現在沒機會了。」

獵魔士的徽章劇震，警告他將遭受突擊。他立刻跳開並快速拔出劍來，以覆滿盧恩文字的劍身抵擋朝他射來那股猛烈而驚人的魔法能量，並將之擊碎。黎恩斯往後一退，抬手打算施咒，卻在最後一刻退卻了。他甚至沒試著再施一次咒語便宣告棄局，急急退回窄巷深處。獵魔士追不上去——那四名自以為隱於黑暗之中的劍客擋住了他的去路。霎時間，寒光凜凜。

他們是行家。四個都是，經驗老道、劍術純熟、訓練有素的行家。他們兵分二路展開攻擊，兩個攻左，兩個攻右。劍客兩兩成隊，這樣每個人背後都有另一人作掩護。獵魔士決定從左邊那兩個下手。鍊金藥所引起的興奮中多了瘋狂。

第一個殺手自右側發動佯攻，打算閃身讓背後的同伴突襲獵魔士。傑洛特一個轉身，避開他們，從背後揮劍砍向那第二個殺手，以劍尖從那人頭部、頸部到背部一路砍下。他一肚子火，下手毫不留情。鮮紅的血泉飛濺牆上。

第一名殺手快速後退，好讓第二隊殺手上場。補上的兩人分別自兩頭舞劍進攻，使敵方就算擋得了第一劍，也躲不過第二劍。傑洛特沒有擋開，一個迴身切進兩人中間。他們被迫改變舞劍的節奏及步伐，免得傷到彼此。其中一人及時且俐落地跳開；另一人卻來不及止住攻勢，失去平衡，摔了個四腳朝天。獵魔士旋身轉向身後，一劍砍向那人腰脊。他的怒火依然高漲，甚至能感覺到手中那把獵魔士之劍的銳利刀刃是如何切斷脊椎。淒厲的哀號迴盪在大街小巷。餘下兩人立即迎向他，展開綿密攻勢，獵魔士都險險避開。他一個迴旋，自亮晃晃的刀刃下脫身。不過他並沒有倚牆護身，反而發動攻擊。

兩人沒料到他會出這招，閃躲不及而分了開來。其中一人出手反擊，不過獵魔士閃過攻擊，身子一轉，憑藉空氣中的震動，向後方盲目一刺。他一肚子火，把目標瞄得很低，放在腹部。命中。他聽見一聲慘叫，不過卻沒時間查看。最後一名殺手已經來到他面前，以四分位【註】卑鄙地從他左側快攻。傑洛特在最後一刻擋開，不閃不躲，也沒有轉身，用的是右側四分位。殺手利用傑洛特格擋的衝勁，像個彈簧般回身一劍，劃出一個半圓，攻勢又大又重。這一劍揮得太重了。傑洛特已轉過一圈。殺手的劍身較獵魔士的重了許多，那劍劃破夜空，讓殺手不得不隨著劍走；那股推力讓他轉了一圈。傑洛特迴身半圈來到對方面前，非常貼近。他看見對方扭曲的臉龐和驚恐的目光。他一肚子火，一劍砍下。短短一劍，但力道很強，且正中目標，直接傷到對方眼睛。他聽見莎妮驚恐的叫喊，她正站在通往江湖術士住所的橋上，試著掙脫亞斯克爾的箝制。

黎恩斯丟掉斗篷，退到巷子深處，將開始透出魔法光暈的雙手舉至身前。傑洛特雙手緊握劍柄，毫不猶豫地朝他的方向衝過去。巫師非常緊張，等不及完成咒語，拔腿就跑，還一邊說著讓人無法理解的話。不過，傑洛特知道對方在說什麼。他知道黎恩斯是在找人幫忙，在討救兵。

而救援的確到來。小巷子裡燃起一道亮光，一戶人家破舊污損的牆面上，燃起了一道橢圓形火圈，那是個傳送點。黎恩斯拚命跑向那個傳送點。傑洛特縱身一跳，怒不可遏。

□

土布蘭．米雪列呻吟著，他蜷起身子，以雙手壓著撕裂的腹肚，感覺得到血液正從指縫間迅速流失。佛拉維斯就倒在離他不遠的地方，剛才還顫抖著，但現在已經靜止不動了。土布蘭閉上眼睛，再度張開。停在佛拉維斯身旁那隻貓頭鷹顯然不是幻覺，因爲牠並沒有消失。他再度呻吟，轉過頭。有個女子正淒厲喊叫著，從聲音聽來，她應該還很年輕。

「放開我！那邊有人受傷了！我得……我是學醫的啊，亞斯克爾！放開我，你聽見了沒？」

「妳幫不了他們。」那個名叫亞斯克爾的悶聲說：「被獵魔士之劍傷了後，妳就幫不了他們……甚至不要靠過去。別看……求妳，莎妮，別看。」

土布蘭感覺有人跪在他身前，有股香水味和濕潤的羽毛氣味，他聽見安靜、溫柔、讓人寬心的聲音。他吃力地想聽清楚那聲音在說什麼，但年輕女子令人煩躁的叫喊與嗚咽干擾了他。是……那個醫學院女學生。不過要是大叫的是醫學院的女學生，那麼跪在他身旁的是誰？土布蘭呻吟了一下。

「……沒事的，一切都會沒事的。」

「王……八……蛋……」他吃力地說著：「黎恩斯……跟我們說……只是個普通的廢物……結果那是……獵魔士……圈……套……幫……幫我……我的……腸子……」

【註】英文是quarte，擊劍動作中八種防禦姿勢中的第四種，手掌向上，劍尖指向對手右胸。

「安靜，安靜，孩子。冷靜下來，沒事了，已經不會痛了。對吧，不痛了吧？告訴我，是誰把你們帶來這裡的？誰幫你們和黎恩斯搭上線的？誰派他來的？是誰陷害你們？請你告訴我吧，孩子。到時一切就會沒事的。你看著吧，一切都會沒事的。請你告訴我吧。」

土布蘭感覺到嘴裡湧出鮮血，但已經沒力氣吐掉。他的臉壓在潮濕的地面上，嘴巴一張開，血就自動流了出來。

他已經完全失去知覺。

「告訴我，」那溫柔的聲音說：「告訴我，孩子。」

土布蘭·米雪列，十四歲便展開職業生涯的殺手，闔上雙眼，嘴角還掛著血腥的笑容。他把他所知道的全盤托出。

當他再度睜開眼睛時，看見一把刀刃非常窄細、有著黃色握柄的匕首。

「別怕。」那溫柔的聲音說，不過他感覺劍尖抵在自己的皮膚上。「不會痛的。」

的確，一點都不痛。

□

他在最後一刻、在傳送點前追上巫師。由於劍早就丟到一旁，所以他縱身一跳時，伸出空著的雙手一抓，拉住對方的大衣邊緣。黎恩斯失去平衡，拉扯的力道使他往後蹭了幾步。他拚命掙扎退開，激烈的動作把大衣釦子都扯掉了。他成功掙脫，不過已經來不及了。

傑洛特右手一拳打中他的肩，讓他整個人轉了過來，左手隨即又送上一拳打在頸側。黎恩斯晃了晃，不過沒倒下。獵魔士微微向前一跳，朝他的肋骨下方再狠狠補上一拳。巫師悶哼一聲，彎下身來。傑洛特抓住他的衣襟，將他轉過身用力摔在地上。被傑洛特以膝蓋壓制在地的黎恩斯伸出一隻手，張嘴打算施咒。傑洛特拳頭一掄，從上方又是一擊，直接打在嘴上。黎恩斯的雙唇像西瓜般裂開。

「葉妮芙的禮物你已經收到了。」傑洛特咬牙切齒地說：「現在這個是我送的。」

他的拳再度落下。巫師的頭彈了一下，額頭與雙頰濺滿鮮血。傑洛特有些驚訝——他並不覺得痛，不過肯定在打鬥過程中受了傷，那是他的血。儘管如此，他並不以為意，也沒時間查看和處理傷口。他又一次掄起拳頭，朝黎恩斯再下一擊。他一肚子火。

「誰派你來的？誰雇用你的？」

黎恩斯朝他吐了口血水。獵魔士再給他一拳。

「誰？」

橢圓形的傳送火圈燃燒得更為旺盛，火光襲捲整個窄巷。獵魔士感受到橢圓火圈襲來一股力量，在他的徽章開始劇震送來警告前，就已經感覺到那股力量。

黎恩斯也察覺到傳送而來的能量，感應到救援將至。他放聲大叫，像隻巨大的魚兒般跳動掙扎。傑洛特以雙膝壓在他胸前，騰出手朝燃燒的傳送點打出阿爾得之印。然而，那是個錯誤的決定。傳送點內沒有現出任何人。只有一股力量噴發而出，而那股力量被黎恩斯奪了去。

巫師雙手一放，發出六吋長鋼刺，射中傑洛特的肩胛與胸膛。他吃痛地大叫一聲。一股能量自鋼刺爆發。獵魔士整個人往後飛彈出去。那力道之大，讓他感覺得到，也聽到自己因痛楚而咬斷牙齒的碎裂聲。至少斷了兩顆。

黎恩斯試著脫身，不過馬上又跪倒在地，拖著膝蓋爬向傳送點。傑洛特吃力地喘著氣，從鞋套裡抽出短劍。巫師回頭一看，急忙爬起身，卻滾了一圈。獵魔士也滾了一圈，不過動作更快。黎恩斯再度回頭，大聲尖叫。傑洛特手握短劍。他一肚子火，怒不可遏。

某個東西從背後抓住他，將他完全制住，令他動彈不得。頸上的徽章震個不停，傷肩傳來令人痙攣的痛楚。

菲莉帕．愛哈特站在他身後約莫十步遠，舉起的雙手中射出一道霧光——那是由兩道輻射線所組成。兩道射線皆投向他的後背，化成光鉗制住他的肩膀。他試著掙脫，卻徒勞無功。他動不了，只能眼睜睜地看著黎恩斯踉蹌走進閃爍著乳白光芒的傳送點。

黎恩斯慢條斯理，不疾不徐地跨進傳送點的光芒中，如潛水般慢慢沒入，逐漸模糊，最後消失。橢圓入口下一秒便隨之關閉，小巷中頓時籠罩難以穿透、如天鵝絨般的濃密暗黑。

□

貓群打鬥的聲音自巷道某處傳來。傑洛特拾起劍，看了下劍身，朝女巫走去。

「菲莉帕，爲什麼？妳爲什麼要這麼做？」

女巫向後退了一步，手上仍然握著剛才刺進土布蘭．米雪列頭骨的那把七首。

「你爲什麼要問？你明明很清楚原因。」

「對。」他說：「我現在知道了。」

「傑洛特，你受傷了。你不覺得痛，是因爲獵魔士的鍊金藥讓你失去知覺，不過你看看自己，全身都是血。你能不能稍微冷靜一下，這樣我才不怕靠近你、替你包紮？該死，別這樣看我！也別再靠過來了。你再往前一步，我就只好……別過來！拜託你！我不想傷害你，不過要是你繼續靠近……」

「菲莉帕！」亞斯克爾抓著淚流滿面的莎妮大喊著：「妳瘋了嗎？」

「不。」獵魔士吃力地說著：「她沒有瘋。她很清楚自己在做什麼，她一直都知道自己在做什麼。她利用了我們，背叛了我們，欺騙了我們……」

「冷靜點。」菲莉帕．愛哈特重複道：「你不了解，也不用了解。我做的是我必須做的事。不要叫我背叛者，因爲我做的都是爲了不違背你所想像不到的更重要之事。那十分重要，重要到一旦面臨抉擇，必須毫不猶豫地犧牲其他枝微末節。傑洛特，該死的，在我們說話的同時，你卻杵在血灘裡。你冷靜下來，讓我們，我和莎妮來幫你。」

「她說的對。」亞斯克爾大叫：「你受傷了，天殺的！得快點幫你包紮，然後帶你離開這裡！你們要吵就等一下再吵吧！」

「妳跟妳的大事……」獵魔士沒理會詩人，搖搖晃晃地再往前靠。「菲莉帕，妳的大事和妳的選擇，就是躺在這裡的這個人，妳取得妳想要，卻又不能讓我知道的那個情報後，便讓他全身是傷、冰冷僵直地躺在這裡的這個人。妳的大事就是黎恩斯，那個妳放走的人，免得他不小心洩露了主子是誰的祕密，好讓他繼續謀劃殺人的勾當。妳的大事就是這些不必要的屍體。不好意思，我說錯了，不是屍體，是枝微末節！」

「我就知道你不會懂的。」

「我當然不懂，也永遠都不會懂。不過我知道這是怎麼回事。這是你們的大事、你們的戰爭、爲了拯救世界的奮鬥……你們不擇手段也要達到的目的……菲莉帕，豎起耳朵聽好了。妳聽見那些聲音、那些尖叫了嗎？那是貓兒在爲牠們的大事而戰，爲了不容分割的垃圾堆掌控權而戰。這可不是野餐，是會流血、會掉毛的。那裡正在發生的，是一場戰爭。這兩場戰爭，不論是貓的還是妳的，我幾乎可說是完全不在乎。」

「這只是你自己這麼以爲。」女巫嘶聲說著：「你將會開始在乎這一切，而且會比你以爲的還要早開始。你正站在『必要』與『選擇』之前。你已經捲入了這場命運，我親愛的，涉入的程度比你自己以爲的還要深。你以爲你照顧的是個孩子，是個小女孩。你錯了。你攬上身的是道火焰，這道火焰隨時可以燃燒整個世界——我們的世界，你的、我的、其他人的世界。而你將會面臨選擇，就像我一樣，就像特瑞絲．梅莉戈德一樣。就如同葉妮芙得做出選擇那樣，因爲葉妮芙已做了決定。你的命運就掌握在她手裡，獵魔士。是你自己親手把命運交給她的。」

獵魔士晃了一下。莎妮大叫一聲，掙開亞斯克爾。傑洛特比了個手勢制止她，然後挺起身，直直看進菲莉帕．愛哈特的深色眼眸。

「我的命運，」他吃力地說：「我的選擇……菲莉帕，我告訴妳我選擇了什麼。我不允許你們把奇莉牽扯進你們的骯髒謀畫中。要是有誰膽敢傷害奇莉，下場就會像躺在那邊的四個人一樣。我不會發誓，也不會保證，只會預先警告。妳指控我是個不稱職的守護者，說我不會保護這孩子。但我會保護她，以我所知道的方式。我會揮起我的劍，會大開殺戒……」

「我相信你。」女巫露出一抹微笑說：「我相信你會。不過不是今天，傑洛特，不是現在，因爲你等等就會失血過多而昏過去的。莎妮，妳準備好了嗎？」

沒有人一出生就是巫師。我們對於遺傳學與遺傳機制的了解依舊太少，投注在研究上的時間與財力也太少。不幸的是，一直以來我們都是使用所謂「自然」的方式傳承魔法能力。而這些偽實驗的結果，幾乎時不時就能在城市的街道旁或神殿的圍牆下看到。那些智障與精神分裂者，以及流著口水、在褲子裡大小便的先知、預言師、村落裡的神諭者和活神仙，都是繼承了無以掌控之力而心智墮落的人。

這些智障與精神分裂者同樣也可以擁有子嗣，把這些「能力」傳給後代，然後就這麼繼續退化下去。有誰可以想見並告訴大家，這種鏈接的最後一個環節會是什麼樣子？

我們這些巫師之中，大多數人已喪失生殖能力，這是身體改變與腦下垂體功能異常的結果。有些巫師，通常大多是女巫——在與魔法調和的同時，仍能保有生殖腺的功效。他們可以生兒育女，並大膽地將這當作是種幸運，是天神的眷顧。我要重申：沒有人生來就是巫師，也沒有人生來就該是巫師。

我很清楚我寫的影響有多大，但我要回應奇達里士大會中所提到的那個問題。我的回答很明確：要當個女巫，還是母親——我們之中的每個人都必須做出決定。

我要求所有學徒結紮，無一例外。

——《毒源》
緹莎亞．德芙利斯

第七章

「我跟你們說件事。」優拉二世把一籃穀粒抵在腰間，突然說道：「要打仗了，公爵管家來拿起士的時候說的。」

「打仗？」奇莉撥開額前的髮絲問著：「跟誰？跟尼夫加爾德嗎？」

「這我就沒聽到了。」小學徒老實地說：「不過管家說佛特斯特國王親自下令給我們公爵，所以他派了軍令到各處，路上全是黑壓壓一片大軍。喔！到底會發生什麼事？」

「如果要打仗，」艾伍兒奈德說：「那就一定是跟尼夫加爾德，不然要跟誰？哎，又來了！老天啊，這太可怕了！」

「優拉，妳會不會說得太誇張了？」奇莉把穀粒撒向跟在四周、又吵又跳的母雞與珠雞。「說不定這只是另一次斯寇亞塔也搜捕行動？」

「南娜卡媽媽也是這樣問那個管家。」優拉二世說：「可管家說不是，這次跟松鼠無關。看起來，城堡和要塞好像都收到命令，要儲存糧草以防圍城。再說，那些精靈都是在森林裡打游擊，不會跑來圍城！管家問了神殿能不能提供更多起士和其他東西，給城堡儲糧用。他還要了鵝毛。他說需要很多鵝毛，要拿去製箭，給弓射擊用的。妳們聽懂了沒？喔，眾神呀！我們得要幹很多活了！妳們等著看吧！我們的工作會多得像山一樣高！」

「不是我們全部。」艾伍兒奈德冷笑說：「有些人才不會弄髒自己的手。有些人一星期只工作兩次。她們沒時間工作，因爲她們看起來像是在學習巫師的把戲，實際上應該只是到處閒晃，或者在公園裡亂跑，拿著棍子亂砍雜草。妳知道我說的是誰，對吧？奇莉。」

「奇莉一定會去參加這場戰爭。」優拉二世咯咯笑著。「畢竟她是騎士的女兒呀！她是帶著可怕寶劍的女戰士，終於可以去砍腦袋而不是斬蕁麻了！」

「不，她可是尊貴的女巫大人！」艾伍兒奈德皺著鼻子說：「她會把所有不是朋友的人全都變成田鼠。奇莉！讓我們見識一下神奇的法術。把妳自己隱形，或是讓紅蘿蔔長快點，不然就想辦法讓母雞餵飽自己。喂，不會要我們求妳吧？快施法啊！」

「魔法不是拿來炫耀的。」奇莉生氣地說：「魔法不是市街上的把戲。」

「當然，當然。」小學徒笑了起來。「不是拿來炫耀的。喂，優拉，這口氣聽起來還眞像那個潑婦葉妮芙！」

「奇莉跟她眞是越來越像了。」優拉下了評語，還裝模作樣地嗅了一下。「身上的味道甚至也差不多。哈！這一定是用蕩婦草或龍涎香做的魔法香水。奇莉，妳用魔法香水喔？」

「才不是！我用的是香皀！那是妳們很少用到的東西！」

「哎呦……」艾伍兒奈德一臉嘲諷。「瞧她多麼牙尖嘴利，多麼刁鑽惡毒啊！一副了不起的樣子！」

「她以前可不是這樣。」優拉二世高傲地說：「自從跟那個女巫一起後，就變成這副德性了。吃跟她在一起，睡也跟她在一起，寸步都離不開那個葉妮芙，甚至連神殿的課也幾乎都不來上了。至於對我們呢，人家是根本連一丁點時間都沒有！」

「然後我們還得連她的工作一起做！廚房的活、園子的活！看呀，優拉，妳看看她的手！像個公主似的！」

「本來就是這樣！」奇莉吼回去：「有的人有腦子，所以他們拿到的是書！有的人腦袋空空，所以留給他們的就是掃帚！」

「而妳就是騎在掃把上，對吧？一無是處的女巫！」

「妳這個笨蛋！」

「妳才是笨蛋！」

「我才不是！」

「妳就是！走吧，優拉！不要理她。女巫才不是我們的同伴。」

「當然不是！」奇莉把裝著穀粒的籃子重重丟在地上，大聲吼道：「母雞才是妳們的同伴！」

兩個小學徒皺起鼻子走了，身旁還跟著一群聒噪的禽鳥。

奇莉大聲咒罵，用的是維瑟米爾最愛的字眼，雖然她並不是真的完全明白那些字眼所代表的意思。接著，她又加上幾句從亞爾潘．齊格林那兒聽來的話，至於這些話的含義，她更是完全搞不懂。她伸腳把母雞全都趕到撒在地上的穀粒堆那兒。接著她拾起籃子，把它反轉到掌心上，再使出獵魔士的迴旋跳，把籃子像盤子般塞進雞窩的稻草棚底下。然後她腳跟一轉，拔腿跑過神殿公園。

她輕巧地跑著，呼吸控制得很好，每隔一棵樹就俐落地轉半圈，用想像中的劍在樹上做記號，接著再立刻使出以前學過的閃躲和佯攻。她敏捷地翻過圍欄，平穩而輕巧地曲膝落地。

「亞瑞！」她抬頭看著高塔石牆上那扇窗子，大聲喊著：「亞瑞，你在嗎？喂！是我啊！」

「奇莉？」男孩探出頭來。「妳在這裡幹嘛？」

「我可以進去找你嗎？」

「現在？嗯……好吧……進來吧。」

奇莉像一陣風暴般跑上階梯，把年輕學徒嚇了一跳。他當時正背對著她，忙著整理衣著，並拿一堆羊皮紙去蓋住桌上另一堆羊皮紙。亞瑞用手指梳了梳頭髮，清了下喉嚨，然後笨拙地鞠了個躬。奇莉兩隻拇指插著腰帶，甩了下灰色劉海。

「大家在說的到底是什麼戰爭？」她劈頭就是一問：「我想知道！」

「來，坐吧。」

她看了下這屋子，裡頭有四張堆滿書卷的大桌子，椅子只有一張，上面的書也是堆得亂七八糟。

「戰爭？」亞瑞嘀咕著：「我的確有聽到一些傳聞……妳很感興趣嗎？妳一個女……不，不要坐桌上，拜託，我才剛剛把這些文件整理好……坐在椅子上。等等，等一下，我把書拿走……葉妮芙小姐知道妳在這裡嗎？」

「不知道。」

「嗯……那南娜卡媽媽呢？」

奇莉一臉不耐煩，她知道他要說什麼。十六歲的亞瑞是大祭司的愛徒，而且根據大祭司的打算，他將來要當祭司和史官。早先，他住在艾蘭德，在市級法院當抄寫員，不過跟市區比起來，他更常待在梅莉特列神殿裡鑽研、抄錄和整理神殿圖書館裡的書籍。而且，他常一待就是一整天，有時甚至還會過夜。雖然奇莉從沒聽過南娜卡說什麼，不過顯然大祭司絕對不希望亞瑞在她那群年輕學徒身邊打轉，反之亦然。而那群女學徒們也會盯著這個男孩，毫不掩飾地討論，尋思著跟這個頻繁出現在神殿範圍內、穿著褲子的人有哪些可能性。奇莉對亞瑞也感到訝異萬分，因爲亞瑞跟她認知中所謂有魅力的男性完全搆不上邊。就她記憶所及，琴特拉裡有魅力的男性，應該是頭抵屋梁，肩抵門框，咒罵如矮人，吼叫像水牛，不論白天或黑夜，只消三十步外就聞得到他們身上的馬騷味、汗臭味和啤酒味。不符合這種描述的男子，是不會被卡蘭特女王那群女官當成值得讚歎與八卦的對象。此外，奇莉也見識過其他男子——安格崙的德魯伊聰明又溫柔，索登的拓荒者高大而陰鬱，還有卡爾默罕裡的獵魔士。不過亞瑞不一樣。他瘦得像根竹竿，笨手笨腳，穿著過大的衣服，身上總有一股墨水與灰塵的味道。他的頭髮老是油膩膩的，而下巴沒有濃密的鬍鬚，只有七、八根長長的毛髮，其中約有半數還是長在一顆大疣上。奇莉著實不明白，爲什麼亞瑞的塔樓如此吸引著她。她喜歡和他說話。這個男孩懂得很多，從他身上可以學到很多東西。不過，最近當他看著她的時候，目光總是很奇怪、很迷濛，老是黏著她。

「喂！」她開始感到不耐煩。「你到底要不要告訴我？」

「這沒什麼好說的。不會有戰爭，這全都是謠言。」

「哼。」她發出一聲不悅。「也就是說，公爵把軍隊派到各地，就只是爲了好玩？軍隊之所以在大道上行軍，也只是因為無聊？別耍花樣了，亞瑞。你在鎮上和城堡裡待過，所以一定知道什麼事！」

「為什麼妳不去問葉妮芙小姐？」

「葉妮芙小姐有更重要的事要煩。」奇莉沒好氣地回答，不過馬上收斂情緒，擺出甜美的笑容，眨了眨雙眼。「喔，亞瑞，跟我說嘛，拜託！你那麼聰明！你可以把事情說得簡單、明瞭又動聽，聽你說上幾個鐘頭都可以！拜託，亞瑞！」

男孩紅了臉，眼神迷濛，痴傻地看著她。奇莉不禁悄悄地嘆了口氣。

「呃……」亞瑞不自覺地來回踱步，兩手不確定地擺動著，顯然很不知所措。

「我能跟妳說什麼呢？的確，城裡的人都在傳這件事，對安葛拉之谷的那些意外都很激動……不過不會打仗的，一定不會。這點妳可以相信我。」

「我當然相信。」奇莉哼地一聲說：「不過我比較想知道你為什麼這麼確定。就我所知，你不是公爵議事團裡的人。但要是你昨天才剛被任命為總督，那就趕快向我炫耀一下吧，我會恭喜你的。」

「我研究的是史書，」亞瑞漲紅了臉。「在這些書裡可以知道的東西比待在議事團裡要多得多。我看了培力格藍元帥寫的《戰爭史》、路伊特公爵的《戰略》、布隆尼博爾的《雷達尼亞將領之畢挑優勢》……而以我對現今政局的了解，我認為用類比的方法便足以論證。妳知道什麼是類比嗎？」

「當然。」奇莉扯著鞋釦上的草桿，撒了謊。

「如果將過往的戰爭歷史套在當前的政治地理上，很容易就能看出這些邊境的零星衝突，連同安葛拉之谷的衝突，都不過是意外，沒有任何意義。妳身為魔法學徒，一定很瞭解現在的政治地理吧？」

奇莉沒有回答，只是一副若有所思的樣子。她將擺在桌上的羊皮紙掃到一旁，翻開一本厚重的精裝皮革書籍，翻了幾頁。

「別動，不要碰。」亞瑞緊張地說：「這是非常珍貴、絕無僅有的作品。」

「我又不會把它給吃了。」

「妳的手很髒。」

「比你的乾淨。聽著，你這裡有地圖嗎？」

「我有，不過收到箱子裡了。」男孩飛快地說，看到奇莉的表情後，又嘆了口氣，把箱子上的羊皮卷掃掉，掀開箱蓋，蹲下身開始翻找箱中物。

奇莉坐在椅子上，不甚安分，兩隻腳晃呀晃的，繼續瀏覽那本書。書頁間突然掉出一張圖片，上頭畫的是名有著一頭長長鬈髮的女子，全身赤裸，背部緊緊地靠在一名有著落腮鬍、同樣全身赤裸的男子懷抱裡。小姑娘看得出神，把那張圖顛來倒去好一會兒，卻怎樣也看不出哪邊是頭，哪邊是尾。最後，她終於瞧見最重要的細節，咯咯笑了起來。亞瑞脅下夾著張大紙卷走過來，整張臉漲得通紅，一個字也沒說便把圖從她手中抽走，藏到桌上滿滿的紙堆中。

「非常珍貴，而且絕無僅有的作品。」她冷笑說：「你研究的就是這種類比？裡面還有更多這種圖片嗎？眞有趣，這書的書名叫《醫療與民俗療法》。我也想知道是哪種病要用這樣的方式來治療。」

「妳看得懂古盧恩字？」男孩非常訝異，尷尬地說：「我都不知道……」

「你不知道的還多著呢！」奇莉下巴抬得老高說：「你少自以爲是。我不是那種只會餵雞的小學徒，我是……女巫。好了，趕快把那張地圖拿出來吧！」

兩人一起跪在地上，用膝蓋和雙手固定那張一直不斷捲起的紙卷。奇莉好不容易將紙卷一角固定在椅腳下，亞瑞則用一本名爲《拉多維達大王的生活與事蹟》壓在另一角上。

「嗯……這張圖還眞不清楚！我完全看不出哪裡是哪裡……我們在哪？哪裡是艾蘭德？」

「這裡。」男孩用手指比給她看。「這裡是特馬利亞，這一塊。這是維吉馬，我們佛特斯特國王的首都。這邊，彭達爾河谷這邊，就是艾蘭德公國。然後這裡……沒錯，這裡就是我們的神殿。」

「那這座湖是什麼湖？我們這裡沒有湖啊！」

「這不是湖，這是墨漬……」

「喔。那這……這是琴特拉，對吧？」

「對。它位在扎澤徹與索登的南方。這邊，哪，亞魯加河從這邊流過，在琴特拉出海。這個國家，我不曉得妳知不知道，這個國家現在已經被尼夫加爾德控制了……」

「我知道。」她緊握拳頭，打斷他說：「我清楚得很。那個尼夫加爾德在哪？我沒看到這裡有這麼一個國家，是你這張圖裡畫不下還怎樣？拿更大張的來！」

「嗯……」亞瑞抓了抓下巴上的鬍子。「我沒有那種地圖……不過我知道尼夫加爾德在更遠的地方，在南方那邊……喔，差不多這樣。大概吧。」

「有這麼遠嗎？」奇莉看著地上他指的地方，訝異地說：「他們從那麼遠的地方過來？那他們沿途也佔領了其他國家嗎？」

「對，就是這樣。他們打敗了梅提那、邁阿赫特、納澤爾、艾冰格等，所有亞梅兒山以南的王國。這些王國，包括琴特拉跟上索登，現在都被尼夫加爾德改成省了。不過他們沒拿下索登、維爾登跟布魯格。四國聯軍在亞魯加河這裡打敗他們，成功地止住了他們的攻勢……」

「我知道，我有學到這段歷史。」奇莉一掌打在地圖上。「好了，亞瑞，跟我說那場戰爭吧。我們現在就跪在政治地理上，說說你的推論，管你是要用類比，還是其他什麼方法都可以。我洗耳恭聽。」

男孩紅著臉清了清喉嚨，然後用鵝毛尖端指著地圖某處開始解釋。

「如妳所見，現在我們與被尼夫加爾德佔領的南方，是以亞魯加河作分界。這對尼夫加爾德來說，是無法跨越的屏障。這條河幾乎從不結冰；雨季時，河床更可以達到近一哩寬。而且這條河有很長一段的河岸非常崎嶇難至，哪，這邊，馬哈喀姆巨岩區……」

「矮人與地精的國度？」

「對。所以要渡過亞魯加河只能在這裡，下游這邊，也就是索登這裡登陸，或是這裡，在中游，安葛拉之谷這裡……」

「而就是在安葛拉之谷這裡發生了那起……事件？」

「別急。我就是要告訴妳，現在這個時候，沒有哪一支軍隊可以渡過亞魯加河。河谷兩邊可以上岸的地方，幾世紀以來都有軍隊駐紮，守衛十分嚴密，無論是我方或是尼夫加爾德那邊都一樣。妳看一下地圖。看，這裡有多少堡壘。然後妳注意了，這是維爾登、這是布魯格，而這裡是斯格利加島……」

「那這個呢？這一大塊白點是？」

亞瑞把身子挪近了些，她可以感覺到他膝蓋的溫度。

「布洛奇隆森林。」他說：「這裡是禁區，是森林中那群德律阿得的王國。布洛奇隆正好幫我們守住側翼。林精德律阿得不允許任何人穿越那裡，就算是尼夫加爾德人也一樣……」

「嗯……」奇莉將身子壓近地圖。「這裡是亞丁……而凡格爾堡……亞瑞！馬上給我住手！」

男孩倏地把嘴唇從她的髮絲移開，整個人紅得像熟透的柿子般。

「我不希望你對我做這種事！」

「奇莉，我……」

「我來找你是爲了重要的事，是以女巫的身分來見一個學者。」她冷傲地說著，那語氣聽起來與葉妮芙如出一轍。「別再這麼做了！」

「學者」的臉又更紅了，表情顯得十分愚蠢，讓「女巫」差點憋不住笑，只得再度低頭看著地圖。

「從你的地理看起來，」她說：「目前還未有任何結論。你說那條亞魯加河非常崎嶇難至，但尼夫加爾德人已經渡過一次河了。現在還有什麼擋得住他們？」

亞瑞咳了一聲，把額上突然冒出的汗抹掉。「當時，他們要對付的只有布魯格、索登及特馬利亞。現在我們全都團結一致，締結聯盟，就像索登之戰那樣。四個王國──特馬利亞、雷達尼亞、亞丁和咯艾德……」

「咯艾德……」奇莉自豪地說：「是啊，我知道這個聯盟是怎麼回事。咯艾德的韓瑟頓國王爲亞丁的戴馬溫國王提供了祕密援助，這個援助是用木桶運送的。而當戴馬溫國王懷疑有人背叛時，就在那些桶子裡裝了石頭，設下陷阱……」

她突然打住，想起傑洛特不准她向任何人提起喀艾德發生的事。亞瑞一臉狐疑地看著她。

「眞的嗎？妳又是從哪知道這些事的呢？」

「我在培力坎元帥寫的書裡有看過。」她粗聲粗氣地說：「還有透過其他一些類比的方式得知的。趕快告訴我那個安葛拉之谷還是什麼的，發生了什麼事；不過在這之前，先告訴我那個地方在哪。」

「這裡。安葛拉之谷是個很寬的河谷，通往南方的利里亞和利維亞王國、到亞丁，甚至遠一點的布蘭薩納之谷跟喀艾德……也可以藉由彭達爾河谷到我們這兒和特馬利亞。」

「然後那裡發生了什麼事？」

「那裡發生了一場打鬥，應該是吧。這件事我知道的不多，不過就像城堡裡的人說的那樣。」

「要是發生了打鬥，」奇莉皺起眉頭說：「那就已經是戰爭了！你到底在這邊跟我扯什麼啊？」

「這也不是第一次發生打鬥了，」亞瑞解釋道，但小姑娘看得出來，他對自己越來越沒有信心了。「邊界常常會有事件發生。不過這些都沒什麼意義。」

「那爲什麼說這些沒有意義呢？」

「因爲雙方勢均力敵。不論是我們或尼夫加爾德，都沒辦法做出任何事。而且沒有任何一方會給對方開瑟斯貝利【註】……」

「什麼？」

「宣戰的理由。妳懂嗎？所以安葛拉之谷的武裝衝突一定是意外，先是武裝突擊或是走私糾紛……

不管是哪種情況，都不能是正規軍的行動，不論是我軍或尼夫加爾德軍都一樣……因為這樣就會變成開瑟斯貝利……」

「喔。聽著，亞瑞，再告訴我……」她話說到一半，突然抬頭，快速用手觸碰脈搏，皺起眉頭。

「我得走了。」她說：「葉妮芙小姐在叫我。」

「妳聽得見？」男孩好奇地問：「隔這麼遠？是什麼方法……」

「我得走了。」她站起身把膝蓋上的灰塵拍掉，又說了一次。「聽著，亞瑞。我要跟葉妮芙小姐出門去辦非常重要的事，我不知道什麼時候才回來。不過我要警告你，這些事都是祕密，只和女巫有關，所以不要再問了。」

亞瑞也站起身。他把衣服拉好，但兩手仍不知所措。他的目光變得迷濛，讓人感覺很噁心。

「奇莉……」

「幹嘛？」

「我……我……」

她用那雙翠綠色大眼瞪著他，不耐煩地說：「我不知道你要幹嘛，很顯然你自己也不知道。我走了，再見，亞瑞。」

「再見……奇莉，一路順風。我會……我會想妳的……」

奇莉聞言，嘆了口氣。

□

「葉妮芙小姐，我來了！」

她衝進房裡，就像投石機投出的石塊似的，門啪地一聲摔在牆上。阻擋在她身前的凳子可能會害她摔斷腿，不過奇莉靈巧地跳過那張凳子，做出十分優雅的半迴旋，並作勢揮劍。她很滿意自己的表演，臉上掛著大大的笑容。雖然她才剛經過一段激烈的奔跑，但氣息絲毫不亂，呼吸依然和緩。她已經把吐納控制得很完美了。

「我來了！」她再次說道。

「終於。把衣服脫掉，進浴桶去。快點。」

女巫既沒有回頭看她，也沒有自桌前轉過身，只是藉由鏡子的反射觀察奇莉。她緩緩梳著自己微濕的黑色鬈髮。髮梳滑過之處，髮絲也跟著平順服貼，但不稍片刻，又馬上捲回閃亮的波浪。

小女孩快速動作，解開鞋釦，丟開鞋子，褪下衣衫，撲通一聲跳進浴桶。她拿起香皂開始用力搓洗前臂。

葉妮芙一動也不動地坐著，看著窗外，把玩手裡的髮梳。奇莉的嘴沾到了泡沫，於是啜了些水，漱

【註】*casus belli*，此為拉丁文，意指導致戰爭爆發的直接原因，意圖挑起戰事的國家需要合理的藉口來發動戰爭，以尋求國內與他國的支持。

漱口後吐掉。她甩甩頭，思索著不知道有沒有一種咒語，不用水、不用肥皂，也不用浪費時間就能把澡洗好。

女巫把梳子擺到一旁，仍然若有所思地看著窗外。她的視線落在一群向西邊飛去，叫聲可怕的渡鴉與冠鴉上。桌上擺著鏡子與令人咋舌的成堆化妝品，旁邊還放了幾封信函。奇莉知道葉妮芙等這些信等很久了，而且她們離開神殿的時機與收到的信有關。與她告訴亞瑞的相反，小姑娘並不知道她們要去哪，又是爲了什麼原因要去，而在那些信件之中……

她用左手濺起水花以做掩飾，右手比出手勢，專心唸起咒語，盯著信上的字母，將脈波傳送出去。

「妳敢就試試看！」葉妮芙開了口，並沒有回過頭。

「我只是想……」她清了下喉嚨說：「我只是在想，哪一封是傑洛特寫的……」

「要是有的話，我早就給妳看了。」坐在椅子上的女巫將身體轉向她。「還要洗很久嗎？」

「已經洗好了。」

「那就麻煩妳起來吧。」

奇莉乖乖聽話照做。葉妮芙微微地笑了。

「嗯，妳已經不再是小孩了。該圓的地方都圓了。」她說：「把手放下來，我對妳的手肘沒興趣。好了，好了，不用臉紅，也不用假裝害羞。這是妳的身體，是太陽底下最自然的事。至於妳正在發育，也同樣是自然的事。如果妳的命運不是如此……如果沒有這場戰爭，妳早該是某個公爵或王子的妻子了。這點妳明白的，對吧？我們這麼常說到關於兩性的事，而且說得那麼露骨，妳一定明白妳已經是個女人了。當然，這是從生理學的角度來說。妳應該沒忘了我們說過的事吧？」

「沒有，我沒忘。」

「妳去找亞瑞的時候，我希望妳也沒忘。」

奇莉斂下雙眼，但只有一下下。葉妮芙的臉上沒有笑容。

「把身子擦乾，到我這裡來。」她冷冷地說：「麻煩不要把水濺出來。」

奇莉裹著毛巾，在女巫膝旁的椅子上坐下。葉妮芙為她梳著頭髮，時不時用剪刀為她修剪額前不聽話的蓬亂鬈髮。

「妳在生我的氣嗎？」小女孩澀澀問道：「氣我……去了塔裡？」

「不，不過南娜卡不會高興的。妳很清楚。」

「可是我什麼都……我對那個亞瑞根本沒意思。」奇莉微微紅了臉。「我只是……」

「是啊……」女巫喃喃自語：「妳只是。我再提醒一次，別把自己當小孩，因為妳已經不是小孩了。那個男孩看到妳就流口水，而且還會結巴，妳沒看見嗎？」

「這又不是我的錯！我能怎麼辦？」

葉妮芙停下梳頭的動作，用她那雙紫羅蘭色眼瞳深深地看著奇莉。

「別玩弄他，因為這很卑劣。」

「我才沒有玩弄他！我只是和他說話罷了！」

「我想我可以相信，」女巫唰地一聲，剪掉她額前另一撮無論如何都不願乖乖聽話的蓬亂鬈髮，

「你們兩個在說話的同時，妳也沒忘了我要求的事情。」

「我沒忘！我沒忘！」

「這個男孩很聰明，腦筋也動得很快。只要一、兩個字沒留心，可能就會引導他了解那些不該知道的事。絕對不能有任何人知道妳的身分。」

「我沒忘。」奇莉再度重申：「我沒有向任何人洩露過半個字，妳可以放心。告訴我，是因為這樣我們才要突然出遠門嗎？妳怕可能會有人知道我在這裡嗎？為什麼？」

「不是，不是這個原因。」

「那是因為……可能要打仗的關係嗎？大家都在說又要打仗了！葉妮芙小姐，大家都在談這件事！」

「的確。」女巫在奇莉的耳上又剪一刀，冷冷地說：「這就是所謂永無止盡的話題。以前的人談過，現在的人也談，以後的人還會談。不過，這也不是沒道理——以前打過仗，以後也還是會打仗。把頭低下去。」

「亞瑞說……我們跟尼夫加爾德不會開打。他說了些什麼類比之類的……還給我看了張地圖。我已經不知道該做何感想了。我不知道什麼叫『類比』，這一定是什麼很高深的學問……亞瑞他看很多學術方面的書籍，懂很多事，可是我覺得……」

「我倒是很有興趣知道妳是怎麼想的？奇莉。」

「在琴特拉……那時候……葉妮芙小姐，我外婆她比亞瑞聰明多了。艾斯特國王也比他聰明，他航行過各大洋，什麼事都知道，就算是獨角鯨跟海蛇他也知道。我敢打賭，他懂的『類比』一定也不只一個。不過這又怎樣呢？他們突然間就來了，那些尼夫加爾德人……」

奇莉抬起頭，聲音哽在喉頭。葉妮芙抱住了她，緊緊地摟在懷裡。

「很不幸，」她輕聲說：「很不幸妳說對了，醜小鴨。如果汲取經驗與歸納結論的能力可以決定一切，那麼就不會再有戰爭了。不過，不論是經驗或是類比，從來不曾阻止，也阻止不了那些好戰者。」

「所以，果然……果然這是眞的。要打仗了。是因爲這樣我們才要離開嗎？」

「不說這個，犯不著杞人憂天。」

奇莉吸了吸鼻子。

「我已經見識過戰爭。」她低聲說：「我不想再看一次，永遠也不。我不想又變成一個人，不想再擔心受怕。我不想又失去一切，就像當時那樣。我不想失去傑洛特……還有妳，葉妮芙小姐。我不想失去妳，我想跟妳在一起，還有跟他一起，永遠在一起。」

「會的。」女巫的語氣微微顫抖。「我會待在妳身邊的，奇莉。我答應妳，永遠都會。」

奇莉再度吸了吸鼻子。葉妮芙輕輕咳了一聲，放下剪刀和梳子。她站起身，往窗戶走去。渡鴉仍然不斷啼叫著，往山頂的方向飛去。

「當我來到這裡的時候，」女巫突然用她那一貫清脆微顫的聲音說：「我們第一次見面的時候……妳並不喜歡我。」

奇莉沒有答腔。我們第一次見面，她心想。我記得。我跟其他女孩一起在「洞穴」裡，聽莎屈卡教

我們認植物和藥草。當時優拉一世進來，不知道在莎屈卡的耳邊說了什麼。祭司不太情願地皺起臉。然後優拉一世帶著奇怪的表情向我走來。她說，奇莉，把東西收一收，快去食堂那裡。南娜卡媽媽叫妳，有人來了。

大家看我的樣子很奇怪，好像在說些什麼，又好像很興奮。還有一旁的竊竊私語。葉妮芙。女巫葉妮芙。快點，奇莉，動作快點。南娜卡媽媽在等了，還有她也在等妳。

我那時馬上就知道是她，奇莉想。因爲我已經見過她了。我在前一天夜裡見過她，在我的夢裡。就是她。

我那時候還不知道她的名字。她在我的夢裡什麼話都沒說，只是一直看著我，而在她身後的那片黑暗裡，我看見一道關住的門……

奇莉嘆了口氣。葉妮芙轉過身，頸上的那顆星狀黑曜石反射出千百道光芒。

「妳說的沒錯。」小女孩直直看進女巫的紫羅蘭色眼瞳，嚴肅地附和道：「我那時並不喜歡妳。」

□

「奇莉，」南娜卡說：「過來。這位是凡格爾堡的葉妮芙小姐，高級魔法師。別怕，葉妮芙小姐知道妳的身分，妳可以信任她。」

小女孩鞠了個躬，展現出滿滿的敬意。女巫向她走來，黑色長裙沙沙作響，十分隨便地端起小女孩的下巴左看右看。奇莉心中生起一股不快和逐漸高漲的反感——她不習慣有人這樣對待自己，於此同時，她也體驗到了妒火中燒所帶來的刺痛。葉妮芙非常美麗。跟奇莉每天見到那些文弱蒼白、姿色平庸的祭司與學徒比起來，女巫經過精心打扮，看起來白皙亮麗，臉上每個細節也都仔細勾勒過。她那烏鴉般漆黑的鬈髮，如同瀑布一樣地傾瀉肩頭，閃閃發亮，映射著光線，就像孔雀羽毛一般隨著每個動作捲起層層浪花。奇莉突然覺得很不好意思，因爲她的手肘有破皮，掌心乾裂，指甲斷裂；她的頭髮糾結成堆，就像豆莢裡的豌豆似的。一時之間，她突然非常渴望擁有葉妮芙所有的——美麗修長的頸子，上頭還繫了條漂亮的絲絨帶，以及一顆美麗而閃亮的星石。用炭筆描繪過、對稱且整齊的眉毛與長長的睫毛，漂亮的嘴唇。還有那隨著每個呼吸微微起伏，緊綳在綴著白色花邊的黑色布料下的兩顆渾圓……

「所以這就是鼎鼎大名的『驚奇』。」女巫微微揚起一側嘴角。「女孩，看著我的眼睛啊。」

奇莉抖著身子，縮著肩膀。不，這一樣她不羨慕葉妮芙；這一樣她不渴望擁有，甚至根本不希望見到。那對眼睛，如無底深淵，閃著詭異光芒又冰冷邪惡的紫色眼睛。很可怕的眼睛。

女巫轉向高壯的大祭司，頸上的星石反射出落在食堂窗上的陽光。

「沒錯，南娜卡。」她說：「毋庸置疑。只要看一眼那雙綠眸，就可以知道她不簡單。高額頭，對稱的月眉，漂亮的眼距。小巧的鼻翼，修長的手指，少見的髮色。雖然她的血液中只有一點點，不過很顯然是精靈的血統。她的祖父或祖母是精靈，我猜對了嗎？」

「我沒有研究她的血統。」大祭司靜靜地答道：「我對這個沒興趣。」

「以她現在的年紀，她的個子很高。」女巫繼續說，目光依然審視著奇莉。小女孩因爲生氣和緊張，整張臉像煮熟了似的。她努力忍著，很想放聲大叫，用盡胸膛的力氣大叫，拔腿逃到公園去，順便掃掉桌上的花瓶，再把門狠狠摔上，讓天花板上的灰泥都掉下來。

「她發育得挺不錯的。」葉妮芙的視線依然沒從她身上移開。「她小時候有得過什麼傳染病嗎？呵，這點妳一定也沒問過吧。在妳這兒沒生過病？」

「沒有。」

「偏頭痛？暈厥？容易感冒？生理痛？」

「沒有，就只有那些夢。」

「我知道。」葉妮芙撥開臉頰上的髮絲說：「他有寫到這點。從他的信上看來，他們在卡爾默罕沒對她做過任何……試驗。我想應該是真的。」

「那是真的，他們只給她天然的刺激品。」

「沒有一種刺激品是天然的！」女巫提高了聲調。「不可能！或許就是這些刺激品加重了的她症狀……該死，我沒想到他會這樣不負責任！」

「冷靜點。」南娜卡看著她冷冷地說，突然之間，她的口氣中少了尊重。「我說過了，那些都是天然、絕對安全的東西。不好意思，親愛的，不過在這個領域我絕對比妳來得有權威。我知道妳很難接受有人在妳之上，但就這件事，我不得不這樣提醒妳。我們就別再討論這點了。」

「隨妳高興。」葉妮芙咬牙切齒地說。「好了，過來吧，丫頭。我們的時間不多，隨便浪費就是罪過了。」

奇莉得花很大力氣才能控制住顫抖的手，她嚥了嚥口水，帶著詢問的目光看向南娜卡。大祭司的表情很嚴肅，好像很擔心，但她的笑容卻沉默地回應了奇莉的問題。那是個很不好看的假笑。

「妳現在就跟著葉妮芙小姐去。」她說：「她會照顧妳一陣子。」

奇莉垂下腦袋，咬住嘴唇。

「妳一定很意外，」南娜卡繼續說：「為什麼高級魔法師會突然負責照顧妳。不過妳是個明白事理的女孩，奇莉，妳應該猜得出其中緣由。妳遺傳了祖先的……某種特質，妳知道我說的是什麼。先前，妳作了那些夢之後，驚動了全宿舍的人之後來找我，但我幫不了妳，不過葉妮芙小姐……」

「葉妮芙小姐，會做該做的事。」女巫打斷她。「我們走吧，ㄚ頭。」

「去吧。」南娜卡點點頭，努力想擠出還算自然的笑容。「去吧，孩子。記住，能有像葉妮芙小姐這樣的人來照顧妳，是很大的榮幸。不要讓神殿及妳的老師——我們蒙羞，要乖乖聽話。」

我今天晚上就逃跑。奇莉做了決定。回去卡爾默罕。我要從馬廄裡偷一匹馬，從此不會再有人看到我。我要逃跑！

「最好是。」女巫用氣音說。

「什麼？」祭司抬起頭問：「妳說什麼？」

「沒什麼，沒什麼。」葉妮芙微笑著說：「妳聽錯了，又或者是我聽錯了？南娜卡，瞧瞧妳照顧的小女孩，像隻小貓一樣氣呼呼的，眼睛都冒火了。妳看著吧，她等等就會出聲警告，要是她可以把耳朵向後壓低，她一定會這麼做。她可是個獵魔士呢！得狠狠拽住她的小脖子，把那些利爪都磨掉。」

「妳要多體諒她一些。」大祭司的表情明顯嚴肅許多。「請妳對她表現出多一點的關心和體諒，她眞的不是妳以爲的那樣。」

「這話是什麼意思？」

「葉妮芙，她不是妳的競爭對手。」

女巫與祭司，兩人同時審視了對方一下，而奇莉則感覺到空氣中的波動，一股奇怪又可怕的力量凝結在兩人之間。然而這僅僅維持一瞬間，那股力量隨即便消失無蹤。葉妮芙笑了出來，笑得毫不掩飾，笑得清脆響亮。

「我都忘了，」她說：「妳總是站在他那邊，嗯？南娜卡？總是把他照顧得無微不至，就像他那從未擁有過的母親一樣。」

「而妳老是和他唱反調。」祭司露出微笑說：「妳一如往常地賦予他強烈的情感，卻又使盡全力來保護自己，好讓這些情感不會獲得正名的機會。」

奇莉再度感到肚子深處某個地方有股憤怒逐漸升高，敵意與叛逆凝聚在太陽穴。她突然想起，這個名字她已經不知在多少場合聽過多少次。葉妮芙。這個令人不安的名字，代表著某個可怕祕密的名字，她猜想著這當中的祕密。

她們就這樣在我面前開門見山地說著，毫不掩飾。她想著想著，覺得自己的雙手又再度因爲怒意而發抖。她們完全不在意我，根本沒注意到我，好像我是個孩子似的。她們在我的面前談傑洛特，就當著我的面，可是她們不能啊，因爲我……我是……

誰？

「至於妳，南娜卡，就像往常一樣，喜歡分析別人的情感，更糟的是，妳都是以自己的模式來解釋他人！」女巫說。

「所以我是在管別人的閒事囉？」

「我不想這麼說。」葉妮芙甩甩黑色鬈髮，那鬈髮透出光澤，像蛇一般地蜷曲起來。「謝謝妳為我這麼做。現在，麻煩妳，我們換個話題。因為我們現在攪和的這個話題簡直蠢得可以。而且，在我們的年輕學徒面前談這個，甚至令人感到丟臉。至於妳請我做到的體諒……我會多體諒她的。至於『表現關心』，這可能會是件難事，畢竟大家普遍認為我身上並沒有這樣的器官。不過我們自己可以應付得來。對吧？『驚奇』。」

她對奇莉微笑，奇莉只得違背自己的意願——自己的怒氣與不悅，也對她報以笑容。因為女巫的微笑竟出奇地親切、和藹且真誠，是個非常、非常漂亮的笑容。

□

奇莉示威似地背對葉妮芙，假裝把所有注意力都放在神殿圍牆邊，其中一朵錦葵上嗡嗡叫的熊蜂。事實上，葉妮芙的發言她已全數聽在耳裡。

「沒有人問過我這件事。」她喃喃道。

「什麼事沒有問過妳？」

奇莉轉過身，生氣地一拳打在錦葵上。熊蜂憤怒地叫了幾聲，示威後便飛走了。

「沒有人問過我，我想不想要妳來教我！」

葉妮芙雙手扠腰，眼中閃著光芒。

「這還眞是太巧了。」她嘶聲說：「想像一下，也沒有人問過我，有沒有興趣來教妳。話說回來，『興趣』在這件事上，根本無足輕重。我不是什麼阿貓阿狗都教，而妳儘管外表如此，也可能只是尋常的阿貓阿狗。我是被請來看看妳到底是怎麼回事，研究妳身體內的東西究竟是何物，又是用怎樣的方式來危害妳。而我，雖然沒有不情願，但還是同意了。」

「可是我還沒有同意！」

女巫抬起手，動了下手掌。奇莉感覺到自己的脈搏凝結，耳邊嗡嗡作響，就好像嚥口水時會聽到的聲音，只是更爲強烈。她感到一股睡意、令她無能爲力的虛弱感、疲憊僵硬的頸項、虛軟的膝蓋。

葉妮芙一將手放下，那些感覺馬上就消失了。

「給我仔細聽好了，『驚奇』。」她說：「我可以不費吹灰之力就對妳施法、將妳催眠或導入昏迷狀態。我可以讓妳動彈不得，強灌妳鍊金藥，把妳脫光擺到桌上，花幾個鐘頭來研究妳。要是時間到了，我就去吃點東西，而妳就只能躺著盯天花板，甚至連眼球都動不了。我可以對任何人這樣做，可是對妳，我不想這樣做，因爲妳給我的第一印象是個聰明且自豪的女孩，妳有妳的性格。我不想讓妳，也不想讓自己蒙羞。特別是在傑洛特面前，因爲是他拜託我來研究妳的能力，要我幫妳掌控這些能力。」

「他拜託妳？為什麼？他什麼都沒跟我說！根本就沒問過我……」

「妳很堅持要回到這個話題。」女巫打斷說：「沒人問妳的意見，沒人要為自己攬麻煩，去查看妳要什麼、不要什麼。會不會是妳讓人覺得妳是個固執又倔強的孩子，所以不想先過問妳的意見？不過我就來試一試，問那個沒人問過妳的問題：妳要接受測驗嗎？」

「那是什麼？是怎樣的測驗？還有為什麼……」

「我已經解釋過了。要是妳仍舊不懂，那我也沒辦法。我不打算去改變妳的看法或在妳的智力上下工夫。我可以檢驗腦筋清楚的女孩，也可以檢測愚笨無知的女孩。」

「我一點都不笨！而且全都聽懂了！」

「那更好。」

「不過我不適合當女巫！我沒有任何能力！我當不了女巫，也不想當！我註定要當傑洛……我註定要當獵魔士！我只是來這邊待一陣子！過不久我就要回去卡爾默罕……」

「妳一直盯著我的領口。」葉妮芙微微瞇起紫色雙眼，冷冷地說：「有什麼不對勁的地方嗎？還是妳只是單純在嫉妒？」

「那顆星星……」奇莉咕噥著：「是什麼做的？那些石子會動，而且發出的光芒很奇怪……」

「這些石子會發出脈波。」女巫微笑著。「這些都是有活性的鑽石，就嵌在這顆黑曜石上。妳想靠近點看嗎？要摸摸看嗎？」

「好……不！」奇莉往後退了一下，不悅地將頭甩向一邊，想驅散屬於葉妮芙那股接骨木混鵝莓的淡淡香味。「我不要！為什麼要這麼做？我根本沒興趣！一點都沒有！我是獵魔士！我沒有絲毫魔法能力！我不適合當女巫，這應該很明顯，因為我……再說……」

女巫在牆邊的石椅上坐下，專注地研究手指甲。

「……再說，我得考慮一下。」奇莉把話說完。

「到這邊來，在我旁邊坐下。」

她乖乖聽話照做。

「我得有時間好好想想。」她不太確定地說。

「的確如此。」葉妮芙點點頭，但仍看著指甲。「這是一件大事，得好好考慮。」

有一段時間兩個人都沒有說話。公園裡散步的學徒們好奇地看著她們，竊竊私語，輕聲訕笑。

「嗯？」

「嗯什麼……」

「妳想好了沒有？」

奇莉倏地站起來，跺著腳哼了一聲。

「我……我……」她喘著氣，因為生氣的關係，一口氣順不過來。「妳在開我玩笑嗎？我需要時間！我得好好考慮！考慮久一點！要一整天……和一整晚！」

葉妮芙看著她的眼睛，而奇莉在她的注視下退縮了。

「常言道，」女巫慢條斯理地說：「夜晚會帶來建議。不過，『驚奇』，以妳的例子，夜晚只會帶來另一個夢魘。妳又會在尖叫與痛苦中醒來，汗流浹背，妳再度擔心受怕，怕妳看到的東西，害怕那個妳想不起來的東西。那麼妳今晚就不用睡了。恐懼會找上門，直到天明。」

小女孩打了一個冷顫，把頭垂下。

「『驚奇』，」葉妮芙的語氣稍稍變了。「相信我。」

女巫的胳膊是溫暖的。她身上的黑色天鵝絨禮服讓人渴望碰觸。接骨木與鵝莓的氣味竟是如此驚人地芬芳。擁抱讓人感到心安與慰藉，讓人放鬆心情，讓亢奮的情緒降溫，讓怒火與反抗歸於平靜。

「『驚奇』，妳要接受測試。」

「我會的。」她回應，心裡明白其實自己根本就不必回答。因為那根本就不是個問句。

□

「我完全搞不懂了。」奇莉說：「妳一開始說我有能力，因為我會作那些夢。不過妳想做些測試，確定一下……是這樣嗎？那我到底是有能力，還是沒有？」

「這個問題的答案，那些測試會告訴妳。」

「測試，測試。」她皺起一張臉。「我沒有任何能力，我跟妳說，要是我有的話，我應該會知道，不是嗎？對吧？不過……要是萬一如果我有那些能力的話，會怎樣？」

「可能性有兩種。」女巫把窗戶打開，無所謂地說著：「要不就是把這些能力封起來，要不就是要學會怎麼掌控。如果妳確實有能力，也想這麼做，那我會試著教妳一些初階的魔法知識。」

「什麼叫作『初階』？」

「就是『基本』。」

兩人獨自待在南娜卡留給女巫那圖書館旁的大房間裡。這裡是邊間，位在建物未使用的一側。奇莉知道這房間是給客人用的。她知道傑洛特每次到神殿來的時候，就是住在這裡。

「妳會想教我嗎？」她坐在床上，兩手撐在錦緞被子上。「妳之後想把我從這裡帶走，是嗎？我哪兒都不會跟妳去！」

「那我就自己一個人走。」葉妮芙解開鞍囊繫帶，冷冷地道：「而且我向妳保證，我不會想念妳。我不是說過只會教導妳一段時間，前提是要妳有這個意願。我可以這麼做，就在這裡。」

「那妳要教導……教我多久？」

「看妳想要多久。」女巫彎下身，打開五斗櫃，從裡頭搜出一個很舊的皮囊、腰帶、一雙縫了毛皮的鞋子與一只纏了柳條的土瓶。奇莉聽見她含笑地輕聲罵了幾句，看到她把找到的東西放回櫃子裡。想也知道，這些東西的所有人是誰，又是誰把這些東西留在那裡。

「什麼叫作我想學多久就多久？」她問：「要是我覺得無聊，或是不喜歡這個課程……」

「那我們就把課停掉，妳只要跟我說一聲就行了。又或者，妳可以用行動表示。」

「行動？怎麼做？」

「一旦我們決定要進行這個教育課程，我便會要求完全的順從。我再說一次：完完全全。而要是課程讓妳厭煩，妳只要不聽話就行了。到時這個課程就會馬上結束，清楚了嗎？」

奇莉點點頭，瞪著一雙翠綠眼睛看著女巫。

葉妮芙邊整理鞍囊，邊接著說：「第二，我也會要求百分之百坦誠。在我面前，妳不准有任何隱瞞。什麼都不行。所以要是妳受夠了，只要說謊、偽裝、造假或把自己封閉起來就行了。要是我問妳一件事，而妳沒有坦誠回答，這代表課程即刻結束。妳聽懂我的意思了嗎？」

「是。」奇莉咕噥著：「那這個坦誠……是雙向的嗎？我可以……問妳問題嗎？」

葉妮芙看著她，嘴角詭異地揚起。

「當然。」過了一會兒，她答道：「這點是顯而易見的。那是這個課程，以及我打算照顧妳的基本條件。坦誠同時存在於我倆之間，妳可以問我問題，隨時都行。這些問題我都會回答，坦誠以待。」

「每個問題？」

「每個問題。」

「從現在開始？」

「對，從現在開始。」

「葉妮芙小姐，妳和傑洛特之間是怎麼一回事？」

奇莉差點沒被自己的勇氣嚇暈過去，而隨後的寂靜無聲，又讓她瞬間結凍。

女巫慢慢走近她，將雙手放在她肩上，深深地，看著她的眼睛。

「思念。」她慎重地說：「遺憾，希望，以及焦慮。就這樣，我想我沒漏掉任何事。好了，妳這個綠眼小滑頭，現在我們可以開始測試，來看看妳到底行不行。雖然在妳問了那個問題之後，如果結果是不行，我可是會非常驚訝。我們走吧，醜小鴨。」

這個稱呼讓奇莉很不高興。

「妳為什麼要這樣叫我？」

葉妮芙勾起唇角一笑。

「我向妳保證過要坦誠。」

□

奇莉直起身，心情焦躁，不耐煩地在椅子上動來動去。那把椅子硬邦邦的，坐了幾個鐘頭後，開始扎她的臀部。

「這樣根本沒用！」她一邊用被炭筆弄髒的手指在桌上擦來擦去，一邊吼道：「什麼都沒有啊……我做不來啦！我不是當女巫的料！我一開始就知道了，可是妳都不想聽我說！妳根本就沒在聽！」

葉妮芙聞言，挑起了眉毛。

「妳說，我不想聽妳說？真有意思。我通常會留意每段談話的每個句子，把它們記在腦子裡，前提是在那些句子裡至少要有一丁點道理。」

「妳講話老是這麼諷刺。」奇莉咬牙切齒地說：「我只是想跟妳說……關於那些能力。因為在卡爾默罕，在山裡……我做不來任何一個獵魔士的印記，一個都不行！」

「這我知道。」

「妳知道？」

「我知道，不過這根本不代表什麼。」

「怎麼會？嗯……不過還不只這樣！」

「說吧，我可是繃緊了神經在聽。」

「我不是這塊料，妳懂嗎？我……年紀太輕了。」

「當年我開始學的時候，年紀比妳還要小呢。」

「可是妳一定不是……」

「到底怎麼回事？丫頭，不要支支吾吾的！拜託妳至少說出一個完整的句子。」

「因爲……」奇莉垂下頭，雙頰泛著紅暈。「因爲優拉、蜜兒哈、愛芮德跟凱婷，我們吃飯的時候，她們都笑我，還說魔法沒辦法找上我，我也不能施展任何魔法，因爲……因爲我是……處女，這代表……」

「我知道這代表什麼。」女巫打斷她說：「妳大概又會把這個當作是惡意的嘲弄，不過，很抱歉讓妳知道，妳根本在說廢話。我們回到測試上頭吧。」

「我是處女！」奇莉爭辯著：「所以爲什麼要做這些測試？處女不能施展魔法！」

「那我看沒別的辦法了。」葉妮芙靠到椅背上說：「如果這點這麼困擾妳，那就去讓自己失去童貞吧。我會等妳。不過，可以的話，動作快點。」

「妳在跟我開玩笑嗎？」

「妳發現了啊？」女巫淺淺一笑。「恭喜妳。妳通過了反應的基本測試，現在要進入正題了。麻煩妳準備好用腦筋。妳看：這張圖上有四棵小松樹，每棵的樹枝數目皆不同。現在畫出第五棵，要像其他四棵那樣，就畫在這個空白的地方。」

「這些松樹都很蠢。」奇莉宣判著。她吐著舌頭扮了個鬼臉，然後拿起炭筆輕輕畫出一棵歪歪曲曲的小樹。「也很無聊！我不懂，松樹跟魔法有什麼關係？嗯？葉妮芙小姐！妳說過會回答我的問題！」

「很不幸，」女巫拿起紙張，仔細審視那些圖畫，說：「我想我有一天會後悔許下這個承諾。松樹跟魔法有什麼關係？沒有，不過妳畫得很正確，而且在時限內完成。的確，就處女來說畫得非常好。」

「妳在嘲笑我嗎？」

「不。我很少笑，除非真的有很重要的原因，不然我很少笑。現在把注意力放到那張新紙上，『驚奇』。那上頭畫了好幾排星形、圓形、十字形跟三角形，每一排的形狀數量都不同。妳想一下再回答我：最後一行應該要有幾個星形呢？」

「那些星星都很蠢！」

「有幾個？丫頭？」

「三個！」

葉妮芙沉默了好長一段時間，直盯著雕花櫃門上，只有她自己才知道的細節。奇莉嘴上那不懷好意的笑容開始慢慢退去，到最後徹底消失，不留任何痕跡。

女巫依然欣賞著櫃子，非常慢條斯理地說：「妳一定很想知道，當妳說出完全沒有意義的愚蠢答案時，會發生什麼事。妳可能以爲我不會注意到這件事，因爲我根本就不在乎妳的答案？妳錯了。妳以爲這樣我就會接受妳不是個聰明的孩子？妳想錯了。如果妳覺得被人測試很無聊，想要反過來測試我……那麼，妳應該成功了吧？不管怎樣，這個測驗已經結束了。把那張紙還給我。」

「對不起，葉妮芙小姐。」小女孩垂下了頭。「那裡應該是……一顆星星。眞的很抱歉。拜託，請不要生我的氣。」

「奇莉，看著我。」

她抬起眼，非常訝異，因爲這是女巫第一次叫她的名字。

「奇莉，」葉妮芙說：「要知道，雖然我的外表這樣，但我很少生氣，也很少笑。妳並沒有惹我生氣。不過既然妳道了歉，就證明了我並沒有錯看妳。現在，拿起下一張紙。如妳所見，紙上有五間小屋。把第六間小屋畫上……」

「又來？我眞的不懂，爲什麼……」

「……畫第六間小屋。」女巫的語氣變得很嚴厲，眼睛之中亮著紫色火焰。「這裡，在這個空白處。麻煩別讓我再說一次。」

□

在蘋果、小松樹、星星、小魚和小屋之後，接下來換迷宮。奇莉得很快找到迷宮出口，接著換波浪線條、看起來像被踩扁的蟑螂一樣的墨漬與其他奇怪的圖畫，還有會讓人頭昏眼花、變鬥雞眼的馬賽克。然後她得盯著一顆繩子上的閃亮圓球看很久、很久。這麼一直盯著，就像是嚼蠟一般無聊至極，讓奇莉不停地打瞌睡。幾天以前，當奇莉在看其中一幅蟑螂污漬時，無聊得打起了瞌睡，葉妮芙還不斷地對她大聲威嚇。出奇的是，葉妮芙現在竟然一點都不在意。

奇莉的肩頸、項背因爲太過專注在那些測驗而發疼，而且一天比一天疼。她開始想念新鮮空氣與運動，基於誠信原則，她馬上就告訴葉妮芙這件事。女巫非常平和地接受這件事，好似她等這些話已經等很久了。

接下來兩天，她們都到公園裡跑步，在溝渠與籬笆上跳來跳去。那些祭司與學徒見了，不是覺得有趣，就是滿臉同情。兩人做做運動，練練平衡感，在圍著果園與農舍的城牆頂端行走。葉妮芙教的運動與卡爾默罕的那些訓練相反，總是會帶著一套理論。女巫以控制胸部運動的方式，教導奇莉何謂呼吸；以雙手按壓，讓她知道橫膈膜的位置。她向奇莉解釋運動的規則，以及肌肉和骨頭的運作，示範如何休息、舒壓與放鬆。

在某次進行放鬆的時候，奇莉在草地上伸展，兩眼望著天空，提出了一個困擾著她的問題。

「葉妮芙小姐？我們到底什麼時候才會結束這些測試？」

「這些測試讓妳這麼無聊嗎？」

「不……可是我想知道我是不是當女巫的料。」

「妳是。」

「妳已經知道了?」

「我從一開始就知道了,沒有幾個人看得見我星石中的活性,很少、很少。而妳,馬上就注意到了。」

「那些測驗呢?」

「已經結束了。我已經知道,我想在妳身上知道的事了。」

「可是有些題目……我做得不是很好。妳自己也說過……妳真的確定嗎?妳沒有弄錯?妳確定我有能力?」

「我確定。」

「可是……」

女巫擺出一副覺得好笑,但又不耐煩的樣子。「奇莉,從我們在草地上躺下那一刻之後,我就沒在用聲音和妳說話。這叫作心靈感應,記好了。妳一定也注意到這完全沒影響我們的交談。」

□

「魔法,」葉妮芙雙手抵住馬鞍,望著山丘上的天空說:「在某些人的觀念中是『渾沌』的化身,是打開禁忌之門的鑰匙。在這道門後張望的，是惡夢、是威脅、是難以想像的恐怖。蟄伏在這道門後的，是敵人，是破壞性的力量，是純然的邪惡，不只能摧毀開門之人，也能摧毀整個世界。而在這道門前，不乏賣弄之人，終有一日會有人鑄下大錯。到時，世界的毀滅將無法逆轉，也無可避免。因此，魔法是『渾沌』的復仇與武器。人類在『異界交會』之後，習得如何運用魔法，是世界的詛咒與滅絕，是人類的滅絕。現況就是這樣，奇莉。那些認為魔法是『渾沌』的人，他們是對的。」

女巫的黑色種馬長鳴一聲，踏動腳蹄，慢慢走過石楠荒野。奇莉稍稍加快速度，順著她走過的痕跡追了上去。石楠的高度直至馬鐙。

過了一會兒，葉妮芙說：「魔法在某些人的觀念裡，是種藝術，一種偉大、傑出、能夠創造出美麗、不凡事物的藝術。魔法是種天賦，專門賜給被選中的人。其他沒有天賦的人，只能帶著驚歎與嫉妒去觀看藝術家的傑作，只能在欣賞那些作品的同時，感受著缺少這些創作與天賦，世界將會是如何貧乏。而那些極少數被選中的人在『異界交會』之後，發掘自己身上的天賦與魔力，找到藝術，可謂美的祝福。而事實也是如此。那些認為魔法是藝術的人，其論點也同樣有道理。」

一座光禿禿的圓丘，像隻肉食動物般潛伏在這片石楠荒地上。而圓丘頂端，則矗立著一塊雄偉巨石，一旁依附了些較小的石塊。女巫將馬趕往巨石方向的同時，仍繼續她的演說。

「也有一些人認為魔法是門科學，光靠天分和與生俱來的能力，是無法掌控的。要苦讀多年，埋首研究；更重要的，是要持之以恆，自我鞭策。依此方式習得的魔法，是種知識，是種理解，其範疇透過開明、積極的思想、經驗、試驗與實習，持續不斷地擴大。依此方式習得的魔法意味著進步，例如：

犁、織機、水磨、鍛鐵爐、起重機與滑輪機。這是一種進展，一種改變。這是種持續性的行動，不斷向上，朝美好的方向而去，往天上的繁星而去。正因爲我們在『異界交會』之後發現了魔法，才得以在將來有觸碰繁星的機會。下馬來，奇莉。」

葉妮芙走近巨石，將手放在粗糙的石面，小心翼翼地將上頭的灰塵與枯葉撥掉。

「那些認爲魔法是門科學的人，」她說：「也同樣有他們的道理。妳要記住這點，奇莉。現在，到這邊來，過來我這裡。」

小女孩嚥了下口水，向她走近。女巫將她納入懷中。

她重複道：「記住了，魔法是渾沌、藝術和科學；是詛咒、祝福與演進。這一切都取決於魔法的使用者，及其使用目的而論。魔法無所不在，環繞在我們的四周，非常容易便接觸得到，只要將手伸出來就可以了。看，我現在把手伸出來。」

環狀排列的石塊受到感應而開始顫動。奇莉聽見遙遠而沉重的轟隆巨響自地底傳來。一股陣風倏地在石楠原上掀起一陣波浪，向圓丘直衝而去。天色瞬間轉暗，迅速布滿烏雲。小女孩感到雨滴打在臉上，地平線上突然竄出火光，讓她瞇起了眼睛。她不由自主地抱住女巫，貼近女巫那泛著接骨木與鵝莓香氣的黑色髮絲。

「我們腳下踩的大地、這片土地之下的不滅之火、萬物賴以維生的源頭之水、我們呼吸的空氣，只要妳將手伸出來，就能掌控之、征服之。魔法無所不在，蘊於空氣、水、大地與焰火之中，也隱於『異界交會』在我們面前關上的那道門後。魔法會時不時從那道關上的門之後，向我們伸手，召喚我們。妳知道這件事，對嗎？妳已經感受到魔法的碰觸、感受到封閉之門後面的那隻手，而那觸感在妳全身注滿恐懼，替每個人都注滿恐懼。因爲我們每個人都是『渾沌與秩序』、『善良與邪惡』的化身。不過，這點是可以，也必須掌控的，必須從中學習。而妳也會從中學到的，奇莉。我就是爲了這個而帶妳到這裡來，到這塊巨石前。它從遠古時代便矗立於此，碰碰它。」

巨石開始搖晃、震動，就連整座山丘也跟著一起搖晃、震動。

「魔法向妳伸手，奇莉。召喚妳這個奇異的女孩，驚奇，繼承古老血液之子，精靈之血。奇異的女孩，迂迴地穿行在變動與改變之中，毀滅與重生之中。註定而且即將成爲命運。魔法從那道封閉之門後面向妳伸手、召喚妳，它是命運齒輪中的一粒小沙子。『渾沌』將利爪伸向妳，但它不確定妳會成爲它的工具，還是它計畫中的絆腳石。而『渾沌』讓妳在夢裡看見的，就是那不確定的因素。命運之子啊，『渾沌』對妳感到害怕，所以想讓妳變得焦慮。」

一道閃電劃過，隆隆雷聲不絕於耳。恐懼與惡寒讓奇莉打了個冷顫。

「『渾沌』不能讓妳知道其眞正的本質，所以它讓妳看見未來，讓妳看見即將發生的事。它想讓妳害怕即將到來的日子，讓恐懼引導妳、徹底地掌控妳，讓妳擔心自己與親近者將會面對的事。這就是爲什麼『渾沌』要讓妳看見那些夢魘。現在，讓我瞧瞧妳在夢裡看見的東西。妳會害怕，可是在那之後，妳將會遺忘、將能掌控那股恐懼。看著我的星石，奇莉，不要移開眼睛。」

周遭盡是閃電、雷聲。

「說！我命令妳說！」

血。葉妮芙的嘴唇被割裂、被打傷，無聲地歙動著，不斷地滲出血。奔騰的駿馬掠過兩旁的白色巨石。馬兒高聲嘶鳴，跳躍。斷崖，深淵。大叫。墜落，無止盡的墜落。深淵……

深淵底部的深處，有一道階梯通往下方。

……某個東西即將結束……什麼？

耶拉伊內不拉什，法因諾爲得……古老血液之子？葉妮芙的聲音似乎從遠方傳來，非常模糊，在環繞四周的潮濕壁面間造成迴音。耶拉伊內不拉什……

「說！」

紫羅蘭色眼瞳閃耀著光芒，在憔悴萎縮、疲憊暗沉、被髒亂黑髮風暴掩蓋的臉上燃燒著。黑暗。潮濕。惡臭。從石牆傳來可怕的寒意，從手腕及腳踝上的鐵鍊傳來寒意……

深淵。濃煙。通往底下的階梯，必須走下去的階梯。必須，因爲……因爲某個東西將要結束。因爲太得代以拉得，最後的時刻，狼之暴雪的時刻。白冬與熾光的時刻……

小母獅必須死！爲了國家利益！

「我們走，」傑洛特這麼說著。「順著階梯往下。我們必須這麼做，無可避免。沒有第二條路，只有這道階梯。下去！」

他的嘴巴並沒有動，嘴唇是紫色的。血，到處都是血……整座階梯都浸在血泊之中……別踩滑了……因爲獵魔士只會絆倒一次……刀刃的亮光。大叫。死亡。往下，順著階梯往下。

濃煙。烈焰。發狂似地奔馳，雷鳴般的馬蹄。四周都是焰火。「抓好！抓好了，琴特拉的小母獅！」

黑馬放聲嘶鳴，高舉前蹄。「抓好！」

黑馬跳躍著奔馳。猛鷲翼頭盔的縫隙中，無情的雙眼在閃耀著、燃燒著。

反射著火光的寬劍唰地一聲落下。閃避，奇莉！佯攻！轉身，格擋！閃避！閃避！太慢了——！

這一劍落下，寒光刺眼，撼動整個身軀，痛楚頓時癱瘓全身，讓人變得遲鈍、失去知覺，隨後又突然以可怕的力量爆發。痛楚以殘酷、銳利的尖牙釘入臉頰，猛力拽扯、滲透蔓延，燃燒至頸項、肩頭、胸膛、肺腑……

「奇莉！」

她感覺背上與後腦有股粗糙、無法動搖、令人不適的寒意從身後的石塊傳來。她記不得自己什麼時候坐下的。葉妮芙跪在她身旁，小心而穩固地將她的手指扳開，把她的手掌自臉頰拿開。奇莉的臉頰脹痛著，傳來陣陣痛楚。

「媽媽……」奇莉嗚咽著：「媽媽……好痛！媽咪……」

女巫撫著她的臉。她的手很冷，像冰塊一樣。痛楚馬上就停止了。

「我看到了……」小女孩閉上眼睛，低聲說：「夢裡的東西……黑騎士……傑洛特……還有妳……葉妮芙小姐，我看到了妳！」

「我知道。」

「我看到妳……我看到……」

「以後就不會了，妳以後不會再看見這些，不會再夢到這些。我會給妳力量，讓妳將身上的惡夢全數趕出。我帶妳來這裡，就是爲了讓妳看見這股力量，奇莉。從明天起，我將會把這股力量給妳。」

□

接下來的日子非常辛苦、忙碌，是課程緊湊密集、工作耗盡心力的日子。葉妮芙變得嚴格、要求甚高，大部分的時間是嚴厲苛刻，偶爾專制可怕。不過卻從不會讓奇莉無聊。以前奇莉在神殿的課堂上，總是要努力不讓眼皮落下，有幾次她聽著南娜卡、優拉一世、莎屈卡，或其他祭司導師等人單調柔和的聲音，就這樣在課堂上打起瞌睡。但和葉妮芙一起時，就不可能會有這種情況。這不只是因爲女巫的音色，或是她簡短而犀利的用字遣詞，最重要的是課程內容。因爲那是有關魔法的課程，那令人著迷、興奮、欲罷不能的課程。

大多數日子裡，奇莉都和葉妮芙在一起，很晚才回到宿舍，且像塊木頭一樣跌進床裡，立刻入睡。學徒們個個抱怨她如此鼾聲大作，試著叫醒她卻徒勞無功。

奇莉睡得很沉。

不再作夢。

□

「噢，天啊！」葉妮芙放棄地嘆了口氣，兩手揉著黑色鬈髮，垂下頭說：「這明明很簡單呀！要是妳連這個手勢都不會，那更難的那些怎麼辦？」

奇莉轉過身，不甚高興地哼了一聲，揉了揉僵硬的手掌。女巫再度嘆了口氣。

「再看一次版畫，看看手指該怎麼擺。注意上面標示的箭頭與盧恩字，看看手勢該怎麼作。」

「這張圖我已經看上千遍了！盧恩字我看得懂！佛特，凱勒梅。伊似，維洛耶。從自己開始，慢慢地，然後快速往下。手掌……哪，對吧？」

「那小拇指呢？」

「不可能不彎無名指，就能把小拇指擺這樣！」

「手給我。」

「痛——！」

「小聲點，奇莉，不然南娜卡又要跑過來，以爲我要把妳生呑活剝或下油鍋。手指的位置不要動。好，現在擺出手勢。轉，轉妳的手腕！好。現在手掌動一動，讓指頭放鬆，然後再來一次。不對，不對！妳知道妳剛才做了什麼嗎？妳要是用這種方法來施展眞正的咒語，一個月過後妳就得吊著手臂了！妳的手是木頭做的嗎？」

「我的手是因爲要練劍才這樣！是因爲練劍！」

「亂講。傑洛特這輩子都拿劍揮來揮去，他的手指就很靈巧，而且……呃……很細緻。快點，醜小鴨，再試一次。哪，看到了嗎？只要肯花心思、努力做就行了。再一次，好，手甩一甩，再來一次。好，累了嗎？」

「有一點……」

「讓我來，我幫妳把手掌跟前臂按摩一下。奇莉，爲什麼妳不用我給妳的軟膏？妳的兩隻小手粗得像樹皮一樣……還有這是什麼？戒指的痕跡，是嗎？是我記錯嗎？我應該有禁止妳戴首飾吧？」

「我這個戒指是跟蜜兒哈打陀螺贏來的！我只戴了半天……」

「半天都太久，請妳不要再戴了。」

「我不懂，爲什麼不准我……」

「妳不必懂。」女巫打斷她。不過，她的語氣聽起來並沒有生氣。「請妳不要戴任何一種這類的飾品。妳要的話，就在頭髮上別朵花或編花環，可是不能有任何金屬、水晶或寶石飾品。這很重要，奇莉。等時候到了，我再告訴妳原因。現在暫時先相信我，聽從我的要求。」

「妳自己也戴星石、耳環，還有戒指！可是我卻不行？這是因爲我是……處女嗎？」

「醜小鴨，」葉妮芙笑著摸摸她的頭說：「這件事很困擾妳嗎？我已經解釋過了，不管妳是或不是，這一點意義都沒有。一丁點都沒有。明天把頭髮洗一洗，因爲眞的該洗了。」

「葉妮芙小姐？」

「嗯？」

「我可以……基於妳向我保證過的誠信原則……我可以問妳一件事嗎？」

「可以，不過老天保佑，別問有關處子之身的事，拜託。」

奇莉咬住嘴唇，沉默了很久。

「算了。」葉妮芙嘆了口氣說：「要問就問吧。」

「因爲妳看……」奇莉的臉頰泛起紅暈。她潤了潤雙唇說：「宿舍裡女孩們總是聊些八卦或一些事情……關於五朔節【註】或其他這類的……然後她們都說我還沒長大，說我是個孩子，因爲已經該去……葉妮芙小姐，這到底是怎麼一回事？要怎樣才知道該是時候可以……」

「……可以跟男子到床上去？」

奇莉整張臉漲得通紅。她沉默了一會兒，然後抬起眼，點了點頭。

「這很簡單。」葉妮芙一副輕鬆平常地說著：「要是妳已經在想這件事，那就表示時候到了。」

「但我根本就不想！」

「這不是義務，妳不想去就不要去。」

「喔。」奇莉再度咬住嘴唇。「那這個……呃……男子……要怎麼知道他就是那個可以跟他……」

「……可以跟他到床上去？」

「嗯。」

女巫勾起一抹笑容說：「要是有機會選，可是又沒太多經驗，那麼第一個要看的不是男人，而是床。」

奇莉的翠綠色大眼瞪得像銅鈴一樣。

「怎麼會是……床?」

「就是床。那些根本沒有床的,馬上就把他們剔除,再從剩下那些裡剔掉床鋪又髒又亂的人。當只剩下那些床是乾淨整齊的人,妳就從中挑選一個最喜歡的。不幸的是,這個辦法並不是百分之百準確,有可能會錯得很離譜。」

「妳在開玩笑嗎?」

「不,我沒開玩笑。奇莉,明天起妳就到這裡睡,和我一起。把妳的東西都搬過來。聽起來,妳宿舍裡那些學徒,浪費太多休息跟睡覺時間在聊天。」

□

懂得如何掌控手的位置、動作與姿勢後,奇莉開始學咒語跟配方。配方比較簡單,是用奇莉精通的上古語寫成,很容易記。就算有時候有幾個聲調比較複雜的,奇莉在唸的時候,也完全沒有問題。葉妮

【註】歐洲曆法中,屬於夏季第一天,是傳統民間節日,用以慶祝樹神、穀物神、慶祝農業收穫及春天的來臨。慶祝儀式中,男子在四月三十日夜晚獵雄鹿,女子在五月一日遊行時身著白衣、佩戴花環,而男子和女子會被綁在一起,象徵著男女的結合。

芙顯然很滿意。隨著日子一天天過去，她變得越來越和藹可親，她們也越來越常在課後休息時間隨便聊聊八卦、開開玩笑，甚至開始對南娜卡小小地惡作劇。南娜卡常常會去「探訪」課堂與練習，高傲得像隻正在孵蛋的母雞一樣豎起全身羽毛，隨時準備把奇莉納入自己的羽翼之下，把她從南娜卡自己想像中的嚴厲管教與「非人的魔鬼訓練」中救出來。

奇莉乖乖聽從葉妮芙的話，搬到她的房間去。現在她們不只白天在一起，就連晚上也是。有時，課程也會在夜晚進行——有些手勢、配方和咒語不能在白天使用。

女巫對小女孩的進展很滿意，放慢了課程節奏，她們也因此有了更多空暇。夜晚，她們會一起或各自看看書。奇莉費了很大的勁，才看完史丹佛梅德的《魔法本質對話集》、吉安巴提斯塔的《元素的力量》，讀完理查與蒙克的《原始魔法》。其他諸如約翰．貝克的《不可見的世界》，或是格蘭威的阿格內絲所著之《祕密的祕密》等，這些還沒辦法整本閱畢的書籍，也稍有瀏覽。她還去看了古老、泛黃的《米爾泰法典》與《亞得阿爾卡內》，甚至是充滿可怕圖片、令人毛骨悚然的著名書籍《杜維默魔刻》。

她也涉獵了其他一些無關魔法的書籍。她讀過《世界史與生命之書》，也沒錯過神殿圖書館裡一些比較輕鬆的讀物。她也曾試過紅著臉看完拉．克里亞梅侯爵的《嬉戲》與安娜．提勒的《國王的女人》。拜讀了著名吟遊詩人亞斯克爾的詩集——《愛的苦難》及《月之時》。垂淚品味一本名爲《湛藍珍珠》的詩集，書本外表的裝幀相當精本，裡頭收錄的是艾絲．達凡那微妙而神祕的詩歌。

她常常利用特權提出問題，也總是能得到答案。然而，漸漸地，她才是那個常常被問問題的人。

葉妮芙一開始似乎對她的命運、在琴特拉的童年或是之後那些戰事完全不感興趣，但後來，她問的問題變得越來越具體。奇莉雖然很不情願，卻不得不回答。女巫的每個問題，都會在她的記憶裡打開一扇她發誓永不開啓、渴望永遠鎖起來的門。自從她在索登遇見傑洛特後，她以爲自己已經展開「另一段人生」，在琴特拉的一切都已被完完全全地抹除，再也不會回來。卡爾默罕裡的獵魔士從來沒有問過隻字片語，而在他們出發到神殿前，傑洛特還要求她不能向任何人洩露半句自己以前的身分。南娜卡理所當然地知道這一切，也刻意讓奇莉和其他祭司與學徒一樣，做個再平凡不過的女孩——騎士與村姑的女兒——不管在父親的城堡或母親的農村裡都沒有容身之地的孩子。半數梅莉特列神殿裡的學徒，都是這樣的孩子。

而葉妮芙也知道這個祕密，她是「可以信賴的人」。葉妮芙開口問了有關那時候，有關琴特拉的事。

「奇莉，妳是怎麼從城裡跑出來的？妳怎麼躲過那些尼夫加爾德人？」

這點，奇莉不記得了。這一切就這麼斷了線，留在深深的濃霧裡。奇莉想起了圍城與卡蘭特女王，外婆的道別，她記得那些貴族與騎士，那股將她從床上扯下來的力量。在那張床上躺著的，是身受重傷、奄奄一息的琴特拉獅后。她記得那場瘋狂的逃命，穿過火海中的巷道，還有血淋淋的痛楚與落馬。她記得那個戴著猛鷲翼頭盔的黑騎士。

就只有這樣，別無其他。

「我不記得了。我眞的不記得了，葉妮芙小姐。」

葉妮芙沒再追問下去，改問其他事情。不過她做得很巧妙謹慎，所以奇莉感覺越來越自在。最後，她開始主動說起過往。她不再等葉妮芙提出問題，而是自己訴說那段在琴特拉與斯格利加島的童年生活。開始說她是如何得知「驚奇法則」，以及命運如何將她判給利維亞的傑洛特，那白髮獵魔士。她也提到了那場戰爭，提到那些在扎澤徹森林裡流浪的日子、與安格崙的德魯伊一起的日子，以及在鄉下那段時間。她還提到傑洛特如何找到她，如何把她帶到卡爾默罕——獵魔士的根據地，為她短短的人生掀開新的章節。

某天晚上，在女巫沒有問的情況下，奇莉輕鬆自在、開開心心地說起她與獵魔士的初次見面，那是在布洛奇隆森林裡，那群林精德律阿得之中。她們想把她抓走、禁錮起來，把她變成她們的一分子。

「哈！」葉妮芙聽完她的遭遇後，說：「只要能親眼瞧瞧，我願意付出可觀的代價。我說的是傑洛特。我努力想像他在布洛奇隆的時候，當他看見命運為他指派的『驚奇』時，表情會是怎樣！他知道妳是誰之後，表情一定很精彩吧？」

奇莉聞言，不禁笑了，頑皮的神情竄上那雙翠綠色眼裡。

「喔，是啊！」她說：「他的表情可精彩了！妳想看嗎？我做給妳看。看好囉！」

葉妮芙見狀，爆笑出聲。

□

這個笑容，奇莉看著鳥兒織成的黑色雲朵向東飛去，心想，這個笑容是我們彼此共享的笑容，是真誠的笑容，讓我倆更加靠近，真的，她與我。不管是她，還是我，我們都瞭解到我們可以一起歡笑，說著有關他的事——有關傑洛特的事。突然間，我們變得很親密，雖然我很清楚傑洛特可以讓我們在一起，但同時也可以分開我們，而這個情況會這麼持續下去。

這個共享的笑容拉近了我們的距離。

還有兩天之後發生的那件事，在山丘上那座森林裡。當時，她為我示範了如何找到……

□

「我不懂為什麼我要去找那些……我又忘了那叫什麼……」

「交叉點。」葉妮芙開口說，一邊拔著穿過草叢時沾在袖子上的芒刺。「我示範給妳看，要如何找出這些交叉點，因為有些特定的地方可以擷取能量。」

「可是我已經會擷取能量了啊！而且是妳自己教我能量無所不在的，所以為什麼我們還要在這堆林子裡繞來繞去？神殿裡就已經有很多能量了啊！」

「當然，那裡的能量也不少。所以神殿才會蓋在那裡，而不是蓋在其他地方。也正因如此，在神殿的範圍裡才會如此容易取得能量。」

「我的腳已經很痠了！我們坐一下好不好？」

「好，醜小鴨。」

「葉妮芙小姐？」

「嗯？」

「爲什麼每次都要從水脈取能量？能量到處都有啊。土地裡也有，對吧？空氣裡、火裡？」

「沒錯。」

「而土地……哪，這裡到處都是滿滿的土啊，腳下所踩之處都是。還有空氣也到處都是！要是我們想要火的話，只要架起火堆跟……」

「妳力量還太弱，不足以從土裡擷取能量。妳懂的還太少，沒辦法從空氣下手。至於火，我根本不准妳去玩！我已經說過了，不管任何情況都不准碰火的能量！」

「不要那麼大聲，我記得啦。」

她們沉默地坐在已經風乾、橫倒在地的樹幹上，聽著穿梭樹梢的風聲，聽著附近某處的啄木鳥快、狠、準地敲著樹幹。奇莉感到飢餓，口乾舌燥，可是她知道抱怨沒用。早先，一個月前，葉妮芙聽到這種抱怨時，都會回以枯燥的長篇大論，教她掌控原始本能的藝術，到最後變成只有無聲的漠視。抗議同樣沒有什麼意義，起不了太大作用，就像她對「醜小鴨」這個綽號的不滿一樣。

女巫將袖子上最後一根芒刺拔掉。她等等就會問我了，奇莉心想，我聽得到她的思緒。她又要問我那些我不記得的事，又或者，是那些我不想記住的事。不，這沒有意義，我不會回答的。那些都是過去的事，沒有必要回到過去。她自己也曾這樣說過。

「奇莉，跟我說些有關妳父母的事。」

「葉妮芙小姐，我不記得他們了……」

「請妳試著想想看。」

「我真的記不得爸爸的事……」她十分不情願地小聲回答：「只有……幾乎記不得了。媽媽的話……媽媽我記得。她有一頭很長的頭髮，像這樣……而且她總是很哀傷……我記得……不，我什麼都不記得了……」

「請妳回想看看。」

「我不記得了！」

「看著我的星石。」

海鷗尖聲啼叫，俯衝而下，穿梭在漁船之間，捕捉掉落的食物及從箱子中丟出的小魚。風輕輕拍打著降下的船帆。濛濛細雨之中，裊裊輕煙在港口上方擺盪著。琴特拉來的三槳戰船駛抵港口，金色獅子在天藍色旗幟上閃閃發亮。克萊赫表舅站在一旁，攬著她的肩頭。他的手很大，像熊掌一樣。突然間，表舅單膝跪下。戰士們整齊地排列著，用身上的劍有節奏地敲打著盾牌。卡蘭特女王沿著橋面朝他走來。她的外婆。在斯格利加島上，外婆的正式名字為亞得芮娜——無上之后。仍低頭跪在地上行禮的表舅，克萊依特的克萊赫——斯格利加伯爵在向琴特拉獅后打招呼時，用的是比較沒那麼正式，卻被島上居民認為更能代表崇敬之意的稱謂。

「主母，別來無恙。」

「公主。」卡蘭特說。她的語氣十分冷淡，充滿威嚴，而且根本沒有看伯爵一眼。「到我這來。到我這裡來，奇莉。」

外婆的手很結實有力，像男人的手，而她手上的戒指個個冰冷無比。

「艾斯特在哪？」

「國王……」克萊赫頓了一下：「在海上，主母。他在尋找殘骸……還有屍體，從昨天就……」

「他爲什麼允許他們這麼做？」女王大吼：「怎麼可以讓這種事發生？克萊赫，你怎麼可以讓這種事發生？你可是斯格利加的伯爵！沒有你的許可，哪艘船有權出海？克萊赫，你爲什麼允許？」

表舅的頭壓得更低了。

「備馬！」卡蘭特說：「我們到硐堡去，明早天一亮就離開。我要帶公主去琴特拉，我不會再讓她回到這裡。至於你……你欠我一大筆債，克萊赫。總有一天我會要你還清的。」

「我知道，主母。」

「要是我沒向你討成，那就由她來討。」卡蘭特將目光瞥向奇莉。「伯爵，到時你就把債還給她。該怎麼還，你心裡有數。」

克萊依特的克萊赫站起身，挺直背脊，他飽經風霜的臉部線條變得僵硬。他迅速從劍鞘裡拔出一把未經雕飾、樣式簡單的鋼劍，露出布滿白色厚疤的左手前臂。

「別在那裡耍猴戲。」女王粗聲說道：「省省吧。我說的是『總有一天』，給我記清楚了！」

「阿恩梅格拉耶地夫，茲發瑞阿布洛耶菊斯，亞得芮娜，里歐諾斯阿波辛特拉。」克萊依特的克萊赫——斯格利加伯爵舉起雙手，將劍身抖了一下。戰士們大喝一聲，把兵器往盾牌上敲。

「你的誓言我收下了。帶我去堡壘，伯爵。」

奇莉記得國王艾斯特回來時的景況，以及他那像石頭般僵硬的蒼白臉龐，還有女王的沉默。她記得那場陰沉、可怕的盛宴。那群來自斯格利加島的大鬍子海狼在一片可怕的靜默聲中，緩緩地將自己灌醉。她記得當時的一陣低語。「蓋斯牧瑞……蓋斯牧瑞！」

她記得黑色啤酒倒了出來，流到地板。有股極度痛苦、無助、毫無道理的怒氣爆發出來，空空如也的牛角酒杯被砸到牆上，破碎不堪。蓋斯牧瑞！芭維塔！

芭維塔——琴特拉公主與她的丈夫杜尼公爵。奇莉的雙親，殞命了，逝世了。蓋斯牧瑞，大海的詛咒殺了他們。一場無人預見的暴風雨吞噬了他們，一場不該存在的暴風雨……

奇莉別過頭，不想讓葉妮芙看見她眼中盈滿的淚水。這一切到底是爲了什麼？爲什麼要問這些問題？爲什麼要這樣回想？不可能再回到過去了。我已經一個親人都沒有了。沒有爸爸、沒有媽媽，也沒有外婆——被譽爲亞得芮娜、琴特拉獅后的那人。克萊依特的克萊赫表舅一定也死了。我已經沒有任何親人了，而且我是個異類。已經回不去了……

女巫沉默不語，一副若有所思。

「妳的夢是那時候開始的嗎？」她突然問道。

「不。」奇莉思索著：「不，不是那時候，是後來才有的。」

「什麼時候？」

小女孩皺起鼻頭。

「夏天……前一年夏天……因爲隔一年夏天就已經開戰了……」

「哦，這表示，那些夢是妳和傑洛特在布洛奇隆遇上後才開始的？」

她點點頭。我不會再回答她接下來的問題了。她在心裡做了決定。不過，葉妮芙沒再提出問題。她快速起身，看著太陽。

「好了，休息夠了，醜小鴨。時間不早了，我們繼續找吧。把手輕鬆地放在身前，手指不要那麼用力。去吧。」

「我該去哪？往哪一邊？」

「都可以。」

「到處都有能脈嗎？」

「幾乎。妳會學會怎麼在一個地方發現、找到能脈，還有要怎麼知道這些點在哪裡。這些地點所在的指標可以是枯樹、矮小的植物或貓以外的動物們會避開的地方。」

「貓？」

「貓喜歡在交接點睡覺和休息。很多傳說中描寫了擁有魔力的動物，不過事實上，除了龍以外，就只有貓是唯一懂得吸收能量的生物。沒人知道貓爲何要吸取能量，又如何運用……怎麼了？」

「哦──那邊，那個方向！那邊好像有什麼！那邊那棵樹後面！」

「奇莉，別鬧了。交接點是要站在那上頭時才會感覺得到……嗯……有意思。我想，這很不尋常。

妳眞的感覺到那股能量？」

「眞的！」

「那我們走吧。有趣，眞有趣……來吧，把位置找出來。讓我看看在哪裡。」

「這裡，就在這個地方。」

「做得好，太棒了。妳有沒有感覺無名指在微微收縮？妳有看到它是怎麼往下彎的嗎？記住了，這就是訊號。」

「我可以把這股能量吸起來嗎？」

「等等，我檢查一下。」

「葉妮芙小姐？這個『擷取』到底是怎麼運作的？要是我把能量吸到自己身上，那裡不就少了能量嗎？可以這樣嗎？南娜卡媽媽教導我們，不可以心血來潮想拿什麼東西就拿走，就算是櫻桃，也該把它們留在樹上給鳥吃，讓它們自然掉落。」

她喃喃道：「但願，妳剛才所說的，其他人也聽得見。維列佛茲、法蘭西絲、特拉諾瓦……那些認爲只有自己有權使用能量，並且可以無限使用的人。別擔心，奇莉。妳這樣想很好，不過，相信我，能量十分充足，不會不夠。這就好比妳在一個大果園裡摘下一顆櫻桃一樣。」

「我現在可以吸了嗎？」

「等等。喔，這個能量點眞是天殺的強。脈動十分明顯！小心點，醜小鴨。小心擷取，要很慢、很慢。」

「我才不怕呢！帕！帕！我可是獵魔士耶！哈！我感覺到了！我感覺……噢──葉妮……芙……小……姐……」

「該死！我警告過妳了！我早跟妳說過了！頭抬高！我說抬高！拿去，按在鼻子上，不然妳的血會滴得到處都是。好了，好了，丫頭，別給我昏過去啊。我在這兒。我在這兒……女兒。把手帕按好。我馬上就變冰塊出來……」

這一點點鼻血卻釀成一場嚴重的爭吵，葉妮芙與南娜卡有一個禮拜都不和對方說話。這一個禮拜奇莉無所事事，只是看書和發呆，因爲女巫把課程停掉了。小女孩好幾天都沒看到她──葉妮芙會在黎明時去某個地方，直到夜晚才回來，然後用很奇怪的目光看著她，而且詭異地不多話。

一個星期過後，奇莉終於受不了了。一天晚上，女巫回來時，奇莉跑去找她，一句話也沒說，只是很用力地抱住她。

葉妮芙沉默了許久。不過她不用以言語表達，她那緊緊抓住小女孩肩膀的手指已經替她表達了。

隔天，大祭司跟女巫經過好幾個鐘頭的談話之後，講和了。

而在那一刻，一切都回復正常，讓奇莉十分開心。

□

「奇莉，看著我的眼睛。小光球。咒語。去吧！」

「阿因維爾賽歐思！」

「好，現在看我的手。同樣的手勢，然後把光球放到空氣中。」

「阿因恩恩耶！」

「好極了。那現在該做怎樣的手勢？對，就是這樣，非常好。加重手勢，然後收。再來，再來，不要停！」

「啊——」

「背打直！雙手打直！手掌放鬆，指頭不需有任何動作，任何一個動作都可能會讓效果加倍，妳想讓這裡爆發火災嗎？再用力點。妳在等什麼？」

「痛，不……我不行……」

「放輕鬆，不要再抖了！收！妳在做什麼？嗯，現在好點了……妳的意志不能轉弱！太快了，妳換氣太用力了！何必讓能量途中就升溫呢？慢一點，醜小鴨！慢慢來。我知道這很不好受，妳會習慣的。」

「好痛……肚子……噢，這裡……」

「妳是個女人，這種反應很正常。以後就會免疫了。不過呢，爲了要讓妳有抵抗力，練習時不能靠止痛劑。奇莉，這是必要的。不要害怕，我會在這裡看著妳，不會有事的。不過妳必須承受這種疼痛。慢慢呼吸，專心，手勢，來吧。很棒。然後用力，收，拉過來……好，好……再一點點……」

「噢……噢……痛——」

「妳看到了嗎？只要妳想的話，就做得到。現在仔細看著我的手掌，注意了，擺出一樣的手勢。手指！手指，奇莉！看我的手掌，不是天花板！現在可以了，對，非常好。收住。好，現在轉過來，把手勢倒轉，然後將力量以強一點的光球射出。」

「啊……嘶……」

「不要哀哀叫！安靜點！這只是痙攣！等等就過了！手指張大點，熄掉，送回去，從妳身上送回去！慢一點，該死，不然妳又要爆血管了！」

「啊——！」

「太用力了，醜小鴨，妳每次都太用力了。我知道那股力量要衝出來，不過妳必須學會控制它。妳絕對不能讓剛才那種爆炸再發生。要是我沒有把妳隔離的話，這裡早就被妳弄得一團亂。好了，再來一次。我們從頭開始，手勢跟咒語。」

「不要！不要了啦！我已經不行了！」

「慢慢呼吸，不要再抖了。這次只是普通的歇斯底里症狀，妳騙不了我的。正經點，專心，然後開始。」

「不，拜託，葉妮芙小姐……我好痛……不舒服……」

「妳不能掉眼淚，奇莉。這世上沒有比掉眼淚的女巫還要難看的了，這不會讓人更加同情妳。記住，無論何時都不可以忘掉這點。再來一次，從頭開始。咒語跟手勢。不，不，這次我不會做給妳看，妳自己來。好了，回憶一下剛才我怎麼做的！」

「阿因維爾賽歐思……阿因恩恩耶……痛——！」

「不對！太快了！」

魔法就像支帶著鉤的鐵箭，嵌在她的身體裡。她傷得很深，很痛。這是一種很奇怪的痛，讓人詭異地聯想到喜悅的痛。

□

爲了放鬆一下，她們再度到公園裡跑步。葉妮芙讓南娜卡把寄放在她那兒的劍還給奇莉，讓小女孩練習步伐，還有閃避和攻擊，當然這一切都不能讓其他祭司與學徒看見。但魔法仍是每天的學習重點。奇莉學了如何用簡單的咒語與集中注意力來舒展肌肉、克服痙攣、控制腎上腺素、掌控內耳及內耳神經，也學了如何減緩或加速脈搏、如何有一小段時間不依賴氧氣。

令人意想不到的是，女巫竟然對劍和獵魔士的「舞蹈」瞭解甚多。她知道不少卡爾默罕的祕密，顯然去過基地許多次。她也認識維吉米爾跟艾斯科，不過卻不認得蘭伯特與可恩。

葉妮芙去過卡爾默罕。奇莉當然也想得到她是爲何而去，也因爲如此，每當女巫提到基地時，她眼底的敵意、冷淡、漠視與理性深度便會消失，並多了溫暖。如果要以一句話來形容此時的葉妮芙，那麼奇莉會說她是沉浸在自己的回憶與想望之中。

至於原因，奇莉猜想得到。

有個話題奇莉總是直覺地想避開，也很努力不去談到。不過，某一次她一不小心說溜了嘴。那是有關特瑞絲．梅莉戈德的話題。葉妮芙看似不經意，看似無所謂，看似問些沒什麼特別、無傷大雅的問題，從她身上把所有訊息都挖出來。之後，她的眼神變得冷漠、難懂。

奇莉猜想得到原因為何，而且奇怪的是，她已經不再那麼容易生氣了。

魔法讓她變得較為平和寧靜。

□

「奇莉，所謂的阿爾得之印，是十分簡單的咒語，屬於念力咒的一種，可以把能量推送到特定方向。而推送的力量則取決於推送者的意志集中度，以及發送的力道。這股力量可以很強大。獵魔士之所以採用這個咒語，是因為用這個咒語並不需要懂魔法配方的特性，只要有專注力與手勢就夠了。所以他們稱這個叫作『印』【註】。至於他們是怎麼想出這個名字的，我不知道。這可能是上古語。『阿爾得』的意思就像妳知道的，是『頂端』、『上方』或『至高』。如果是這樣，那這個名字就取得太不適合了，因為沒有比這個更簡單的念力咒。我們當然不會把時間和精力耗在這種獵魔士用的原始印記上，我們要練習的是真正的念力。就拿……喔，蘋果樹旁的那個籃子來練習好了，集中注意力。」

「好了。」

「妳集中得還眞快。我再提醒一次：要控制好力量的傳送。妳拿到多少，就只能發出多少。就算妳只多發了一點點，也會對自己的身體造成負擔。而這種負擔可能會讓妳昏厥，特殊情況下甚至會害妳喪命。另一方面，要是妳把蒐集而來的能量全部發送出去，妳會失去重發的機會，就得要再重拿一次，而妳很清楚那有多不容易、有多痛苦。」

「對，我很清楚！」

「絕對不准分散注意力，讓能量從妳身上消散。我的初級導師常說，能量的發送必須像是妳在舞會大廳上放了個屁：非常輕微、一點一滴、控制得宜，而且不能讓其他人察覺出來是妳，懂嗎？」

「懂了！」

「站直，別再嘻嘻哈哈。我要提醒妳，唸咒很嚴肅。必須以完全的優雅與自信來施咒，手勢要做得流暢但不要過度。要很有尊嚴。別做出愚蠢的表情，不要把臉皺成一團，也不要吐舌頭。妳操控的是自然的力量，要表現出對自然的尊重。」

「好的，葉妮芙小姐。」

「注意了，這次我不會爲妳作屛障。妳已經是個獨立的女巫了。這是妳的處女秀，醜小鴨。妳有看見櫃子上那瓶葡萄酒吧？要是妳的處女秀成功，妳的導師今天晚上就把整瓶喝了。」

【註】英文是sign，即前文中的手勢。

「自己單獨喝掉？」

「學生要到出師以後才能喝葡萄酒，妳得再等等。妳很聰明，所以大概只要再十年，不會更久。好了，我們開始吧。把手指疊好。左手呢？手不要晃！要自然垂下，不然就擱在腰上。手指！對。好了，發送吧。」

「喝——」

「我沒請妳出聲。再發一次能量，不要出聲。」

「哈哈！跳了！那個籃子跳了一下！妳看到了嗎？」

「只有稍微抖了一下。奇莉，所謂的一點一滴，不代表微弱。念力是用在特定目的上，就算是獵魔士在使用阿爾得之印時，目的也在打斷對方的腿。妳剛剛發出的力道，就連對手的帽子也打不掉。再來一次，稍微用力一點。來吧！」

「哈！它還飛了起來！現在這樣可以了吧？對嗎？葉妮芙小姐？」

「嗯……妳等等去廚房，去燻點起士來配我們的葡萄酒……剛才的幾乎可以了。醜小鴨，要再用力一點。不用怕。先把那個籃子抬離地面，然後紮紮實實地摔到那邊的小屋牆上，讓羽毛滿天飛。不要駝背！頭抬高！要優雅但自信！別怕，別怕！噢，我的天啊！」

「呃……葉妮芙小姐，對不起……我好像……有點用太多了……」

「只有一點點。別緊張，到我這裡來。來呀，小東西。」

「那……那個小屋呢？」

「這種事有時會發生，沒什麼好在意的。基本上，妳的初次登場算是成功了。至於那間小屋嘛……其實根本就是間不好看的小屋。我認爲不會有人因爲這裡的風景少了那間小屋而耿耿於懷。嗨，小姐們！別緊張、別緊張，何必如此激動又如此譁然，什麼事也沒有啊！別緊張，南娜卡！我再說一次，沒事。只不過得把那些木板清一清，拿去當柴燒也挺好用的！」

□

溫暖無風的午後，空氣中滿是濃濃的花草味，透著祥和與寧靜，只有蜜蜂與大甲蟲的鳴叫會來加以擾亂。在這樣的下午，葉妮芙會把南娜卡的柳條椅搬到花園裡，然後伸著一雙腿坐在上頭。有時，她會研讀書籍。有時，她會讀讀從奇怪信差那裡收到的信——那些信差大多時候是鳥類。有時，她會就這麼坐著，看著遠方，而奇莉則會坐在草地上，抱著她溫熱而緊實的大腿。女巫會一邊沉思，一邊用手捲著自己那烏黑亮麗的鬈髮，另一隻手則會撫摸著奇莉的腦袋。

「葉妮芙小姐？」

「我在這，醜小鴨。」

「告訴我，是不是什麼事都能靠魔法來完成？」

「不是。」

「可是可以做很多事，對吧？」

「對。」女巫將眼睛闔上片刻，以手指觸碰眼瞼。「可以做非常多事。」

「就算是很重要的……或是可怕的事！很可怕的事？」

「有時甚至比人們原先所想的還要可怕。」

「嗯……那我……我什麼時候可以學會做這種事？」

「我不知道，也許永遠沒機會。但願妳不會需要這樣的機會，嘴巴閉上，安靜。眞熱。」

空氣中飄散著花朵與藥草的氣味。

「葉妮芙小姐？」

「又怎麼了？醜小鴨。」

「妳是幾歲成爲女巫的？」

「嗯……我通過初階測試的時候？十三歲。」

「哈！那就像我現在這樣！那……妳是幾歲的時候……不，我不是要問這個……」

「十六歲。」

「喔……」奇莉微微紅了臉，假裝突然對高掛在神殿塔樓上一朵形狀奇怪的浮雲起了興趣。「那妳是幾歲的時候……認識傑洛特？」

「再大一點，醜小鴨。等我稍微再大一點的時候。」

「妳還是一直叫我醜小鴨！妳知道我很不喜歡，爲什麼妳要這麼做？」

「因爲我很壞，女巫都很壞。」

「可是我不想……我不想當醜小鴨。我想變漂亮，很漂亮，就像妳這樣，葉妮芙小姐。如果用魔法的話，我有一天也能像妳這樣美麗嗎？」

「妳……還好妳不需要……這點妳不用靠魔法。妳不知道這是何其幸運。」

「可是我想變得很漂亮！」

「妳已經很漂亮了，是隻很漂亮的醜小鴨。我的漂亮醜小鴨……」

「哦，葉妮芙小姐！」

「奇莉，妳會把我的大腿弄瘀青。」

「葉妮芙小姐？」

「嗯？」

「妳到底在看什麼？」

「看那邊那棵樹，那是菩提樹。」

「那樹有什麼好看的？」

「沒什麼，我只不過看了開心。很開心……我看得見它。」

「我不懂。」

「那很好。」

寧靜。無聲。悶熱。

「葉妮芙小姐！」

「又怎麼了？」

「蜘蛛往妳的腳爬過來了！快看，好噁心喔！」

「蜘蛛就蜘蛛。」

「把牠殺掉！」

「我不想彎腰。」

「那就用咒語殺掉牠！」

「在梅莉特列神殿裡？好讓南娜卡把我們掃地出門？不，謝了。現在安靜，別說話。我要想些事情。」

「那妳在想什麼想得這麼入神？呃，好好好，我不說了。」

「這眞是讓我欣喜萬分，我還眞怕妳會問我妳那些沒人比得上的問題。」

「爲什麼不行？我喜歡妳那些沒人比得上的回答！」

「醜小鴨，妳越來越厚臉皮了。」

「我是個女巫，而女巫都是壞心眼又厚臉皮的。」

無聲。寧靜。空氣中沒有絲毫波動，好似暴風雨前那樣悶熱。仍舊寧靜，不過這次卻被遠處寒鴉與烏鴉的啼叫給打破。

「牠們越來越多了。」奇莉抬頭望著天空說：「一直飛來飛去……就像是秋天一樣……這些噁心的鳥類……祭司們說這是不好的徵兆……叫作兆頭之類的。葉妮芙小姐，兆頭是什麼？」

「去查《杜維默魔刻》，裡頭有一整章都在講這個主題。」

無聲。

「葉妮芙小姐……」

「該死的，又來了？」

「爲什麼傑洛特那麼久……爲什麼他都不來？」

「他一定是把妳給忘了，醜小鴨。他爲自己找了個更漂亮的小姑娘。」

「才沒有！我知道他沒有把我忘了！他不會的！我知道，我就是知道！葉妮芙小姐！」

「妳知道就好，妳這隻幸福的醜小鴨。」

□

「我那時並不喜歡妳。」她又說了一次。

葉妮芙沒轉過頭，依舊背對著她站在窗前，望著東方染紅的山頭。山頭上空，因爲一大片渡鴉與冠鴉而顯得陰暗。

她等等就會問我爲什麼不喜歡她，奇莉如是想著。不，她不會問這種簡單的問題。她會冷冷地把重點轉到文法上，問我從什麼時候開始用過去式。而我會告訴她。我會像她那樣冷冰冰的，模仿她的語氣，讓她知道，我也可以假裝冷漠無情、無動於衷又羞於表達情感。我會把一切都告訴她。我想這麼做，我必須把所有事都跟她說。我想在我們離開梅莉特列神殿之前，讓她知道所有事。在我們離開之前，跟那個我思念的人見上一面。跟那個她思念的人，跟那個一定也思念我們兩個的那人。我想告訴她……

我會跟她說的，只要她開口問。

女巫自窗前轉身，朝她露出一抹微笑。什麼都沒問。

□

第二天，她們出發了，而且是一大早。兩人身穿男子旅行裝束，穿著大衣，戴著帽子與斗篷以遮掩頭髮。兩人都帶了武器。

來送行的只有南娜卡。她和葉妮芙小聲談了許久，然後女巫與祭司兩人像男人一樣用力地握了手。奇莉手裡握著花斑馬的轡繩，也想用同樣方式道別，不過南娜卡不准她這麼做。南娜卡抱住她，摟在懷裡，親了親她。她的眼裡含著淚水，奇莉也是。

「好了。」祭司以長袍的袖子擦著眼睛，終於開口說：「妳們上路吧。親愛的，願偉大的梅莉特列女神一路保護妳們。不過女神腦子裡的事情很多，所以妳們自己也要照顧自己。葉妮芙，看著她。把她當作是自己的生命來保護。」

「我希望，」女巫微微一笑。「我可以把她保護得更好。」

天空中，往彭達爾河谷的方向，有一群烏鴉大聲鼓譟著。

南娜卡並沒有轉頭看向鴉群。

「妳們要小心。」她再次叮嚀：「不好的時刻即將到來。也許伊特莉娜阿波艾玟年知道自己當初預言的是什麼。劍與斧的時代即將來臨，蔑視與狼之暴雪的時代即將來臨。葉妮芙，多注意她一點。別讓任何人傷害她。」

「我會再回來的，媽媽。」奇莉跳上馬鞍說：「我一定會再回來的！不會太久的！」

當時的她不知道自己錯得有多離譜。

《獵魔士長篇1　精靈血》完

獵魔士
長篇
Vol. 2 蔑視時代
DEC. 2014

國家圖書館出版品預行編目資料

獵魔士長篇 1 / 安傑．薩普科夫斯基（Andrzej Sapkowski）；
葉祉君譯——初版．——台北市：蓋亞文化，2014.11-
冊；公分.——（Fever；FR039）
譯自：Krew elfów
ISBN 978-986-319-112-4（平裝）

882.157　　　　103018365

Fever 039
獵魔士 長篇 Vol.1 精靈血 Krew Elfów

作者／安傑．薩普科夫斯基（Andrzej Sapkowski）
波蘭文譯者／葉祉君　審定／陳音卉
封面插畫／Alejandro Colucci　地圖插畫／爆野家
封面設計／克里斯
出版／蓋亞文化有限公司
地址◎台北市103赤峰街41巷7號1樓
電話◎（02）25585438　傳眞◎（02）25585439
網址◎http://gaeabooks.pixnet.net/blog
電子信箱◎gaea@gaeabooks.com.tw
投稿信箱◎editor@gaeabooks.com.tw
郵撥帳號◎19769541　戶名：蓋亞文化有限公司
法律顧問／義正國際法律事務所
總經銷／聯合發行股份有限公司
地址◎新北市新店區寶橋路二三五巷六弄六號二樓
電話◎（02）29178022　傳眞◎（02）29156275
港澳地區／一代匯集
電話◎（852）27838102　傳眞◎（852）23960050
地址◎九龍旺角塘尾道64號龍駒企業大廈10樓B&D室
初版一刷／2014年11月
特價／新台幣 199 元
Printed in Taiwan

ISBN／978-986-319-112-4

GAEA

Gaea